读客®

全球顶级畅销小说文库

全球文化，尽收眼底；

顶级经典，尽入囊中！

国家阴谋XII

刺客印记

The Mark of the Assassin

Daniel Silva

[美] 丹尼尔·席尔瓦 著

陶玲 陈磊 译

吉林出版集团有限责任公司

谨以此书献给我的好友兼著作代理人。

——埃斯特·纽伯格

当然，一如既往，献给我的妻子婕米，是她让这一切变得可能；也献给我的两个孩子，莉莉和尼古拉斯。

你理应知晓真理，

真理必使你自由。

——《中央情报局信条》，节选自《约翰福音》第八章第三十二节

你理应知晓真理，

真理却把你惹毛。

——特工自编版

前 言

一九八六年八月 捷克斯洛伐克与奥地利边界

探照灯光扫过平坦的旷野。三个人躺在捷克边界内的一条排水沟里：一男一女和一个十几岁的男孩。他们试图逃离混乱中的捷克斯洛伐克。

卧在沟里的三个人并不用担心如何逃出境。有人命令他们在那个时间点过来，并确保他们能顺利逃到西方。他们没有理由不相信那些人的话，因为他们三个就任职于前苏联国家安全委员会——通常被叫作克格勃。

那对男女在克格勃第一总局供职。他们的任务是打入捷克斯洛伐克和西方的俄国异见分子内部。

男孩被指派到执行暗杀任务的第五局。

那男人匍匐到排水沟上沿，窥视着漆黑的夜晚。当探照灯光划过头顶上方时，他就把脸埋进冰冷潮湿的草地。一旦周围恢复黑暗，他就再抬头观察。地平线上，半月低垂，透过月光他刚好能看清楚四周：一座警戒塔，一名边防警察的身影，另一个正沿着砾石路踱步的警察，路的那端就是边境铁丝网。

男人看了看夜光手表，回头用捷克话低声说：“在这儿待着。我去看看他们有没有准备好。”

他翻过排水沟，不见了踪影。

女人看了看那男孩。他最多不过十六岁，三周前，他们来到捷克斯洛伐克，从那时起，她就对他辗转难眠，想入非非了。他真是个俊俏的少年：一头乌黑的秀发，像西伯利亚的湖水般深蓝的眼睛和苍白的皮肤。今晚之前，他从未执行过任务，但却面无惧色。发觉女人在看着自己后，他也直勾勾地盯着她，那充满兽性的眼神让她发毛。

五分钟后，那男人回来了。“快，”他说，“快走，别出声。”

男人伸手把女人拉出了水沟。当他把手伸向男孩时，男孩并不领情，自己爬了出去。边境警察在铁丝网那里和他们会合。他们走了五十米，来到约定地点。铁丝网已经被割开了一道大口子，警卫拉起铁网，三个克格勃特工一个接一个地进入了奥地利境内。

莫斯科总部的管控军官已经为他们拟好了行动计划。他们要步行到最近的村庄，找到一位奥地利警察。根据以往的经验，他们知道，自己会被带到一所为其他东欧难民设立的拘留中心。他们必然会受到奥地利国家安全特工的严格审问，以确保他们不是间谍。他们花了很长时间编造自己捷克人的身份，所以不怕出纰漏。如果一切按计划进行的话，几周内，他们就会被放出来，开始在西方国家执行克格勃的任务。

第五局对那个男孩另有安排。

奥地利边境没有设防。他们穿过了一片开阔地，空气里充斥着粪肥的臭味和蟋蟀唧唧吱吱的鸣叫声。冷月溜到了一缕乌云的后面，四周暗了下来。一条小路果真就在管控军官所说的位置。他说过，看到小路后朝南走，那个村庄就在两英里开外的地方。

小路在柔和的景致中连绵起伏，路面坑坑洼洼的，窄得甚至容不下一辆马车。他们走得很快，男人和女人走在前头，男孩紧跟其后。半小时后，他们就看到了地平线上的灯光。又过了一会儿，小山上的教堂塔尖也进入了他们的视线。

就在这时，男孩从大衣里掏出一把消音手枪，一枪射中了男人的后脑勺。女人猛地回头，惊恐地大睁着双眼。男孩抬起手臂，正对着女人的脸猛射了三发子弹。

十 月

1

纽约，长岛附近

他们一直等到第三天晚上才动手。第一晚的天气糟透了，天上阴云密布，小雨淅沥，还伴随着大风；第二天晚上倒是天气晴朗，明月当空，但是猛烈的西北风在海面掀起了巨浪，就连远洋机动游艇也被海浪颠簸得上下摇晃，而那艘波斯威娜钓鱼船简直就是地狱。他们需要在平静的海面上动手，因此他们又驶出一段距离，在翻腾的大海上干等了一宿。到了早晨，也就是第三天早上，海上天气预报显示，风力正在减弱，海况将有所好转，一道锋面缓慢过境后，天气便会晴朗起来。这让他们看到了希望。

事实证明天气预报是准确的。

第三天晚上真是再好不过了。

他的真实名字是哈桑·穆罕默德，但是他觉得，对一个伊斯兰自由斗士来说，这个名字太过单调，于是他大胆地给自己取了个假名——阿布·吉哈德。他出生在加沙，在加沙城附近的难民营里由一位叔叔抚养长大。在巴勒斯坦起义的石块和炮火中，他找到了自己的政治信仰。他加入哈马斯，在街上与以色列人对抗，亲手埋葬过两位兄弟，以及多得数不清的战友。他自己也负过一次伤，右肩被以色列军的流弹击碎了。医生说，他的右手功能永远无法完全恢复。于是哈桑·穆罕默德，别名阿布·吉哈德，就试着用左手扔石头。

游艇长一百一十英尺，有六个单间卧舱，一个大客厅，船尾甲板十分宽敞，可容纳六十人举办的鸡尾酒会。游艇拥有一流的舰桥，配备了卫星导航和通信系统。舰桥被设计成三人操作，但其实二人就能轻松驾驭。

古斯塔维亚的小海港位于圣巴托洛缪地区的加勒比岛上，八天前，他们从这里出发，慢慢驶向美国东海岸。他们距离美国领海尚远，可已经一路察觉到了美国的监视系统：每天，P–3猎户座海上巡逻机在他们头顶飞过；远处的公海上，美国海岸警卫队的快艇在疾速穿梭着。

他们编造了一个故事以应对可能会遇上的盘问：游艇是以一位法国投资富商的名义注册登记的，而他们从加勒比海出发，正前往加拿大的新斯科舍。在那里，他们要接一个法国人和他的十二名同伴登船，开始为期一个月的加勒比海上之旅。

其实根本就没有什么法国人——这是一个同他们走得很近的情报机构官员捏造出来的——当然也没有那同行的十二人了。

至于加拿大，他们更是连边都没打算去沾。

那天晚上，他们摸黑行动。天气还很冷，夜空万里无云，明亮的半月为他们在甲板上的自由活动提供了足够的光线。为了躲避上空载有红外线装置的卫星或飞机，他们熄灭了引擎，游艇在平静的海面上随波轻摇。

在黑暗的客厅里，哈桑·穆罕默德焦虑地吸着烟。他穿着一件里昂·宾恩套头羊毛衫、一条牛仔裤和一双耐克跑鞋。他抬头看了看另外一人，他们在一起有十天了，但他这个同伴只在必要时才会说上几句。在一个天气暖和的晚上，船驶近了佐治亚海岸，穆罕默德试图和他聊天，但这男人仅嘟囔了几句，就走进了他自己的卧舱。偶尔他也说上几句，他的阿拉伯语虽然发音准确，听得出是下苦功学的，但却未能掌握其中的细微之处。当穆罕默德问他名字时，这男人用手拢了一下黑短发，揉着鼻子说，如果一定要问的话，就叫他亚萨姆吧。

可以肯定的是，他的真名绝不是亚萨姆。作为一个来自加沙难民营的男孩，穆罕默德可谓是游历甚广，因为他必须四处进行恐怖活动交易。穆罕默德去过罗马，也到过伦敦。他还在雅典待了数月，藏身马德里时，他与一支巴勒斯坦基地小分队一起待了整整一个冬天。这个自称叫亚萨姆、说话带着奇怪口音的男子绝不是阿拉伯人。哈桑·穆罕默德正打量着这位沉默的同谋，他的脸上汇聚了很多奇特之处，穆罕默德试着从中找出相应的地域和民族特征：除了太阳穴周围点缀着些灰发外，他的头发几乎是纯黑的；深邃的蓝眼睛，苍白而毫无血色的皮肤；长而窄的鼻子——像女人的鼻子一样，穆罕默德想——丰满而性感的嘴唇，宽阔的颧骨。穆罕默德认为他也许是希腊人，或者意大利人，或者西班牙人。他也可能是土耳其人或库尔德人。有那么一瞬间，穆罕默德甚至有个疯狂的想法：他没准是个以色列人。

穆罕默德望着这个自称亚萨姆的男人走下舱梯，消失在船舱中。两分钟后，他回来了，还扛着一个细长的家伙。

穆罕默德知道，这个东西只有一个名字——“毒刺”。

亚萨姆在和穆罕默德说话时，还以为他对“毒刺”导弹一无所知，但其实穆罕默德相当了解它们。他知道这种肩扛式导弹长五英尺，重三十四点五磅。他知道，它采用被动式红外制导以及紫外线制导系统。他也知道，它的有效发射里程大约是三英里。他以前从未真正用它发过一炮——这东西太稀奇太昂贵了，用来做发射试验可消受不起——但是他已经练习了数十个小时，并且十分清楚它的效果。

“已经预先设置好了，它会追踪一架四引擎飞机。”亚萨姆道，“弹头会击穿目标后再爆炸。”

穆罕默德点点头，什么也没说。

“把导弹瞄准目标。”亚萨姆用他那字正腔圆的阿拉伯语耐心地说道，“导航系统捕获目标并锁定后，你就可以听见提示音。听见提示音后就开炮。”

穆罕默德抖出一支万宝路递给亚萨姆，但亚萨姆摆摆手，继续他的“授课”。

“导弹发射后，把空的发射管留在波斯威娜钓鱼船上，然后返回远洋机动游艇。”

“他们告诉我要把发射管丢进海里。”穆罕默德说。

“我现在要你把它带回来。一旦飞机坠毁，美国人会用声呐搜寻海底，他们很有可能找到你丢下的发射管。所以要把它运回来，丢到更远的地方去。”

穆罕默德点点头，这跟别人告诉他的有出入，但对变动计划这般解释也在理。整整二十分钟，他们都没再说话。穆罕默德摆弄着导弹的把手。寒冷的夜晚，亚萨姆在船尾自己倒咖啡喝。

接着，亚萨姆走上舰桥去收听无线电。穆罕默德继续坐在客厅里，他也能清楚地听见肯尼迪国际机场航管员的指令声。

两艘体型较小的船系在机动游艇的船尾，一艘是佐迪亚克橡皮艇，另一艘是二十英尺的波斯威娜无畏号钓鱼船。穆罕默德爬到跳水板上，把钓鱼船拉近游艇，越过围栏，坐到钓鱼船前排的座位上。亚萨姆跟着穆罕默德下了舱梯，把“毒刺”递给了穆罕默德。

钓鱼船配备了一个双操作台，中间隔着通道，连结着前后排座位。穆罕默德把“毒刺”放在后甲板上，坐进驾驶舱，发动了引擎。

亚萨姆解开系在游艇上的拴绳，把绳子抛在小艇的甲板上，随后迅速一脚蹬开了钓鱼船。

穆罕默德打开风门，小艇就乘风破浪般地驶向了长岛海岸。

跨大西洋002号航班每晚七点从肯尼迪国际机场起飞，次日早晨六点五十五分到达伦敦。机长弗兰克·霍林思已记不住自己在两地之间往返过多少次了，而且驾驶的大多是今晚的这架波音747飞机，编号75639。它是华盛顿州埃弗雷特市的波音747生产线上造出的第一百五十架飞机，过去三十年里，飞行很少出状况。

航空预报说，飞行途中天气以晴朗为主，希思罗机场附近有小雨。霍林思预计这次飞行会十分顺利。六点五十五分，乘务长通知霍林思机长，乘客已全部登机。七点整，霍林思下令关闭舱门，跨大西洋002号航班驶离了登机口。

玛丽·洛思是长岛贝肖尔高中的英语教师，兼任戏剧俱乐部的指导老师。之前，她还觉得带俱乐部成员到伦敦进行五天的戏剧观赏和游览活动是个不错的主意，可筹款出乎意料地费劲：他们自己烘烤食品然后举行义卖，帮人洗车，还去参加了抽彩兑奖活动。玛丽自己付了旅费，但这就意味着她得把丈夫和两个孩子留在家中。她的丈夫约翰在贝肖尔高中教化学，要是他也乘飞机去伦敦逛几天剧院，他们的预算就超支了。

学生们像一群动物一样折腾不休，在坐面包车前往肯尼迪机场的路上就开始了：他们大喊大叫，外挂式耳机里传来说唱音乐和“涅槃”乐队震耳欲聋的歌声。玛丽自己有两个孩子，一个四岁，一个六岁，她每天晚上都祈祷，希望他们永远都不要进入青春期。这会儿，学生们正在互相扔爆米花，还不忘挑逗一下空姐。玛丽·洛思闭上了眼睛。她想，他们也许很快就会累了，他们也许会睡着的。

一粒爆米花击中了她的鼻子。

她想，玛丽，你可真是鬼迷心窍了。

当002号航班滑向跑道末端时，哈桑·穆罕默德驾驶着无畏号，正快速驶向火岛的西端，那是长岛南部海岸上一座细长的堰洲岛。

离开机动游艇后，一路上都很顺利。月亮低悬在东面的天空中，他不用开夜航灯也能前进。前方的地平线上，纽约市皇后区亮起了昏黄的灯光。

情况真是好极了：天空晴朗，海面平静，无风。他查看了测深仪，熄掉引擎。无畏号小艇滑行了一段距离后停了下来。远处，一艘货船正驶离纽约港，他听到了低沉的汽笛声。穆罕默德打开无线电，调整了一下频道。

五分钟后，穆罕默德听到航管员发出了跨大西洋002号航班安全起飞的指令。他扛起“毒刺”，启动了发射和制导系统。随后，他把它移到肩膀上，透过瞄准设备盯着夜空。

还没看见飞机，穆罕默德就已经听见了轰鸣声。十秒后，他发现了波音747的航标灯。透过黑色的夜空，他跟踪着那架飞机，随即，他就听见了那种声音，提醒他“毒刺”已经锁定了目标。

“毒刺”的固体火箭燃料点着后，导弹呼啸着冲出了发射管，钓鱼船剧烈地晃动起来。在受训时，他的教官曾这样告诉他：“美国人喜欢把他们的宝贝‘毒刺’叫作‘射后不理’武器。”教官是阿富汗人，杀俄国人时弄瞎了一只眼，失去了一只手。射后不理，他默想着，发射后就不管了，就是这样简单。

空发射管明显变轻了不少。穆罕默德照亚萨姆说的，把它扔在了甲板上。接着，他发动小艇引擎快速驶离了海岸。他只回了一次头，看着“毒刺”正以超音速划过黑色的夜幕。

霍林思机长曾驾驶B-52s型飞机掠过越南北部，因此他也见过地对空导弹。有那么一会儿，他企图说服自己那或许是别的东西——一架着火的小型飞机，一颗流星，一束打偏了的烟花。接着，随着那颗导弹以闪电般的速度无情地逼向他们，他意识到，它绝不可能是别的了。噩梦中的场景变成了现实。

“天主圣母啊。”他嘟囔着。他转向副驾驶员，刚想开口说话，机身就猛烈晃动起来。瞬间，机身被剧烈的爆炸撕裂开来，流火如雨点般坠落在海面上。

那个叫亚萨姆的男人听见了无畏号驶近游艇的声音，于是把强力信号灯利索地闪了三下。小艇进入了他的视线，穆罕默德减弱了马力，无畏号滑向了游艇的尾部。

即使在微弱的月光下，亚萨姆也能从男孩的脸上看到那种近乎癫狂的兴奋、恐惧与仓皇。这能从他那巴勒斯坦人深邃明亮的眼睛里看出来，也能从他慌乱地操控小艇的手上看出来。要是放着他不管，穆罕默德会彻夜难眠，第二天也一样，他会回想这件事，回忆每个细节，一遍又一遍地重温飞机爆炸成火球时的感受。

亚萨姆厌恶那些空谈家，他们把自己遭受的苦楚当成盔甲穿在外面，把恐惧伪装成了英勇，这让他十分反感。他不信任那些心甘情愿过着这种生活的人。他只相信实干者。

无畏号轻轻地靠在游艇的尾部。起风了，海浪柔和地拍打着船只的两侧。哈桑·穆罕默德关掉引擎，爬到小艇的前排座位上，此时亚萨姆也走下了游艇舱梯。穆罕默德伸出手，等着亚萨姆拉他出小艇，但亚萨姆却从裤腰带间抽出一把九毫米格洛克消音手枪，对着这个巴勒斯坦男孩的脸快速地开了三枪。

当晚，亚萨姆把舵转向东方，启动了游艇的自动导航系统。他躺在自己的卧舱里，却睡不着。即使如今他已经历过无数次杀戮，他还是会在杀人后的第一个晚上失眠。当他在逃跑或身处公共场合时，他能做到集中精力并保持冷静。但是，到了晚上，魔鬼就来了。他会看到那些脸，一张接着一张，像相册里的照片。它们开始是活生生的，接着就被扭曲变成了死人的面具，或者被他最喜爱的杀人方法——朝脸部开三枪——给击碎了。一阵罪恶感袭来，他告诉自己，这样的生活不是他自己选择的，而是别人为他选的。破晓时分，当第一缕灰蒙蒙的晨光透进窗时，他终于睡着了。

中午起床后，他例行公事做好逃离现场的准备。刮脸、淋浴、穿衣后，他把剩下的衣服都打包，装进一个手提皮箱。他一边喝着自己煮的咖啡，一边在游艇的高清卫星电视上收看CNN新闻。真悲惨啊：肯尼迪机场和希思罗机场聚集了悲痛欲绝的遇难者家属们；长岛某地一所高中举办了守夜活动；新闻记者们正漫无边际地猜测着坠机的原因。

他最后将船舱逐个检查了一遍，以确保自己没有留下任何痕迹，然后检查了爆炸装置。

下午六点整——他接到的命令是在这个时间——他从船上的橱柜里找出一个黑色物体。那东西和雪茄盒差不多大，有点像收音机。他拿着它走到后甲板上，按下了一个按钮。虽然什么声音也没有，但是他知道，信息已经以加密微下击暴流的方式送了出去。即使美国国家安全局截获了它，看到的也不过是无意义的乱码。

游艇向东航行了两个多小时。晚上八点，他给每捆炸药都定好时，然后套上一件帆布背心，背心前面有个厚实的金属扣。

那晚风更大了，天气更冷，天空有高云。佐迪亚克橡皮艇拴在游艇船尾，随着三英尺高的海浪有节奏地起伏。他爬进橡皮艇，把系绳解开，拉下了发动绳。第三次拉动时，引擎才点燃。他背对着游艇，打开橡皮艇的风门，全速驶离游艇。

二十分钟后，他听到了直升机的声音。他关掉佐迪亚克的引擎，把信号灯射向天空。直升机在橡皮艇上方盘旋着，夜空里回荡着直升机水平旋翼的巨响。从直升机里抛出一条缆绳，他把缆绳扣上帆布背心的锁扣，并拽着绳子晃动了两次，表示他已准备好。一会儿，他就从橡皮艇上徐徐升起了。

他听见了远方的爆炸声，一回头，恰好看见爆炸的冲击力把大型机动游艇从水中掀起。随后，游艇慢慢沉向大西洋海底。

2

旧金山

空难的悲剧传来时，总统詹姆斯·贝克维兹正在旧金山的家中休假。他原本是想休息几天的。从他的书房可以俯瞰金门大桥，他本打算在这里度过一个静谧的下午，或邀老友和马林县的政治支持者们前来举办一场轻松的晚宴。最重要的是，他原来还计划花一天时间去驾驶他钟爱的民主号——一艘长三十八英尺的双桅纵帆船，哪怕这意味着要被旧金山湾对面蹲守的一群驻白宫记者代表和摄影师穷追猛打。

每一次驾驶民主号出海，总能让他的政治顾问和助手收获他们最爱的新闻照片：图片上的总统先生尽管已六十九岁了，但依旧身体硬朗充满活力；他还能带着安娜独自驾船；他有着古铜色的皮肤，体型高瘦，能在甲板上自如地活动；空军一号帽的帽檐底下，罩着一副时髦的欧式太阳镜。

贝克维兹在旧金山的豪宅位于滨海区，家中的私人办公室很好地反映出他的个人品位与完美主义倾向：这里集雅致、舒适、传统于一身，但其中的现代设施表明他还是紧跟着当今世界的步伐的。浅灰色的透明玻璃桌上放着他黑色的手提电脑。令他得意的是，自己的电脑水平并不比那些年轻职员差。

他拿起黑色电话的听筒，按了一个键。一位白宫话务员答道：“总统先生，您有什么吩咐？”

“格莱斯，从现在开始，我不接听任何电话，我需要一个人静一静，除非幕僚长打过来。”

“好的，没问题，总统先生。”

电话挂断了。他把听筒放回去，走到了窗前。尽管特工局装上了厚实的防弹玻璃，可窗外的景色依然很美。太阳西沉，将城市晕染上了紫色和橙色的光晕，如同一幅柔美的水彩。夜间的雾气正缓慢地挤进金门海峡。在他下方，海湾上空飘飞着一群五彩缤纷的风筝。这番景色仿佛有种魔力，让他浑然忘记了时间。他就这么站着，望着这座安静的城市，眺望翻滚着白色浪花的海湾和远处马林县棕色的小山丘。

傍晚的最后一缕光线也消失了，没过多久，玻璃窗里就映出了他自己的身影。

贝克维兹不喜欢“贵族”这个词，但他却不得不承认，这个词恰恰能将他的外表与举止形容得丝毫不差。他的政治顾问们开玩笑说，如果上帝造过一个完美政治候选人的话，那人绝对就是贝克维兹。不论贝克维兹走进哪个房间，都会成为焦点。他身高六英尺有余，亮闪闪的头发在四十岁时就已成了灰白色。他的身上有一种力量，自从在斯坦福念大学时，他就是校篮球队和棒球队的明星，即使到了现在，他的身手也算得上敏捷。他有一双淡蓝色的眼睛，眼尾低垂，狭长的脸上表情冷静，微笑起来谨慎但很有自信。由于长时间驾驶民主号出海，他的皮肤始终呈古铜色。

四年前，贝克维兹刚就任总统时，他就对自己许下了一个承诺：他不会步前任总统们的后尘，把时间全耗在办公室里。他每天都要花半个小时在白宫健身房的跑步机上跑步，再花半小时举重。前任总统们在办公室里变得形容憔悴，詹姆斯·贝克维兹却不但减轻了体重，还练出了一点胸肌。

贝克维兹并没有费尽心思去追逐政治，是政治选择了他。在他担任旧金山检察官办公室的首席检察官时，加利福尼亚州共和党高层瞄上了他。在安娜和三个孩子的支持下，他轻而易举地赢得了所有竞选。他一路晋升似乎不费吹灰之力，如有神助。他先在加利福尼亚被选为司法部长，后任副州长，接着又被送进美国参议院做了两届议员，最后被调回加州省府萨克拉门托，做了一个任期的州长，这也是为他入主白宫作的最后准备。他从政以来，身边的政治专家们精心刻画了他的形象：詹姆斯·贝克维兹是一个具有政治共识的保守派；詹姆斯·贝克维兹是值得这个国家信赖的人；詹姆斯·贝克维兹能解决一切问题。他正是共和党需要的那种人，他的外表讨人喜欢，性格温和，正好可以同国会里的强硬派保守党相抗衡。民主党已执政八年了，美国民众也想有所改变。所以，人们选择了贝克维兹。

四年之后的今天，这个国家不知是否还需要他。他离开窗口，走到桌前，从铬黄色的保温瓶中倒了杯咖啡。贝克维兹相信灾祸之中蕴藏着机会。美国客机在长岛附近的坠毁，是极其恶劣的国际恐怖主义行径所致，对这种卑鄙野蛮的行为绝不能置之不理。贝克维兹现在获知的消息很快就会传到选民的耳朵里：跨大西洋002号航班被“毒刺”导弹击落，该导弹是从近海的一艘小艇上发出的。美国人民会陷入恐慌。根据以往的经验来看，他们会需要总统的安抚与承诺。

詹姆斯·贝克维兹不喜欢政治交易，但他足够精明，知道恐怖分子为他制造了一个千载良机。过去的一年中，他的支持率总徘徊在百分之五十以下，对于一位在任总统，这意味着连任无望。共和党全国代表大会上，他作为总统候选人发表的提名演讲平淡无味，毫无新意。华盛顿记者团在预测贝克维兹第二任期的前景时，给他打上了“炒第一任期冷饭”的烙印，而有些知名记者已经在为他撰写“政治讣告”了。离大选只有一周时，大多数全国民意调查显示，他的支持率比他的政治对手——来自内布拉斯加州的民主党议员斯特林——低了三到五个百分点。

不过选举地图看起来却不太一样。在纽约州、新英格兰州和中西部工业地区，贝克维兹都输给了对手；但在南部地区，也就是佛罗里达州、得克萨斯州、加利福尼亚州和美国一些“山地州”，他的支持率依旧保持稳固。如果贝克维兹夺下这几个选举重镇的话，他就能赢；如果它们当中任一个向斯特林倒戈了，他就会败选。

他知道，002号航班的坠毁可以改变一切。选举活动将被暂停，贝克维兹会取消田纳西和肯塔基州的竞选拉票之旅，返回华盛顿去应对危机。如果他做得好，他的支持率会上升，缩小两人的差距。而且，他可以在安全舒适的白宫里工作，用不着坐着空军一号或老旧破烂的竞选大巴四处跑，用不着与老人握手，也用不着一遍遍重复那篇该死的演说辞。

伟人并非天生的，贝克维兹提醒自己。伟人之所以伟大，是因为他们善于把握机会。

他端着咖啡又走到了窗前。他在心里问自己，是不是真的想要连任？跟多数前任总统不同的是，他真的好好考虑过这个问题。他怀疑自己是否真能忍受再折腾一次全国竞选：没日没夜地筹募资金、自己的过去被人放在显微镜下检视，还得四处奔波劳累。他和安娜已经厌倦了华盛顿的生活。他从未得到这座城市统治阶级精英们的认可——那些阔绰的传媒大亨、律师还有政治说客——而且总统官邸也越来越像一座牢房，而不是一个家。但他也无法接受自己在一届任期之后就下台：输掉连任竞选，败走华盛顿，还败给一个来自内布拉斯加州，只混过两届国会的议员？

一想到这儿，贝克维兹就打了个哆嗦。

用不了多久，他们就得来找贝克维兹了。书房旁有间私人浴室。一名助手已提前把贝克维兹的衣服挂在门后的衣钩上了。走进浴室后，总统扫了一眼那几件衣服。他知道这些都是他的老朋友，同时也是白宫幕僚长保罗·范登堡亲自挑选的。保罗无微不至，保罗事事都管。没了他，贝克维兹简直不知所措。

有时，保罗·范登堡管理的权限之大让贝克维兹感到难堪。习惯上，媒体称保罗为“总理”或“幕后的实权人物”。贝克维兹对自己的历史形象心知肚明，他担心自己会被贬损为保罗·范登堡的一颗棋子。但是，范登堡向贝克维兹保证过，他绝不会扮演那样的角色。总统还是信任他的，因为保罗·范登堡很懂得保守秘密。他主张默默地行使权力。他做事不张扬，为人低调。只有在非常必要时，他才对记者们透露点消息。他不愿意上周日早间的脱口秀节目，除非白宫新闻处秘书来恳求他。而贝克维兹认为保罗是个糟糕的特邀嘉宾：只要电视摄像机的红色指示灯一亮，平时制定私密计划和开政策会议时他表现出的自信和才华就会消失得无影无踪。

他脱下褪色的牛仔裤和棉套头衫，换上保罗为他挑好的衣服：灰色的羊毛裤、领尖带扣的蓝衬衫、轻便的圆领运动衫和蓝色运动夹克——庄重又不失舒适。十分钟后，国家安全部门人员将在楼下餐厅会面。会议不会被录像，除了白宫的一位剧照摄影师会拍几张照片，供存档和媒体使用。詹姆斯·贝克维兹这次面对的是他就任以来最严重的危机。身负重任的詹姆斯·贝克维兹把他的连任竞选抛到了脑后。詹姆斯·贝克维兹，人民的领袖。

他最后又看了一眼镜子里面的自己。

伟人并非天生的。伟人之所以伟大，是因为他们善于把握机会。

3

华盛顿哥伦比亚特区

整整一周，伊丽莎白·奥斯本都在担心这一刻的到来。她把她的银色梅赛德斯-奔驰轿车开到乔治城大学医学中心的停车场，停在离医院入口不远的地方。仪表板上的时钟显示现在才四点四十五分，她早到了十五分钟。随后她便熄掉了引擎。热带风暴从墨西哥湾长驱直入，进入美国后，就盘旋在纽约市上空。倾盆大雨下了一下午，狂风把华盛顿州西北部地区的树连根卷起，国家机场也被迫关闭了，参观纪念碑和博物馆的游客躲进了商业大街上的商场里。

雨点敲打在车顶上，汇成了一股股溪流，顺着挡风玻璃往下淌。不一会儿，车外的整个世界就被朦胧的雨幕遮掩得看不见了。伊丽莎白喜欢这种眼前一片混沌的感觉，她闭上了眼睛。她喜欢幻想着怎样改变自己的生活，想着放慢生活的脚步，和迈克尔一起离开华盛顿，找一个节奏缓慢的宁静地方，安安稳稳地过日子。她知道，这是一个愚蠢而不切实际的白日梦。伊丽莎白·奥斯本是华盛顿最有名的律师之一，她的丈夫表面上是一名国际商务顾问，但实际上，他是中央情报局的高级官员。

轻柔的电话铃声响起来了。她拿起手机，眼睛都未睁开："麦克斯，是我。"

二十六岁的麦克斯·刘易斯是她的执行秘书。前一天晚上，她独自坐在卧室里，陪伴她的是一摞案情摘要和一杯红酒。她意识到，麦克斯竟是这个世界上跟她说话最多的人。她深深地感到沮丧。

"你怎么知道是我打来的？"他问道。

"因为你和我丈夫是仅有的两个知道这个号码的人，他不可能打来，所以就只能是你了。"

"你听起来很失望呀。"

"没有，只是有点累了。什么事？"

"大卫·卡朋特从迈阿密打电话过来，他在等你回电。"

"告诉卡朋特先生，我一到家就给他回电。根据我的经验，在手机上是不能和大卫·卡朋特好好谈话的。"

"他说他有急事。"

"他哪次不是急事？"

"那我该通知他几点等你的回电呢？"

"大概七点左右。但可能会有点偏差，要根据我这边事情的进展。"

“布拉克斯顿的秘书打过电话来。”

塞缪尔·布拉克斯顿是布拉克斯顿&奥沃斯&肯特曼公司的任事股东，也是公司呼风唤雨的第一人。他曾在两届共和党政府中任职——一次是白宫的办公室副主任，另一次是财政部副部长。贝克维兹这次如果连任，会提名他担任国务卿。他对伊丽莎白戒心满满，因为不喜欢她的政治背景：她父亲道格拉斯·卡侬是纽约市的自由民主党，曾在参议院做过四届议员；而她自己曾两次离开公司，去为民主党议员工作。布拉克斯顿习惯叫她“我们内部的左翼分子”。开会时，每当他试图加入桌上的讨论，他总是打断一屋子的人，并转向伊丽莎白：“现在，让我们听听来自美国公民自由协会的伊丽莎白·卡侬-奥斯本的高见。”

她和塞缪尔·布拉克斯顿的矛盾还有更深层的因素：他曾经反对伊丽莎白成为公司合伙人，他后来之所以让步，是因为其他合伙人告诉他，如果他坚持反对的话，无疑会让公司卷入性别歧视的法律纠纷。现在，三年过去了，他们的关系处在令人不安的“停战”状态。总的来说，布拉克斯顿还是尊重她的，在面临关乎公司未来和发展方向的重大决策时，他也坦诚地征求过她的意见。

他会定期邀请她参加一些社交宴会。去年在白宫举行的圣诞派对上，他向幕僚长保罗·范登堡介绍伊丽莎白时，还称她为“我们公司的将才”。

“我们那位布拉克斯顿‘勋爵’有何贵干呢，麦克斯？”

麦克斯笑了。她信任他，为此愿意托付自己的生命。他对她也是如此。六个月前，麦克斯曾告诉伊丽莎白一个他没对别人说过的秘密——他的HIV检验呈阳性。

“‘勋爵’想让你去参加周四的晚宴。”

“在他的‘封地’吗？”

“不，宴会是他的一个大客户办的。听‘勋爵’秘书的语气，这个宴会好像非去不可。”

“哪个大客户？”

“米切尔·艾略特。”

“搞奥贝通防御系统的那个米切尔·艾略特？”

“没错，就是他。”

“地点在哪儿？”

“艾略特家里，在卡罗拉马区。确切地说，是加利福尼亚路，你手边有笔吗？”

伊丽莎白从她的公文包里翻出笔和日程本，草草记下了麦克斯报出的地址。

“几点？”

“七点三十分。”

“我可以带个同伴去吗？”

“允许带配偶。伊丽莎白，你今天下午的预约要迟到了。”

她看了眼仪表板上的时钟：“哦，妈的！还有别的事吗？”

“今天就这些了。”

“明天我要去哪里？”

“芝加哥。我把机票放在你公文包的外层了。”

她翻开包的外层，发现了两枚美国航空公司头等舱的机票信封。

“麦克斯，没有你我真会找不着北的。”

“这我知道。”

“迈克尔没打电话给你吗？”

“没有。”

“明早我上了飞机再给你打电话。”

“好的。”他说，“伊丽莎白，一切顺利。我会想你的。”

她挂断电话，用手机上的快速拨号功能拨打迈克尔的车载电话。电话铃响了五声后，录音告诉她机主目前无法接听。“啪”的一声，伊丽莎白生气地把听筒挂回电话机座。她又静静地坐了一会儿，听着窗外的雨声。

她低声自语道：“迈克尔·奥斯本，如果你在五分钟之内没开进这个停车场，那么上帝保佑，我就……”

她又等了五分钟。然后，她费劲地穿上雨衣，离开温暖的车内，走进了暴雨中。她撑起雨伞，横穿过停车场，但是风太大，刮走了她手中的雨伞。她看着伞朝着水库路翻滚过去，无可奈何地笑了笑。她拽着雨衣的领口，捂紧脖子，冒雨快步穿过了停车场。

“医生要晚点到。”

接待员微笑着，好像这是今天她说的最有趣的一件事。伊丽莎白进屋，脱掉湿漉漉的雨衣坐了下来。她是当天下午的最后一位病人，而且，幸好候诊室里只有她一个人了。此时此刻，她最不愿意跟一个身体有同样问题的女人说些有的没的。雨点落在窗玻璃上，从窗口可以俯视停车场。她转身向外望去。在狂风的肆虐下，一排树的叶子纷纷掉落。她寻找着迈克尔的捷豹汽车，但连影子都没看见。

她从包里拿出一部手机——为了确保自己能同时跟两边都联系得上，她身上一直带着两部手机——她又打了一遍迈克尔的车载电话，这次仍是无人接听。她想打他办公室的电话，但如果他真的还在兰利市，那么他无论如何也不能按时赶到了。

她起身，在候诊室里来回走着。每每遇到这种情况，伊丽莎白·奥斯本就恨自己怎么就嫁给了一个间谍。迈克尔不喜欢她叫他间谍。他总会耐心地跟她解释，说他是个情报工作者，不是间谍。而她觉得用“情报工作者”这个词来形容迈克尔的工作显得蠢透了。“听着好像你们是什么顾问或者社工似的。”迈克尔第一次试着向她解释自己的工作时，伊丽莎白曾这样说。他谨慎地笑了笑，回答道：“好吧，其实也差不多。”

她爱上他时并不知道迈克尔在中情局工作。一位朋友邀请她去切萨皮克海湾出海，同时也邀请了迈克尔。七月下旬，天气闷热少风，船就漂浮在平静的水面上。疲软的船帆在阳光下投下了阴影，伊丽莎白和迈克尔就躺在阴凉下，边喝冰啤酒边聊天。他跟大多数来自华盛顿的男人不一样，很少提到自己的工作。他说自己是个国际商务顾问，之前在伦敦住过好几年，最近才调到华盛顿办事处来。

那天晚上，他们到安纳波利斯的一家水上餐厅享用了蟹饼和冰镇白葡萄酒。她发现自己吃饭时一直在盯着他看。他是她这辈子见过的最英俊的男子。一天的航行下来，他有了些变化。太阳把他的皮肤晒成了古铜色，在他黑色的头发上洒下了几丝金黄。他深绿的瞳孔中有几处黄色的小点，像夏天的野草。他的鼻子直挺，有好几次，她简直快忍不住要伸手去摸他那完美的嘴唇。她觉得他长得颇有异域情调，像意大利人、土耳其人，或者西班牙人。

那天晚上，他们开车沿着第50号公路回到了市区，她带他去了她家，让他上了自己的床。她当时已经三十四岁了，几乎要打消了结婚的念头。但是那天晚上，当他第一次进入她的身体时，她觉得自己已不顾一切、无可救药地爱上了这个男人，一个她才认识了八小时的男人，一个她一无所知的男人。

他对她道出实情是在两个月后的一个周末。他们去了牛尾洲岛，在她父亲的夏日别墅度假。那时正好是九月下旬，白天天气和暖，但是晚上起风时，就能感觉到秋天的凉意。晚餐后，他们穿上毛衣和长裤，坐在沙滩上的阿第伦达克椅上喝咖啡。

“我得跟你谈谈我的工作。”他冷不丁说道。黄昏中，天色越来越暗，但她还是看到他的脸猛然严肃了起来。

数周来，他工作的问题已困扰她很久了。让她觉得奇怪的是，他自己从不主动说他工作的事，除非她问起。他白天从不打电话给她，也从未邀她一起吃午餐，这也让她感到困惑。她打他办公室的电话时，总有一个女人接听电话，并很负责地记下她的留言，但每次接电话的都不是同一个女人。有时他要过好几个小时才回电给她，而每次谈话也从不超过一两分钟。

“我并不是国际商务咨询师，而且我也从没干过这一行。”他开始说道，“我在中情局工作。在确定自己能信任你之前，我必须瞒着你。伊丽莎白，你一定要知道，我从没想过要伤害你。”

她伸手打了他一耳光。“你这个王八蛋！”她尖叫道，叫声惊得沙滩上的一群海鸥从水面上飞走了，“你这个满嘴谎话的东西，明天早上我就开车送你去搭渡船，你自己坐车回市区。我再也不想见到你了。你这个该死的混蛋，迈克尔·奥斯本！”

她继续在沙滩上待着，直到天越来越冷，她才回到屋里。卧室里很黑，她没敲门就走了进去。一片漆黑中，她看见他躺在床上。她轻轻地脱掉衣服，身体紧紧地贴着他。他开口想说话，但是她用嘴堵住了他的嘴唇：“现在别，不许说话。”

随后，她说：“我不在乎你是谁，或者你是干什么的。”她的嘴吻轻抚着他的胸膛，“我爱的是现在屋里的这个人，我永远都不想失去你。”

“我很抱歉没有早点告诉你，我不能。”

“迈克尔·奥斯本是你的真名吗？”

“是的。”

“你没杀过人吧？对吗？”

“没有。我们只有在电影里才会杀人。”

“你见过杀人吗？”

“我见过。”

“你能说说吗？”

“不，现在还不行。”

“迈克尔，你不会再骗我了，对不对？”

“不会再骗你了，但会有些事情我不能告诉你。这你能接受吗？”

“我现在还不知道，但是你得发誓，你以后再也不会骗我了。”

“我再也不骗你了。”

她又吻了他，问道：“你为什么要做间谍呢？”

“我们不叫自己间谍。我们称自己是情报工作者。”

“好吧。那么你为什么要做情报工作者呢？”

他忍不住轻声笑道：“我也不知道。”

她的父亲觉得嫁给一个中情局官员是件很愚蠢的事。他曾经在参议院情报特别委员会工作过，虽然他不喜欢一竿子打翻一船人，但他认为美国间谍是他所见过的怪胎最多的一群人。可是见到迈克尔时，他却破例了。两个男人开着船，在嘉迪纳海湾上航行一天后，这位参议员真挚地祝福两位，希望他们婚姻幸福。迈克尔的工作有很多方面都让伊丽莎白感到厌恶：他不仅工作时间长，要去危险的地点执行任务，而且她实在弄不清楚他整天究竟在忙些什么。她知道很多女人不能接受这样的婚姻，她愿意相信自己比大多数女人更坚强，更自信，更独立。但是，在眼下这种时候，她也希望自己的丈夫能有一份正常的工作。

候诊室里很安静，只有一台电视机在不间断地播放着电视购物广告，广告上的女主持还是伊丽莎白讨厌的那个。她想找点读物来看，但是所有的杂志都是关于抚养孩子的，这对于一个四十岁的未育女人来说可不是一个让人愉快的话题。

她想换到新闻频道，但是电视却不能换台。她想把声音调小点，但是连音量也是预设好的。她想，一架飞机刚才被击落了，我倒好，现在却被困在这里，听一个乏味的金发女人向我推销婴儿沐浴露。她回到窗前，最后看一眼迈克尔的车有没有来。她竟然还指望他能赶来，真是太傻了。她不是很清楚自己丈夫的工作，但知道那和反恐有关。今晚如果他还能赶回家，她就算是交好运了。

护士出现在门口："奥斯本太太，医生让您进去。请往这边走。"

伊丽莎白拿起她的公文包和雨衣，跟着护士走过了狭窄的前厅。

四十分钟后，伊丽莎白坐电梯下楼，穿过医院大厅，走在有顶棚的人行道上。她立起雨衣衣领，冲进了瓢泼的大雨中。狂风撕扯着她的雨衣，把她的头发刮得满脸都是。伊丽莎白好像感觉不到，她已经麻木了。

医生的话就像一阵恼人的旋律，久久地回响在她的脑袋里挥之不去：你不能自然受孕……你的输卵管出了问题……人工受孕可能会有用……我们只能试试才知道……伊丽莎白，我很抱歉……

昏暗的夜色中，她差点被一辆车给撞了。伊丽莎白仿佛没有注意到司机鸣着笛从她身边疾驰而过。她想大叫。她想大哭。她想吐。她想起了和迈克尔的性生活。他们的婚姻也有瑕疵——两人分开得太久，工作的干扰又太多——但在床上他们就是完美的一对。他们做爱时既有默契又不乏激情。她了解迈克尔的身体，迈克尔也了解她的。他们知道如何才能让对方获得满足。伊丽莎白曾经认为，当她想要孩子时，她就会有一个孩子——一切就像他们做爱那样自然而愉快地发生。现在，她觉得自己的身体背叛了她。

角落里只停着那辆梅赛德斯。她从口袋里掏出钥匙，把遥控器对准汽车按下开关。车门解锁后，车灯也亮了。她飞快地爬进车里，关上门，把门反锁住。她想要插入车钥匙发动引擎，但她的双手颤抖着，钥匙从手中滑落在地。她弯腰去捡，结果一头撞到了仪表板上。

伊丽莎白·奥斯本一直都相信镇静的力量，无论在法庭上、办公室里还是和迈克尔在一起时都是如此。她从未让情绪占过上风，哪怕是布拉克斯顿对她说那些“俏皮话”时也一样。但是现在，她独自坐在车里，头发黏在脸颊上。镇静已抛弃了她，她慢慢俯下身去，脑袋抵在了方向盘上。接着，眼泪涌了出来，她坐在车里放声大哭。

4

华盛顿哥伦比亚特区

二十分钟后，一辆黑色的白宫轿车停在了纽约市卡罗拉马区的街边。在这一地区，黑色的职员专车和豪华轿车都并不稀奇。卡罗拉马区位于马萨诸塞大道以北，紧挨着岩溪公园，四周都是葱郁的山林。纽约市最具权力和影响力的一部分人都居住于此。

米切尔·艾略特向来不喜欢东部的城市，大多数时间，他都待在科罗拉多斯普林斯市或洛杉矶他那靠近峡谷的家中，因为那儿距离他的奥贝通防御系统总部很近。但他还是斥资三百万美元，在卡罗拉马区购了座豪宅，以方便他频繁地往华盛顿跑。他还曾想在弗吉尼亚州的马场附近置办一套房产，但那就意味着他得沿着第66号州际公路驱车前往市中心，这简直是噩梦，米切尔·艾略特可浪费不起宝贵的时间。从卡罗拉马开车到国家机场和国会山只要十分钟，到白宫五分钟就够了。

六点五十五分，艾略特悠闲地坐在二楼的藏书室里，俯瞰着楼下的花园。狂风肆起，把大雨重重地掷在窗玻璃上。才十月份，天已经很冷了，他的助手在大壁炉里生起了火。艾略特慢慢地踱着步，端着雕花平底玻璃杯，品着三十年纯麦芽威士忌。他个头不高，只有五英尺半多一点，但他早已学会如何让自己看上去身材高大。他从不让对手站在自己身旁；有人走进他办公室时，艾略特也从不起身，他就这么跷着腿坐着，双手搭在椅子扶手上，好像椅子的空间小得快要坐不下一般。

艾略特精通战争的艺术——而且更重要的是，他通晓欺骗的艺术。他相信制造错觉和误导的作用。他像管理情报机构一样经营着公司，公司的运作理念就是“所知即所需”。所有的信息都得经过严格的划分。一个部门的负责人对另一部门的事务几乎一无所知，他只需知道自己必须知道的事情。艾略特很少将公司的高级主管们召集到一起开会，他会单独同他们私底下面谈，口头分配任务，从不使用书面备忘录。所有跟艾略特的谈话内容都要严格保密，主管们禁止和其他主管讨论。在办公室说闲话肯定会被炒鱿鱼，而且一旦哪个职员泄了密，艾略特立刻就会知道，因为他们的电话全被监听了，电子邮件也会被审查。电子监控摄像机和语音监听器覆盖了办公室的每一英寸。

米切尔·艾略特并不认为这有什么不对。他认为上帝赋予了他这种权利——确切地说是一种责任——去采取任何必要的措施，来保护他的公司和祖国。从艾略特做的每一件事中都能看出他笃信上帝。他认为美国就是被上帝选中的土地，美国人民就是上帝特选的子民。他认为是基督耶稣指引了他去学习航空和电气工程，也是基督耶稣指引他加入了美国空军，到朝鲜去跟那些不信仰上帝的人战斗。

战争结束后，他定居南加利福尼亚，娶了读高中时就相好的莎莉为妻，并在麦克唐纳–道格拉斯公司找了份工作。但是，艾略特打从一开始就不安分。他祈祷全能的上帝帮他指引方向。三年后，他组建了自己的公司，也就是奥贝通防御系统。艾略特从未想过要造飞机。他知道飞机对于国防来说至关重要，但是他相信，上帝让他预见到的是未来，而未来将由弹道导弹来主宰——他叫它们“上帝之箭”。艾略特的公司并不制造导弹，他研发并制造出的是尖端复杂的导航系统，用来指挥导弹的发射和命中目标。

创立奥贝通十年来，米切尔·艾略特成为了美国最富有的人之一，当然也是最有权势的人之一。他跟前总统理查德·尼克松和罗纳德·里根成为了知己好友；从前国防部部长罗伯特·麦克纳马拉开始，他和后来上任的每一位国防部部长都关系甚密；短短几分钟内，他就可以打电话联系到参议院里过半的议员。米切尔·艾略特是华盛顿最有权的人之一，但他总是躲在暗处操控一切。没几个美国人知道他是干什么的，人们甚至压根就不知道有这个人。

十年前，莎莉就患乳腺癌过世了，政府在国防上大笔花钱的兴头也早已过去。国防事业已经深受重创，成千上万的职工失业，整个加利福尼亚州的经济陷入了困境。更重要的是，艾略特认为，比起前些年，如今的美国更疲软无力。当今世界危机暗伏，萨达姆·侯赛因就是一个很好的例子，而一个扛着“毒刺”导弹的恐怖分子同样能说明这一点。艾略特想保护自己的祖国。如果一个恐怖分子能击毁一架喷气式飞机，造成机上的二百五十名乘客全部罹难，那么像朝鲜、利比亚和伊朗这些危险政权难道不可能对纽约或洛杉矶发射核弹，杀死两百万平民吗？文明的国家只相信那些条约和弹道导弹管控机构，而米切尔·艾略特却寄希望于万能的上帝，他不相信那些写在纸上的承诺。他相信机器，他相信保护国家免受异种武器袭击的方法，就是拥有更多的异种武器。今晚，他就要向总统说明自己的观点。

多年来，艾略特一直向贝克维兹提供财政资助以及恰当的咨询，所以他跟詹姆斯·贝克维兹的关系相当稳固。艾略特之前从未请贝克维兹帮过忙，当年，贝克维兹第二次当选参议院议员时，就已在参议院军事委员会里任要职了，而那时艾略特也从未开过口。但现在，情况就要有所改变了。

一个助手轻轻地敲了敲门。他的这群助手都是从美国特种兵里精挑细选出来的。马克·卡拉汉跟其他助手差不多：大概六英尺高——看起来够气派，又不至于把艾略特衬托得太矮——黑色的短发，黑眼睛，胡子刮得干干净净，黑色的西服和领结。助手们每人携带一支柯尔特点四五自动手枪。艾略特在发家致富的同时也树敌不少，没有保镖的陪护，他绝不会涉足公共场合。

“艾略特先生，车备好了。”

“我一会儿就下去。”

助手点点头，悄无声息地离开了。艾略特向壁炉靠近了两步，喝完了杯中剩下的威士忌。他不喜欢被人呼来唤去。等他准备好了，自然会动身，他可不会听保罗·范登堡来喊他走。

要是没有艾略特，范登堡到现在还在卖保险，而贝克维兹也会是个旧金山名不见经传的小律师，住在雷德伍德城而不是白宫。他们都得等着他。

艾略特慢吞吞地走向吧台，又往杯中倒了少许威士忌。他走回壁炉前，面朝着火堆跪了下来。他低着头，紧闭着双眼。他乞求宽恕，乞求上帝原谅他所做的一切和将要做的一切。

“我们是您的选民，”他低语着，“我是您的工具。请赐予我力量来实现您的意志，伟绩是属于您的。”

苏珊娜·代顿觉得自己像个傻子。只有在电影里，记者才会端着杯子躲在车里，边喝咖啡边像私人侦探一样搞暗中监视。一小时前离开办公室时，她没告诉任何人自己要去哪儿。这只是一种直觉，这一趟可能什么门道也摸不出。她绝不想让同事们知道自己像个二流影片里的侦探，跑去跟踪米切尔·艾略特。

大雨模糊了她的视线。她拨了拨变速杆上的开关，雨刮扫开了雨水。咖啡是从市中心那家熟食店买的，她又用那儿买来的纸巾擦去挡风玻璃里侧的水汽。黑色的员工专车还停在那里，引擎开着，车前灯却关上了。豪宅的二楼只有一盏灯亮着。她喝了口咖啡，继续等着。那咖啡真是难喝，但幸好还是热的。

苏珊娜·代顿是《华盛顿邮报》驻白宫的通讯记者，在美国新闻界，《华盛顿邮报》象征着权力和威望的顶峰。但是，苏珊娜厌恶这样的工作。她讨厌自己每天发出的稿子，它们和其他两百多名记者写的东西几乎没什么区别；她不喜欢被白宫的新闻工作人员像赶牛一样聚在一起，然后拥在警戒线外冲着总统贝克维兹大声提问，针对的还都是些预先安排设计好的事件。范登堡经常向《邮报》的管理部门抱怨苏珊娜的文章太过尖锐。最后，她的编辑给她派了份新差事，跟金钱和政治有关。苏珊娜毫不犹豫地答应了。

新任务拯救了她。她要找出是否存在个人、组织或者行业赞助过某位候选人或某一党派。赞助是否会对政策和立法产生不良影响？政治家和赞助商有没有按规矩办事？资金的使用是否合理？有没有人触犯法律？苏珊娜干这种事最得心应手了，她喜欢寻找事物之间的联系。她毕业于哈佛大学法学院，是律师出身，当上记者后，她仍旧思维缜密，行事谨慎。她挖掘出的每一条信息都会根据“证据规则”加以审视：法庭上可以接受吗？这是直接证词还是道听途说？报道中的名字、日期和地点能得到核实吗？是否有确凿的证词？她喜欢找白纸黑字记录的文件，而不是匿名爆料，因为文件是不能改口的。

苏珊娜·代顿一直认为，美国的政治金融体系，其实质就是联邦政府管理下有组织的贿赂和勒索。合法与非法行为之间仅一线之隔。在她看来，揪出并曝光那些违法者是她的职责所在。她的性格很适合干这份工作。她憎恨那些徇私舞弊又逍遥法外的人；她鄙视在超市插队的家伙；在高速公路上开车时，碰到鲁莽的司机抢道，她会很生气。她痛恨那些为图自己方便而损害他人利益的人，她的工作就是确保这些人做坏事后逃不了干系。

两个月前，苏珊娜的编辑给她分派了一项艰巨的任务：按时间顺序记录下总统贝克维兹和奥贝通防御系统的董事长——米切尔·艾略特两人长期以来的关系，包括金钱和私人方面。“神秘”这个词快被用滥了——当个人或集团让人难以捉摸或行迹不易查访时，新闻记者们就会搬出这个词来形容他们。如果哪个人能被配上“神秘”这个字眼，那一定就是米切尔·艾略特了。

过去这些年，他资助了共和党多达数百万美元。一家监督机构告诉苏珊娜，在艾略特给共和党提供百万资金的过程中，有些渠道十分可疑，有些则是明目张胆的违法操作。而艾略特的最大受益人就是总统贝克维兹。这些年，艾略特已经向贝克维兹的竞选和政治运筹委员会赞助了数千美元，他自己也成了总统先生亲密而信任的顾问。白宫的幕僚长——保罗·范登堡就曾是艾略特手下的一名执行官。贝克维兹隔段时间就会去艾略特在毛伊岛和范尔市的度假别墅中小住几日。

苏珊娜有两个主要疑问：第一，过去这些年，米切尔·艾略特是否向詹姆斯·贝克维兹及共和党提供了不正当的资金支持？第二，米切尔是否对总统的决策施加了不正当的影响？

到目前为止，她都无法回答这两个问题。她的编辑打算在两周后留出一个特殊版块刊登她的文章，专门报道贝克维兹及他的第一任期。在发稿前，她有大量的工作要做。但苏珊娜那时就已知道，自己能够做的也就是质疑艾略特以及他跟白宫的关系而已。米切尔·艾略特把自己的行踪掩盖得太好了，她找不到他的蛛丝马迹。《华盛顿邮报》的图片资料馆中只有一张他十岁的照片，而奥贝通竟连一个发言人都没有。当她打电话预约采访时，电话那头的人轻声笑了笑，说："艾略特先生没有跟新闻记者说话的习惯。"

国家机场的一个眼线告诉她，艾略特今早乘坐私人飞机赶往了华盛顿。国会已经休会，大多数议员都回家去忙着竞选。总统为了应对002号航班的坠毁，则中断了竞选之旅。苏珊娜想知道为什么艾略特在这个时候也来了。

这就是为什么此刻外面正下着大雨，苏珊娜却坐在车里，蹲守在艾略特位于卡洛拉马的豪宅外。豪宅的前门打开，出现了两个身影。高个子的人撑着雨伞，较矮的那个银发男人就是米切尔·艾略特。

个高的男人送艾略特坐进轿车的后排，随后自己绕到另一侧车门，坐在艾略特身旁。车前灯亮了起来，照亮了整条街。轿车迅速驶离路边。朝着马萨诸塞大道开去。

苏珊娜·代顿发动了她的小型丰田轿车，跟上了艾略特，同时保持着一段距离。宽大的黑色轿车朝着马萨诸塞大道快速向东驶去，沿途是使馆街。经过杜邦环岛时，轿车混进了外车道的车流，然后朝南驶上康涅狄格大道。

时间还不算很晚，但是康涅狄格大道上几乎空无一人。苏珊娜发现，飞机坠毁后的这四十八小时里，整座城市都被一种诡异的宁静笼罩着。人行道上空荡荡的，只见到几个醉鬼陆陆续续从环岛南边的一座小酒馆里走出来，还有一群上班族冒着雨，快步走向法拉格特北地铁站。

在康涅狄格大道和第17大道交汇处，轿车穿过了白宫前街，她跟着穿过了宾夕法尼亚大道，从装修豪华、灯火通明的老行政办公大楼前经过。苏珊娜想，她已知道艾略特今晚要在哪里吃晚餐了。

车向左拐了好几个弯，两分钟后，停在了白宫广场的南门。一位身着制服的特工走上前，朝车后座看了看，然后放行。

苏珊娜·代顿继续朝前开。她要找个合适的地方蹲守。最近这段时间里，驾车在白宫附近作任何时间的停留都不是个好主意。白宫遭到一系列袭击后，特勤局早就加强了防范。执勤特工很可能会上前询问，还可能向上级汇报。

她把车停在了第17大道。老行政办公大楼的对过有一家营业到很晚的小咖啡馆。她拿起手提包下了车，包里胀鼓鼓地装着报纸、杂志和她的手提电脑。她冒着雨快速穿过街，一头钻进了咖啡馆。店里空空荡荡，她点了金枪鱼三明治和一杯咖啡，找了个靠窗的位置坐下等候着。

她从包中取出手提电脑，调好屏幕高度后打开了电源。她在软盘驱动器中插入一张磁盘，打开了一个文件，接着屏幕上显示出一连串字符和乱码。苏珊娜性格谨慎——她的许多同事更愿意用多疑来形容她——她把自己所有的重要文档都用加密软件保护起来。她输入了一串七位数密码，文档就正常显示了。

服务员把她点的三明治和咖啡送了过来。她向下滚动着页面，浏览着文件里的信息：名字、日期、地点和数额，还有她知道的“神秘”的米切尔·艾略特的一切信息，以及他跟总统贝克维兹的关系。她把今晚的事情写进了文档，然后关掉电脑，准备耐心地等下去。

5

伦敦

十二点刚过，《泰晤士报》的新闻编辑室就收到了一份传真。过了将近二十分钟，一位年轻的助理才走过去把它从传真机里取出来。助理快速扫了一眼传真内容，便把它交给了当晚的夜班责任编辑尼尔·弗格森。弗格森是个老手，干这行已有三十年了，以前他也见过不少这种传真——大多来自爱尔兰共和军、巴勒斯坦解放组织、伊斯兰圣战组织和一些政治狂热分子。不管什么时候，只要一有暴力死亡事件发生，这些疯子就会跳出来声称是自己干的。但这份文件看起来不像是极端分子的杰作。

每次遇到这类情况，弗格森都会打一个特殊电话。他拨通了号码，等候片刻。一个女人接起电话，她的声音很甜美，略有些撩人。

“我是《泰晤士报》的尼尔·弗格森。我们的新闻编辑部刚才接到了一份很有趣的传真。在这方面我不是专家，但它看起来好像是真实的。也许你们也应该瞧瞧。”

弗格森把传真复印了一份，自己留下了原件。他亲自把复印件拿到了楼下，坐在大厅里等着。五分钟后来了一辆车，一个满脸痘印、嘴里叼着雪茄的年轻人走进大厅，取走了传真。尼尔·弗格森就又回到了楼上。

满脸痘痕的男人效力于英国安全局，也就是人们熟知的MI5——军情五处，主要负责整个不列颠群岛的反间谍活动、内部颠覆及反恐怖主义。军情五处的总部矗立在泰晤士河畔，整座房子由玻璃和钢筋建造而成。他拿着传真复印件回到总部，亲手交给了当班的高级军官。

值班军官立刻打了两个电话。第一通电话不情不愿地打给了他的“对手”——英国秘密情报局，即情报六处。情报六处主要负责收集海外的情报信息，因此，六处总认为自己比五处更有分量，也更有脸面。美国中央情报局驻伦敦的办事处在市中心的格罗夫纳广场，美国大使馆也在附近，办事处的人员配备十分充足。第二个电话就是打给军情五处在中情局办事处的联络官的。

不到两分钟，复印件就通过加密传真机发送到了格罗夫纳广场。十分钟后，一个打字员把信件的内容输入了电脑，随后把它转发给中情局在弗吉尼亚兰利市的总部。按照关键词和类别，中情局的电脑系统会自动对邮件进行分发。从伦敦来的邮件会转发到中情局局长、分管情报和作战的副局长、常务局长和分管中东事务的执勤特工的办公室。它们还会被直接发送给中情局的反恐中心。

几秒钟后，这份文件就出现在了一名特工的电脑屏幕上，他负责一个极端组织——“加沙之剑”的事务。这名特工正是迈克尔·奥斯本。

6

弗吉尼亚州兰利市，中央情报局总部

迈克尔·奥斯本的父亲总说，对外勤特工们而言，总部办公室就是个让人萎靡等死的地方。他的父亲曾经是前苏联指挥部的情报官员，负责雇佣和管理在莫斯科、罗马和菲律宾的特工。詹姆斯·安格勒顿是中情局大名鼎鼎的反情报特工，他花了二十年时间打击和摧毁中情局的“内鬼”，结果牺牲了数百名忠心耿耿的特工，也断送了自己的事业。退休前的最后几年里，他一直在撰写无用的评估报告和整理文件中度日。安格勒顿怀着痛苦和失望离开了中情局。退休后的第四年，他患癌去世。

跟父亲一样，迈克尔也极不情愿回到总部，但是他被遣回的原因跟他父亲不太一样：敌人已知道了他真实的名字和职业，继续做外勤特工会带来危险。他接受了命运的安排，就像一个模范囚犯接受无期徒刑的判决一样。但是，他父亲告诫过他，兰利的生活也有风险，这点他不会忘记。

他们在六楼F过道上的一个小单间里工作，他们亲切地把它叫作“牛栏”。但它看上去并不像中情局反恐行动的枢纽中心，反倒更像哪家没落都市日报的新闻编辑部。艾伦是一个有点书呆子气的联邦调查局会计师，他主要负责追踪非法资金的流向，它们大都通过世界上最谨慎隐秘、最肮脏黑暗的银行暗中交易；辛西娅是一个留着亚麻色头发的小天使，她出生于不列颠，是世界上最了解爱尔兰共和军的人。她狭窄的办公小隔间里挂满了爱尔兰游击队的恐怖照片，其中一张照片上，一个男孩用土制炸弹炸飞了她兄弟的一只手。她整天都出神地盯着这些照片看，就像一个普通女孩盯着最热门的少年偶像海报。

还有斯蒂芬这个“欧洲败类”，他的任务是监督西欧的各类恐怖分子和民族主义运动；另一位是布雷斯，他身高六英尺四英寸，是个来自新墨西哥州的美国人，他会说西班牙语和葡萄牙语，还至少能说十种印第安方言。布雷斯的主要目标是中南美洲地区的游击队和恐怖分子。虽然人事部已书面警告过他多次，他还是打扮得跟自己的敌人一样：脚穿凉鞋，身着宽大的印第安外套。他认为自己就是现代的武士，是一个真正的勇士诗人。工作比较清闲时，他会和辛西娅练习武术。

迈克尔的办公桌在角落里，跟“十亿字节”相邻。怪人“十亿字节”是个满脸青春痘的二十二岁小伙子。他每天都在网络世界里搜寻恐怖分子的通讯信息，头戴式耳麦中时常传出另类的摇滚乐的轰鸣声。他电脑屏幕上的东西曾经让迈克尔半夜从梦中惊醒。为了不看到他的电脑屏幕，迈克尔垒了一堆废旧文件挡住视线。但当“十亿字节”窃笑，或当摇滚乐的音量突然变大时，迈克尔就知道，他最好闭上眼睛，低下头，把脸贴在桌面上。

墙上的时钟旁挂着一幅纸板剪影，是一个三英尺高的枪手，上面印着国际上通用的红色禁止符号。已经快要深夜十一点半了，迈克尔从早上五点一直忙到现在。“牛栏”里依旧热闹得很：秘鲁的“光辉道路”组织绑架了一名政府官员，布雷斯正踱着步，想办法联系该组织；法国的“直接行动”组织在巴黎一地铁站制造了爆炸袭击，“欧洲败类”正弓着背，坐在电脑终端前阅读信息流量的变化；一名新教徒开发商在妻儿面前被爱尔兰共和军杀死，辛西娅正在用秘密线路跟伦敦通话，向英国军情五处传递情报。让迈克尔庆幸的是，“十亿字节”跟朋友们去酒吧了，他的这帮朋友还真相信他是靠做网站谋生的。

十五分钟后，迈克尔就要向行政主管汇报这次坠机事件的最新进展。一小时前，那份声称对坠机事件负责的传真就已经被送到了兰利市。迈克尔把它读了整整五遍。那天早晨，在长岛海岸附近发现了那艘漂着的波斯威娜钓鱼船，联邦调查局实验室对船进行了初步法医调查。迈克尔浏览了一遍调查报告，仔细研究着船上发现的尸体照片。

还剩十分钟了，他可以跑下楼，到被称为“泔水槽”的餐厅去找点吃的；或者，他可以用这点空当打电话给伊丽莎白。他本来约好和她在乔治城会面的，但他爽约了，他知道他们很可能会吵起来。他不想在情报局的电话里吵架，于是他关掉电脑，走出了“牛栏”。

灯火通明的走廊上冷冷清清。为了让走廊看着喜庆些，情报局的美术委员会曾试图在这里放置一些印第安民族艺术品，但这儿还是像重症监护室一般冷寂，毫无生气。他沿着走廊来到了大型电梯旁，坐电梯到了地下室，又经过一条无名走廊，最后来到了“泔水槽”。时间已经不早了，可选择的菜比平常更糟。他点了份鱼肉三明治和法国薯条，柜台后收银的女服务员已经睡眼蒙胧了，她恶狠狠地敲打着收银机，好像故意要把它弄坏似的，接着一把抓过迈克尔的钱，给他找零。

迈克尔边吃边走。那三明治是几小时前做的，所以是冷的，难吃极了，但是总比再来一包薯片强。他吃下了半块三明治和一些炸薯条，把剩下的扔进了垃圾桶。他看了看表，还剩下五分钟，够他抽根烟了。他坐电梯上到一楼，穿过玻璃门，来到了一个宽敞的中心庭院。威廉姆·韦伯斯特曾下令禁止在楼内吸烟，所以烟鬼们不得不像难民一样，聚集在中心庭院或大楼出口旁。在欧洲和中东从事秘密情报工作数年后，烟草和它的气味已融入了迈克尔的情报生涯。他不愿意也不可能因为回到了总部就把烟戒掉。

开阔的庭院里，被风卷起的枯叶在空中打着转。迈克尔背着风点燃了烟。天色已暗，气温也很低，只有他头顶的那个办公室里还亮着灯，透过隔音玻璃，灯光泛着绿色。前些年，他的办公室都在柏林、雅典或罗马那些僻静的街道上。现在，他仍旧觉得坐在罗马的咖啡馆里比待在乔治城的星巴克更舒服。他快速扫了一眼手表，这顿晚餐吃得还算舒心。他把烟头塞进填了沙的烟灰缸里，走进了大楼。

简报室就在“牛栏”的对面，也是个狭窄拥挤的小房间，一张公家买的廉价长方木桌占据了屋里大部分的空间。墙上挂着每家政府机构的标志徽章，中间写着各机构的职责；正对门口的那面墙上挂着投影屏幕。迈克尔十一点四十五分准时来到了汇报室。他正整理领带时，两个男人走了进来。

第一个进来的是阿德里安·卡特，反恐中心的主任，是个有二十年专业经验的老手。他个子矮小，脸色苍白，稀疏的灰头发，眼睛下挂着眼袋，一副厌倦了世事的模样。过去的十五年里，不管于公于私，迈克尔和卡特的感情都挺好。第二个人是中心的副局长埃里克·麦克马纳斯。麦克马纳斯个子高大，性格直率，很爱笑。他有姜灰色的浓密头发，说话带着波士顿南部口音。麦克马纳斯曾经任职于联邦调查局，看看他那身行头：海军蓝西服，笔挺的白色衬衫，红色的领结。在迈克尔的父亲为中情局效力的那个年代，联邦调查局的人坐上副主任这样高位，简直会被当作异端。老派的中情局官员们一辈子忠心耿耿地效力于自己的情报机构，但是麦克马纳斯并非如此，他是哈佛毕业的律师，调到中情局之前，他已在联邦调查局反情报部工作了二十年。

莫妮卡·泰勒一如既往地最后一个进屋，而且迟到了整整五分钟，不多也不少。她认为自己的时间是无价的，永远不值得为别人而浪费。两个长相一模一样的男跟班默默地走在她身后，二人都满怀热情地紧紧攥着镶皮面的简报本。除了人事部，中情局里没有人知道这俩人是谁、打哪儿冒出来的。办公室有好事者说，莫妮卡把他俩从自己在华尔街的投资公司调了过来，那些豪华的红木办公家具和私人卫浴家具也是从公司搬来的。这两个人身材高挑、肌肉发达，都有一双机警的黑眼睛。他们从不说话，就像沉默的护柩者。两人很有默契，两人的动作看上去都慢吞吞的，像在表演水下芭蕾。由于没人知道他们的真实姓名，他们就被戏称为“叮当兄弟”，而诋毁莫妮卡的人则说他们是莫妮卡的“男宠”。

莫妮卡走进简报室时，麦克马纳斯和卡特站起身，没有一丝热情可言。她从麦克马纳斯庞大的身躯旁挤过去，坐在了桌子的那头——这可是她的“专席”，坐在这个位置，她只需轻轻偏一下她高贵的头颅就可以看到屏幕和汇报人了。“叮当兄”把一本镶皮笔记本小心翼翼地放在她面前的桌子上，就好像在放一块古代石匾。然后他靠着墙，坐在她身后，紧挨着“叮当弟”。

“莫妮卡，这位是迈克尔·奥斯本，”卡特介绍说，“迈克尔的主要工作就是反恐，从加沙之剑开始活动时，他就在调查他们了。”

莫妮卡·泰勒看了看迈克尔，点点头，好像她是头一次听说。但迈克尔知道她早就了解过这些了。大家都知道，莫妮卡会提前阅读任何跟她接触的特工档案。有传闻说，如果没有事先看过某个特工的健康报告，她甚至不愿在饮水机旁看到他。

她把目光从迈克尔身上移开，转到了空白屏幕上。她的金色短发打理得有型有款，脸上的妆也是刚补过的。她身穿一套黑色西装，里面配着高领白衬衫，此时一只手放在桌面上，另一手握了支修长的金笔，轻咬着笔头。莫妮卡·泰勒视工作为自己的全部生活，这一点她从未在同事面前掩饰过。她是中情局局长带来的，因为过去不管他在哪个政府部门任职，她都跟随着他。她对情报工作一无所知，但她聪明，学得很快。经常有人看见她在七楼的办公室里工作到深夜，阅读简报和旧档案。作为曾经的公司律师，她很懂得切中问题要害。迈克尔曾经见过一名情报官因为简报准备不充分，而被她贬得一文不值。

卡特点头向奥斯本示意了一下。奥斯本把灯光调暗，开始了汇报。他按下了后墙控制板上的按钮，屏幕上显现了一张照片。

“这是哈桑·穆罕默德，出生于加沙，在一个难民营里长大。一九八七年巴勒斯坦暴动时他加入了哈马斯。他是一名顽固的伊斯兰革命分子，反对跟以色列和谈。他曾在黎巴嫩和伊朗的基地受过训，是个炸弹制造专家，也是致命杀手。哈马斯签了和平条约后，他就脱离了哈马斯，加入了加沙之剑。以色列商人在马德里遇刺身亡和去年约旦总理暗杀未遂事件，他可能都脱不了干系。”

迈克尔停顿了一下：“下面这张照片更清楚些。”他切换到下一张图。卡特和麦克马纳斯都皱了皱眉，莫妮卡·泰勒的脸上却读不出一丝表情。

“我认为这张照片上的人就是哈桑·穆罕默德。在距长岛海岸二十英里的海上，我们在一艘波斯威娜钓鱼船中发现了这具尸体。他脸上被击中了三枪。尸体旁发现了‘毒刺’的发射管。调查结果也初步证实，导弹是从这艘小船上发射的。船尾已经焦黑了，调查实验室找到了些残留物质，它们正好与‘毒刺’使用的固体燃料相匹配。”

“谁杀的他？为什么要这样做？”莫妮卡问道，“那个人又是怎样逃离现场的？”

“这些尚未查明，但我们已有了推断。”

莫妮卡扬起眉毛，把注意力转到了奥斯本身上。她像个心理治疗师一般，直勾勾、毫无感情地看着他。迈克尔知道，她在找自己汇报的漏洞。“说来听听。”她道。

迈克尔切到下一张照片，这是张航拍图：一艘大型远洋游艇正拖着一条小船。“这张照片是飞机坠毁的四天前，在佛罗里达海岸旁拍摄到的。游艇登记在一个法国人名下。我们调查过，证实根本就没有这么个法国人；我们还知道，袭击发生的八天前，该游艇从圣巴托洛缪地区的加勒比岛起航。后面那条小船是一艘二十英尺长的波斯威娜钓鱼船无畏号，跟陈尸的那艘船型号相同。”

“小船现在在哪里？”

“在中情局的实验室里。”麦克马纳斯答道。

“游艇呢？”

“还未找到。”迈克尔回答，“海军和海岸警卫队正在搜寻游艇。我们也正在重新查阅大西洋那片海域的卫星照片。”

“所以，在袭击当晚，”泰勒说，“小船接近了长岛海岸，而游艇就停在公海上，远未进入美国领海。”

“看起来的确如此。”

“而发射导弹的人一回到游艇，就遭到了同伙的射杀？”

“应该是这样的。”

“但这是为什么呢？为什么留下尸体？还留下发射管？”

“这些问题问得好，我们目前都还没找到答案。”

“迈克尔，你接着说。”

“今天傍晚，伦敦《泰晤士报》收到了一封传真，加沙之剑组织声称对此次事件负责。”

“但是，这次袭击并不像是他们的风格。”

“对，确实不像。”迈克尔又按下按钮，屏幕上出现了一张新的图片，是对加沙之剑的简单概述，“该组织成立于一九九六年，就在本雅明·内塔尼亚胡被选为以色列总统之后。他们的唯一目标就是破坏和平进程，暗杀一切支持和平协议者，无论对方是阿拉伯人或犹太人。他们从未在以色列境内及其占领区发动过袭击。相反，他们主要在欧洲及阿拉伯国家开展行动。组织的规模不大，但是分工极其明确，高度专业。我们认为，他们的常驻执行特工不超过三十人，后勤队伍大约有一百人左右。这个组织没有固定的根据地，我们无法知道其成员下周又会转移到哪个基地去。他们的经费几乎全部来自德黑兰，在利比亚和叙利亚也有训练基地。”

迈克尔又换了张图片：“这些都是该组织策划实施的袭击事件。哈桑·穆罕默德在马德里枪杀了这名以色列籍商人。”另一张照片切进来，是巴黎街头大规模袭击的场景，“针对约旦首相的袭击并未成功。首相躲过了一劫，但是他同行的那六个人就没那么幸运了。”又一张照片，一个阿拉伯国家的首都血流成河、尸横遍野，“突尼斯的爆炸事件，造成埃及副外长和另外二十五名无辜路人丧生。这些还不是全部，遇袭的还包括罗马和维也纳的两名以色列外交官、亚西尔·阿拉法特在开罗的一名助手，以及塞浦路斯的一名巴勒斯坦商人。”

“但他们从未袭击过飞机。”最后一张图片从屏幕上消失后，泰勒接口道。

“据我们所知还没有过。实际上，我们认为他们从未把美国作为袭击目标。”

迈克尔开了灯。莫妮卡·泰勒说：“局长明早八点向总统汇报情况。总统要在会上决定是否空袭他们的训练基地。总统要的是答案。

先生们，你们认为是不是加沙之剑击落了那架飞机呢？”

莫妮卡先看了看卡特，然后再看了看麦克马纳斯。卡特认为这个问题应该由他来回答，因为自己是在场级别最高的。他微微清了清嗓子，说道：“莫妮卡，就我们目前所知，这有可能是加沙之剑干的，但也没准是‘华盛顿红皮党’。”

“最后一句话说得漂亮。”迈克尔说着，两人走出前门，进入了夜色之中。迈克尔竖起衣领抵挡寒冷，然后点起一根烟。

卡特走在他旁边，一手拎着公文包，另一只手插在口袋里。卡特的脸看上去总带着些许迷茫，还有几分愠怒，因此不了解他的人很容易看轻他——这不管在外秘密执勤，还是在兰利总部的官僚机构中，对他来说有好处。他会说六种语言，不论走在华沙、雅典还是贝鲁特的街上，都显得毫不起眼。

肯定有人告诫过他，要在总部混，他得置办点新行头，因为他每天都穿着一尘不染的西服，而且都是昂贵的英国或意大利货。卡特个头矮小、稍有驼背，因此名牌衣服穿在他身上总显得不太服帖。乍看之下，一千美元的阿玛尼西装倒像是乔治城威斯康星大街上那些不靠谱服装店里卖的廉价仿冒品。迈克尔总觉得他这身打扮很荒谬，像个男装精品店里的小职员，穿着自己买不起的西装。但是卡特性格较真，做事从不苟且，不管是对待工作、妻子、家庭还是自己喜爱的爵士乐。最近他迷上了高尔夫，于是总躲在他那玻璃围成的狭窄办公室里，用塑料高尔夫球练习击球。有一次，迈克尔在那些塑料球中掺了个真球，卡特一杆就把球打飞出去，击穿了玻璃——当时他正和莫妮卡还有局长进行电话会议。第二天，卡特就收到了人事部的修理缴费单和警告处分。

“她有时简直要把我逼疯。”卡特小声地嘀咕着。迈克尔曾经在不受政府保护、不能去大使馆寻求庇护的情况下执行过一些任务，卡特当时是他的指挥官。即便是此时，两人只是朝总部西面的停车场走去，他们的行动仍像在敌方监视下汇报工作。“她一定觉得收集情报就和拼凑季度收益报告一样简单。”

“局长百分之百地信任她，只好小心应对。”

“遵命——一眨眼，你就成了总部的人了。”

迈克尔把烟头扔进暗处：“这起袭击案里有些细节不对劲。”

“比长眠在大西洋海底的那二百五十号人还糟？”

“船上那具尸体让人摸不着头脑。”

“所有的这一切都让人想不透。”

“还有些别的地方不对。”

“噢，上帝啊。我就知道你会这么说。”

“比如说穆罕默德脸上的那三枪。”

他们停了下来。卡特转身看着奥斯本：“迈克尔，我得提醒你，现在真不是报私仇的好时候。”

他们没有再说话，直接走到了迈克尔的车前。

“为什么你能开银色捷豹、住在乔治城，而我却得开雅阁，还住在莱斯顿那种地方？”

“因为我的掩护身份比你的好，还因为我娶了个有钱的律师做老婆。”

“奥斯本，你是我见过的最幸运的人。如果我是你的话，绝不会胡来。”

“这话什么意思？”

“意思是说，过去的就让它过去吧。回家去好好睡一觉。”

迈克尔的父亲到头来是怨恨中情局的，但造化弄人，他还是有意无意间把自己的儿子培养成了颇具潜质的优秀情报官员。在达特茅斯学院读大三时，中情局就已经注意到了迈克尔。迈克尔的伯乐是一名美国文学教授，第二次世界大战后，这位教授就开始在柏林为中情局效力了。从这位不修边幅、胡子拉碴的大学生身上，他看到了优秀特工的潜质——智慧、领导力、个人魅力、正确的态度，以及精通多国语言。

教授不知道的是，迈克尔的父亲就曾为这个秘密机构工作过，迈克尔和母亲只得跟着父亲从一个地方搬到另一个地方。迈克尔十六岁时，就已经会说五国语言了。当中情局的人第一次来找他时，他拒绝了。他目睹了这种职业对父亲造成的影响，以及给母亲带来的痛苦。

但是中情局很看重他，始终在坚持争取。毕业后，他同意了，因为当时工作的前景并不好，他也没有更好的办法。他被送到了位于弗吉尼亚州威廉姆斯伯格郊区的训练基地——佩里营，通常被叫作“农场”。在那里，他学会了招揽和管理特工，掌握了谍报通信的技术，懂得了怎样识别敌人的监控，也学会了武术和自卫。

经过一年的训练之后，中情局给他安排了个掩护身份、一个化名和一个简单的任务：打入世界上最暴力的恐怖组织。

迈克尔开车沿着123号公路前行，然后转上了乔治·华盛顿公园大道，直接往市区方向开去。马路上空荡荡的，路边的大树在狂风中剧烈摇晃着，一轮明月透过稀疏的云层投下片片光影。迈克尔下意识地看了好几次后视镜，提防有人跟踪。他按下加速器，速度表显示为七十英里每小时，捷豹沿着平缓起伏的公路疾驰着。左侧的树木飞快地向后掠过，波托马克河在月光下泛着粼光。几分钟后，乔治城的教堂尖顶跃入了他的视线。他驶过基桥的出口，过河后就进入了华盛顿市区。

M街上冷冷清清，只见几个流浪汉在公园里买醉，一群乔治城大学的学生在金考公司外的人行道上闲聊。迈克尔左拐到了第33号街，M街上明亮的灯火和店铺消失在了身后。穿过一条小巷就可以到达他家后院的私人停车场，但是迈克尔更喜欢把车停在视野开阔的大街上。他左转，在N大街上找了个空位，然后像往常一样，在熄掉引擎前，他盯着房子的正面看了一会儿。做一名情报官，迈克尔还是乐在其中的——招募到优秀的人才对他而言不乏吸引力，而在关键时刻搜集到情报也令他获得成就感——但是这份工作也有他不喜欢的地方，比如每次回家时，他都心绪不安，担心敌人会采取报复行动。

因为涉足这一行，迈克尔总担心自己的人身安全。用中情局的行话来说，他是一个“NOC”，即不受官方保护的特工。这就意味着，迈克尔并不像大多数特工那样可以待在使馆里工作，同时又有国务院罩着。迈克尔是一个人孤军奋战。他曾经在达特茅斯做过商务咨询，而大多数情况下，他用来作掩护的身份都跟国际咨询和销售有关。迈克尔也更喜欢这种方式。多数中情局特工不出勤时就在大使馆上班，因此使馆所在国也知道他们的身份，这使得情报工作很难开展，特别当目标是恐怖组织时。迈克尔不喜欢有使馆这么个链条绕在脖子上，但是这也意味着他得不到相应的保护。如果一个受官方保护的特工在执勤时遇到麻烦，他可以逃到大使馆，申请外交豁免；要是迈克尔任务受挫——比如招募失败，或敌方的情报机构发现了他的真实身份——他可能会被判入狱，甚至更糟。回到总部多年后，这种担忧逐渐减少了，但始终还是挥之不去。他最担心的是对手会迫害他最心爱的人。他们以前就这么做过。

他下了车，锁上车门，设置好报警系统，然后向西朝第34号街走去，边走边检查着四周的车辆和车牌。到了第34号街，他穿过马路，又检视了一遍四周。

人行道上，弧形的砖砌台阶一级级通往他们联邦复兴风格的大房子前门。就因为住在乔治城这座价值二百万美元的屋子里，迈克尔着实尴尬过一阵，因为他的同事们都住在兰利附近的弗吉尼亚郊区，那儿的房子相对更便宜。他们老爱拿迈克尔价值不菲的房子和车子开玩笑，怀疑他是不是也跟瑞克·艾姆斯一样，靠出售情报来赚钱。而事情的真相远远没那么复杂：伊丽莎白在布拉克斯顿&奥沃斯&肯特曼公司的年收入大约有五十万美元，而迈克尔的母亲过世时，给他留下了一百万美元的遗产。

他打开前门，先解开门闩，再松开保险插销。进屋时，报警器的蜂鸣声轻响了起来。他小心地关门、重新上锁，然后关闭了报警系统。楼上传来伊丽莎白在床上翻身的声音。他把公文包放在厨房的吧台上，从冰箱里拿出一罐啤酒，一口气就喝了一半。空气中有丝淡淡的烟草味。伊丽莎白以前吸烟，这可不是个好兆头——十年前她就戒了烟，但是生气或紧张时，她仍会抽上几口。她今天去了乔治敦大学医学中心，看来结果不妙。迈克尔失约了，他觉得自己简直混蛋透顶。其实他有一个很好的借口——坠机事件和他的工作息息相关——但伊丽莎白平常也公务缠身，她也是特地调整了日程，挤出时间去看医生的。

他环视着厨房，这比他自己第一次买的一整间公寓还要宽敞。他的记忆又回到了五年前的那个下午，他们签约买下这栋房子的时候。他们走在这空荡荡的房间里，伊丽莎白兴奋地计划着家居摆设要放在哪里、怎样装潢、墙壁粉刷成什么颜色等等。她想要孩子，想生很多孩子，让他们在家里跑来跑去、大吵大闹、四处搞破坏。迈克尔也想做爸爸。他自己的童年就十分美妙，他在成长中领略过世界各地的异国情调，但他却没有兄弟姊妹，这使他总觉得生活中缺少了什么。他们生不了孩子，这一直是两人心头的阴影。这房子对于两人来说太大了，有时显得空荡荡、冷冰冰的，它不像个家，倒更像是一座博物馆。迈克尔有时会觉得，这座房子里好像有孩子来过，但又被什么力量带走了。他觉得他们像是被判了刑，两人注定要在伤心中度过一生。

他关掉灯，拿着半罐啤酒上楼，走进了卧室。伊丽莎白正坐在床上，下巴抵着膝盖，用双手抱着双腿。高高的教堂式天花板上，一盏顶灯发出柔和的灯光。壁炉里的火已奄奄一息。她金黄色的短发乱作一团，眼中透出的疲惫说明她一直没睡。她的目光落在某处一动不动，床头柜的烟灰缸里躺着三根吸了半截的香烟，迈克尔睡的半边床上凌乱地铺满了案情摘要。他看得出伊丽莎白很生气，跟以往一样，她只好全身心地投入工作，以此来排遣心中的愤怒。迈克尔什么也没说，轻轻地脱下了外套。

“几点了？”她问道，看也没看迈克尔。

“很晚了。”

“你为什么不打个电话？怎么不事先告诉我今天会这么晚回来？”

“今天案子有了些新进展。我想你可能已经睡了。”

“迈克尔，我不怕你吵醒我。我只想听听你的声音。”

“伊丽莎白，对不起。今天中情局很忙，我脱不开身。”

“你今天为什么没去医生那儿？”

迈克尔正在解衬衫的纽扣。他停下来，扭头看着她。她的脸涨红了，眼中泛着泪花。

“伊丽莎白，我负责调查的那个恐怖组织很有可能就是击落了客机的那伙人。我不可能在工作时间离开办公室，跑到华盛顿去见医生。”

“为什么不能？”

“不能就是不能。总统要在听了我们的汇报之后才能作决定。这种情况下，我不可能离开岗位，几小时也不能。”

“迈克尔，我也是有工作的。它可能不像在中情局那么了不起，但是它对我也很重要。我现在手头就要应付三个案子，还有个天天跟我作对的布拉克斯顿，而我还拼了命地想要怀个……”

有一刻，她的情绪几乎要失控了。

“对不起，伊丽莎白。我真的很想去，但是我没办法，特别是今天。害你白等，我心里很过意不去。医生都说什么了？”

她张嘴想要说什么，但是一句也没能说出口。迈克尔走过去，坐在她身旁，把她拥入怀中。她把头靠在他肩上，轻轻地哭了。

“他不确定是哪里出了问题。我不能怀孕，我的输卵管可能有问题，他也不能肯定。他建议我们试试人工授精。他说纽约的康奈尔医学中心在这方面是最专业的。我们下个月就可以做。”

伊丽莎白抬头看了看他，她的脸已被泪水打湿。

“迈克尔，我没抱太大希望。只是如果我们不把每个方法都试过的话，我没法原谅我自己。”

“我同意。”

“这样的话，我们就得在纽约待上一段日子。我会安排一下，到时候可以在我们曼哈顿的办公室工作。爸爸会住在岛上，所以我们可以住他纽约的公寓。”

“我会跟卡特说的，争取在纽约的分局办公。我可能得来回跑几趟，但这不成问题。”

“迈克尔，谢谢你。对不起，我刚才对你发脾气了。我那时候真是气坏了。”

“不用道歉，这是我的错。”

“嫁给你时，我就知道以后的生活是什么样的。我知道我改变不了你的工作，但我有时只想你在我身边多待一会儿，想让你多陪陪我。我现在觉得，我们好像只有每天早晚才能各碰一次头。”

“我们可以辞职。”

“我们才不会辞职呢。”她吻了吻他的嘴唇，“把衣服脱了，去睡觉吧。已经很晚了。”

迈克尔起身，走进了宽敞的主浴室。他脱光了衣服，刷牙洗脸，从头到尾都没看一眼镜子里的自己。他回屋时，卧室里的灯已经熄了，但伊丽莎白仍然双手抱膝，坐在床上。

“看你的脸我就知道了。你明白的。”

“你在说什么？”

“你的表情。”

“什么表情？”

“每次这个世界的什么地方有人被杀了，你的脸上就会有那种表情。”

迈克尔躺到床上，手肘支着身体，面朝伊丽莎白。

伊丽莎白说：“你的眼睛里也是那种神情，我在想，你是不是又想起她了？”

“伊丽莎白，我没在想她。”

“她叫什么名字？你从没告诉过我她的名字。”

“她叫莎拉。”

“莎拉，”伊丽莎白说，“很美的名字。莎拉。你爱过她吗？”

“是，我爱过她。”

“你现在还爱她吗？”

“我爱的是你。”

“你没有回答我的问题。”

“不，我已经不爱她了。”

“天哪，你做骗子都不合格。我还以为做特务的人都很会撒谎呢。”

“我没有撒谎，我从来不骗你。只是有些事我不能告诉你。”

“那你还想着她吗？”

“我在想她遭遇的一切，但我不是在想她。”

她翻身躺在了自己睡的那一边，背对着他。黑暗中，迈克尔可以看到她的双肩正在发抖。当他伸手去摸她时，她说：“对不起，迈克尔，真的对不起。”

“伊丽莎白，你怎么哭了？”

“因为我真的对你很生气，因为我爱你爱得无可救药，因为我想给你生个孩子。我很害怕，如果我生不了孩子的话，我们接下来会怎么样？”

“什么事都没有。你是我在这个世界上最爱的人。”

“迈克尔，你不爱她了，对吧？”

“我爱的人是你，伊丽莎白，我爱的人只有你。”

她又翻过身来，把脸颊贴着他的脸。他亲了亲她的额头，轻轻拂去她眼角的泪水。他就这样抱着她过了很久，听着卧室窗外风吹过树丛的声音，直到她慢慢睡着，呼吸变得均匀。

7

白宫

安娜·贝克维兹晚餐时有个规矩：严禁讨论政治话题。二十五年前，她丈夫被卷入加州共和党的政治机器后，他们的生活就一直围着政治团团转，因此，她规定每天晚上的这一个小时里，政治不能打扰她的生活。这天，他们一同在总统府的家属区吃饭：总统、第一夫人和米切尔·艾略特。安娜特别喜爱意大利饮食，她暗自认为，如果“我们能多学学意大利人，少些美国人作风”的话，美国会变得更美好。但为了自己的仕途，贝克维兹告诫过安娜，让她把那些想法都烂在肚子里。每年夏季，他都会拒绝安娜去欧洲度假的请求，相反，他会选择一些“更美国本土化”的地方。有一年夏天，他们去了杰克逊洞，而到那儿后的第四天，安娜就开始管那里叫“狗屎洞”。

然而在吃的问题上，贝克维兹都依着安娜。在柔和的烛光下，她点了意大利宽面拌香蒜沙司、奶油和豌豆，还有大块鲜嫩牛柳、沙拉和奶酪，饮品是珍藏了十五年的托斯卡纳红酒。

吃饭时，白宫的服务员端着菜肴静悄悄地走进走出，安娜·贝克维兹小心翼翼地引导着几人谈论一些安全话题：她想看的新电影、读过的新书、老朋友、孩子们，以及意大利北部皮埃蒙特区的那座小别墅——她打算等“白宫的‘刑期’满了，我们两人重归自由”之后，就要去那里度过第一个夏天。

总统看起来很疲惫，清亮的淡蓝色瞳孔周围布满了血丝，透着倦意。他在高度的紧张和忙碌中度过了一整天。他花了一个上午，和联邦调查局以及国家运输安全委员会的头头们讨论客机遇袭事件；下午，他飞往纽约，看望悲痛欲绝的遇难者家属；他还坐上海岸警卫队的小快艇，巡查了火岛旁的坠机现场，接着又搭直升机赶到贝肖尔，参加当地为罹难高中生举办的祷告仪式。他含着热泪会见了化学老师约翰·洛思——洛思的妻子就是负责组织这次伦敦游的女教师玛丽。

范登堡把这次的行程安排得天衣无缝。总统在电视上看起来领袖风范十足，镇定自若地运筹全局。回到华盛顿后，他还会见了负责国家安全的官员：国务卿、国防部部长、国家安全顾问和中情局局长。六点二十分，范登堡向驻白宫记者们简短地说明了情况：已证实有一伙恐怖分子对本次袭击负责，总统正考虑对其实施军事打击；美国海军的战舰正在向地中海地区和波斯湾进发。六点半，美国广播公司、哥伦比亚广播公司和美国国家广播公司的驻白宫记者们一排排站在白宫的北草坪上，透过镜头告诉美国民众，针对本次袭击事件，总统可能会采取果断的报复行动。

米切尔·艾略特知道这天晚上的选票数肯定会让人满意。现在，艾略特就坐在詹姆斯·贝克维兹的对面，贝克维兹脸上的疲惫令他思绪起伏，他想知道他的老朋友是否还愿意再拼上一把。艾略特说："安娜，没猜错的话，我想你是现在就已经准备离开白宫了，根本不想等到四年以后。"

这话触及了政治的界线。但安娜·贝克维兹并没有像平常那样改变话题，她迎向艾略特的目光，眯起她蓝色的眼睛，露出了难得的愠色。

"米切尔，坦白地告诉你吧，我根本不在乎是四年后离开还是四个月以后离开。”她道，“过去的四年里，总统已经把自己的一切都奉献给了这个国家，我们的家庭也作出了很大的牺牲。如果人们愿意选一个从内布拉斯加州来的、未经世事的无名议员当总统，那就让他当好了。”

这是典型的安娜·贝克维兹风格。安娜喜欢装出对政治满不在乎的态度，表现出权贵的生活对她来说毫无用处，反而是一种累赘。艾略特知道这其中的真相。在她平静的外表下，安娜其实是一个冷酷、毫不讲情面的政客，私底下，她对总统施加了不少影响。

一个服务员进来收走了餐盘，倒上咖啡。总统点燃了一根香烟。二十年前，安娜就要求他把烟给戒了，但允许他每晚喝咖啡时抽上一根。贝克维兹表现出了令人惊讶的自律，他每天晚上真的就只抽一根。服务员离开后，艾略特说:“安娜，大选一个月后才开始，我们还是有机会扭转局面的。”

“米切尔·艾略特，你现在听着就像那些愚蠢电视脱口秀的‘托儿’一样，编出一堆假话，大肆谈论美国人现在还没有把注意力转移到大选上来。从现在直到大选那天，选票数是不会有什么改变的，这一点你我都心知肚明。”

“我承认，通常情况下事实的确如此。但就在两天前，一名阿拉伯恐怖分子击毁了天上的一架飞机。现在的舞台只属于总统一个人，斯特林已经出局了。摆在总统面前的是一个天赐良机，总统正好可以展现他处理危机的老道经验。”

“天哪，米切尔·艾略特，二百五十个人遇难了，而你竟然还很高兴，因为他们的死可以帮助我们增加选票！”

“安娜，米切尔没有那样说，”贝克维兹道，“只要听听媒体是怎么说的就行了。大选年中发生的一切都必须透过政治棱镜来看。如果你假装看不出这一点的话，那就是幼稚了。”

安娜·贝克维兹猛地起身："好吧，今天晚上这个幼稚的老女人已经听得够多了。"总统和艾略特也站了起来。安娜亲吻了她丈夫的脸颊，把手伸向他们的客人："米切尔，他很累了。自从你们把这个绝佳的政治机会摆在他面前起，他就没有睡过一个好觉。不要占用他太多的时间。"

安娜离开后，两个男人下楼，穿过有顶棚的室外走廊，来到了总统办公室。壁炉里生着火，光线很暗。保罗·范登堡也在办公室里候着。贝克维兹在火堆旁的高背椅上坐下，范登堡也在他身边坐了下来。于是，艾略特就只能坐在白色的厚沙发上。艾略特一坐下，身子就陷进了软软的沙发垫里，他觉得自己比另外两个男人矮了许多，他可不喜欢这样。范登堡看出了艾略特的尴尬，脸上不由得掠过一丝坏笑。

贝克维兹先盯了一眼幕僚长，接着是艾略特。"好了，先生们，"他说，"我想你们是不是得告诉我这究竟是怎么回事？"

艾略特说："总统先生，我想帮助您成功连任——这是为了我们美好祖国的未来，也是为了美国民众的幸福。而且我觉得我知道该怎样去做。"

总统抬了抬眉毛，显然引起了兴趣："说出来听听吧，米切尔。"

"请稍等，总统先生。"艾略特说，"首先，我觉得我得祷告一下万能的上帝。"

米切尔·艾略特起身后，跪在总统办公室里，开始了祷告。

"你觉得今晚他能作出决定吗，保罗？"

"这很难说。他需要考虑一晚上，这是个好兆头。"

从白宫出来后，他们一路上只简短地聊了几句，几乎什么都没说。他俩都不喜欢在封闭的环境里说话，开着政府的车时也不行。此时，他俩肩并肩地走在加利福尼亚街上，顺着路的缓坡往上爬，身后是卡罗拉马一栋栋灯火通明的豪宅。一阵风吹过了树叶，裹挟着水汽，红色和金黄色的树叶在苍黄的路灯灯光下左右摇摆着。夜晚很安静，只有阵阵风声和马萨诸塞大道上车辆发出的沉闷声响。

前方就是艾略特的豪宅，轿车就停在他家屋外，引擎和车灯都熄掉了。艾略特的保镖走在他们身后几步的地方，听不见他们说话。

艾略特说："他的情绪是这些年来最低落的。"

"他累了。"

"即使他决定了要继续坚持，我也希望他有足够的精力和激情，这样才能打动选民和国会。"

"继罗纳德·里根之后，坐在总统办公室里的最佳演员就是他了。如果我们把剧本编好了，他肯定能念好台词，不负众望。"

"那你得保证写出个好剧本来。"

"发言稿都找人写好了。"

"天哪！我敢肯定，明天早上我们就能在《邮报》上读到文章了。"

"我让最优秀的撰稿人打底稿。她是在家里完成的，白宫的电脑系统不会留下记录，以免稿子落到那些打探情报、泄露消息的人手里。"

"你做得很好，保罗。你办事还和以前一样犀利，这样我就放心了。"

范登堡没有回答。一辆小型丰田从他俩身边开过。车左转弯后驶向第23号大街，车尾灯消失在了茫茫夜色中。风越刮越猛烈了。范登堡把雨衣的衣领立了起来。

“米切尔，你刚才说得有模有样的。看得出，总统已经动摇了。明天早上他起床后，就会明白你这么做有多明智，我敢肯定。我会联络各大电视网，准备在总统办公室里实况转播总统演说。”

“电视台会买账吗？”

“当然。他们以前是颇有微词，因为人家觉得我们明摆着是在利用总统致辞宣扬自己的政治意图。但是眼下，没人有理由那样说了。对了，你的那个小方案排在演讲的第二项内容里。第一个要宣布的当然是美国军方已对加沙之剑及其支持者实施毁灭性打击。我想电视台的负责人也不会嚣张到去否认贝克维兹的实况讲话。”

“保罗，我原想，像你这样在政界混了这么些年的人应该不会再小看媒体的狂妄自大了。”

“他们把我说成是幕后真正的掌权人。每次一出问题，挨批的总是我，但只要事情办好了，受表彰的人也是我。”

“我觉得，你最好保证这次事情能顺利进行。”

“我会的，不用担心。”

“要我做些什么呢？”

“悄悄地离开这里，越快越好。”

“这恐怕不行。”

“天哪，我早就告诉你做事要低调些。”

“只是明天晚上我有个小派对，请了布拉克斯顿、他的几个资深合伙人，还有一个我得巴结的参议员。”

“那我也去。”

“保罗，我还以为你会很忙。”

“演说九点开始，九点十五分就结束了。我会马上赶过去，给我留个位子。”

范登堡钻进了白宫轿车的后排。引擎的发动声打破了加利福尼亚大街的沉寂。车启动后左转弯，拐上马萨诸塞大道，不见了影子。几秒钟后，一辆丰田车疾驰开过艾略特的房子——还是几分钟前开过的那辆车。

米切尔·艾略特等着马克·卡拉汉走到他身旁，陪伴他走到豪宅的前门。

“记下刚才那辆车的车牌号了吗？”

“当然，米切尔先生。”

“去查一下。我想知道那是谁的车。”

“我这就去，先生。”

二十分钟后，助手走进艾略特的藏书室时，他正在看书。

“轿车登记在一个叫苏珊娜·代顿的人名下。她住在乔治城。”

“苏珊娜·代顿是《华盛顿邮报》驻白宫的记者，她正在写一篇关于我和白宫之间关系的报道。”

“也有可能只是巧合，米切尔先生。但我认为她在监视这栋房子。”

“把她监控起来。你想要多少人手都可以，把这件事给我办妥了。我想知道她在做什么、跟谁碰了面。尽快进入她的住处，屋里和电话都要监听。别把这事搞砸了。”

助手退出藏书室，随手关上了门。米切尔·艾略特拿起电话，拨打了白宫的电话。三十秒后，保罗·范登堡的车载电话就接通了。

“保罗，你好。我们恐怕遇到了一个小麻烦。”

8

华盛顿哥伦比亚特区

香盒居隐秘在乔治城的市中心，跟沃尔特小区隔着十栋房子。那儿只有一条路面狭窄的小街，车子进不去。第一次看见这条小街时，苏珊娜·代顿就爱上了这里：被粉刷得雪白的石砖墙面，色彩鲜艳的窗栏，屋前的台阶上摆放着盛开的盆栽鲜花。沃尔特公园就在街对面，那里是遛她的金毛猎犬的好去处。两年前，那里的十座楼房中有一幢开卖了，她就把自己在康奈迪克大道上的房子卖了，搬到了这里。

她把车停在沃尔特小区，拿起包下了车。雨已经停了，街道铺上了一层落叶，滑溜溜的。苏珊娜关上车门，穿过街道。香盒居一如既往的安静，她家对面屋子的客厅里开着电视机，一闪一闪的微弱光亮从窗户里透出来。

苏珊娜走上门前的阶梯，把钥匙插进门锁，卡尔森立刻大声吠叫了起来。它跑进厨房，回来时嘴里叼着它的狗链。

“等我一会儿，宝贝儿。我要干点活，还要换衣服。”

这间房子不大，但一个人住正合适：二楼有两间卧室，一楼是厨房和起居室。没离婚时，她和前夫住在一栋更大一些的独立洋房里，位于两个街区以外的第34大道上。后来他俩离婚时签订协议把房子卖了，平分了卖房所得的钱。杰克的新欢是他健身俱乐部里的健美操指导员，他们在贝塞斯达买了房子，俯临着罗克溪。苏珊娜庆幸他们搬走了，因为她想留在乔治城，又不希望自己隔三岔五就碰上杰克和他胜利俘获的老婆。

她把其中一间闲置的卧室布置成了办公室。地板上凌乱地铺满了纸张和文件，墙壁上的内嵌式书架塞满了书。她把手提电脑放在书桌上，然后打开了电源。整整五分钟，她都在飞快地打字。卡尔森坐在门口，双眼巴巴地望着她，嘴里含着狗链。今晚上的收获不错。米切尔·艾略特在白宫里待了三小时，很可能跟总统在一块儿。后来，她又看见米切尔和幕僚长保罗·范登堡走在加利福尼亚街的豪宅外。单独来看，今晚的收获还不足以让他们身败名裂，但如果她能把这件事和其他线索拼在一起，没准就能摸清背后的故事。今晚没有其他的事情要做了，明天早上，她会告诉编辑她所掌握的情况，然后再决定接下来要干什么。

她把文件加了密，保存到电脑硬盘和两张软盘里。她取出第二张软盘，把它带进了卧室。此时已经很晚了，时间过了十一点，但由于她在车里和咖啡馆里监视了一晚上，头脑依然很兴奋。她脱下毛衣，扯下裙子，又脱掉了丝袜和内衣，然后从抽屉里翻出蓝色莱卡运动裤和棉质的蓝色套头衫，并快速地穿上。浴室里挂有一件尼龙夹克外套，她把夹克套在身上，弯腰凑到洗脸池旁，洗掉了十五小时前化上的妆。

她擦干脸，看着镜子里的自己。苏珊娜·代顿已四十岁了，但她依旧觉得自己还算个有点吸引力的女人：黑色的齐肩卷发、深邃的棕色眼睛、橄榄色的肌肤。跟杰克离婚后，她就一头扎进了工作，每天工作十六个小时是很正常的事情。她也随随便便地跟好些个男人约会过，甚至还和其中几个上了床，但工作始终是第一位的。

卡尔森在二楼的过道里走来走去。“来吧，宝贝儿，我们走吧。”

苏珊娜拿着软盘，跟着狗来到了一楼。做拉伸运动时，她拿起无绳电话拨打了邻居的号码。这位叫作哈利·斯坎伦的邻居是一个环保主义说客。

“我要带卡尔森去跑会儿步，”她说，“半小时内如果我没回来，就帮我报警。”

“你要去哪儿？”

“我不太确定。可能跑到杜邦环岛就回来。”

“你今天究竟上哪儿去了？”

“老样子，工作呗。我出去时会把一个软盘塞到你家里。”

“好的。”

“亲爱的，晚安。”

“晚安，宝贝儿。”

她挂掉电话，将寻呼机和手机装进一个腰包，把包系在腰间，然后走出了大门。她知道这么晚还去跑步是很不明智的——她的朋友也经常说她——但她总会带上手机和卡尔森来保护自己。

她走上哈利家的台阶，把软盘塞进了他的信箱口。苏珊娜深信双重保险的必要性，要是她家失火或遭劫的话，至少哈利这里还有一份她做的记录。哈利认为她脑子不太正常，但还是由她去了。他们有一个约定的习惯：每次苏珊娜塞一张新软盘到哈利的邮箱后，哈利一般会在第二天早上再把它从苏珊娜的信箱缝里塞回去。

她无声地跑出了香盒居。卡尔森在一棵树旁撒了泡尿。为了抵挡风寒，她拉拢了夹克衫的拉链，在黑暗中向乔治城的东边跑去，卡尔森在一旁跟着。

一辆车停在沃尔特小区，车里的男人一直看着这个女人离开。

他知道时间并不充裕，那么晚了，她可能不会跑很久。他的动作必须要快。

他下了车，轻轻地关上车门，穿过了街道。他穿着黑裤子、深色衬衫和黑色的皮夹克，右手拎着一个小皮包。马克·卡拉汉可不会瞎折腾，他曾经在特种部队服过役，确切地说，他曾是美国海豹突击队的队员。他知道怎样悄悄地潜入屋里，再悄悄地离开，不留下任何蛛丝马迹。

香盒居很安静，只有几间房子显示出有人居住的痕迹。三十秒后，他已经撬开了苏珊娜·代顿的门锁，潜进了她家。他在那里待了十五分钟，然后又跟来时一样，悄无声息地离开了。

凌晨四点，迈克尔被雨声吵醒了。他试着再睡，却睡不着。每次一闭上眼，他就能看见飞机从空中坠落，猛冲向大海的情景，还有哈桑·穆罕默德那张被三发子弹击碎的脸。他悄悄地溜下床，穿过走廊，来到书房，打开电脑坐了下来。

一份份文件在他眼前晃过——照片、警方报告、中情局的备忘录以及兄弟情报机构提供的报告。他又把这些文件看了一遍：一名政府官员在西班牙遇刺身亡，巴斯克分离主义运动埃塔组织一开始声称对此事负责，后来却否认是其所为；法国的一名警官在巴黎遇袭，激进的直接行动组织一开始承认罪行，之后却改口否认；宝马公司的一名高管在法兰克福被杀，红色军团先是承认了这一罪行，之后又矢口否认；巴勒斯坦解放组织的一名高级指挥官在突尼斯被刺，巴勒斯坦解放组织的一个对头派系先声称是他们做的，后来又改口；一名以色列商人在伦敦遇刺身亡，巴勒斯坦解放组织一开始承认是他们干的，后来也否认了。这些案件都发生在关键时期，并且结果都导致了双边关系的恶化。而且它们还有一个共同点——受害者的面部都有三处枪伤。

迈克尔打开了另一个文件夹，遇害者名叫莎拉·伦道夫。她是名艺术系学生，美丽的富家女，在政治上支持左派。奥斯本那时还在伦敦执行任务，他失去了理智，疯狂地爱上了她。他知道中情局的人事安全部门肯定会对她的政治背景有所顾虑，所以他违背条例，没有坦白自己和她的关系。她在查尔西堤坝遇刺后，中情局认为迈克尔的身份可能已经暴露，不能再在国外继续做非官方卧底了。

他打开了她的照片。那时，她是他见过最美的女人，但是一个刺客掳去了她的美丽和生命：跟其他遇害者一样，她的脸上也被射了三枪，九毫米的弹孔。迈克尔见过杀她的凶手，虽然只有短短几秒的时间。他认为，犯下另外几桩凶案并杀死了哈桑·穆罕默德的，就是这个人。

他是谁？他为政府效力，还是个自由杀手？他为什么要用同样的手法杀人？迈克尔点燃了一根烟，问了自己另外几个问题：真的有这样一个人吗？或者他只是我的假想，一个档案里的幽灵？卡特认为是迈克尔产生了幻觉。如果迈克尔说出自己的猜测，卡特肯定会好好教训他，莫妮卡·泰勒也会。他关掉电脑，又回到了床上。

9

华盛顿哥伦比亚特区

第二天早上，保罗·范登堡坐在他的专用黑色轿车里翻阅着一沓报纸，车沿着乔治·华盛顿公园大道向白宫疾驰而去。对于白宫新闻办公处每天早上发布的新闻摘要，大多数政府官员都只是扫上几眼，但是范登堡阅读速度快，阅读量也大，他想从中找出更真实的东西。他喜欢研究媒体是怎样描述事件始末的。报道是刊登在版面上方还是下方？在头版还是埋没在次要的版面中？另外，他也不相信报纸摘要。他喜欢看未经过处理的消息和数据，他的脑袋能够储存并处理大量的信息，这跟他的头儿有所不同——总统需要知道的事情寥寥可数。

范登堡对眼前的结果很是满意：002号航班的坠毁占据了美国各大主要报纸的头版，总统竞选的报道似乎已经销声匿迹了。《洛杉矶时报》挖到了今晨最大的独家爆料：美国的执法部门和情报机构已经将责任摊到了加沙之剑头上。《时报》详细地描绘了整个事件，配以精确的图表，对袭击行动的展开加以说明，还附上了涉案的恐怖分子——哈桑·穆罕默德的简介。范登堡笑了笑，把消息透露给《洛杉矶时报》是他的主意，《洛杉矶时报》是加利福尼亚州最大的报纸，在大选的冲刺阶段，总得卖一两个人情给他们。

其他的报道也很合他的意。贝克维兹的长岛之旅得到了大篇幅的报道；《纽约时报》和《华盛顿邮报》刊登了贝克维兹在悼念仪式上的演讲稿全文；每家报社都转载了路透社拍到的一张照片，照片里的贝克维兹正在安慰一位年轻遇难者的母亲。贝克维兹俨然成为了一位领袖，成为了悼念者们的代表，成为了一名复仇天使。斯特林已经被踢到了九霄云外，他在加利福尼亚的竞选游说基本上没有得到报道。这简直太好了。

轿车开到了白宫。范登堡走下车，进了白宫西翼。他的办公宽敞且装修别致，落地玻璃门外是一个铺着碎石的小露台，在那儿可以俯瞰南草坪。他坐在桌前，翻阅着一叠电话留言。他扫了一眼总统的行程安排，排除了任何跟002号航班无关的事宜。他希望总统今晚能以充沛的精力和放松的心情面对镜头。毋庸置疑，这将是他总统任期里最重要的时刻，更确切地说，是他职业生涯中最重要的时刻。

范登堡三个秘书中的一个把头探进办公室："范登堡先生，您需要咖啡吗？"

"好的，谢谢你，玛格丽特。"

七点四十分时，几名高级官员进了他的办公室：新闻处秘书长、财政预算总长、内政顾问、国会联络官以及副国家安全顾问。范登堡开会不讲究形式，喜欢速战速决。每个官员都带了本笔记本、端着一杯咖啡、一个甜甜圈或者百吉饼。会议自然是由范登堡来主持。他在办公室里快步走动，了解事情的最新情况、下达指令、解决困难。七点四十五分，他们准时散会。再过十五分钟，他就要与总统碰面。

"玛格丽特，我不接见任何人，也不接电话。"

"好的，范登堡先生。"

算上在国会和萨克拉曼多的时间，保罗·范登堡在詹姆斯·贝克维兹身边工作已经有二十年了，但这次将是他们最关键的一次会面。

他推开落地玻璃门，走到了洒满阳光的露台上，呼吸着十月里寒冷的空气。媒体总喋喋不休地拿他的权力说事儿，但即便是已经把这个话题说腻了的华盛顿记者团，如果他们了解到他真正的权力，也会为之震惊。

范登堡前任的幕僚长们大多认为，他们的职责就是确保总统会见合适的人物，了解正确的信息，并以此协助总统作出决定。但范登堡对自己职责的看法不太一样：决定由他来作，然后说服总统接受。他们开会讨论的内容从不偏离他写的剧本。贝克维兹会专心地听着，眨眨眼，点点头，记下几行笔记。最后他会问道："保罗，你认为我们该怎样做？"然后，范登堡就会告诉他。

他希望今天早晨也能像往常一样。范登堡写好剧本、布好场景，总统只要把台词背出来就行了。如果他们够走运，如果贝克维兹别搞砸的话，他们很可能获得连任。

伊丽莎白·奥斯本站在34大街和M大街的转角口，身上穿着彩色的保暖运动服，脚蹬跑鞋。时间还早，但是从基桥涌入华盛顿的车流已经繁忙起来。她弯下腰，拉升腿后侧的肌肉。一辆车从她身旁开过，车里的男人响了响车喇叭，挑逗地朝她努努嘴唇。伊丽莎白克制住对他做出不雅手势的冲动，选择了视而不见。卡尔森从展望街的小坡上先冲了下来，苏珊娜随后也到了。

她们在原地小跑，等待绿灯，然后向切萨皮克-俄亥俄运河跑去。她们跑过了一条狭窄的木制人行天桥，然后沿着树木成荫的纤道跑去。卡尔森跑在她俩前面，一会儿冲着鸟儿"汪汪"叫，一会儿又去追逐一对受惊的松鼠。

"迈克尔今早去哪儿了？"

"他一大早就去上班了。"伊丽莎白说道。她不想对苏珊娜撒谎，隐瞒迈克尔工作的事。她们是在哈佛大学法学院认识的，这么些年来，两人一直都是密友。她们的住处只有几个街区之隔，所以她们一起跑步，并且常常一起吃饭。自从苏珊娜跟杰克离婚后，她俩就走得更近了。杰克也是布拉克斯顿&奥沃斯&肯特曼公司的合伙人，当他和苏珊娜闹得不可开交时，伊丽莎白发现自己别无选择地成为了他们的非正式调解员。

“杰克怎么样了？”苏珊娜问道。她们的话题到最后总会扯到杰克身上。苏珊娜曾经疯狂地爱过他，伊丽莎白怀疑苏珊娜现在还是爱着他。

“杰克挺好的。”

“别告诉我他过得挺好。告诉我他的日子惨不忍睹。”

“好吧，杰克就是个蹩脚的三流律师，还是个彻头彻尾的混蛋。这总行了吧？”

“这还差不多。他那小甜心呢？”

“他上周带她参加了公司的鸡尾酒会。你应该亲眼看看她身上的那条裙子。我的天哪，我真羡慕她的身材。布拉克斯顿舌头都快伸出来了。”

“她看起来是不是很贱？告诉我她看起来就很贱。”

“贱透了。”

“杰克还有没有拈花惹草？”

“其实呢，有传言说他跟新来的一个合伙人有一腿。”

“我就知道。我觉得杰克的身体根本做不到忠贞。依我看，他和他的小甜心顶多就维持个三年。”

路旁的树木戛然而止，她们跑进了灿烂的阳光里。伊丽莎白脱下手套和头巾，塞进了夹克口袋里。一辆山地车飞快地从她们身旁驶过，快得像子弹一般。她们的左边就是运河，乔治城的一艘船逆着平缓的水流慢慢前行。

“昨天医生怎么说？”扯到这个话题上时，苏珊娜很谨慎。

伊丽莎白把一切都告诉了苏珊娜。除了迈克尔和他的工作，她们之间没什么秘密。

“那他认为人工受孕能行吗？”

“他也没主意。这就像摸黑射靶，你对不孕症治疗了解得越多，你就越发现自己其实什么都不懂。”

“那你还好吧？”

“我还好。我只是想要个结果，让这事有个定论。如果我们真的要不了孩子，我也希望能彻底死了这条心，然后好好生活。”

她们又静静地跑了几分钟。卡尔森回来了，拖着一根从树上折下来的树枝，足有三英尺长。

苏珊娜说：“我想违反一条我俩友谊的默认规则。”

“你想问我们公司手头的一个案子？”

“其实不是案子，是个客户。米切尔·艾略特。”

“他是布拉克斯顿的客户。其实，我今晚正要和他一起吃晚餐。”

“你吗？”

“是的，他现在在城里。布拉克斯顿指明了要我参加。”

“我知道他在城里，因为昨天晚上他在白宫吃的晚餐。晚饭后，是保罗·范登堡用车送他回去的，他们两个人还单独沿着加利福尼亚街走了好长一段路。”

“你怎么知道这些的？”

“因为我跟踪了他们。”

“苏珊娜！”

她向伊丽莎白说明了一切：编辑交给她的任务、她目前掌握的有关米切尔·艾略特的情况，以及他对贝克维兹和共和党的可疑捐助。

“我需要你的帮助，伊丽莎白。我需要知道布拉克斯顿和艾略特之间的关系。我还得知道是不是布拉克斯顿在某些方面帮助了艾略特，或者艾略特是不是在推进资金流动方面做了什么手脚。”

“你知道我不能那样做，苏珊娜。我不能背叛客户对我们的信任，我会被开除的。天哪，我很可能还会被吊销律师资格证！”

“艾略特肯定不干净。如果布拉克斯顿帮助了他的话，布拉克斯顿也有问题。”

“我不能帮你，这有违职业道德。”

“很抱歉我以朋友的身份要你帮我，我的编辑每天追着我要这篇文章。而且，米切尔·艾略特这种人看着就让我倒胃口。”

“你也只是做分内的事，打听打听其他圈子的消息。我不会怪你的。”

“我今晚能不能给你打电话，问问晚宴的情况？”

“这倒是可以。”

她们跑到弗莱契船屋前停了下来，做了会儿拉伸运动，然后掉头朝乔治城方向返回。迎面跑来了一个身着深蓝色运动服的高个子男人，和她们擦肩而过。他戴着一副太阳镜和一顶棒球帽。

纤道上的这个男人可不像那些平常跑步的人。他右手拿着一部高灵敏度的定向传声器，腹部绑着个高级录音器。苏珊娜·代顿跑出屋时，他就跟上了她。对他来说，这是个不错的任务：在秋高气爽的早晨，风景宜人，两个女人跑得还挺快，追着她们刚好可以让他自己也锻炼一下。他跑过弗莱契船屋旁的木桥后，再跑了一百码左右，然后突然掉头去追两个女人。他加快了速度，步子迈得很大，很快就缩短了和她们之间的距离。然后他慢下来，保持和她们相差三十码的样子，把右手上的传声器对准了前面跑步的两个女人。

保罗·范登堡踏进总统办公室时，总感到心头一凛。总统八点钟准时进入办公室，五个男人紧随其后。詹姆斯·贝克维兹之前的几位总统总是希望自己的顾问团能多样化，但是贝克维兹更愿意看到他青睐的这些顾问能跟自己保持意见一致，他并不觉得这很过分。五个人在办公室里的座位上落座，他们是副总统埃利斯·克雷顿、国家安全顾问威廉·布里斯托尔、国务卿马丁·克拉里奇、国防部长艾伦·佩恩和中情局局长罗纳德·克拉克。

理论上说，应该由总统主持会议，但范登堡却当起了会议司仪。他按照会议计划，引导着谈话的内容，并确保讨论内容不偏离主题。

“今天的第一要事就是讨论对加沙之剑的空袭计划。”保罗说，“罗恩[1]，你开始吧。”

中情局局长带来了地图和放大的卫星照片。“加沙之剑主要有三个训练基地，”他开口道，“一个在利比亚沙漠地区，位于的黎波里南面大约一百英里；一个在伊朗的西部地区，就在沙赫尔库尔德城外；最后一个在这里……”最后，他边说边用手指敲了敲地图，“在叙利亚的艾尔布瑞地区。击中这三个基地，就能给恐怖分子们造成心理上的重创。”

贝克维兹皱起眉说：“为什么只是心理上的重创，保罗？我想给他们造成实质上的重创。”

“总统先生，请恕我直言，我不认为这是个切实可行的想法。加沙之剑规模不大，行迹隐秘，而且无固定据点。空袭他们的训练基地能让我们自己心理平衡一些，而且我们也算是报仇了。但是我可以肯定，这并不能摧毁加沙之剑。”

① 罗恩是罗纳德的昵称。

“罗恩，你有什么建议呢？”范登堡问道。

“我看我们应该使出浑身解数来教训一下这帮杂种们。但是，这次的袭击精确度一定要高。我们最不想看到的就是轰倒了一幢居民楼，让伊斯兰激进分子又新增了五百名殉道士。”

范登堡看了看国防部长艾伦·佩恩：“那是你的任务，艾伦。你认为我们可以做到吗？”

佩恩站起身，说：“当然可以，总统先生。现在，在波斯湾北岸，我们有宙斯盾巡洋舰泰孔德罗加号巡航。泰孔德罗加号配备的巡航导弹可以摧毁这些训练基地，命中目标的准确度高得惊人。我们有这些训练基地的卫星照片，而且这些信息已经输入到了巡航导弹系统里。不会有问题的。”

“加沙和利比亚的训练基地怎么处理？”总统问道。

“航空母舰约翰·肯尼迪号和它的作战队伍已经在地中海就位，我们会用巡航导弹袭击叙利亚的基地。利比亚是该组织的核心运作基地，所以这个基地最大，情况也最复杂，彻底捣毁该基地需要更大规模的袭击。所以，我们会用驻意大利的隐形作战机实施空袭。”

总统转向国务卿马丁·克拉里奇：“马丁，这次袭击会对我们在中东地区的政策有什么影响？”

“这很难说，总统先生。这肯定会激怒伊斯兰激进分子，加沙和约旦河西岸肯定会爆发骚乱。至于叙利亚，想让阿萨德回到和平谈判桌可能会更加困难，但即使不这样做，也没有任何迹象表明他愿意回到谈判桌前。然而这次行动肯定会向继续支持恐怖主义的国家有力地表明我们的坚决态度。因此，总统先生，我支持您的决定。”

“风险呢，先生们？”范登堡问道。

国家安全顾问威廉·布里斯托尔清了清嗓子说：“我们得承认会有一定的风险，伊朗、叙利亚和利比亚可能会进行反击。”

“如果他们这样做的话，”国防部长佩恩说，“他们将为此付出十分沉重的代价。我们的力量足够在地中海和海湾地区对这些国家当中的任何一个实施严厉打击。”

“还有另一种威胁，”中央情报局局长克拉克说，“我们可能面临变本加厉的恐怖报复行为。我们必须让所有驻外使馆和工作人员实施最高警戒。”

“已经通知了。”国务卿克拉里奇说，“昨晚，我们已经秘密联络过他们。”

最后，贝克维兹转向范登堡，问道：“你怎么看，保罗？”

“总统先生，我认为应该打击他们，狠狠地打。这一步是经过深思熟虑的，具有决定性意义，它表明了我们的决心。这也说明，美国政府会采取措施来保护它的人民。在政治上，这好比打出一记再见本垒打。斯特林别无选择只能同意你的决定，不管采取其他任何行动，都会显得不爱国。总统先生，斯特林无能为力。”

办公室里突然安静下来，每个人都在等着总统发话。“我认为，加沙之剑对每一位美国公民和美利坚合众国的国家利益造成的危险是显而易见的，”他最后说，“他们已经用极其懦弱但野蛮的行径在我国犯下了罪行，他们必须受到惩罚。我们什么时候反击他们？”

“只要您一声令下，总统先生。”

“今晚，”他说，“今晚就行动吧，先生们。”

范登堡低头看了看他的笔记。一切尽在掌握之中，总统作出的决定正符合他的预期，而且总统也很满意自己在这次会议中扮演的角色。范登堡的任务圆满完成。

“先生们，散会之前，我们还有一件事要讨论。”范登堡说，“总统先生，是您说这件事，还是我来？”

在卡拉洛马豪宅的图书室里，卡拉汉为米切尔·艾略特打开立体音响设备，把录音磁带放了进去。艾略特专心地听着，食指横放在鼻子上，眼睛盯着花园里的树。尽管有些对话没有被录进去，但录音的质量还是不错的。磁带放完后，艾略特一动不动地坐着。他的这个计划堪称周密完备，但一个问东问西的小记者足以使一切功亏一篑。

"她真是个麻烦，艾略特先生。"卡拉汉一边说，一边把磁带从艾略特的立体音响设备中取出来。

"可惜，现在除了干等着，我们什么也做不了。你对她采取了什么措施？"

"房间里面都装了窃听器，在她的电话上也装了一个。"

"这还不够，她的车上也得装。"

"没问题。她晚上就把车停在大街上。"

"还有她的电脑。我要你无孔不入，把她硬盘里的东西也复制一份出来。"

卡拉汉点点头。

"她工作时我们也要盯紧。马上叫罗德里格斯坐飞机赶来。他得到《华盛顿邮报》去上班。"

"罗德里格斯也懂做新闻？"

"什么都不懂。我也不是让他去做那个的。"

卡拉汉看起来有点摸不着头脑。

艾略特说："罗德里格斯在贝克斯菲尔德附近最暴力的街区长大。他说起西班牙语来，就像从西班牙贫民区来的。把他身上那六百块的高档西装扒下来，还有那花哨的发型也剃了，让他看上去就像个萨尔瓦多的农场雇工。尽快给他弄张假绿卡，把他安插进《邮报》，让他当个清洁工。我希望明晚之前，他就能去那儿上班。"

"好主意。"

“我要知道她的一切：财务状况、离婚原因，所有的一切。就算她想在太岁头上动土，也找错人了。”

卡拉汉晃晃手中的磁带说：“这个要怎么处理？”

“毁掉它。”

10

华盛顿哥伦比亚特区

伊利莎白・奥斯本认为参加华盛顿的晚宴派对已经够糟糕了，而更糟糕的是她还得单独赴宴。她赶到米切尔・艾略特位于卡洛拉马的豪宅时晚了十五分钟，她把车交给了一位稚气未脱的泊车员——他看起来好像还不到法定的驾车年龄——泊车员沿着人行道把车开走了。傍晚时，迈克尔打来电话说，案子可能会有重要的新进展，他走不开。她试着找个晚宴伴侣，但是在这么短的时间里是不可能的。就连苏珊娜的前夫杰克・达文森也回绝了她。

伊丽莎白按下了门铃，豪华气派的房子里响起了庄严的铃声。一个穿着燕尾服、打扮整齐的高个男人开了门。他帮她脱下大衣，往外看了看，等待着她的伴侣出现。她尴尬地说：“今晚就我一个人。”话一出口她就后悔了。我犯不着跟一个小服务生说得那么详细吧，她想。

服务生告诉她花园里已经备好了饮料。她沿着中心大厅朝屋内走去，法式落地玻璃门外是一座装修华丽的梯台式花园，暖气驱走了秋夜的寒意。伊丽莎白刚踏进花园，一名侍者就为她端来一杯加冰夏敦埃葡萄酒。她一口气把大半杯都灌了下去。

她看了看周围的客人，觉得更加尴尬。四周都是执政共和党内的精英：参议院多数党领袖、众议院少数党领袖、几名次要人物、华盛顿一流的律师、说客和媒体工作者。一名著名的保守派电视节目评论员站在游泳池的边上，滔滔不绝地谈着自己的观点。伊丽莎白笨拙地往他那边移步过去，紧紧地攥着手里的酒杯，好像那是她的挡箭牌一样。评论员说贝克维兹遇到大麻烦了，因为他违背了党内的保守原则。听他高谈阔论的人们慢慢地点着头，仿佛在听神谕。

伊丽莎白看了看表：才八点钟。她怀疑自己是否能熬过这个夜晚，她在想，谁会最先扯到她只身前来赴宴的话题。此时，有人大声喊了她的名字。她朝声音的方向转过身去，看见塞缪尔・布拉克斯顿正朝她这边走来。他才华出众，是个不讲丝毫情面的律师。他曾有着橄榄球前锋一样健硕的体格，然而随着年龄的增长和事业的发展，他的身材也开始走样了。挽着他那结实臂膀的是他的新宠——一位名叫艾希莉的大胸金发女郎，是他的第三还是第四任妻子？伊丽莎白也记不太清了。艾希莉・杜普利还没嫁给布拉克斯顿时，他们曾一起参加过一次晚宴，当时，他们就坐一桌。那时布拉克斯顿正在办理离婚手续，离婚后她才能名正言顺地成为塞缪尔太太。她来自亨茨维尔市富裕的上层阶级，她的家族是靠马匹和棉花贸易发家的，她那无知的脑袋里充塞的也就是一团棉花罢了。这倒正符合布拉克斯顿的要求：出身名门、经济独立而且身材火辣得可以登上《花花公子》中间的全裸插页，但是人们却完全看不出她已经三十八岁了。

“你老公在哪儿呢？”布拉克斯顿大声地问道，“我得跟他显摆一下我的心肝艾希莉。”

一瞬间，连那边的神谕家也不说话了，听他说话的那群观众转过身来，等着伊丽莎白给出个答案。

“他临时有事，出城办业务去了。”伊丽莎白回答道。尽管她已经极力想发挥律师在法庭上的镇定自若，但她还是感觉到自己脸上泛起了阵阵红晕。最困难的事莫过于撒谎。如果能一口气说出实情，事情会简单得多。

总统先生打算下令对加沙之剑进行空袭，而我的丈夫就是中情局的官员，在这要紧的关头，他可不会跑来参加这个荒诞的晚宴派对。

布拉克斯顿故意扫视了一眼花园里的所有来客，然后说：“噢，伊丽莎白，今晚你又是少数派了。如果我没搞错的话，你是这里唯一一个如假包换的民主党派人士。”

伊丽莎白谨慎地笑了笑：“塞缪尔，不管你信不信，我反倒是真心欣赏共和党，像我这样的人可没几个。”

但是布拉克斯顿并未在意大家的笑声，他的注意力已经不在伊丽莎白身上了，他那时已经瞅见了刚刚踏进花园的米切尔·艾略特。布拉克斯顿撇开艾希莉，挤过人群，朝他最大的客户走去。接下来的半小时里，艾希莉和伊丽莎白讨论了马和私人教练的好处。伊丽莎白仅仅就是礼貌地听着，她一杯酒喝完后马上又端起一杯。

快到九点时，艾略特请客人稍作安静。“女士们先生们，总统先生就要发表全国演讲了。晚宴前，我们一起听听吧。”

伊丽莎白跟着人群走进了宽敞的起居室。两台宽屏电视被推进来后，来宾们纷纷围在了电视机旁。一台电视机里放着美国全国广播公司当家主持汤姆·布罗考的节目，另一台播着美国广播公司彼得·詹宁斯的节目，随后，詹姆斯·贝克维兹严肃的脸映现在了屏幕上。

保罗·范登堡从不在人前表露自己的紧张情绪，但是今晚，他没能做到这一点。今晚一定要做到万无一失。贝克维兹上过妆后，范登堡坐在他身旁，最后演练了一遍。他盯着电视监视器，确定最好的拍摄角度。他让工作人员把台词提示机播了一遍，确保运作正常。他最怕台词器死机后，詹姆斯·贝克维兹两眼直愣愣地盯着摄像机，像一头被车灯照射着的小鹿。

演讲计划在美国东部时间九点零一分三十秒开始。这样安排是为了给新闻处预留出九十秒的时间，他们和白宫记者可以预先知道总统的发言内容。为了勾起他们的好奇心，范登堡煞费心思地抛出了点“诱饵”：他已经告诉记者，总统今晚会谈到对袭击002号航班的恐怖分子进行军事反击，还有一项新的国防计划。他当然不会详细说明，这些仅是他私底下透露的。正因如此，贝克维兹走进总统办公室时，整个华盛顿都笼罩在一种紧张的气氛中。

离播出时间还剩两分钟，贝克维兹还镇定地跟拍摄组的执行制片、导演和其他人都握了手，之后他就在办公桌前坐下。制片助理把微型话筒夹在他深红的领带上。导演大声喊道:“倒计时三十秒！”

贝克维兹整了整他的夹克，双手搭在一起，平放在桌面上。他的脸不但俊朗，还给人一种谨慎稳重的感觉。范登堡浅浅地笑了笑。这个老家伙今晚的表现应该会让人满意。

“五秒！”导演喊道。她对詹姆斯·贝克维兹打了个手势，告诉他可以开始发言了。

迈克尔·奥斯本原本打算在自己的办公室里收看总统演说，但是快到九点时，阿德里安·卡特走进“牛栏”，示意奥斯本跟他走。五分钟后，他们大步走进了中情局的管理中心。

中情局局长罗纳德叼着烟，背靠在一张黑色的皮制高背椅上。莫妮卡·泰勒坐在他身边。“叮当兄弟”在一旁来回地踱着步，表情不太自然。

贝克维兹的脸突然闪现在三大媒体——美国有线电视新闻网络、全国广播网络以及英国广播公司的电视监控器上。红外线图像在三台宽屏监视器上闪耀着，像幽灵一般，还有加沙之剑在利比亚训练营和伊朗训练营的卫星实况图。

卡特说："迈克尔，欢迎来到中情局的宝殿。"

"美国同胞们，大家晚上好。"总统开始发言了，他停顿了一下，想营造一种戏剧性的效果，"两天前的晚上，一名恐怖分子利用偷得的'毒刺'导弹击毁了跨大西洋航空公司的002号航班，飞机在长岛海岸旁坠毁，机组人员和乘客无一人生还。这是一种懦弱而野蛮的行径，没有任何理由能为其开脱罪责。显然，犯下这桩罪行的暴徒还认为自己不用为其行为付出代价，但是他们错了。"

总统又停了停，好让听众更好地领会他的意思。范登堡已经走回自己的办公室去看总统演说。贝克维兹把台词背得完美无缺，但是范登堡仍感到自己的后颈一阵发凉。

"我国的执法部门和情报机构已经认定，一个叫作加沙之剑的巴勒斯坦恐怖集团发动制造了此次恐怖袭击。现在他们要为此付出代价。此时此刻，美国武装部队的军人们正在中东作战，他们会对加沙之剑在某些国家的训练基地发动谨慎而精确的攻击。这并不是出于打击报复，这是一场正义之战。"

贝克维兹稍作停顿后，即席发挥了一下。台词提示器也暂停了滚动。"让我再重申一遍——这并不是出于打击报复，这是一场正义之战。这是要告诉世界上的恐怖组织，美利坚合众国不会，也不可能眼看着自己的国民遭到杀戮却袖手旁观。如果我们无动于衷，这将有违道义；如果我们无动于衷，这无异于懦夫行为。"

"我还要提醒加沙之剑，以及为其恐怖活动提供犯罪武器的政府们。”贝克维兹眯起了眼睛，“就此收手作罢的话，一切就到此为止。如果再杀害一个美国公民，只要再杀一个的话，你们将为此付出沉重的代价。

“我恳请大家为今晚作战的所有军人祈祷，期盼他们能够平安归来。我也请你们和我一起祈祷，为这次野蛮行径中的遇难者和他们的家人祈祷。他们才是真正的英雄。”

贝克维兹停下来，整理了一下手中的演讲稿，看来他要转变话题了。

“让我开诚布公地面对大家：我们可以采取措施来防止这样的袭击再次发生，我们也可以更密切地监控海岸，我们的情报机构可以提高警戒力度。但是，我们永远不可能百分之百地肯定这样的事件不会重演。如果今晚，我向你们保证这样的事情永远不会重演，那一定是个谎言，而我从未对你们撒过谎。但是，政府确实能做些事情来保证民众免受恐怖分子和恐怖国家的迫害。这就是今晚我要向大家说的另一件事。

“美利坚合众国现在有技术，也有能力建造一个覆盖全国的防御系统，这个系统将保护美国免受偶发或蓄意的导弹袭击。一些帮助像加沙之剑这样野蛮组织的国家也在积极地研发弹道导弹技术。总之，他们想制造出能够攻击美国本土的导弹技术。虽然这会耗时长久，但是最终他们肯定能够制造出来。如果一颗装有核弹头的导弹落在纽约、华盛顿、芝加哥或洛杉矶这样的大城市，死亡人数就将会是二百万，而不是二百五十人了。

“我们正和我们的盟友并肩作战，竭力阻止叙利亚、伊朗、伊拉克、利比亚和朝鲜这样的国家掌握弹道导弹技术。不幸的是，太多的国家、太多的公司为了金钱利益而贪婪无度，竟愿意帮助这些流氓国家。如果他们得手的话，我们将被打得措手不及，我们的国家，我们的对外政策都会因此处于被动地位。我们必须阻止这一切的发生。

“因此，我请求国会尽快同意建设国家导弹防御系统所需的资金请求。如果你们再给我一次服务的机会，我会要求国会和国防部在我第二任期结束时建成该系统。这并非轻而易举之事，它需要大笔资金支持，需要纪律监督。这要求我们所有人都必须作出一定牺牲。但什么也不做便意味着战败，意味着恐怖分子的胜利，这是不可原谅的。愿上帝保佑大家，愿上帝保佑美利坚合众国。”

画面渐渐淡出，詹姆斯·贝克维兹从屏幕里消失了。

参议员安德鲁·斯特林下榻在加利福尼亚州弗雷斯诺市的华美达酒店，他在那里收看了总统讲话。只有他的老朋友兼竞选经理比尔·罗杰斯陪着他。夜晚宜人的空气通过敞开的滑动玻璃窗飘进屋里，99号公路上的车流来来往往，呼啸而过。贝克维兹出现在屏幕上时，斯特林说：“比尔，你能把电视关了吗？我真不想听这狗娘养的讲话。”

斯特林是个公开的自由派。和汉弗莱、麦戈文、蒙代尔和杜卡基斯一样，他温情泛滥，并主张政府应该大幅度征税来提供公共服务。他认为，联邦政府在国防上作了太多不必要的投入，对穷人和儿童的投入则太少。他立志把福利和联邦医疗保险恢复到削减前的水平，他想对富裕阶层和企业提高征税额度，他反对自由贸易。民主党同意了他的计划，经过历时长久、竞争激烈的总统初选后，斯特林被提名为竞选人。对政治津津乐道的人们吃惊地发现，在民主党全国代表大会表决后，斯特林领先了五个百分点，之后却止步于此。

他知道自己的领先优势是微弱的。他知道，要获胜就必须拿下加利福尼亚州，而贝克维兹在那里拥有主场优势。这也就是为什么他要在弗雷斯诺的华美达酒店住上一晚了。

贝克维兹发言时，斯特林的脸开始变红，然后发紫。他一直反对国家导弹防御系统。贝克维兹这次简直是把他逼进了死胡同，还切断了退路。如果斯特林支持贝克维兹的话，他就成了出尔反尔的墙头草；如果他反对，共和党则会乘机用“国防疲弱”来大做文章。还有一个更重要的因素：如果导弹防御系统建成，加州的国防工业将重获生机。如果斯特林反对，贝克维兹肯定会不依不饶，严词相向。加州又将成为共和党的囊中之物了。他的竞选会以失败告终。

贝克维兹的演说结束后，斯特林说：“看吧，这就是他妈的‘十月意外’[①]。”

罗杰斯站起来，关掉电视，说：“参议员，我们需要发表一篇声明。”

“狗日的范登堡，好一个狗杂种！”

“我们可以支持贝克维兹对加沙之剑的空袭反击，说两句皆大欢喜的废话就行了——什么‘国家利益面前不分党派’之类的。但我们必须反对他建造导弹防御系统。我们别无选择。”

“是的，比尔，我们必须这样做。”斯特林看着一片漆黑的电视机屏幕说，“你去楼下拿扎啤酒上来如何？刚才，我们的竞选就他妈已经失败了。”

迈克尔·奥斯本看着第一巡航导弹对目标发起攻击，而总统还在发表演说。在伊朗沙赫尔库尔德城，人们肯定在通过短波电台收听贝克维兹的讲话，贝克维兹宣布将发动反击时，一群男人从基地冲了出来。“来不及了，孩子们。”克拉克喃喃地说道。几秒钟后，停在波

① 十月意外（October Surprise），通常指美国十一月份大选之前可能发生的政治转折。

斯湾的宙斯盾巡洋舰泰孔德罗加号发射了十枚巡航导弹，同时袭击了营地，整个营地成了一个巨大的火球。

在叙利亚的艾尔布瑞也上演了同样的一幕，带来了同样的结果。

利比亚阵营是最大，也是最重要的一个训练基地。对于这一目标，国防部调用了隐形战机，并装备了激光制导炸弹，即所谓SMART智能型武器。实际上，总统的讲话开始前，飞机就已经潜入了利比亚领空。贝克维兹发表讲话时，他们就已经锁定了目标。几秒钟后，利比亚沙漠就已成为一片火海。

罗纳德·克拉克站起身来，迈着大步离开了房间，一声不吭，泰勒和她的两个助手也跟着走了出去。卡特看了一眼正盯着监视器的奥斯本。

“好了，”卡特说，“这下中东和平了。”

在以色列特拉维夫市的现代办公大楼的顶层，一位穿戴整齐的灰发男子也有同样的想法。这座大楼就是以色列的情报和特殊任务中心机构，人们通常叫它“摩萨德”，或者简单地叫“机构”。灰发男子是摩萨德的行动副主任——阿里·沙姆龙。贝克维兹演讲完毕后，沙姆龙关掉了电视。

一名助手敲门进了房间。“长官，我们接到了叙利亚电台的报道。艾尔布瑞已经遭到了攻击，营地一片火海。”

沙姆龙默默地点了点头，助手退了出去。沙姆龙用拇指和食指捏住鼻梁，试图缓解一下疲惫。此刻已是凌晨四点十五分，他已连续工作了近二十四个小时。按目前的态势，他可能还要继续工作二十四小时。

他点了根烟，从热水瓶里倒了杯红茶，走到了窗前。雨叮叮当当地敲打着厚厚的窗子。高楼下的特拉维夫市正平静地沉睡着，为此沙姆龙可作了不少努力。

他的整个职业生涯都在跟情报打交道，跟意图摧毁以色列的人作斗争。他在加利利长大，十八岁时，阿里·沙姆龙就加入了以色列国防军的精锐特种部队。服役三年后，他调到了摩萨德。一九七二年，由于他会说一口流利的法语，又谙熟杀人技术，组织给他分派了一项新任务——他被送到欧洲，负责暗杀黑色九月[①]的巴勒斯坦恐怖组织成员，该组织参与了在慕尼黑奥运会上绑架和谋杀以色列运动员的行动。那次任务并不怎么困难，不用逮捕任何人，只要杀死目标就可以了。行动的目的纯粹是报仇，以此来震慑恐怖分子。在迈克·哈拉里的指挥下，摩萨德暗杀队干掉了十二名巴勒斯坦恐怖分子，有些是用消音手枪杀死的，有些则是通过遥控引爆炸弹杀死的。沙姆龙用他那把“夺命手枪”，一个人就打死了四个。后来，也就是一九七三年四月，他领导一支以色列精英部队潜入贝鲁特，又刺杀了黑色九月的两名成员和一名巴勒斯坦解放组织发言人。

对自己所做的事，沙姆龙在良心上并没有什么不安。一九六四年，巴勒斯坦游击队闯进他家，杀害了他正在睡梦中的父母。他跟巴勒斯坦人民和他们的领导人有不共戴天之仇。但现在，他的仇恨已经转向那些愿意跟仇人讲和的以色列人，如阿拉法特和阿萨德。

他的一生都是在保卫以色列，他梦想着让西奈半岛到西岸这一片区域都成为伟大以色列的国土。而眼下，和谈派竟想要把它拱手让人。以色列总理公开提出把戈兰高地划给巴勒斯坦，以诱使阿萨德回到和平谈判桌。沙姆龙想起了一九六七年的黑暗日子，叙利亚的炮弹雨点般地砸在加利利北部高地。阿拉法特占领了加沙和约旦河西岸，他想建立一个独立的巴勒斯坦国，以耶路撒冷为国都。噢，圣地耶路

① 黑色九月（Black September）：巴勒斯坦激进派组织，曾策划实施多起恐怖活动，如震惊世界的慕尼黑惨案。

撒冷！沙姆龙绝不允许这种情况发生。

他曾发誓要采取一切必要手段，把所谓的和平进程扼死在襁褓之中。如果一切继续按计划进行的话，他很可能实现他的愿望。阿萨德永远不会回到和平桌前。等到加沙地带和约旦河西岸的阿拉伯人醒来，听到美国空袭的消息后会怒不可遏，并不得不派出军队。到时将爆发新一轮的恐怖袭击和打击报复，和平进程将被搁置。阿里·沙姆龙把茶喝完后掐灭了烟头。

这数百万美元是花得最值的。

三千英里以北的莫斯科，在俄国对外情报局——其前身就是克格勃——也正保持着同样的警戒。站在窗边的男子是康斯坦丁·卡费尔尼科夫将军。天刚亮不久，即使在寒冷的莫斯科，今年的十月份也较往年冷了些。楼下的广场上，西伯利亚寒风刮起的阵阵雪花在空中盘旋飞舞。几周后，他就要因公务去加勒比海的圣马丁岛。在那里，他将暂时远离这没日没夜的寒冷。

卡费尔尼科夫将军打了个寒战，拉拢了厚实的窗帘。他在办公桌前坐了下来，开始阅读一叠厚厚的文件。卡费尔尼科夫将军是一名坚定的共产主义战士，一九六八年，他被招入克格勃，担任了第二指挥部的指挥长——克格勃的第二指挥部负责的是反间谍和粉碎内部颠覆活动。苏联解体后，克格勃也解散重组了，卡费尔尼科夫在新的部门——对外情报局谋得了一个高级职位。现在，卡费尔尼科夫负责俄罗斯在拉丁美洲和加勒比地区的情报工作。这工作简直是个笑话：他的预算资金很低，没钱给特工发工资或收买线人。像大多数俄罗斯官员一样，他毫无实权。

卡费尔尼科夫将军只好眼睁睁地看着叶利钦和他的继任者搞垮了俄罗斯的经济，看着曾经让人闻风丧胆的红军在车臣兵败蒙羞，看着祖国的坦克因燃油和部件短缺而锈迹斑斑，看着祖国部队挨饿受冻。他眼睁睁地看着雄赳赳气昂昂的克格勃沦落成情报世界的笑柄。

他知道自己做什么都无法扭转俄罗斯的航向。俄罗斯像一艘巨大的船舶，迷失在了波涛汹涌的大海上，她花了很长时间来调整方向，又抛锚停泊了很久。卡费尔尼科夫放弃了俄罗斯，但他没有放弃自己。不管怎么说，他有自己的家庭，有妻子卡佳和三个乖儿子。他们的照片是他那间寒气逼人、了无生气的办公室里唯一充满温情的东西。

卡费尔尼科夫已决定利用职务之便为己牟利。他手下有一群大男人：军官、情报官、黑社会成员，这些人在市场上公开把俄罗斯的军事装备卖给出价高者。卡费尔尼科夫和他的手下曾把核技术、武器级铀和导弹技术卖给伊朗、叙利亚、利比亚、朝鲜和巴基斯坦。在这个过程中，他们已经赚了数百万美元。

他调到CNN台，收听专家小组对贝克维兹总统讲话的分析评论。贝克维兹要建立导弹防御系统，保护美国免受世界上极端分子的袭击。这些极端分子很快就会找到卡费尔尼科夫这里来。他们会掏尽腰包，在短时间里尽可能地囤积大批军事武器。总统詹姆斯·贝克维兹刚刚挑起了新的国际军备竞赛，这次竞赛会使卡费尔尼科夫和他同僚们的腰包更鼓。康斯坦丁·卡费尔尼科夫得意地笑了笑。

这数百万美元是花得最值的。

这时还下着雨，伊丽莎白·奥斯本驱车向西，沿马萨诸塞大道开往乔治敦。这真是一个漫长的夜晚，她已经筋疲力尽了。车开过了岩溪，她伸手在车里的储物箱里掏了一阵，找出很久前放的一包香烟，点燃了一支。烟很干，还有一股子霉味，但是吸烟的感觉很好。她只是隔几天抽一根，她告诉自己，她可以随时把烟戒掉。如果她怀孕了的话，她肯定会把它戒掉。上帝啊，她想，为了怀上孩子，她愿意付出任何代价。

她强迫自己不再想这个问题。她在谢里丹环形街上绕了几圈后，开到了Q街。她回想起了晚宴，脑海中闪过几个愚蠢的对话片段，米切尔·艾略特的大房子像放老式电影一样在她眼前掠过。其中一幅画面始终在她脑海中萦绕着，直到她回到家，躺在床上等迈克尔回来时仍挥之不去——米切尔·艾略特和塞缪尔·布拉克斯顿在暮色下的花园里，像两个咯咯傻笑的小学生一样相互拥抱着，互敬手中的香槟。

十一月

11

纽约，牛尾洲岛

最先给参议员道格拉斯·卡侬冠上“当代伯里克利”[①]美名的，是《纽约客》杂志。这么些年来，卡侬的所作所为也对得起这个封号。卡侬是一名学者和历史学家，也是不折不扣的自由和民主改革家。他把自己继承的数百万财产都用于促进文学艺术事业的发展。他在第五大道上的宽敞公寓成为了纽约最有名的作家、艺术家和音乐家的聚集地。他为保存城市的建筑遗产作了很多努力。跟伯里克利不同，道格拉斯·卡侬从来没上战场指挥过。事实上，他平常讨厌枪和武器，但是弓和箭除外。他年轻时是世界上最顶级的弓箭手之一，他把这项技能传给了他唯一的孩子——伊丽莎白。尽管卡侬极其不信任枪和将军，他却认为自己是监督国家的军事和外交政策的不二人选，大多数华盛顿人知道的历史还没有他的一半多。在参议院任职的四届任期里，卡侬担任了军事委员会主席、外交关系委员会主席以及情报特别委员会主席。

他的妻子艾琳还在世时，周一至周五他们会住在曼哈顿，周末，

① 伯里克利（Pericles），古希腊奴隶主民主政治的杰出的代表者，古代世界最著名的政治家之一。

他们返回牛尾洲，住在俯瞰德林港的宽敞私家别墅里。艾琳过世后，这个城市对他的吸引力也越来越少，所以他隔一段时间就会回牛尾洲，跟他的帆船、猎犬还有房屋管理员查理住一段日子。

一想到卡侬一人独自住在大房子里，伊丽莎白就心有不安，所以她一有空就会和迈克尔去牛尾洲。小时候，伊丽莎白就很少见到她父亲：父亲在华盛顿，伊丽莎白和母亲住在曼哈顿。大多数周末他都会回家，但相聚的时间总是转瞬即逝，身不由己。此外，他还要看望选民，要参加筹款集会，身边还有一群目光短浅的手下，争先恐后想赢得他的关注。现在，他俩的角色互换了，忙碌的人变成了伊丽莎白。伊丽莎白想要弥补逝去的时间，母亲走后，这是父亲人生中第一次需要自己。她知道这样会很累，但父亲是一个了不起的人，他有非凡的人生经历，她不想让他的晚年就这样匆匆流逝。

迈克尔、卡特和麦克马纳斯的会议延时了，而伊丽莎白与客户打电话也耽误了时间。他们急忙赶往国家机场，伊丽莎白开奔驰从华盛顿市区出发，迈克尔开捷豹从兰利总部出发，但他们还是迟到了几分钟，错过了七点钟的航班，只好郁闷地坐在机场酒吧喝啤酒等八点的班机。九点后，他们到达拉瓜迪亚，从赫兹租车公司挑了辆车。轮渡是按照冬季的运营时间排班的，这意味着最后一班船离开格林港的时间是晚上十一点。在拥挤的道路上，迈克尔必须在九十分钟内开完九十英里。车沿着昏暗的长岛高速公路向东疾驰而去，他以每小时八十英里的车速行驶着，在车流中娴熟地钻进钻出。

“我看你在佩里营学到的防御性驾驶技术在现实世界中还是有用武之地的。”伊丽莎白一边说，一边用手紧紧地抓住扶手。

“只要你想，我还可以教你如何从行驶中的车里跳出去而不被人发现。”

“我们用不上你特意放在书房里的手提箱吗？它叫什么来着？

‘假具’？”

“‘假人’。”迈克尔纠正她，“伊丽莎白，它叫‘假人’。”

“请教一下，怎么用来着？”

“就像一个玩偶盒。按下开关，一个装了弹簧的假人会冒出来。如果你被跟踪了，用它可以让别人觉得有两个人在车上。”

“真是个优秀的保镖！”她讽刺道。

“它在拼车车道上也能派上用场。”

“你开玩笑吧？”

“不，没开玩笑。卡特的车里一直都放着个‘假人’。每次他要迟到了，就打开开关，变变变！一下就是两个人拼车了。”

“上帝啊，我喜欢给间谍做老婆。”

“我不是间谍，伊丽莎白。我是个……”

“我知道，我知道，你是个情报工作者。迈克尔，车速不要超过九十，好吗？如果被交警拦下来就糟了。”

“佩里营还教过我们怎样应对这种情况。”

“比如说？”

迈克尔笑着说：“我可以用笔中的麻醉镖射他。”他看到伊丽莎白的脸上露出怀疑的神情，“你觉得我在开玩笑？”

“迈克尔，你有时候真是个混球。”

“你不是第一个这么说的。”

十点钟，他打开收音机，收听WCBS电台每小时的实况新闻。

“总统詹姆斯·贝克维兹确定了第二任期内担任国务院的人选——他的老朋友及政治支持者塞缪尔·布拉克斯顿。布拉克斯顿是华盛顿的著名律师和政治掮客。布拉克斯顿表示，获知提名时，他感到很荣幸，也很意外。”

听到收音机播出塞缪尔·布拉克斯顿的录音时，伊丽莎白不由得抱怨起来。这几天总统竞选已接近尾声了，迈克尔却被案件搞得筋疲力尽，但跟大多数华盛顿人一样，他仍密切地关注着詹姆斯·贝克维兹这次的胜利。从002航班坠毁的那一刻起，竞选就出现了新情况。安德鲁·斯特林几乎直接被踢出局了，不管他说什么做什么，都再也得不到媒体的关注，因为媒体已经厌倦了无休止的竞选活动，他们当然愿意报道一个更有趣的故事。总统办公室的演讲断送了斯特林的政治前途。贝克维兹对加沙之剑的袭击迅速施以了惩戒，展示出了他的果敢和才华。导弹防御体系计划把斯特林"埋"在了加利福尼亚。演讲结束后的第二天早上，加州的各大报纸都发表文章，报道该计划将对国家经济产生哪些积极影响。斯特林在加利福尼亚州的领先优势几乎在一夜之间化为了泡影。大选之夜，詹姆斯·贝克维兹在家乡的支持率胜出了七个百分点。

迈克尔关掉收音机。

伊丽莎白说："他现在乐得简直飞上天了。"

"谁？"

"布拉克斯顿。"

"那是当然的。他的人赢了，现在他要出任美国国务卿。"

"今天下午他从白宫新闻发布会回来后，公司为他举办了一个派对。他在那里滔滔不绝了半天，说这是他一生中最艰难的决定。他说，总统第一次问他时，他拒绝了，因为不愿意抛弃公司。但总统再一次问他时，他无法拒绝第二次。我的天哪，真是鬼话连篇！人人都知道他为了这个职位已经努力了好几周了。他当初就应该去当诉讼人，何必做交易员呢。"

"他会成为一个称职的国务卿的。"

"我记得哪个总统说过：'在外交政策上，我的狗米莉知道得都比我的政治对手多。'我认为这句话用在塞缪尔·布拉克斯顿身上再合适不过了。”

“他聪明，学得快，而且在电视上，他看起来真的很像那么回事。具体的政策可以让国务院的那群专家搞定。布拉克斯顿只需要在面临困难决策时拍板，然后说服美国人和全世界接受就行了。在这种事上，他能成功的。”

伊丽莎白把她和苏珊娜·代顿的谈话告诉了迈克尔。

“她请我帮忙。我告诉她我不能这样做。这是不道德的，我可能被撤销律师资格。之后，她就没有再提这一茬。”

“你是个聪明人。那她为什么不直接刊登手里的文章？”

“她还没弄清真相。”

“这种事挡不住苏珊娜。”

“迈克尔！”

“伊丽莎白，我们这些人对媒体的看法总是不太一样。”

“她认为自己已经搞清楚了，但她的编辑不同意。他们把新闻稿打回来，叫她继续挖内幕。她气坏了。如果这则报道在大选日之前刊登出来，一定是条劲爆新闻。”

“她还在继续调查吗？”

“是的，她说她还在调查。其实，她说已经取得了实质性进展。”伊丽莎白笑了起来，“你看，整件事中最大的两个赢家就是塞缪尔·布拉克斯顿和他的客户米切尔·艾略特。布拉克斯顿当上了国务卿，艾略特制造导弹防御体系中的动力拦截器将牟利一千亿美元。”

“你觉得这背后有问题？”

“我不知这么想对不对。贝克维兹发表声明后，他们在晚宴上——你真该看看那一幕——我的上帝啊，我还以为他们要亲吻对方呢。”

下高速公路后，他们穿过了河源镇。迈克尔朝北沿着一条乡间双向道开去，路两旁是成片的草地和土豆田。一轮温润的圆月挂在东边的夜空中。他们转到25号公路上，向东急速穿过北福克。这时，路旁已没有了树木，月光照耀着漆黑的长岛湾。

伊丽莎白点燃一支烟，打开了车窗。这表明她紧张、生气或不高兴了。工作时，伊丽莎白能够竭尽全力一整天都隐藏着自己的情感；当她回到家中或和朋友在一起时，她的身体却无法继续掩饰情绪。感到幸福时，她双眼炯炯有神，嘴角微微翘起，久久地沉浸在微笑中；心烦意乱时，她就重重地踱步，眉头紧锁，高声呵斥。伊丽莎白高兴时从未吸过烟。

“你怎么了？跟我说说吧。”

“你知道我怎么了。”

“我知道。我只觉得你应该大声说出来。”

“好吧，我紧张得要命，我怕这次人工受孕也没用，我怕我们永远生不了孩子。看，我说出来了。你知道吗？我还是觉得糟透了。”

“希望我能为你做些什么。”

她伸出手，拉着他的手。“迈克尔，陪着我。你能做的就是始终留在我身边。要是人工受孕失败的话，我也需要你陪着我。我要你告诉我，这没什么大不了的，你还是会永远爱我。”

她的声音哽咽了。他捏了捏她的手：“我会永远爱你，伊丽莎白。”

他感到很无助。这是一种很陌生的感觉，让他很不喜欢。他的天赋和训练都教会他发现问题，并解决问题。但现在他也无能为力了。他要在一间小暗室里，用短短几分钟的时间排出精液。之后，他能做的也就是支持、关心和照顾她，但伊丽莎白和她的身体要完成后面的任务。他想为她再多做些什么。他已经向卡特提出申请，请中情局允许他在纽约站工作，并缩短他的上班时间。卡特答应了。人事部一天到晚耳提面命地盯着首长和负责人，要求他们提高中情局官员的士气。卡特埋怨说，中情局应当改其“你理应知晓真理，真理必使你自由”的信条为“互相关爱”。

“我还有另一件事要告诉你，迈克尔。我的努力就到此为止了，我只试这一次。如果不成功的话，我就放弃，然后继续过我们的生活。你支持我吗？”

“百分之百地支持。”

“苏珊娜和杰克试了四次，花了五万美元，她都快疯了。”她停顿了一下说，“她认为杰克之所以离开她，就是因为她不能给他生孩子。他很在意这个，他希望有个儿子来传宗接代。他还真把自己当成古代国王了。”

“我认为她没有孩子反倒是件好事。无论如何，杰克都会离她而去，有孩子的话，她还得一边工作，一边做单身母亲。”

“你还知道了什么内情？”

“我知道他从来没有满意过，他其实早就想结束这段婚姻了。”

“没想到你们两个男人竟然这么要好。”

“我也受不了那狗崽子，但他喝了酒就话多。我擅长倾听，我受的训练让我学会倾听。但我也深受其害，平时总听到不少无聊事。”

“我挺她到底，她应该获得幸福。我希望她找到合适的人。”

“她会的。”

“这可没你说得那样容易。看看我是花了多久才找到你的。你认识优秀的单身男人吗？”

“我认识的单身男人可都是间谍。”

“迈克尔，情报工作者。他们叫作情报工作者。”

“对不起，伊丽莎白。”

“你说得对，我可不想看到苏珊娜嫁给一个混蛋特务。”

他们驶上渡轮时，距离船出发只剩下五分钟了。刺骨的寒风呼呼地刮着，渡轮在加德纳湾波涛汹涌的海水中逆浪前行，船头激起阵阵水花，水花随后溅落在租来的汽车挡风玻璃上。在十一月这寒冷的夜里，迈克尔走下车，倚靠在渡轮的栏杆上。海港的对面就是小岛，他看到卡侬那座亮着白色泛光灯的豪宅。他和伊丽莎白来岛上时，参议员喜欢把泛光灯点亮。迈克尔想象着他们把孩子也带过来，一起乘船上岛，想象着和孩子们在岛上度过夏天。他想要孩子的心情并不亚于伊丽莎白，可他把自己的这种想法都埋在心底。眼下，她不能再承受更多的压力了。

他们上了岛，驱车穿过牛尾洲高地上的村镇。黑暗的街道上，商铺的门关得死死的。时值深秋，岛上又恢复了往日的平静。卡侬的豪宅坐落在岛上的一片狭长地带，距离村庄一英里远。这里一面俯临着加德纳湾，另一面俯瞰着海港。他们驶进私人车道后，查理拿着手电筒从小屋里走了出来，猎犬紧跟在脚边上。

“参议员已经休息了，”查理说，“他让我来接你们。”

“查理，我们自己来吧。”伊丽莎白说。他们以前就在屋里备了些衣物，这样即使要在这里住上几周，他们也不用带行李过来，“快进屋吧，别冻着。”

“好吧，”他说，“二位晚安！”

他们轻手轻脚地进了屋，爬上二楼，来到他们临海的宽敞卧室套间里。伊丽莎白拉开了百叶窗，她喜欢第二天早上醒来时就能看到海，还有冬日紫橘色的晨光。

他们被下半夜的阵雨给吵醒了。黑暗中，伊丽莎白翻过身，亲吻了迈克尔的后颈背。他动了动，她拉住他的手，让他压在自己的身上。她扭动身体，脱下了身上的法兰绒睡袍。他用温热的身体紧紧地贴住她的乳房。

“我的天哪，迈克尔，真希望我们这样就能怀上孩子。”

他进入了她的身体后，她也迎向了他。伊丽莎白奇怪自己的身体竟然这么快就到达了高潮。潮水般的快感在她体内一波又一波地涌起。她紧紧地抱着他大笑起来。

“小声点，会吵醒你爸爸的。”

“我敢说你对所有的女孩都说过这样的话。”她又大笑起来。

“这到底有什么好笑的？”

“没什么。迈克尔。没什么好笑的，我就是太爱你了。”

道格拉斯·卡依喜欢出海，但他讨厌在夏天航行。一到夏天，加德纳湾就挤满了大型单桅船、太阳鱼单帆船和快艇，更糟糕的是还有喷气式水艇——卡依认为有它们在，灾难就近在咫尺。他曾试图禁止这些船在环岛海域出现，但是没能成功，即使后来有个十岁女孩在上游海滩被喷气式水艇撞死，也无济于事。卡依的酒窖藏酒颇丰，迈克尔本打算下午坐在炉火旁，品尝一下上佳的红酒，看看报纸，再读点书。但中午时，雨停了，疲弱的阳光透过稀疏的云层照射在海面上。卡依穿着厚羊毛衫和油布雨衣走了过来。

“我们走吧，迈克尔。”

“别开玩笑了，道格拉斯。现在外面的气温只有四度。”

“这温度刚刚好，你需要加强锻炼。”

迈克尔看了看伊丽莎白，希望她能帮他说两句。她正趴在沙发上看案情摘要。

“跟他去吧，迈克尔。我不想让他一个人去。”

“伊丽莎白！”

“得了，别婆婆妈妈的。而且爸爸说得对，你最近是缺乏锻炼。

走吧，我送你们出发。”

于是二十分钟后，迈克尔和卡依登上了三十二英尺长的单桅帆船雅典娜号。迈克尔穿着套头羊毛衫和呢大衣，使劲拉起冻住的帆索，就像传说中的格洛斯特渔民。卡依掌着舵，大声地发号施令，迈克尔手忙脚乱地跑上湿滑的前甲板，在二十英里的风速中调整好三角帆，固定好绳索。他脚下不小心绊到了一个楔子，差点就掉下船去。他心想，如果自己真的掉下去了，能在那冰冷的海水中坚持多久？七十八岁的卡依动作是否够利索，能不能把他救上来？

雅典娜号的帆被风鼓起来后，他朝房子看了一眼。帆船漂浮在海面上，右转舵后，船身微斜，向前开去。他能看见伊丽莎白在草坪上练射箭，她离靶子有一百五十英尺远，但还是次次击中靶心。

卡依驾着雅典娜号航行在海湾里较开阔的水面上。在灰绿的海面上，船尾摆幅较大，帆船急速向加德纳湾开去。迈克尔坐在船的上风舷，希望能晒晒太阳，暖暖身子。他转身背对着风口，试了整整两分钟才把烟给点着。

“天哪，道格拉斯，能不能侧风行驶，这风太大了。”

“我就喜欢船歪歪斜斜的！”他在风中大声地喊道。

迈克尔绕船看了一圈，发现弯曲的上缘船舷已经渗进了不少水。

“你不觉得我们应该把船开得稍微平稳一些吗？”

“不用，这样就挺好。她正全速前进呢。”

“没错，但是如果风这样猛刮下去，船可能翻掉，我们会掉进海里的。”

“这船翻不了。”

“他们当时也是这样说泰坦尼克号的。”

“这艘船可是真的翻不了。”

“那你去年在海上的小麻烦是怎么回事？”

去年十月份，船行驶在蒙塔克灯塔附近时，被一阵疾风刮翻了。海岸警卫队救起了卡侬，光打捞船只他就花了一万美元。自从那以后，伊丽莎白就恳求他不要再一个人航行了。

“那都是海洋天气预报不准害的，”卡侬说，“我给国家气象局局长打过电话，把他给说了一通。”

迈克尔对着自己冻僵的双手呵着气：“天哪，这么冷的风，现在八成只有零度了。”

“其实是五度，我查过。”

“你真是疯了。如果选民知道你有这种自杀倾向的话，他们肯定不会投票把你送进参议院的。”

“别抱怨了，迈克尔。船舱里的热水瓶里有热咖啡，你也跑跑腿，去倒两杯上来。”

迈克尔踉跄着走下舱梯。参议员几乎登上过美国海军的所有船只，船上的橱柜里放着一排海员纪念马克杯，上面纹刻着不同海船的标志。迈克尔选了标有核潜艇“西维吉尼亚州号”的两只杯子，往里面倒上了热腾腾的咖啡。

迈克尔回到甲板上时，卡侬正在吸烟。“别告诉伊丽莎白，”他接过咖啡杯说，“要是她知道我偶尔抽上一根的话，会跑遍岛上的所有商店，让他们不要卖烟给我。”

卡侬慢慢地喝了一口咖啡，调整了船的航向。

“你怎么看这次选举？”

“贝克维兹出奇制胜了。”

“真是一派胡言。要我说，他从头到尾都在拿002号航班的坠毁当政治筹码。美国民众都听厌烦了，也没留意到这一点。我赞成他进行反击，但至于建造导弹防御系统，我觉得这是在回馈多年来一直支持他的那些老朋友们。”

“但你不能否认这样的威胁确实存在。”

“噢，这样的威胁是存在，但我觉得可能性小之又小。支持建造导弹防御系统的人说，一旦俄罗斯发生政治动荡，可能会对美国发起攻击。但俄罗斯人失去了苏联帝国，他们也没有向美国发起突然袭击。而那些所谓的无赖国家，我更加不把他们当回事了。朝鲜都没有实力养活自己的人民，更何况要建造出能够射到美国的洲际弹道导弹？像伊朗和伊拉克这样的区域恶霸，他们要威胁的是他们的邻国，而不是美国，所以他们投资制造的是短程武器。还有一点要注意：我们仍是世界上储存核武器最多的国家。冷战时期，这样的‘核威慑’确实发挥过作用，现在我认为它也会起作用。难道这些国家的领导人真会让自己的国家灭亡吗？迈克尔，我可不这么认为。”

“你为什么觉得这是一种……回馈？”

“因为如果该体系建成并投入运营的话，一家名叫奥贝通防御系统的公司会盈利数十亿美元。而奥贝通的老板就是——”

“米切尔·艾略特。”迈克尔说。

“这就对了，米切尔·艾略特在华盛顿投下的钱比谁都多。他给贝克维兹的资助金额达到了法定上限。如果他乐意，还能在背地里通过其他渠道继续注资。詹姆斯·贝克维兹是艾略特慷慨捐助的最大受益人。妈的，贝克维兹整个政治生涯背后的买单人就是艾略特。”

迈克尔想起苏珊娜·代顿和她正在为《华盛顿邮报》撰写的新闻稿。

“还有另一件事，”卡侬继续说，“白宫幕僚长保罗·范登堡之前就在艾略特的公司工作。贝克维兹还是加利福尼亚州的总检察长时，艾略特把范登堡派到了贝克维兹身边。他很善于发现人才，他知道贝克维兹可能会成功，他希望政府里有自己的人，这一点他的确做到了。”卡侬又吸了口烟，风把烟雾从他的嘴里卷走了。他说：“范登堡曾经干过你们这行。”

迈克尔很惊讶：“什么时候？”

“越南战争期间。”

“我还以为他在军队。”

卡侬摇了摇头：“不，一直在中情局。事实上，他曾负责过一个叫‘凤凰行动’的案子。你还记得‘凤凰’计划吗，迈克尔？对你们这行来说，那简直是最辉煌的日子。你知道他们是怎么说的——一日成了间谍，终生都是间谍，对不对，迈克尔？你可以在中情局的高级电脑里搜搜范登堡的名字，看看能有什么收获。”

“你认为导弹防御体系有什么猫腻吗？”

“我看过测试数据。奥贝通防御公司生产的动力拦截器的性能的确大大优于其他几个国防契约商的产品。艾略特是凭实力签下的合约。但是在共和党内部，也只有少数人支持这项计划，民主党就更不用说了。本来这个计划案是通不过的。但经过这次戏剧性的事件后，它得到了人们的广泛关注，国会竟通过了提案。”

迈克尔犹豫了一下，最后还是开口了：“如果我告诉你，我觉得击落客机的并非加沙之剑，你会怎么想？”

“我认为你可能猜到了什么，但是我不能把话挑明了，迈克尔。如果不怀好意的人听见了，你可就有麻烦了。”

太阳躲到了云层后面，气温突然更低了。卡侬看了一眼天空，皱起了眉，说：“看来要下雨了。好吧，迈克尔，你赢了。准备掉头。”

12

圣马丁，加勒比海

路虎揽胜车队爬上山腰时，坑坑洼洼的小道上扬起了一阵阵灰尘。越野车的外观都一模一样，烟灰色的反射玻璃窗掩盖了车上乘客的身份。车里的每个人都从不同地方赶来，有来自拉丁美洲、美国和欧洲的，也有来自中东的。会面结束的第二天上午，他们会一一离开这里。这时候旅游旺季刚刚开始，岛上挤满了美国佬和阔绰的欧洲人。越野车里的男人们就喜欢这样，他们喜欢混入人多杂乱的地方，这样就不会有人关注他们的身份了。大篷车快速穿过一个贫穷的村庄，村里光着脚丫的孩子们站在路边，兴高采烈地朝过往的车辆招手。但是车里没有一个人向孩子们挥手示意。

即使按照旅游胜地圣马丁的标准，这座别墅也算奢侈了：十二间主卧室、两间宽敞的起居室、一间多媒体播放室、一间台球室、一个大型游泳池、两个网球场和一个直升机停机坪。六个月前，一位不愿透露姓名的欧洲人开出了天价，雇人将这座别墅如期造好。

别墅的修建工程简直是一场噩梦，因为别墅位于岛中间，还得修在山顶上。山下四面环海，岛上的景色一览无余。别墅外大约四十英亩的土地都还保持着原来的自然状态，生长着厚厚的灌木丛和树木，只修建了一道通电围栏。

一个星期前，一队人提前过来布置好了安保设施。他们安装了摄像机、激光网和无线电干扰装置，并占用了台球室作为他们的指挥中心。

国际发展合作协会完全是个私人性质的组织，它不接受外界的捐赠，不接纳任何新成员，但是他们自己会挑选入会的成员。它名义上的总部就是日内瓦的一间小办公室，装修简朴的门上挂着一张雅致的金匾，但是访客很快就会发现办公室里空无一人，它的电话号码未列入公共电话簿，照牌匾上的号码打过去，也不会有人接听。

熟知该组织的人通常会叫它“协会”。虽说它的名字是如此，但这个“协会”并没有兴趣让整个世界变得更“和谐”。它的成员中包括了无赖的情报官、军火经销商、雇佣兵、毒枭、国际犯罪组织和实力雄厚的大亨。

“协会”的执行董事以前是英国情报机构军情六处的一名高级官员。人们通常称他为“局长”，从来没有人叫他的真名。他监督“协会”的管理和操作，但作不了任何决策。“协会”的执行委员会牢牢地掌握着决策权，而“协会”的每个成员都有一次表决权。该协会内部实行民主制，尽管大多数成员认为在现实世界中，民主制实在是一个累赘。

“协会”的创始信条中宣称和平是危险的。其成员认为，只要全世界的紧张态势在可控的范围内，它就对所有人都是有利的。这种紧张态势可以让人保持警惕、避免得意忘形，还能构建民族的认同感。而且最重要的是，这能给他们带来发财的好机会，发横财的好机会。

一些人是单独来的，一些人还带来了伴侣。有人带了私人保镖，也有的人谁都没带。下午，阿里·沙姆龙来到网球场，和一位来自哥伦比亚的可卡因毒枭打了三个回合。毒枭穿着一身黑衣，全副武装的保镖们在加勒比炙热的阳光下跑来跑去，来回捡拾打飞的网球。一个小时后，康斯坦丁·卡费尔尼科夫也赶到了。他在游泳池边上躺了两个小时，直到他那苍白的斯拉夫人皮肤被晒成了深红色，然后他回到房间，挑了一个女郎，在床上度过了一下午。这些女孩都是局长用飞机从巴西运过来的，每个人都经过精挑细选，个个都技巧丰富，能让男人获得肉体上的愉悦。她们每个人都做过全面的血液检查，以确定没有性病。

米切尔·艾略特没时间，也没兴趣参加这类活动。他讨厌“协会”的这些会员们。虽然他不会和他们在一座加勒比海岛上嬉戏玩乐或纵情声色，但他懂得如何跟他们打交道，以达到自己的目的。

会议计划在九点召开。晚上八点半，艾略特的湾流私人飞机降落在了机场。一架直升机已经在旁待命了。他和马克·卡拉汉以及另外两名保镖立刻登上直升机，飞往山腰上的别墅。

开始的一小时里，执行理事会讨论的都是内部的管理和开销问题。会议快结束时，局长才把此次碰头的首要议题搬上了桌面。透过他那半月形的镶金老花眼镜，他偷偷看了看米切尔·艾略特，然后道：“你来说几句吧。”

艾略特并不起身，他说：“先生们，首先，我感谢大家这次的协助。此次的行动非常成功，也已达到了预期的目标。贝克维兹总统已经成功连任，美利坚合众国就要建造自己的导弹防御系统了，事实会证明，这个项目对我们大家都有利。”

出于礼貌，会议室里的人鼓起掌来，艾略特停了好一会儿，掌声才慢慢安静下来。

“不用说大家也知道，如果走漏了风声，让人知道‘协会’参与了这件事的话，后果将不堪设想。因此，今晚我来到这里，是为了获得大家的许可：这间屋子以外所有参与过行动、知道实情的人，我们要全部除掉。”

局长抬头看了看，脸上稍显怒色，就像对一盘多佛比目鱼的味道不甚满意似的。“我知道有四个人。”

“没错。”

“你认为我们该怎么实行计划？”

“我提议，让在纽约城外参与这次行动的那个刺客来做这件事。”

“我猜是那个还活着的人？”

难得的是，艾略特这次笑了笑，说：“是的，局长。”

“很显然，此人至少清楚一点，那就是加沙之剑跟这次袭击一点关系也没有。”

“我同意，但他是这个世界上最优秀的刺客，也只有他这样的刺客才能完成这次暗杀行动。”

“那他完成任务后会怎样？”

“跟其他人一样，他也会被除掉。”

局长点点头。他最看重的就是清晰简明、果断干练的办事作风了。他说：“你认为这次的行动经费由谁来付？你刚才说的这次行动花销肯定不菲。你刚发了一笔横财，看来这次行动的钱应该由你一人承担。”

“局长，这我没有意见。我不需要协会的资金支持，我只想得到大家的祝福。”

局长透过他的金边老花镜，看了看在场的其他人。

“有反对的吗？”

没有人说话。

“太好了，你得到了执行理事会所有成员的支持，你可以开展你的行动。”局长低头看了看文件，好像有点困惑。他接着说：“好吧，先生们，我们讨论第二件事。伊朗的侯赛因先生有兴趣继续购买一些房产，这一次他还是希望得到我们的帮助。”

凌晨四点，会议结束了。米切尔·艾略特立刻离开别墅，搭直升机下山，赶到机场，坐湾流私人飞机离开。执行委员会的其他成员留在别墅，补充了几个小时的睡眠。飞回阴雨连绵的莫斯科之前，康斯坦丁·卡费尔尼科夫还渴望着在躺椅上打个盹，多享受几小时的阳光浴；沙姆龙和毒枭又来到了网球场，准备一决高下——上一场，沙姆龙不费吹灰之力就打败了毒枭，这一次，毒枭发誓要“报仇雪恨”，这是他一贯的行事风格。离开时，他们坐上路虎揽胜下了山。中午，局长带着那队安保人员也离开了。半小时后，局长登上私人飞机时，别墅里传来了一连串剧烈的爆炸声。圣马丁山腰上的豪华别墅瞬间就夷为了平地。

13

法国，布雷莱

他以前用的名字是让-保罗·德拉罗什，但是村里的人都叫他“隐士”。没人清楚地记得他是什么时候来的，又是什么时候住进了一座村舍旁的矮小石砌煤仓。煤仓靠着粗糙峻峭的岩石壁而建，俯瞰着英吉利海峡。杂货店老板迪迪尔先生的脸总是红红的，他认为是海风把“隐士”给吹傻了。在这个独行客的孤独住处，无休止的海风显得无比强劲。猛烈的海风没日没夜地吹着，击打着小屋厚实的玻璃，把屋顶的瓦片一片片掀起。暴风雨过后，路人可以看见不安的“隐士”在估算海风造成的损失。迪迪尔先生坐在咖啡馆里喝着白兰地，脸上浮现出得意的轻蔑笑容，他低声自语道：“真像视察宝贵大西洋壁垒的隆美尔啊。”

他是个作家吗？或是个革命分子？还是个艺术品偷盗者？或是个堕落偷逃的牧师？熟食店的普劳切小姐认为他是凯尔特人到来之前，居住在布列塔尼地区的巨石族人的后代，要不然他怎么会天天跟古老的岩石交流，怎么会一连数小时都坐在海边，凝视着拍打岩石的海浪？要不然他怎么给自己取名为“德拉罗什”？她手中的刀停留在一块卡蒙贝尔奶酪的上方，得出了结论：他之前来过这里。他正在思考很多年前，这里是什么样子的。

村里的男人都妒忌他。年纪稍大的男人嫉妒的是一个个漂亮女人都跑到他的木屋里，待上一阵，然后又悄悄地离开。男孩子们眼红他定做的那辆意大利竞赛自行车，每天早晨，他精力充沛地蹬着车，行驶在菲尼斯泰尔狭窄的乡间小路上。所有的女人，不论老少，都认为他很英俊：浅灰色的短平头，白皮肤，一双明亮的蓝眼睛，那直挺挺的鼻子像是米开朗基罗亲手雕凿的。

每天下午他都进村采购，他身高不到一米八，个子不高，但走路的架势却让人感到他很高大。每次他来，面包房的崔万思小姐都想跟他搭讪。这次又是徒劳，他仍旧是微笑了一下，规矩地挑选面包片和羊角面包。酒铺的老板认为他是个品酒行家，但又很节俭。罗丹先生向他推销稍贵一点的酒时，他就扬扬眉，表示自己买不起，然后小心翼翼地把酒放回原位。

在露天集市上，他挑选蔬菜、肉和海鲜时会很挑剔，仿佛饭店和度假酒店的主厨。有时候，他自己一个人买菜，有时会带上正交往的女友。他的女友都是从外面来的，他从来没有跟布列塔尼本地的女孩交往过。下午，村里的男人们有时候会邀他坐下来喝点红酒，吃几片山羊乳干酪或打打牌。但是这个独行客总是无奈地看看手表，好像急着去哪里办事一样。他把买好的东西放进破旧的褐色奔驰旅行车，开车回到海边的小屋。

“闹得好像时间在布雷莱有多金贵似的。”迪迪尔总这么说。他咧开嘴，露出一如既往的轻蔑假笑。“就是风，”他补充道，“是风把他吹傻了。”

十一月的早晨，天气晴朗，万里无云。海风很大，德拉罗什沿着海边狭窄的路上骑着自行车。他要从布雷斯特到西边的圣马蒂厄角去。他穿着紧身毛裤，外面套了条运动马裤，一件高领毛衣，外搭一件柠檬绿连帽风衣。风衣大小刚好，不会被风吹得飘来荡去，但又不会裹得太紧，不必担心腋下藏的一把格洛克九毫米手枪会暴露。尽管穿了好几层衣服，腥咸的海风吹来时，他还是感到刀割般的寒冷。德拉罗什低下头，加快了速度，向目的地驶去。

他经过了一座十六世纪的本笃会修道院遗迹，这里饱经海风的侵蚀与破坏。后面的道路一下子开阔起来，他朝北骑了一段路程后，猛烈的海风迎面刮来，路面有规律地起伏着。轻便的意大利自行车应付这种路况还是可以的，他翻过一座山头后，进入了渔村拉尼尔迪。

他在一家咖啡馆里买了两个羊角面包，往随身携带的两个水壶里一个装进橙汁，另一个灌满欧蕾咖啡。德拉罗什一边骑车，一边大口地吃着羊角面包。接着，他经过了圣马格利特岛，这个小岛形如插入海中的一根手指，在奇石嶙峋的岛上，可以饱览欧洲最壮美的海景。接着就看到了三角湾海岸——也叫河口湾沙滩，从菲尼斯泰尔高地奔泄而下的一条条河流在这里汇集大海，冲击出一片平坦的沙湾。

骑到布里尼奥·冈普拉日村时，他开始觉得腿上没劲了。村外的小道通向一片如同雪地一般的白沙滩。村里笔直地矗立着一块古石，像哨兵一样驻守着村口，布列塔尼的人管它叫史前巨石柱。德拉罗什下了车，推着自行车沿小路走了一段，边走边喝瓶子里剩下的欧蕾咖啡。走到白沙滩后，他把自行车倚靠在一面巨大的岩石壁上，叼着烟，沿着海浪的潮线往前走去。

接头地就在一块露出地表的岩石处，距离他停放自行车的地方大概有两百米。他漫无目的地缓缓走着，看着一波波的潮水涌上海岸。一大朵浪花迸溅在沙滩上，德拉罗什迅速地跳开，敏捷地躲过冰冷的海水。他最后吸了一口烟，把烟头扔到几步开外的地方，他抬起穿着骑车专用鞋的脚，用大脚趾把烟头踩进了白沙中。

他停步，在岩石旁蹲下来。石壁上有个用黄白色医用胶布贴起来的X型记号。干他们这一行的人可能会猜到，留下这个记号的可能是克格勃的人。事实上，做记号的人曾经确实是克格勃。

德拉罗什把胶带从岩石上撕下来，紧紧地揉成一小团，扔进了沙滩旁的荆豆花丛。他走回自行车旁，迎着灿烂的阳光，骑车回到了布雷莱。

晌午时天气依旧很不错，因此德拉罗什决定去写生。他换上一条牛仔裤，一件渔民穿的厚毛衣，然后把画架、宝丽来一次成像照相机、一箱子颜料和画笔等物品装进了奔驰车的后备箱。他返回小屋，煮好咖啡，然后把咖啡倒进一个亮闪闪的金属热水瓶。出门前，他又从冰箱里拿出两大瓶贝克啤酒。他把车开进村，停在熟食店外，在熟食店里买了火腿、奶油还有布列塔尼特有的肉酱。不害臊的普劳切小姐站在一旁对他挤眉弄眼。他离开商店时，碰到了挂在店铺门口的铃铛。他转拐进隔壁的面包房去买法式长棍面包。

他向内陆开去，渐渐地，海岸边上岩石丛生，荒芜的沙地不见了，他继续往菲尼斯泰尔省内陆开去，他看到了绿树郁郁的针叶林。

他拐弯开到一条没有路标的侧路上，沿路前行了两英里。接着是一条坑坑洼洼的小道，奔驰车剧烈地颠簸摇晃起来。几分钟后，他到达了目的地——一座古色古香的石砌农舍，他猜这屋子建于十七世纪。屋后映衬着一排排树木，满树都披上了金色和红宝石色的叶子，灿烂耀眼。

德拉罗什做事通常都是慢条斯理、极其谨慎的，画画时也是如此。他一边欣赏着农舍的美景，一边有条不紊地铺开从奔驰后备箱里拿出的物品。秋日的阳光下，农舍外墙上的石雕图案及屋后的树林里都映出了强烈的明暗对比。要在纸上完美地呈现这种光影绝非易事。

德拉罗什试着从几个视角来琢磨眼前的景色。他一边吃着三明治，喝着啤酒，一边找到了自己最喜欢的角度，用相机拍了六张照片，三张彩色的，三张黑白的。这时农舍的主人走了出来。主人是个矮个子男人，身边跟着条黑白花的狗，正绕着他转圈跑。德拉罗什冲着他大声喊，说自己是个艺术家，那男人兴奋地挥了挥手。五分钟后，主人走了过来，手里拿着一杯酒、堆满了奶油的碟子和几片厚厚的腊肠。他穿着的夹克上缝满了补丁，八成是二战前的衣服了。那条只有三条腿的狗巴巴地望着德拉罗什，问他要食物吃。

主人带着狗离开后，德拉罗什终于安心在画架后面坐好。他仔细地研究了一下照片，先是黑白的，他要把握好图画的基本结构和线条，然后才是色彩。他花了二十分钟用炭笔打底稿，然后描好结构图。他把厚层画纸铺衬在胶合板上，又在调色板里加入了温莎红、温莎蓝、温莎黄、胡克绿和黄赭色。

就这样过了差不多一个小时，他才想起布里尼奥冈·普拉日沙滩上的信息。那相当于是则通知，告诉他明天下午在罗斯科夫海防堤那里去见阿巴托夫。德拉罗什在克格勃效力时，阿巴托夫就是他的管控军官。这二十年来，德拉罗什没有和其他人合作过，他只跟阿巴托夫一起干活。有一次，莫斯科中心的人觉得阿巴托夫年纪大了，想让年轻的卡波夫来接替阿巴托夫。德拉罗什拒绝和卡波夫合作，并威胁说，如果不让阿巴托夫“官复原职”的话，他会把卡波夫杀掉，装进棺材直接运回莫斯科。一个星期后，在萨尔斯堡，德拉罗什和阿巴托夫又在一起工作了。为了给莫斯科中心那群满腹牢骚的人一点颜色看看，他们还开了场“庆功宴”，点了奥地利嫩牛肉，开了三瓶昂贵的波尔多红酒。德拉罗什并不是为阿巴托夫鸣不平，也不是对他效忠，他从未爱过任何人。除了他的艺术和职业，他不专情于任何事情。他想让阿巴托夫回到自己身边，是因为除了阿巴托夫，他不相信别人。二十年来他还能活着，没有被捕或被杀，完全是因为阿巴托夫的工作完成得很出色。

描摹着眼前的田园景色时，他仔细考虑着明天要不要赴约。阿巴托夫和德拉罗什不再为克格勃效力了，因为克格勃已经不存在了。后来继任克格勃的对外情报局更“体面”，干他们这行的人自然不能被情报局接收。苏联解体时，克格勃也解散了，德拉罗什和阿巴托夫被“逐出了家门”。他们仍旧待在西欧，阿巴托夫留在巴黎，德拉罗什留在布雷莱，之后两人就干起了自由杀手的勾当。阿巴托夫实际上就是德拉罗什的代理人。如果有人想干掉谁，他们会找到阿巴托夫。阿巴托夫接下了活，然后把刺杀任务告诉德拉罗什。德拉罗什在市场上的要价很高，完事后，阿巴托夫可以获得其中的一部分作为佣金。

德拉罗什已经赚了足够的养老钱，他打算金盆洗手。距上一次完成任务已经有个把月了，这也是他第一次在完成任务后没觉得厌倦乏味，反倒感到安宁，慵懒得什么也不想做。上次的活儿让他赚了一百万美金，足够他在布雷莱安逸地生活很多年了。但是这次的行动也让他觉得自己的灵魂中少了什么。干刺客这行这么多年来——不管是为克格勃效力还是做自由职业杀手——德拉罗什只为自己定了一条规矩：不滥杀无辜。而在长岛海岸袭击客机却让他违背了这条原则。

虽然不是他亲手发射的导弹，但他也在袭击行动中起了重要作用。德拉罗什的任务就是把那个巴勒斯坦人送到海上，导弹发射后再杀了他。炸毁机动游艇后，直升机会把他带离海上。他的任务完成得干净利落，因此，他如数获得了一百万美元的报酬。但是到了晚上，他一个人在小屋里时，听着海水的声音，仿佛能看见空中燃烧着的客机坠向大西洋，他想象得出乘客们死前的尖叫声。在以往的任务中，他对自己的刺杀目标都了如指掌：那都是些恶行累累的人，他们也很清楚，自己要为其所作所为承担多大的风险。他们每一个人都是被德拉罗什当面杀死的。这次炸毁客机的任务让他破坏了自己的规矩。

他打算去见阿巴托夫，看看任务的价钱。如果任务不错，价钱又高，他会考虑一下，说不定会接下这活；否则他宁可隐退，画画布列尼塔乡间的景色，在海边的石头小屋里喝喝酒，不再跟陌生人说话。

一小时后，他的画完成了。他觉得画得还不错，虽然他本可以画得更好些。太阳西下，农场披上了猩红色的暮光。太阳落山后，气温骤然下跌，空气中漂浮着柴火和大蒜的味道。他往一大块面包上涂抹肉酱，喝了点啤酒，然后把东西收拾好。他把宝丽来和画好的底稿放进口袋里——他要用它们在画室里绘出一幅更满意的画作。他把酒杯、还剩下一半香肠的碟子和完成的水彩画放在了农舍的门前，然后悄悄地走到奔驰车旁。他驾车离开时，那只三条腿的狗朝他“汪汪”地吠着，然后吃掉了碟子里剩下的香肠。

第二天早上，德拉罗什从布雷莱开车前往罗斯科夫时，下起了暴雨。他十点整准时到达了海防堤，发现阿巴托夫在大雨中踱着步，一脸苦闷的表情。德拉罗什停好车，站在车边朝四周打量了一会儿，然后向阿巴托夫走去。

阿巴托夫看起来更像一个老教授，而不是克格勃的管控军官。同样，德拉罗什也很难想象阿巴托夫指挥过无数次谋杀任务。看得出来，他在巴黎过得不错。眼前的阿巴托夫比德拉罗什记忆中的要胖些，他的双颊泛红，看上去好像是健康的红润，但其实是他喝了太多白酒和白兰地的缘故。他照例穿着那件高翻领毛衣和军装式样的防水外套，外套不怎么合身，更适合瘦高个的男人穿。跟这里退了休的老人一样，他头上戴着顶常见的防水宽边帽。阿巴托夫架着镶有金属镜框的护目镜，德拉罗什觉得，戴上它也起不了什么大的作用。此时，大雨给镜片上蒙上了一层水汽，雨水也沿着阿巴托夫那像拳击手一样挺拔的鼻子两侧流了下来。

德拉罗什下了车，往阿巴托夫的身后走去。毕竟阿巴托夫这个老家伙也是干这一行的，德拉罗什突然出现在他身边时，他并没有大惊小怪。他们默不作声地并排走了一段路，德拉罗什要刻意走得很慢，才能合上阿巴托夫蹒跚的步子。每迈一步，阿巴托夫都像要摔倒一样，有好几次，德拉罗什几乎想伸手去扶住他。

阿巴托夫停了下来，转过身去，直勾勾地盯着德拉罗什。他厚厚的护目镜片后，灰色的眼睛被放得很大，其中稍透着一丝茫然的神情。“天哪，我受不了在街上这么溜达了，”他用纯正的法语说，“我太老了，也太累了。带我去个暖和点的地方，顺便吃点好的。”

德拉罗什载着他，来到滨水区的一家高级咖啡馆。一路上，阿巴托夫都在抱怨奔驰车里四处乱放的绘画颜料。五分钟后，他们吃上了格律耶尔干酪和蘑菇煎蛋卷，喝着大杯的欧蕾咖啡。德拉罗什才吃第二口，阿巴托夫就已经把他那份狼吞虎咽地吃下了肚，讨厌的是，他还点燃了一根高卢牌香烟。但他还是觉得冷，就又点了杯白兰地，两大口灌了下去。之后，他又点了一根烟，朝梁柱支起的暗黑天花板吐出缕缕烟雾。两个男人只是静静地坐着，陌生人可能会误以为他们是每天一起吃早餐的父子，德拉罗什倒也没觉得这种误解有什么不妥。

德拉罗什吃完后，阿巴托夫说：“他们希望你再做一次。”德拉罗什不用问他们是谁，他知道那是雇佣自己袭击客机的人。

“这次做什么？”

“他们只说这次的任务非常重要，他们想雇最好的刺客。”

德拉罗什对这种奉承并不在意：“出价多少？”

“他们不告诉我，只说这次的钱会比上次还多。”阿巴托夫用开裂的拇指指甲摁灭了烟蒂，“‘多很多’，这是他们的原话。”

德拉罗什示意服务员过来收走他的盘子。他又点了杯咖啡，点燃了根烟。

“他们没跟你说这次任务的细节吗？”

“只说了一点。这次是连环刺杀。目标都是特工。”

这句话一下子就引起了德拉罗什的兴趣。大多数情况下，他厌倦自己的工作。许多时候，德拉罗什的技能在刺杀中都得不到太多的施展。完成任务并不需要做什么准备，更不需要创造性。杀专业人员就得另当别论了。

“他们希望明天能跟你见上一面。”阿巴托夫说，“在巴黎。”

“在谁的地盘上？”

“当然是他们的。”阿巴托夫把手伸进上衣，掏出一张湿漉漉的纸条。墨水已经晕开了，但还看得清楚地址。

“他们希望跟你当面谈谈。”

“米哈伊尔，我不跟人当面交谈。这一点你应该清楚。”

在掩护自己身份这一点上，他几乎到了疑神疑鬼的地步。干他们这行的大多数人，每隔几年就会让整形外科医生给他们换张新脸。德拉罗什不这样做，他很少让知道他真正身份的人看见自己的脸。他从不拍照，而且总是单独行动。他只破过一次例——袭击客机的巴勒斯坦人——但他获得了丰厚的报酬，而且任务完成时，德拉罗什也杀死了他。直升机上也没人看到他的脸，因为他脸上戴着黑色的羊毛面罩。

“理智一点，我亲爱的孩子，”阿巴托夫说，“这是个新的挑战机会。”

“我现在还能活着，就是因为我够小心。”

“这一点我知道。我也希望你活着，这样我就可以继续赚钱。相信我，让-保罗，我不会让你去一个我认为你可能会受伤的地方。你付我钱，让我去揽活，然后给你中肯的意见。现在我建议你照他们说的去做，去那里听听他们有什么要说的。”

德拉罗什看着他。他这次会搞错吗？丰厚的佣金会不会让他迷了眼，作出错误的判断？

“他们有多少人？”

“他们告诉我只有一个。”

“可以带武器吗？”

阿巴托夫摇了摇头，说：“进屋之前，你会被搜身。”

“米哈伊尔，武器大大小小，各种各样，不一定是枪。”

“那么你会去吗？”

“我考虑一下。”

德拉罗什指了指服务员。

“买单。”

14

弗吉尼亚州兰利市，中央情报局总部

迈克尔很早就离开了家。灰蒙蒙的曙光中，他开车沿着空荡的大路向总部驶去。他从“泔水槽”端了杯咖啡，拿了一包不新鲜的百吉饼，朝楼上的总部走去。最后一轮夜班过后，人们个个睡眼惺忪，趴在电脑桌上或老式文件柜前，像一群困在现代社会的中世纪僧侣。“欧洲败类”正在阅读晨报，布雷斯正在向辛西娅演示怎样用一张纸就能杀人。迈克尔在办公桌前坐下，打开了电脑。

比利时警方发现了两名疑似加沙之剑的执行特务，他们正在一趟开往荷兰的火车上。英国的保安局——军情五处——截获了一名住在伦敦的伊斯兰知识分子的电话，电话暗指他们近期会在欧洲某地搞一次报复袭击。在伊朗的训练基地被摧毁了，从卫星照片上可以得知他们正在加紧重建。这一晚最重要的情报信息才刚刚收到：一周前，叙利亚情报官赶往德黑兰，会见了伊朗的情报官员。

迈克尔知道过去他们之间也有类似的活动。加沙之剑计划在欧洲袭击一个美国目标，可能就在这几天。他拿起内线电话拨通了卡特办公室的电话，但没人接听。

他挂断电话，盯着他的电脑。

你可以在中情局的高级电脑里搜搜范登堡的名字，看看能有什么

收获。

迈克尔在电脑里输入了范登堡的名字，点击搜索数据库。

十秒钟后，系统给了他一条回复：

“访问文件受限。未经授权的访问。”

“你他妈知道自己在做什么吗？”

迈克尔从未见过卡特像现在这样愤怒。他坐在办公桌前，用粗笔敲打着皮面记事本，平常苍白的脸现在涨得通红。麦克马纳斯静静地坐在他的身后，好像接下来他要审问一个极不合作的嫌疑犯一样。

“这只是我的一种直觉。”迈克尔心虚地说，但是他马上就后悔了，因为他可以看到卡特的反应——他把事情搞得更糟了。

“直觉？仅凭你的直觉，你就决定在中情局的人事档案里调查白宫幕僚长吗？奥斯本，你是个反恐特工。你觉得范登堡接下来要干什么？炸毁白宫吗？枪杀他的上司？劫持空军一号吗？”

“不是。”

“我等你，等你说出实话。”

迈克尔想知道卡特是怎么知道的。楼下电脑室的怪胎们肯定打了他的小报告，要不就是有人在监视他的电脑记录，或者范登堡的档案上链接着报警装置——当迈克尔试图打开它时，系统里的警报就响了。所有的这一切，看起来都像莫妮卡·泰勒的作风。迈克尔现在就只剩下一条出路了：告诉卡特一部分实情，并希望他们的关系不会受太大的影响。

“有人告诉我，范登堡之前在情报机构工作过，我想核实一下。是我搞错了，阿德里安，我很抱歉。”

“该死的混蛋，当然是搞错了。再告诉你一遍，你给我听清楚了。中情局的文件放在这里不是让你享受阅读快感的。它们不是供你浏览的，也不是供你娱乐的。听明白了吗，迈克尔？”

“十分明白。”

“你已经不是外勤特工了，以前你可以按自己的方法行事。但是，现在你在总部工作，你得照规矩办事。”

“明白。”

卡特看了看麦克马纳斯，麦克马纳斯关上了门。

“现在都是自己人了。我知道你是个优秀的特工，如果不是有必要，你不会去翻那个文件，你还有别的要跟我们说吗？”

“没有了，阿德里安。”

“好吧，给我滚出去。”

15

巴黎

德拉罗什驱车赶到布雷斯特，并搭乘晚班火车前往巴黎。他随身带着两件行李，一个小手提箱装着一套换洗的衣服，另一个较大的扁平长方形箱子里装着一打水彩画。他一直把画作交给巴黎一家办事谨慎的画廊出售，卖来的钱用以支持他在布雷莱过那种低调的生活。

他从火车站乘出租车来到里沃利街，找了家酒店登记入住，登记的名字是“范德亚特”，荷兰人——因为荷兰语也是他精通的语言之一，他还持有三个高度仿真的荷兰护照。他的房间里有一个小阳台，可以俯瞰杜伊勒里花园和卢浮宫。夜晚的空气寒冷而澄澈。从他的右边可以看到通体明亮的埃菲尔铁塔，左边则可以看见夜幕下泛着粼粼波光的塞纳河，还有矗守在河畔的巴黎圣母院。夜色已深，但是他还有工作要做，所以他穿上一件毛衣，套上皮夹克，走出了房间。前台店员问德拉罗什是否要把钥匙寄存在酒店，德拉罗什摇摇头，用带点荷兰口音的法语说他更愿意自己保管钥匙。

这次，他们约定在杜纳福尔路第五郡的一间公寓里碰头。要察觉职业人员的跟踪是很难的，而在像巴黎这种城市的夜晚就更难了。德拉罗什步行了一会儿，来到塞纳河对岸，漫步在蒙特贝罗大街上。好几次他突然停下来，或站在书报亭旁装作浏览报纸。他从一个报摊上买了份晚报，又在公用电话亭假装打了个电话。每一次，他都仔细查看是否有人在跟踪，但没看出任何迹象。

德拉罗什又沿着拉丁区狭窄的街道慢悠悠地走了十五分钟。寒冷的夜晚，空气中飘荡着香料和香烟的味道。德拉罗什走进一家酒吧，一边喝啤酒，一边翻阅报纸。这一次，他还是没发现可疑的监视。他喝完啤酒，走了出去。

跟阿巴托夫描述的一样，公寓位于杜纳福尔路上一座老式建筑的三楼，旁边就是护墙广场。从街道朝楼上望去，德拉罗什发现公寓临街的窗户很暗，还看见门口装着一个小型摄像头，用以检视来客。

路旁有一家小酒馆，正好方便观察公寓和入口大门。德拉罗什选了张靠窗的桌子，点了一只烤鸡和半瓶罗纳干红葡萄酒。隔壁的这家酒馆很不错，人多热闹，来客多是本地人和索邦大学的学生。

他用餐时，阅读了一篇《法国世界报》驻华盛顿记者写的分析性报道。文章称，美国对加沙之剑在叙利亚和利比亚训练营的空袭已经破坏了中东和平进程。叙利亚和利比亚已经配备了更具杀伤力的新型武器，其中有些是法国制造的。继加沙和约旦河西岸爆发动乱数周以来，巴勒斯坦和以色列之间的谈判就处于停滞状态。情报专家警告说，有可能发生新一轮的国际恐怖。西欧外交官抱怨称，美国人实现了他们的复仇，却没有考虑后果。德拉罗什把报纸放在桌子上，继续用晚餐。这些小记者们对这个世界上的秘密几乎一无所知，他时常对此感到惊讶。

这时，一名男子走进了公寓，引起了德拉罗什的注意。

德拉罗什仔细地打量着他：矮个头，一头稀疏的金发，像个矮胖的摔跤选手，由于纵欲过度，他的身材已经发福走样了。从他身上那剪裁不合体的大衣可以看出，他是个美国人。他的手臂上挽着一个漂亮的法国妓女，妓女的个头比他还高，留着齐肩的黑发，嘴唇上涂着深红色的唇膏。美国人推开了大门，他们的身影消失在黑暗的门厅里。不一会儿，三楼上亮起了灯光。

德拉罗什觉得自己突然有了精神。此前，他还担心这是一个陷阱——如果这一切都是他的某个敌人安排好的，那么他独自进入一间陌生的公寓，没有逃生的路径，就会轻而易举地成为猎物。但一个带妓女回藏身之处的腐败特工肯定不会对他构成太大的威胁。只有外行或没有职业素养的人才会冒这样的风险。

于是，德拉罗什决定去赴这次约。

第二天早上，德拉罗什早早起床，一路小跑穿过了杜伊勒里公园。他穿着一件深蓝色防水夹克，快跑了四十五分钟，脚下的碎石路“嘎吱嘎吱”地响。他奋力跑完了最后一公里，接着，弯腰站在里沃利街上的一个角落里，大口地喘着气。路上的巴黎人来来往往，匆匆地赶去上班。

他回到客房冲澡，又换了身衣服。那把九毫米的格洛克手枪时刻都在手边，留下它让他感到很不习惯，但是德拉罗什不得不遵守会面规则。他穿上毛衣，把枪锁进一个小保险柜，然后下了楼。

他走进酒店餐厅。这里环境很好，玻璃窗外就是里沃利大街。用餐后，他继续坐在那里看了会儿晨报。他是最后一个离开餐厅的客人。

他从前台桌上拿了张巴黎街道图和旅游指南。值早班的服务生问德拉罗什需不需要把房间钥匙交给他们保管。德拉罗什摇了摇头，推开酒店大门，走到了大街上。

他坐出租车到达杜纳福尔路，下车后，他朝昨天吃晚饭的那家街角酒馆走去。雨已经停了，所以他坐在了露天座位。尽管天气多云，但他还是戴上了粗框的雷朋太阳镜。

九点四十五分，德拉罗什点了咖啡和奶油蛋卷。他观察着街对面三楼的那间公寓。那个像摔跤手一样的男人在临街的窗前出现了两次。第一次时，他还穿着睡袍，手里端着杯咖啡，一副宿醉的模样；第二次，他已经穿上了高级蓝色西装，头顶上稀疏的金发也梳理得溜光。

德拉罗什扫视了一眼街道。人行道上挤满了赶去上班的巴黎人和去上课的索邦大学学生。杜纳福尔路上，两名工人正准备降到地下井里，另一名工人正在清扫道路上的狗粪。他的四周都是餐桌，极有可能受到监视，而他发现不了。

十点，他把钱放在桌子上，穿过了街。他假装漫不经心地按下门铃，然后转身背对着摄像头。电子锁弹开了，他推开门，走进了门廊。

楼里没有电梯，只有宽敞的楼梯。德拉罗什踏上楼梯，快速朝三楼走去。楼道里静悄悄的，再没有其他住户的动静，德拉罗什走到三楼也没发现一个人。阿巴托夫告诉过他，不要按门铃。过了一会儿，门打开了，“摔跤手”挥了挥粗壮的手，示意他进屋。

一个男人对德拉罗什进行了缓慢而有条不紊的搜身——先用手，接着是磁力仪。德拉罗什趁机环视着屋子，家具陈设舒适，又充满阳刚之气：普通的黑色沙发、椅子绕玻璃咖啡桌围成一圈、柚木书柜上摆放着历史书、名人自传和英美惊悚小说。没被家具挡住的墙上光秃秃的，隐约可以看见以前挂的图画留下的痕迹。书是唯一的私人物品，屋子里没有家人朋友的照片，桌上没有信件，电话机旁也没有留言簿。

“来点咖啡？”搜身完毕后，“摔跤手”问道。

德拉罗什猜得没错。他是个美国人，而且来自美国南部，听他的口音便知道。

德拉罗什点点头。美国人走进了黑色基调的现代式厨房去冲咖啡，德拉罗什摘下太阳镜后坐了下来，仔细地观察公寓的其他部分。厨房旁边是个小餐厅，餐厅旁的过道尽头就是卧室。餐厅的桌上放着一台黑色的笔记本电脑。

美国人端着两杯咖啡回来了，他把一杯递给德拉罗什。

“这次任务是干掉四个人。”他开门见山，“一月底必须完成。可以预先支付你一百万美金。每成功干掉一个，你立刻能拿到一百万美元。如果我没算错的话，总共是五百万。”

“你的老板是谁？”

美国人摇摇头：“我只能告诉你，我的老板就是上次雇你袭击客机的那些人。你很清楚他们是一个相当专业的机构，说话算话。”

德拉罗什点燃了根烟：“你们准备了目标的档案吗？”

美国人拿出一张光盘：“你要的都在这里面。但是你接受任务后才能看这些文档。德拉罗什先生，这也是出于机密的考虑，像你这样有声望的刺客肯定能理解。”

德拉罗什伸出手去接光盘。

美国人笑了笑："我们也认为你会答应的。一百万美元已经电汇到你在苏黎世的银行账户里了。你可以查一下，那里有电话。"

德拉罗什用德语打了通电话，语速很快。贝克尔先生是个热心的德国人，他是德拉罗什在苏黎世瑞士银行的账户管家，他说昨晚确实有一百万美金打到了德拉罗什的户头上。德拉罗什说自己稍候会再打电话，告诉他怎样处理这笔钱，然后就挂断了。

"光盘是加过密的，"美国人把光盘递给德拉罗什时说，"密码就是你在克格勃的代号。"

德拉罗什感到很震惊。当自由杀手以来，他从来没有透露过他在克格勃的情况，也从来没有使用过他的旧代号，只有阿巴托夫和莫斯科中心的少数高级官员知道它。很显然，雇用他的这群人人脉很广，他们知道他的克格勃代码就是很好的证明。

美国人说："我想你自己会操作这玩意儿，"他指了指笔记本电脑，"我得失陪了，因为我不能看文件的内容。你自便吧。"

德拉罗什拿着磁盘走到餐桌前坐下。他把光盘插进笔记本电脑的磁盘驱动器，然后输入了七个字母。

电脑屏幕上显示出了文档的内容。

这是德拉罗什所见过的最齐全的个人档案：个人的性偏好、日常作息、地址和电话号码样样俱全，有数字语音样本、监控照片，甚至录像带。

他花了两个小时，慢慢地、细致地看完了磁盘上的所有信息。他没有做笔记，德拉罗什的头脑能够存储、分类和记忆大量的信息。

美国人躺在沙发上看电视。公寓里配备了收录五百个频道的卫星电视系统。他先看了会儿橄榄球比赛，又看了阵无聊的竞猜节目。这会儿，他正欣赏着瑞典色情片。德拉罗什干活时都听得见女同性恋做爱的声音。

这次的刺杀任务将是他职业生涯中最具挑战性的。目标都是专业人士，有一个还受政府保护。其中有一桩暗杀需要他去美国执行，德拉罗什从未到过美国，更不用说在美国杀人了。如果成功的话，他可能得收手一段时间。不管是哪个杀手完成这项任务后，都不得不躲避很长一段时间。雇佣他的人也明白这一点，因此他们的出价才如此之高，够他这辈子花了。

德拉罗什打开了最后一个人的档案。

里面只有一个文件——在隔壁房间看电视的人的照片。德拉罗关掉文档，退出了程序。屏幕上显示：

> 如果你背叛了我们，
> 我们就把你交给联邦调查局，
> 或者杀了你。

德拉罗什抽出光盘，站了起来。

美国人正津津有味地看着色情片。德拉罗什从餐厅向客厅走去，他抓起扔在椅子上的外套。

美国人站了起来。德拉罗什暗自高兴，这会使他接下来的任务更容易完成。

“最后一件事。你开始行动后，我们如何与你取得联系？”

“不要跟我联系。我不会再面对面地跟你们接触，也不要联系阿巴托夫。”

“你网上的联络方式还用吗？”

德拉罗什点点头，从上衣口袋里掏出了墨镜。

“其他任何指令都将以加密形式发送给你，当然，密码还是那个代号。”

“我想你应该也明白，互联网覆盖广，但极不安全。只有在紧急情况下才能使用。”

“明白。”

德拉罗什举起手中的磁盘。美国人正要伸手去接时，德拉罗什让它从自己的手中滑落。短短的一瞬间，美国人的视线从德拉罗什身上挪到了磁盘上，但他没有意识到自己犯了一个致命的错误。

德拉罗什用左手牢牢地捂住了美国人的嘴，把他的头稍稍往后拧，以便一出手就能让他毙命。

接着，他把太阳镜的镜腿猛戳向美国人的脸。

搜身工作确实很仔细，但“摔跤手”却未注意到德拉罗什太阳镜的右侧镜腿已经被削尖了，这个男人很快失去了知觉。

德拉罗什把他放倒在正播放着色情影片的电视机前，把太阳镜拔出来，走到厨房，用水仔细地冲洗干净。他从茶几上拿回光盘，把它放进了自己的大衣口袋里。

然后，他戴上太阳镜，走在巴黎早晨的大街上。

德拉罗什坐在杜伊勒里橘园美术馆，欣赏莫奈的名作《睡莲》。他已经下定决心要干掉阿巴托夫。其实作出这个决定对他来说并不难。只要德拉罗什一动手，就会变成世界上的头号通缉犯之一。全世界的执法和情报机构都会布下天罗地网来抓捕他。对他构成最大威胁的人就是阿巴托夫，如果阿巴托夫被揪了出来，遭到拷问的话，他可能会为了保住自己的小命而出卖德拉罗什。德拉罗什可不愿意继续冒这样的险。

他仔细地观察着莫奈画作上那柔和的蓝色、绿色和黄色的线条，这让他回想起刚才的刺杀。杀人并不会给德拉罗什带来什么快感，但他也不会因此懊悔。经过训练，他学会了用冷酷而机械的手段迅速地完成刺杀任务。利索的杀人手法让他察觉不到任何罪恶感或懊悔，就好像那是别人干的一样。他不是杀手，真正的杀手是给他下达命令的人。德拉罗什只是杀人的工具——刀、枪或钝器。就算他不去杀，也会有别人去。

接下来的半天，他只是放松休息。他又扮演起荷兰游客范德亚特来，回到酒店餐厅吃了午饭，还在客房里睡了一个小时。下午，他去了那所画廊，留下了他的十二幅画作。画廊老板称赞他带来的这些画好极了，然后写了张二十万法郎的支票给德拉罗什，这是他上次带来的那批画的收入。

下午四点多，他又给苏黎世的贝克尔先生打了个电话。这个小心谨慎的瑞士银行账户管家告诉他，账户上又多了一百万美元。这说明美国人的尸体可能已被发现，更可能的是，雇佣德拉罗什的人早就通过监控摄像头和话筒目睹了整个过程。

德拉罗什让贝克尔把账户里现有的金额数报给他。贝克尔计算了一阵，用严肃的语气告诉他户头上有三百五十多万美金。

德拉罗什告诉贝克尔，两天内他要取一笔现款，让他准备好面值不等的钞票。之后，他要求贝克尔把三百万美金转到三个巴哈马的账户上。

“每个账户转一百万美金吗，德拉罗什先生？”

“是的。”

“请告诉我账户号码。”

德拉罗什把号码告诉了他。

退休后，阿巴托夫年轻时的轻捷灵敏已经荡然无存。跟大多数独居的老年人一样，他已经习惯了每天按部就班、循规蹈矩的生活，很少有变化。每天晚饭前，他都会去遛狗。比阿巴托夫生活更有规律的就是那条狗，它每天晚上都在同一棵树旁撒尿，在阿巴托夫公寓旁的同一片花园草地里拉屎。

夜色中，德拉罗什静静地等着。

阿巴托夫按时出现了。天很冷，此时又下起了小雨，公园里空无一人——即使周围有人，德拉罗什也自信能神不知鬼不觉地迅速地完成任务。

阿巴托夫从躲在一旁的德拉罗什身边经过，德拉罗什悄悄地跟了上去。

狗停下来撒尿，还是那棵树，一如既往。

德拉罗什停住脚步，等狗尿完，又跟了上去。他看了看周围，确定没人后便加快步子追了上去，渐渐靠近阿巴托夫。阿巴托夫听到了脚步声转过身来，刚好看见了举起手臂的德拉罗什。德拉罗什飞快地抡起手臂，重重地砍在阿巴托夫的颈侧，粉碎了阿巴托夫的脊柱。

老头栽了下去。那只狗狂叫起来，狗链还攥在阿巴托夫的手中，狗躁动不安地扭动着身子。德拉罗什弯下腰，从阿巴托夫大衣中掏出了钱包。街头暴徒做不到一拳打在脖子上就能让人毙命，他心想，只有职业杀手才能做到。街头的暴徒大多用棍棒打死人。他朝着阿巴托夫的脸又踢了几脚，然后离开了。

雨越下越大。雨夜中，狗吠声慢慢地听不见了。德拉罗什按平常的速度往回走，他把阿巴托夫钱包里的钱和信用卡掏了出来，然后把钱包扔进了人行道旁的花坛中。

苍黄的路灯灯光下，他发现自己右脚鞋子上有血迹。他拿了一张旧报纸擦掉血迹，拦下一辆出租车回到了酒店。此时，他还能赶上晚上的火车。他迅速收拾好衣物，结账离开了酒店。在火车站月台上等车时，他把阿巴托夫的信用卡扔进了垃圾箱。车厢里人很多，他找到了一个座位，向乘务员点了一份三明治和一瓶啤酒。吃完后，他枕着皮大衣睡了一觉，醒来时，火车也到达了布雷斯特。

16

华盛顿哥伦比亚特区

周日下午，苏珊娜·代顿从中午就一刻不停歇地工作到晚上八点，其间只在傍晚开门拿过一次比萨外卖。她的编辑汤姆·罗根提出了更高的要求，她也做到了。这篇报道的论证可谓无懈可击：她搜集到了房地产和银行的文件，来佐证自己最尖锐的“控诉”，她还寻找了多方证人证词。报道中的当事人对此将毫无辩驳的余地。事实胜于雄辩，苏珊娜已经掌握了事实。

这一整天她都在写作。因为她不想受到外界干扰，所以她待在家里写。这篇报道涉及了大量信息：编号、名字、日期、地点和人物。苏珊娜现在的任务就是把它编织成一个有趣的故事。文章开头，她简短地描述了核心人物詹姆斯·贝克维兹。数年前，他是个年轻有为的地区检察官，一文不名却前途无限，要是他继续干私人律师而不是投身政治的话，赚的钱会多得多；接下来出场的是米切尔·艾略特，他是一名腰缠万贯的国防契约商，也是共和党最大的赞助人。艾略特告诉贝克维兹，他只需要继续待在政界，剩下的事情都交给自己来搞定。过去这几年，贝克维兹通过一系列房地产和金融交易给贝克维兹注资，而大多数隐秘的资助方案都出自华盛顿的著名说客、艾略特的首席律师——塞缪尔·布拉克斯顿之手。

剩下的故事都是以此为铺垫展开的。八点时，她已经完成了四千字。她想在第二天早上把它交给汤姆·罗根。因为报道内容的严肃性，罗根会把它递交给报社的总编辑和社长审查。然后，报纸的律师团也要审阅。她知道这会是个漫长的过程，将要持续好多天。

这篇报道还缺少最后一部分内容——白宫、米切尔·艾略特和塞缪尔·布拉克斯顿对此的评论。她翻了翻名片簿，找出了一个电话号码，然后打了过去。

“这里是奥贝通防御公司。”接电话的是个男人，发音很标准，听不出什么口音，但说话的口吻有点像军人。

“我是《华盛顿邮报》的记者苏珊娜·代顿。我想跟艾略特先生说几句话。”

“很抱歉，代顿女士。艾略特先生现在不在公司。”

“那么我想要给他留个言。”

“没问题。”

“你手里有笔吗？”

“有，代顿女士。”

“我接下来会念一部分我撰写的报道中的内容，我想听听艾略特先生对此的看法。”她念了大概五分钟，电话那头的男人始终没有打断她。最后她认为，电话内容已经在未经她同意的情况下被录了下来。“你都记下来了吗？”

“是的，代顿女士。”

“你会转达给艾略特先生吧？”

“那是当然。”

“很好。非常感谢。”

她挂断电话，继续翻阅名片簿。她在白宫当记者时弄到了保罗·范登堡家里的电话，现在她还保留着。她把电话打过去。范登堡亲自接通了。

“范登堡先生，我是苏珊娜·代顿。我是来自《华盛顿邮报》的……”

“我知道你是谁，代顿女士。我不喜欢在家里休息时还受到骚扰。你找我究竟有何贵干？”

“我为《邮报》撰写了一篇稿子，我想知道您对其中内容作何评判。”苏珊娜一口气又重复了她刚才读过的内容。她念完时，范登堡说：“不如你把报道传真给我一份如何？那样我会更清楚你的指控。”

“恐怕我不能那样做。范登堡先生。”

“既然这样，代顿女士，我恐怕也没有什么要对你说的，除了一句——你写的这篇下三滥报道，根本不值得我作任何评价。”

苏珊娜在笔记本上草草记下了这句话。

“再见，代顿女士。”

电话随即挂断了。苏珊娜翻了翻电话簿，又发现了塞缪尔·布拉克斯顿家里的号码。她伸手去拿话筒时，电话响了起来。

“我是塞缪尔·布拉克斯顿。”

“我的天，消息传得可真快。”

“我知道你准备发表一篇诋毁中伤米切尔·艾略特和我的新闻报道。我希望你能明白这样做的后果。”

“在你拿官司威胁我之前，为何不让我把指控的内容读给你听听？”

“代顿女士，已经有人简短地告诉了我大致内容。你们打算把文章刊登在明天的报纸上吗？”

“我们目前还没有决定。”

“也就是说明天不会见报咯。”

苏珊娜用手捂住话筒，小声地骂道：“去你妈的，塞缪尔·布拉克斯顿，真是个自大的王八蛋。”

“不如我们明天早上见一面，当面谈谈指控的内容。”

苏珊娜犹豫了。如果她在《邮报》律师不在场的情况下和布拉克斯顿讨论法律事宜，汤姆·罗根简直能杀了她。但是，她还是想看看布拉克斯顿究竟会怎么说。

“代顿女士，这也是为你好。见个面能有什么大碍呢？”

“在哪里？”

“八点钟在乔治城的四季大酒店。”

“到时见。”

“再见，代顿女士。”

苏珊娜还要打一个电话，打给伊丽莎白·奥斯本。她要在即将发表的文章里控诉伊丽莎白公司的一把手，伊丽莎白得心里有数才行。她拔通了号码。

“喂？”

“喂，伊丽莎白，听着，我觉得我们得谈谈。”

当科罗拉多斯普林斯市的电话打过来时，马克·卡拉汉正坐在卡拉洛马豪宅的藏书室里，转动着一台高级音响设备上的旋钮。除了苏珊娜，没有人比他更熟悉报道中所指控的内容了。他在市中心15街《邮报》总部的办公室里，以及苏珊娜家中的电话、起居室和卧室都装上了窃听器。他听着她吃饭睡觉的声音，听着她跟狗说话，听着她吃完晚饭后，在乔治城的一七八九饭店跟一个电视台记者上床。他时不时潜入她家中，搜查电脑中的文档。卡拉汉曾是美国国家安全局的密码破译员，现在为米切尔·艾略特效力。苏珊娜设的密码对他来说是小儿科，早就被他破解了，所以他可以随意阅读她的文件。他现在没看到的仅是文章的成品。

艾略特说："尽快潜进她家里，我们需要搞清楚到底该提防哪些方面？"

"好的，先生。"

"马克，这次你亲自上，不要给我搞砸了。"

卡拉汉挂断电话，把注意力转到了监听仪器上。他调大了苏珊娜·代顿家中的监听器音量。他好像听到了什么。他套上黑色夹克，出门走进了夜色中。

他开车急速穿过华盛顿西北部，从卡拉洛马来到了乔治城，然后把车开进沃尔特小区，停在了监视车的后面。他用手指快速地敲了敲监视车的后门，车里的技术员打开车门让他坐了进去。两分钟后，他看见苏珊娜·代顿走出了香盒居。她穿着连帽风衣和莱卡紧身裤，她的狗跟在一旁。

苏珊娜跑出视线后，卡拉汉才动身。他跳出监视车，穿过沃尔特小区，进入了香盒居。他已经配了一把她家前门的钥匙。几秒钟后，他就进入了苏珊娜家中。

苏珊娜穿过威斯康星大道，沿着P大街向东跑去。天色已晚，第二天她还约了伊丽莎白一起晨跑，但是她在自己小小的家中窝了一天，需要放松一下。盯了一整天电脑屏幕后，她脖子都痛了，眼睛也酸涩发胀。但是跑了一公里后，她感到高领毛衣下面在出汗。跑步开始发挥作用，她觉得一天的紧张情绪慢慢地得到了缓解。

她加快了步子，在P大街的红砖人行道上奔跑着，路旁一座座的民居灯火通明。卡尔森跑在她身旁，狗爪子落地时发出阵阵有节奏的声音。她经过了一家7–11便利店，接着是一家小咖啡馆。杰克和他的新婚妻子正坐在咖啡馆临窗的两张凳子上，两人甜蜜地交谈着。苏珊娜跑过窗前时，像傻子一样盯着他俩。杰克抬起了头，两人的目光对上了，然后他的新婚妻子也看见了苏珊娜。

她羞愧地转过脸去，加快了步伐。*蠢货！该死的蠢货！你干吗不往别处看？他们跑到乔治城来干什么？*杰克特意搬到贝塞斯达去，就是为了避免他们隔三岔五就碰见对方。天哪，她怎么就没能把头别过去？为什么自己要像个单恋的学生妹一样盯着玻璃后面的杰克？为什么她的心脏在不由自主地狂跳？原因很简单：她还爱着杰克，她还会继续爱着他。

她的泪水涌了出来，眼前一片模糊。她跑得更快了，卡尔森奋力追才能跟上她的步子。她像发了疯似的，把脚重重地落在人行道上的石砖上。*天！为什么他要坐在那里？去死吧，杰克，去死吧！*她没注意到人行道上一颗树隆起的树根，也没有看见凸起砖块的棱角。她感觉到一阵割裂的痛传上脚踝，接着一头栽进了黑暗中，重重地摔在地上。

苏珊娜躺在地面上，闭着眼睛，喘着粗气。她觉得好像胸口被烈马踢了一脚。她试着睁开眼睛，但却睁不开。最后，她感到有人在晃动她的肩膀，还在叫她的名字。她睁开眼睛，看见杰克单脚着地，蹲在她面前。

“苏珊娜，你还好吧？能听见我说话吗？”

她闭上眼睛：“你们跑到乔治城来搞什么名堂？”

“我和莎伦约好了一起吃个晚饭。天哪，我不知道我来之前还得向你汇报一声。”

“用不着，你只是吓了我一跳，仅此而已。”

“你还记得莎伦吧？”

她站在杰克身后，真是美极了。她穿了条黑短裙，搭了件黑色短外套，这样正好秀出她那双美腿。她身材苗条，外套上的前扣没有扣上，露出了她那一对丰胸。她就是杰克喜欢的那一型：金发、碧眼、胸大、无脑。

她说："我也想说很高兴见到你，莎伦。但这肯定是假话。"

"我们和你同路，要不我们载你一程吧？"

"谢谢，不用了。不用管我，我宁愿自己待在街上。"

杰克弯下腰，拉住了苏珊娜的手。卡尔森的喉咙里发出了低吼。

"没事，卡尔森。他是很坏，但伤不着我。"

然后，她站了起来。

"那儿来了辆出租车，杰克，干点有用的，去帮我把车拦下来。"

杰克走到街上，拦下了出租车。出租车开到了人行道旁，苏珊娜一拐一拐地走到车旁，爬进了后座，狗也跟着上了车。

"杰克和莎伦，下次见。"

她关上车门，出租车开动了。她抱住自己的脚踝，瘫坐在后座上。她把头倚在后座冰冷的皮套上，轻轻地啜泣起来。卡尔森舔了舔她的手。*天哪，为什么要让她看到我这副窘相？为什么偏偏就在这时碰上了？*

出租车停在沃尔特小区和香盒居之间。她把手伸进连帽风衣的口袋，掏出五美元递给了司机。

"需要帮忙吗？"他问。

"不用了，我没事。谢谢。"

马克·卡拉汉爬上楼，进入用作办公室的卧室后，发现苏珊娜的电脑没有关。他坐下来，从口袋里掏出一张光盘，把它插进了电脑的磁盘驱动器。他现在已经驾轻就熟了——他知道她把笔记和复件储存在哪个文档里。他看见了文件名，用鼠标点开了文件。加密防护软件又提示要输入密码。卡拉汉输入密码后，文件打开了。

卡拉汉现在不想费时去读，拷贝完后，他可以慢慢读。他关掉文档，选择指令把文件拷贝到了光盘里。这项操作还是需要提供密码。卡拉汉再次输入了密码。

既然他已经进入了屋里，他决定利用这次机会多搜集些情报。好几次这个女人外出跑步后，他都潜进屋里，他发现她每次跑步的时间都不会少于三十分钟。他有足够的时间。

键盘边放着三本新的笔记簿。他翻开了最上面的一本，上面全是苏珊娜·代顿随意潦草的涂鸦。他从口袋里掏出微型照相机，打开桌面上的台灯，对着笔记开始拍照。

正拍到第二本笔记本时，他听见钥匙插进大门锁孔的声音。他无声地骂了一句，关掉台灯，从腰间拔出九毫米的消音手枪。

苏珊娜的右脚踝疼痛不已。她关上身后的大门，在起居室里的沙发上坐下。她脱掉鞋袜，检查了一下脚，发现脚踝肿得发紫。她一跛一跛地走进厨房，用一个密封塑料袋装了些冰块，然后从冰箱里拿出一瓶啤酒。

止痛片放在浴室的药柜里。她跛着脚爬上二楼，又蹒跚着穿过走廊，倚靠在楼梯的扶栏上。她走进浴室，把啤酒放在水槽边，打开了药柜。她找到了止痛药，倒出两片，喝了一口啤酒把药吞了下去。接着，关上了药柜的门。

在镜子中，她发现了身后站着的男人。

苏珊娜张开嘴大声尖叫起来。男人用戴着手套的手捂住了她的嘴，不让她发出声响。

“闭嘴，臭婆娘，不然我杀了你。”男人咬着牙，狠狠地说道。

但是苏珊娜更加奋力地挣扎起来。她把重心落在受伤的那只脚上，抬起左腿，狠狠地踢在他的小腿上，这是她在城市居民自卫课上学到的。男人发出痛苦的呻吟，捂得没那么紧了。她向右转过身，左手肘向后挥出，狠狠地砸在男人的脸上。

他松开了手，她逃脱了。

她跛着脚跑上走廊，进了书房去拿电话。这时，她意识到有人动过她的电脑和笔记本。

她抓起了电话筒。

那男人站在过道里，把枪对准了苏珊娜的脸。

"把那该死的电话放下。"

"你到底是谁？"

"马上放下电话，我就不伤害你。"

卡尔森冲上了二楼，狂吠起来。它蹲伏在走廊里，龇着牙，瞪着入侵者。男人举起枪，朝狗射了两枪。这把消音手枪几乎没发出什么声音。卡尔森哀叫了两声就安静了。

"你这个畜生！王八蛋！你他妈到底是谁？是不是艾略特派你来的？该死的，告诉我，是不是米切尔·艾略特派你来的？"

"马上把电话放下！"

她低下头，按了9和1。

她还没来得及按最后一个数字，第一发子弹已经击中了她的头部，她身子后仰倒在了地板上，但是手里还拿着电话听筒，她还有意识。她往上看了看，那男人站在她身旁，又把枪对准了她的头。

"不要打脸，"她哀求道，"天哪，请不要射我的脸。"

此时，他刚才的怒火稍稍褪去了一些。他把手枪向下移了几寸，对准了她的胸口。她闭上了眼睛。接着，枪发出了两声轻微的声响。她感到一阵剧痛，接着眼前划过一道绚丽的光，然后便唯有黑暗。

卡拉汉弯下腰，从她手里取出电话听筒，放回了机座。干掉她没花多长时间，但是也搞出了一点动静。接下来，他的动作必须要快。警察肯定会把她的房间掀个底朝天。如果警察发现有人在监视这个女人，他们很可能会将谋杀跟艾略特联系起来。

清理现场的过程总共不超过五分钟。离开时，他带走了那三本记事簿、装在房间里的两枚窃听器，以及电话、手提包和电脑里的窃听器。

他走出香盒居，穿过沃尔特小区，爬进监视车，之后又从车里出来，回到自己的车里。在开车急速离开的路上，他用手机拨通了米切尔·艾略特的私人电话。

“艾略特先生，我们恐怕遇到小麻烦了。五分钟后，我用安全电话打给你。”

卡拉汉挂掉电话，把手机摔到了挡风玻璃上。

“真该死，为什么要提前回来？这臭婊子！”

17

法国，布雷莱

德拉罗什觉得自己需要个女人。

在布雷莱的小屋里，他把光盘内容又看了一遍，最后他得出的就是这个结论。剩下的三个目标中有两个都是寻花问柳之徒。德拉罗什知道他们的活动轨迹，知道他们在哪里吃饭喝酒，知道他们在哪里猎艳。但是，要想接近这两个目标还是有困难的。

有个女人的话就简单多了。

德拉罗什需要一个女人。

他只能在布雷莱待一天时间。看完档案后，他骑着自行车出去兜了一圈。天气不错：十一月的天空晴朗无云，徐徐的微风从海面吹来。他知道接下来有好一段日子都不能骑车了，所以踩得更加卖力。他往村子里骑了好几英里，一直到了菲尼斯泰尔省覆盖着针叶林的小山，然后他又朝海边骑去。他在圣马蒂厄角的废墟堆那里停了一会儿，然后沿着海滩回到了布雷莱。

晌午后，他就开始准备了。他把自己最好的两把枪——九毫米的伯莱塔和格洛克手枪擦干净并抹上了润滑油，又仔仔细细地检查了开火装置和消音器。他还有备用的第三把手枪，用尼龙搭扣固定在脚踝上的枪套里，这是把微型勃朗宁自动手枪，特殊的设计令它可以放在女人的手袋里。万一枪派不上用场时，他会使用随身佩戴的一把六英尺自动弹射双刃刀。

接下来，他找出了自己全部的假护照：法国、意大利、荷兰、西班牙、瑞典、埃及和美国的，然后就是清点自己的盘缠了。他从巴黎画廊获得了二十万法郎，等到达苏黎世时，他会取出五十万美元。这些钱足够他完成这次任务。

他走出木屋时，天还未黑。他从面包店买了面包、香肠和奶油，又从普劳切小姐店里买了肉酱。迪迪尔和他的朋友们那时正坐在咖啡馆里喝酒，他向德拉罗什招手，示意他加入他们，奇怪的是这次他竟然点头答应了。德拉罗什点了酒，吃着刚买的面包和橄榄，他们一直待到太阳西下后才散去。

这天晚上，他坐在露天的石头梯台上俯瞰着大海，吃着简单的晚餐。执行刺杀任务时，他通常都很平静，但这次他却感到许久未有的激动。而这又和他十六岁第一次杀人时那个夜晚的心情有所不同。

他收拾好餐盘，到水槽边把它们清洗干净。接下来的一个小时里，他把小屋有条不紊地打扫了一遍，把所有会泄露自己曾在此生活过的物品都烧掉。

德拉罗什搭乘早班火车从布雷莱赶到巴黎。中午，他换乘火车赶到苏黎世。他到达时，银行还有一个小时就关门了。他把小皮箱锁在火车站的储物柜里，在外币兑换所兑换了一些钱。

他沿着灯火通明的街道朝银行走去，路两旁，一家家高档专卖店鳞次栉比。在古驰专卖店，他用现金买了个公文箱，他明确地告诉营业员，自己要的不是公文包。不一会儿，他右手拎着公文箱走出了店门。

到达银行那不引人注目的门口时，空中竟飘起了片片雪花。唯一能说明此处是家银行的，就是门旁的那块小金匾。德拉罗什按下了蜂鸣器，等待保安通过门上的摄像探头看清来客。

门锁弹开了，他来到了一间狭小的安全室内。他拿起黑色的电话，告诉保安他要见的人是贝克尔先生。贝克尔先生片刻后就赶来了，他穿着笔挺发亮的西装，比德拉罗什矮了一个脑袋。荧光灯下，贝克尔先生的秃头就像个发光的白炽灯泡。

德拉罗什跟着他穿过一条安静的过道，两侧的墙壁刷成了米黄色，灯光昏暗。贝克尔领着德拉罗什走到另一间封闭的接待室，锁上了身后的门。德拉罗什感到了一阵幽闭的恐惧。贝克尔打开一个小保险柜，取出了现金。他清点数目时，德拉罗什却站在一旁吸烟。

这件事办完用了不到十分钟时间。德拉罗什签好取钱凭单，贝克尔帮他把一摞摞钞票整齐地放进箱子里。

走到门口时，贝克尔谨慎地朝街上看了看："德拉罗什先生，小心驶得万年船。这附近贼还是挺多的。"

"谢谢你，贝克尔先生。我一个人没有问题，祝您晚上愉快。"

"您也是，德拉罗什先生。"

德拉罗什不想拎着这么多钱走太远，所以他拦下一辆出租车返回车站。他从储物柜提出行李，然后买了晚上到阿姆斯特丹的软卧车票。

第二天早晨，德拉罗什到达了阿姆斯特丹中央火车站。他挤出熙熙攘攘的车站大厅，由于一夜都没有好好合过眼，他的眼睛布满了红血丝。出站后，阳光很明媚，眼前一排排的自行车吸引了他的目光，大概有上千辆。

德拉罗什打车直接赶到位于市中心环运河区的阿姆斯特丹酒店，以西班牙商人马里亚纳的身份登记入住。他打了一个小时的电话，为防止酒店接线员偷听，他说话时用了多种语言，还包括地下组织使用的暗号。然后，他睡了一会儿，到早上十点多时，他走进了酒店附近一家不禁烟的咖啡馆。

他要找的书店就在熙熙攘攘的广场对过。这家书店一直都是出了名的装腔作势——它主要经营纯文学和哲学书籍，从不出售通俗小说和惊悚小说，因此也并非浪得虚名。酒店服务员告诉他，有一次，一位女顾客竟胆敢来询问美国某著名爱情小说作家的新作，结果书店经理直接把她赶出了店门。

这家书店是埃斯特拉达绝好的藏身之处。有几次，他远远地就瞥见了她——她站在店面橱窗后整理书架，正向一位男顾客推荐书，而那男人明显是醉翁之意不在酒。

在男人眼中，埃斯特拉达永远魅力无穷。

这就是德拉罗什第一站就来到阿姆斯特丹的原因。

她出生在东德边界上的卡塞尔城，原名埃斯特拉达·美亚。一九六七年，她父亲弃家出走，母亲又改回了自己的姓氏——利兹伯·沃格尔。

离婚后，利兹伯定居在瑞士伯尔尼山区的一间临湖木屋里。她的家族对这个地方并不陌生：二战末期，也就是一九四四年七月，她全家曾逃出德国，就藏匿在这附近的一个小村里。在那里，埃斯特拉达和母亲两人相依为命，也就是在这段日子里，她逐渐了解并迷上了祖父库尔特·沃格尔。

库尔特是个大烟枪。埃斯特拉达出生十年前，沃格尔已死于肺癌。临终前，他的妻子格特鲁德曾想把他送下山救治，但是他坚持认为阿尔卑斯山的空气能救赎他的灵魂。最后，他在家中呼吸衰竭而死。

格特鲁德·沃格尔对她丈夫在二战期间的所作所为知之甚少，但是她把自己所知道的都告诉了利兹伯，利兹伯又原原本本地告诉了埃斯特拉达：一九三五年，库尔特放弃了前途无限的律师行业，转而投靠德国的反间谍机构。他是德国反间谍机构局长卡纳里斯的亲信特工，但在一九四五年四月，卡纳里斯最后还是被纳粹以背叛罪处死。库尔特瞒了格特鲁德很多年，他只告诉她自己是卡纳里斯的法律顾问。战争爆发后，他还是说出了实情——他曾招募过特工，并负责把他们送到英国去当间谍。

利兹伯还记得那天晚上的情景。

她父亲把全家都迁到了巴伐利亚州，因为柏林已经不安全了。她记得那天已经很晚了，父亲回到家后来到她卧室，门口过道里泛着微弱的灯光；她记得父亲背着光亮站在门口的身影；她还记得，父亲和母亲在厨房里轻声地说着什么，还有当晚父亲吃晚餐的香气。接着，她听到了盘子打碎的声音，还有受惊的母亲喘气的声音。她和孪生妹妹尼克尔爬到楼梯上缘，朝楼下打望着。她们看到一楼的厨房里有两个穿着纳粹党卫军黑制服的男人，其中一个就是继阿道夫·希特勒后德国最有名的人——海因里希·希姆莱，另一个她不认识。

接下来的很多年里，利兹伯一直认为自己的父亲是个纳粹分子，是希特勒和纳粹党卫军的走狗，是个宁愿在瑞士山区了却余生，也不愿回到祖国接受司法惩处的战争逃犯。她觉得自己的母亲也是这样想的。格特鲁德·沃格尔死后，利兹伯也把故事告诉了埃斯特拉达，就这样，埃斯特拉达长大后也认为自己的祖父是个纳粹分子。

但是一九七〇年十月的一个下午，一个男人打电话到木屋，说他想拜访一下利兹伯。这个男人就是维纳尔·乌尔布莱特，二战时，他曾和库尔特一起工作过。电话里，他说自己知道沃格尔的真正工作，利兹伯就让他过来了。一小时后，小屋来了一位身形枯瘦、面色苍白得像抹了一层面粉的男人。他腿脚不便，整个身子几乎都靠拐杖支撑着，一只眼睛上还戴着眼罩。

维尔纳·乌尔布莱特、利兹伯和埃斯特拉达三人一起散了一会儿步。他们用热水瓶装了一壶咖啡，三人就坐在湖畔绿茵茵的草地上喝咖啡。尽管秋天的空气中已透着寒意，但才走了这么一小会儿，乌尔布莱特就已经汗流满面了。他歇了会儿，喝了几口热咖啡，然后告诉了她们实情。

库尔特·沃格尔并不是纳粹分子。他痛恨纳粹集团，他在反间谍情报局工作的前提条件是不用加入纳粹党。卡纳里斯对此正求之不得，于是答应了这个要求。库尔特并不是卡纳里斯机构的内部法律顾问，他是个管控军官，负责招募特工。在这方面，他很有自己的一套，并且做得十分出色——一丝不苟、机敏过人、果断干练。他在英国安插了一名女间谍，经过两人的通力合作，他们搜集到了最重要的战况信息——袭击的时间和地点。他们也知道，英国为了保密使了不少“障眼法”。但是一九四一年二月，希特勒解雇了卡纳里斯，把反间谍情报局交给了希姆莱和纳粹党卫军。沃格尔的嘴严实得很，没有向任何人透露这些信息。随后，他加入了施瓦策·卡佩勒领导的反希特勒组织“黑乐队”。“七二〇”叛变流产后，施瓦策·卡佩勒手下的许多阴谋策划者都遭到了逮捕或杀害。沃格尔乘机逃到了瑞士。

乌尔布莱特讲完时，利兹伯的眼睛湿润了。她盯着湖面，看着湖面上泛起的涟漪。“那个跟希姆莱一起到我母亲家里的人是谁？”她问道。

“他就是军事安全部的高级军官瓦尔特·施伦堡。卡纳里斯被炒后，他接手了情报局。你父亲并没有将英国袭击的真实情况告诉他。”

“他安插的那个女间谍是谁？”利兹伯问，“他们是恋人吗？母亲总是认为他有外遇。”说这话时，她的声音在发颤。

“那是很久以前的故事了。”

“告诉我真相，乌尔布莱特。”

“是的。他很爱她。”

“她叫什么名字？”

“她叫安娜·卡特琳娜·冯·施泰南。你父亲逼她做的间谍。她去了英国后就再也没有回来。”

从那天下午起，埃斯特拉达就迷上了自己的祖父。她的亲祖父竟然是海军上将卡纳里斯的亲信，竟然是英勇的施瓦茨·卡佩尔的队友，他们立志铲除希特勒在德国的纳粹势力。在木屋的阁楼里，她发现了母亲保存着的一箱物品：旧的法律书籍，一些泛黄发脆的老照片和几件衣服。整整好几个小时，她都仔细地看着那些衣物。长大一些后，她甚至开始模仿库尔特的打扮：短短的板寸头好像是他亲手剪的，戴着水晶镜片的眼镜，身上穿着送葬者一般阴沉的衣服。她试着去想象他深爱的那个女人——安娜·卡特琳娜·冯·施泰南。在祖父的日记里，埃斯特拉达找不到她的影子，所以她只好自己想象出了安娜的一幅肖像，画中的女人美丽勇敢但又生性暴力、冷血无情。

十八岁时，埃斯特拉达回到德国慕尼黑上大学，很快她就卷入了左翼政治运动的漩涡。她认为纳粹分子至今还控制着德国，美国人还霸占着德国。她觉得实业家把工人变成了奴隶，她设想着祖父库尔特·沃格尔对此会怎么做。他毫无疑问也会加入抵抗运动。

一九七九年，她从大学辍学，加入了红色军团。组织的头领说，她必须抹掉真名，起个假名。她为自己取名为安娜·施泰南，从此以后，埃斯特拉达就从人间蒸发了，施泰南成为了恐怖组织的一员。

她眼下就住在王子运河上的船屋里。下午三点，她离开书店，从车架上取出自行车，穿过了广场。

德拉罗什示意服务生买单。

她推着自行车慢慢走了一段路程，显然她没有什么要紧事要做。

德拉罗什轻轻地跟在她后面。上次分别已是很多年前的事了，在德拉罗什的记忆中，她并没有什么变化。她很高，但举止笨拙，虽然生了一双美腿，走起路来却大大咧咧，两条长胳膊仿佛永远都不知要怎么放才显得和谐。然而她的脸却是另一副模样：白皙的皮肤，宽阔的颧骨，高挺的鼻梁还有一双水汪汪的大眼睛。年轻时，从她的发型变化中就能看出她的政治倾向和心情；然而现在的她人到中年，发型倒回归了自然：一头长长的金发，用简朴的黑发卡盘在脑后。

他跟着她，沿皇帝运河朝北走去。她在日斯特拉特横跨运河，又沿着王子运河朝北。她经过了西教堂投下的阴影，画家伦勃朗的墓地就悄悄地躺在这里。德拉罗什加快了脚步，渐渐拉近了两人的距离。听到脚步声，她神情紧张地迅速转过身去，伸手去摸包里的枪。

德拉罗什轻轻地抓住了她的手臂。

“别怕，埃斯特拉达，是我。”

她给自己的船屋起名“克里斯塔”。它长四十五英尺，舵手室在船尾，船头很窄，船身涂上了翠绿和白色的油漆。船屋上还系着一艘短小的平底船，要进入船屋，他们必须得跳过邻船的后甲板。船屋里面干净整洁，德拉罗什没想到的是，室内倒很宽敞，还配有厨房和客厅，船尾还有一间卧室。傍晚疲弱的阳光透过船的天窗和船舷上的小孔倾泻进来。

德拉罗什坐在客厅里，看着埃斯特拉达在厨房里冲调咖啡。他们说的是荷兰语，因为她跟人说自己从鹿特丹来，是个离了婚的单身女人，因此她不想让邻居听见他们说德语。跟所有的阿姆斯特丹人一样，她也很喜爱自行车。来这所城市定居后，她丢过四辆自行车。她告诉德拉罗什，有一次她沿着辛格运河散步，看见一个男人在卖二手自行车，其中就有自己丢失的一辆。她跟车贩说那是她的车，要求他把车还给自己。卖车的说她疯了。她检查了车下方，发现了自己写下的铭牌，车贩却说她在撒谎。她抢过自行车要把它骑回去。他想拦住她，但是她手臂一挥就击中了他的喉咙，然后猛地踢上几脚，击碎了他的下巴。她扶起自行车，优哉游哉地推着它走了。很多人的车被盗后都被倒卖到了黑市，路旁的人都拍手叫好，她俨然成了他们心目中的女英雄。

埃斯特拉达端着咖啡来到了客厅，在德拉罗什的对面坐下。她取下发卡，让头发自然垂落在肩膀上。她真是个尤物，为了保持低调，她刻意掩盖了自己的魅力。好几秒钟，他都直勾勾地看着她，欣赏着她的美貌。

“让-保罗，什么风把你刮到阿姆斯特丹来了？公事还是旅游？”

“为了你，埃斯特拉达。我需要你的帮助。”

她慢慢地摇了摇头，点起一根烟。德拉罗什料到她不会轻易答应跟他合作。她之前杀人无数，为此也付出了惨痛的代价——她不能光明正大地生活。西欧国家的情报局和警察都在搜捕她，她一生都在逃亡。现在她好不容易才过上了比较安稳的日子，德拉罗什等于在让她亲手毁掉这种生活。

“让-保罗，我已经隐退很久了。我厌倦了杀人，不像你那么乐在其中。”

“我也不喜欢，我只是为了钱，我也只会靠它谋生。你以前可是个一流的杀手。”

“我干这一行是因为我要实现自己的信仰，这是不同的。但你看看我现在过的是什么样的生活。”她边说边指了指周围，“唉，我想这还不算最糟糕的，我可能还得逃到大马士革。天哪，那就太可怕了。”

德拉罗什知道在哈菲兹·阿萨德及其手下情报局的帮助下，她曾在叙利亚躲过两年；在穆阿迈尔·卡扎菲的帮助下，她还在利比亚藏过两年。

“我给你指条脱身之路吧。这次有个机会让你了结一切，你可以挣足够的钱，然后找个安全的地方过太平日子。你想不想听听？”

她灭掉烟头，又点了一根：“去你妈的。”

他站起来：“我就当你同意了。”

“我们要杀几个？”

“我半个小时后回来。”

他回到酒店，打包好行李，退了房。三十分钟后，他爬进了“克里斯塔”的舱梯，手上拎着小皮箱和用尼龙袋装好的手提电脑。他们坐在客厅里，德拉罗什伏在电脑前，埃斯特拉达坐在一张脚凳上。德拉罗什一个个地放着目标的档案，埃斯特拉达跷起腿，静坐在一旁，用一只手托住下巴，另一手夹着香烟。她没有说一句话，也没有问一个问题，因为她跟德拉罗什一样，也有着非凡的记忆力。

“如果你帮我的话，我就付你一百万美金。”看完后，德拉罗什说，“我会帮你找个比大马士革更舒服的藏身地。”

“雇主是谁？”

“我不知道。”

她抬了抬眉毛：“这可不像让-保罗的作风。他们肯定给了你一大笔钱。”她又吸了口烟，抬起头，嘴里吐出的烟雾飘向了屋顶。她说：“我饿了，我们去吃饭吧。”

他们曾经相爱过，但那是很久很久以前的事了。当时，德拉罗什帮助红色军团完成了一次艰巨的刺杀任务。在绅士运河旁的一家法国餐厅吃完晚饭后，他们又回到了船屋。德拉罗什躺在床上。埃斯特拉达坐在他身旁，默默地脱光了衣服。

她已经几个月都没有带男人进过卧室，所以第一次他们做得很快。然后她点燃了蜡烛，两人吸着烟，喝着葡萄酒，雨点“噼里啪啦”地砸在床上方的天窗玻璃上。埃斯特拉达不信任任何人，特别是她的情人。她把身子紧紧地贴着德拉罗什，亲吻着他的嘴，凝视着他的眼睛，就这样过了很久。几次之后，她扑倒在他的胸膛上，身体被汗湿透了。

过了一会儿，她翻过身，躺在床上，看着雨水流过天窗。

“答应我一件事，让-保罗。”她说，“到你不再用得着我时，不要杀我。”

“我保证不杀你。”

她用手肘侧着支起身子，深情地望着他的眼睛，亲吻他的嘴唇。

“你最近见过阿巴托夫吗？”

“见过，前几天在罗斯科夫见过面。”

“他现在怎么样？”

“还是老样子。”德拉罗什答道。

18

华盛顿哥伦比亚特区

伊丽莎白·奥斯本在第34街和M街的交汇处等苏珊娜。她在原地慢跑着，早晨还很冷，她边跑边朝自己的手掌呵气。她看了看表，苏珊娜已经迟到了五分钟。苏珊娜身上有不少毛病，但迟到拖拉不是她的作风。伊丽莎白穿过街道，走到一个投币电话亭，拨通了苏珊娜家里的电话，自动答录机响了起来。

“苏珊娜，我是伊丽莎白。如果你在家的话，接一下电话。我在路口这里等你。我再等几分钟，你不来我就得走了。我再打你办公室电话试试。”

她拨通了苏珊娜办公室的电话。接通的还是她的语音信箱。

伊丽莎白没有留言就挂了。

她朝第34街那头看去，还是没有看到苏珊娜或卡尔森的影子。

她打电话回家检查留言信箱，想看看苏珊娜是否留下了消息。答录机显示有一则留言。她输入接听密码，但却是迈克尔的留言，告诉她今天中午不能和她一起吃午饭了。

她挂断电话，心想，真该死，她到底干什么去了？

她想到昨晚苏珊娜打给她的电话。她正要发表一篇关于米切尔·艾略特和塞缪尔·布拉克斯顿的重大新闻报道。也许她正在用手机打电话，忙报道上的事；也许，她正在跟编辑碰面。

她转身朝34街跑去。跑到沃尔特广场后右转，然后再右转进入了香盒居。她跑上苏珊娜家门前的台阶，按响了门铃，但却没有人应门。

她握起拳，狠狠地敲着木门。屋里还是没有动静，卡尔森一向很警觉，通常没等伊丽莎白敲门它就已经叫起来了。这只狗要是在屋里，它应该已经叫翻天了。

她转过身，看见哈利·斯坎伦的屋里亮着灯。她横过人行道，敲响了他家的门。门打开后，她发现斯坎伦还穿着睡袍。

“哈利，很抱歉打扰你。因为我和苏珊娜约好了一起跑步，但是她却没来。这太不像她的风格了，我很担心，你还留着她家的钥匙吗？”

“当然，你等一下。”

斯坎伦走进屋里，回来时，手里攥着一把钥匙。

“我和你一起去吧。”

他们来到苏珊娜家门前。斯坎伦把钥匙插进门锁，推开了房门。

伊丽莎白大声地叫：“苏珊娜！”

还是没有人回应。

她绕着起居室和厨房走了一圈，没有发现什么异样。她边上楼边喊着苏珊娜的名字，斯坎伦跟在伊丽莎白身后。

走到楼梯平台时，她发现了狗的尸体。

“噢，天哪！苏珊娜！苏珊娜！”

伊丽莎白跨过狗的尸体，朝浴室走去。她看见白色的瓷砖地板上散落着啤酒瓶玻璃碎片。伊丽莎白又走了几步，穿过走廊，朝书房望去。

她转过身去，尖叫起来。

伊丽莎白坐在哈利·斯坎伦家门前的台阶上，身上裹着一条毛毯。六辆市区警察巡逻车闪着红蓝色的警灯，把沃尔特小区挤得满满的。犯罪现场调查车也到了，几名技术员正在苏珊娜的家中勘查。伊丽莎白试着打电话给迈克尔，但是他还没有回她电话。她让接线员告诉迈克尔，说情况很紧急，并让迈克尔回拨哈利·斯坎伦家中的电话。

她在心里骂道："混蛋，迈克尔，我现在需要你。"

伊丽莎白把身上的毛毯裹得更紧了，但她还是不停地发抖。她一闭上眼睛，就看到苏珊娜横尸书房的惨状，还有地板上的血迹。天哪！那么多的血！她意识到有人在叫她的名字。她睁开眼睛，看见一名身材高大的非裔美国人站在她面前，他肤色偏浅，有一双明亮的绿眼睛。蓝色双排扣警服的胸前口袋上，挂着一枚警徽。

"奥斯本太太，我是理查森探员，负责调查凶杀案。我听说是你发现的尸体。"

"对，是我。"

"什么时间？"

"大概是七点十五分到七点二十分的样子。"

"你认识受害者吗？"

伊丽莎白想，"受害者"，苏珊娜现在已经没有名字了，在他们眼中，她仅仅是个受害者而已。

"警官先生，我们是好朋友。我和她认识二十年了。我们本来约好今天早上一起跑步的。但是她一直没有出现，我就来找她。我从她邻居那里拿到的钥匙，然后进的门。"

"你发现有什么异样的情况吗？"

"除了尸体外，没有什么异样。"

“很抱歉，奥斯本太太。她是干什么的？”

“她是《华盛顿邮报》的记者。”

“难怪我觉得这个名字有点耳熟。她曾经在白宫做过一段时间，对吧？还做过电视台的《圆桌讨论秀》节目。”

伊丽莎白点点头。

“这个问题可能听起来有点奇怪，但是你觉得谁有可能对她下手呢？”

“我不知道。”

“她最近遇到过什么怪事吗？”

“没有。”

“有没有跟男朋友发生过矛盾？抛弃了恋人？”

苏珊娜摇摇头。

“她的丈夫呢？”

“她的前夫又再婚了。”

“他们之间的关系怎样？”

“警官先生，我跟她前夫是同事。他是我们公司的合伙人之一。没错，他是个混蛋，但是他不至于杀人。”

“我们找不到她的手包。她平常拎包吗？”

“她拎包，她总把包放在橱柜上。”

“那里没有。”

“谁偷走了？”

“现在还很难说。看样子是有人潜入了她家，但是被她撞见了。当时她还穿着运动装，但是她的一只鞋子是脱掉的，看起来好像扭伤了脚。狗脖子上还系着狗链。”

“所以他们就杀了她？”

“这个城市里有很多人宁可直接杀人，也不愿留下证人，以免日后遭到指证。”他煞有其事地说道。他伸出手，拍了拍伊丽莎白的肩膀，继续说：“很抱歉，奥斯本太太。这是我的名片，如果你想起什么来，请和我联系。”

伊丽莎白听到屋里响起了电话铃声。哈利·斯坎伦眼睛都哭红了，他跑到门前，对伊丽莎白道：“是迈克尔打来的。”

伊丽莎白站起来，走进屋，感觉自己几乎站不稳：“迈克尔，快回家来。我需要你。”

“发生什么事了？你怎么在哈利家？”

“苏珊娜死了。在家里被人枪杀了。是我发现的尸体。噢，天哪！迈克尔……”她哭着，喉咙哽咽住了，“回家来，迈克尔，求求你快些。”

“你待在那里别动。我马上过去接你。”

“不，你直接回家找我。我要走走，呼吸点新鲜空气。”

她往窗外望去，看见苏珊娜的遗体被白布包裹着，用担架抬了出来。她努力保持镇静，但当她看到这一幕时，她不能自已。

“伊丽莎白，你在听吗？伊丽莎白，说话呀！”

“他们刚刚把她抬走了。噢，天哪！可怜的苏珊娜！我老想着她死前受了多少苦。我停不下来。”

“别待在那儿了，回家去。我会让你好受点儿。相信我。”

“快一点。”

“我会的。”

她挂掉电话，看见斯坎伦正拿着一张光盘。“我想她现在也用不上这个东西了。”他停了停，眼中噙满了泪水，“天哪，真不敢相信我都说了些什么。”

“这是什么？”

斯坎伦解释了他和苏珊娜之间的那套办事程序，告诉她苏珊娜总会把自己的材料多复制一份，然后把它塞进自己的门缝里。

“她在这事上是有点神经质的。”

“我知道。以前在法学院时，她说自己在哪里读到过，如果把文件放在冰箱里的话，一旦发生火灾，文件就不会被烧毁。”伊丽莎白回忆这些事时，不由得笑了笑，“天哪，我真想她。我不相信这是真的。”

斯坎伦把光盘放在了厨房的柜台上。

“光盘是昨晚我回家时发现的，肯定是她昨晚出门跑步时塞进来的。真可笑，我总跟她说那么晚去跑步是很愚蠢的事，但她却死在自己家里。”

伊丽莎白想起她昨晚给自己打的那通电话。她一整天都在写那篇重要的报道，她写的东西可能就在光盘里。

伊丽莎白说：“可以把它给我吗？”

“当然，但是你可能看不到里面的内容。”

“为什么？”

“因为她给文档加了密。就像我刚才说的，她有点神经质，不喜欢别人读她写的东西。”

“你不知道密码？”

“不知道，她从来没有告诉过我。我还以为她会告诉你呢。”

伊丽莎白摇摇头：“《邮报》的编辑知道密码吗？”

“更加不可能了。她不相信任何人，特别是和她一起共事的人。”

“我看看吧。”伊丽莎白说，“我有个朋友懂解码。”

他们躺在床上，被单揉成了一团，伊丽莎白把光盘拿给迈克尔看，迈克尔点了根香烟，把光盘翻过来，看了看光盘的背面。伊丽莎白倚在他古铜色的腹部，手指滑过他胸膛中间的毛发。都这个时候了，她竟然还能跟迈克尔亲昵，她觉得很内疚。他回到家时，她只是想紧紧地和他拥抱。她想告诉他，她要时时刻刻都跟他在一起。她当时很恐慌，朋友的遇害简直把她吓坏了，她不敢让迈克尔离开自己一步。她抱着他，亲吻着他的嘴唇、眼睛和鼻子。她仿佛要永远沉浸在这份欢愉之中。现在，她紧紧地黏在他身旁，看着雨水从卧室的玻璃窗上滑落。

“他告诉我光盘是加了密的。”

“这不成问题，我们只要猜出密码就行了。”

“你打算怎么做？”

“人都很懒。他们会用生日、姓名以及其他好记的字母来作密码。你是这个世界上最了解苏珊娜的人了。”

“你需要什么特殊的软件吗？”

“我电脑里有这种软件。”

“我们走吧。”

他们穿上睡袍，穿过走廊，走到了迈克尔的书房。迈克尔坐在桌前，伊丽莎白站在他身边，双手搭在他的肩膀上。

“生日？”

“一九五七年十一月十七日。”

迈克尔输入数字11-17-57，但屏幕上显示的是“拒绝访问，密码错误”。

迈克尔说：“反过来试试。”

屏幕上还是那行字。

“地址……地址倒序……电话号码……电话号码倒序……办公室号码……办公室号码倒序……姓氏拼写……姓氏拼写倒序……中间名……中间名倒序……名字……名字倒序……”

伊丽莎白说："这样永远都搞不完。"

"总会搞定的。"

"你开始说得好像很容易的样子。"

"我说这不会很难。她父母的名字？"

"玛利亚和卡麦恩。"

"玛利亚和卡麦恩？"

"她是意大利人。"

"她生前是意大利人。"

接下来，迈克尔折腾了整整两个小时。他对苏珊娜有了前所未有的了解：她的男友们、家乡、银行账户和最喜欢的书。他把它们试了个遍——正着输，反着输还有选取中间的字母输入——但是都没有用。

"她的狗叫什么名字？"

"卡尔森。"

"为什么起这个名字？"

伊丽莎白笑了笑，说："因为苏珊娜失眠，她喜欢看《今夜脱口秀》节目。"[①]

迈克尔输入卡尔森的名字还是没用。他又试了试输入约翰尼，文档也没有反映。他还试了DOC和ED，还是一无所获。

"她把最后的两期节目都录了下来，反复看了起码几百遍。"

"最后一期节目有谁？"

"只有约翰尼一个人。你记得吗？只有他自己对观众说话。"

"前一期呢？"

"贝蒂·米勒。天哪，她爱死贝蒂·米勒了。"

---

① 该节目主持人名叫卡尔森·达利。

迈克尔输入贝蒂，还是没成功；输入米勒，也不行。他把名字拼写倒过来输入还是没有用。

他的手重重拍在桌面上。

“一边去。”伊丽莎白说。

她俯身越过他的肩膀，在电脑里输入THE ROSE（玫瑰花），然后敲下了回车键。接着，苏珊娜·代顿生前写的最后一篇文章出现在了屏幕上。

“我的天哪！”迈克尔说。

19

阿姆斯特丹

王子运河上的船屋已经变成了军情指挥中心。德拉罗什有点想回布雷莱去，但毕竟它是个村子，跟大多数村庄一样，村民们都喜欢说长道短。他知道自己要是带个高个美女回去的话，迪迪尔和他那群狐朋狗友的八卦兴致肯定会大增，这是德拉罗什不愿看到的。另外，“克里斯塔”里环境幽雅，在这里酝酿杀人计划倒也轻松自在。他在船屋的墙壁上挂了各个城市的街道地图：伦敦、开罗和华盛顿，他得在这些地方执行刺杀任务。每天，埃斯特拉达还在睡觉时，他就早早起来。等到她也起床后，两人就花两个小时一起讨论和谋划，直到十点，埃斯特拉达才赶去书店上班。

中午，他觉得一个人待在船屋里有些闷，于是便骑着埃斯特拉达那辆破旧的自行车，走在运河旁狭窄的街道上。他发现了一家艺术用品商铺，在那里买了一小盒水彩颜料，画了几幅不错的画，画里有石桥、船和三角屋顶的房子。来到荷兰的第四天，一股冷空气从北海长驱直入，阿姆斯特丹气温骤降。接下来的两天，上百名滑冰爱好者在王子运河冰封的河面上嬉戏玩乐。德拉罗什坐在船屋“克里斯塔”里，时不时就能听到滑冰者欢乐的嬉闹声。

每天傍晚，他都会去书店接埃斯特拉达，然后带她去不同的饭店用餐。吃完饭后，他们在运河旁的街道上迎着风散一会儿步，再到莱登广场旁的酒吧喝德考科尼啤酒，酒吧里弥漫着一股浓浓的印度大麻味。连着两个晚上，她都在和他做爱，接下来的两晚她又背对着他睡。她的睡眠状况并不好，经常被噩梦惊醒。他们出发前的那个晚上，她又惊醒了，出了一身冷汗。醒后，她习惯性地去抓放在床板下的勃朗宁手枪。要不是德拉罗什在子弹上膛前夺下了枪，她很可能已经击爆了他的脑袋。然后，她又跟他疯狂地做爱，恳求他不要再离开自己。

第二天早晨天气阴冷。他们默默地收拾好行李，锁上了船屋的门。德拉罗什烧毁了自己的画作，埃斯特拉达打了个电话给书店，说自己家中出了点紧急情况，所以要请几天假，她会跟他们保持联系。

他们打车来到了中央火车站，赶上了去荷兰角港的早班火车。到角港后，他们又打车赶往渡轮码头，在临河的小咖啡馆里才吃上了面包和鸡蛋，算是迟到的早饭。一小时后，他们坐上汽车轮渡，前往北海对面的英国港口哈里奇。

天气好的情况下，航行通常需要六小时；海浪大时，则需要八小时或更久。这天，冬季寒冷的北风从挪威海呼啸直下。埃斯特拉达晕船了，呕吐得很厉害，一路上她几乎都待在洗手间里，口中还咒骂着德拉罗什。德拉罗什站在甲板上的观望台，呼吸着冰冷的空气，看着风卷起巨浪拍碎在船头。

他们到达哈里奇后，埃斯特拉达立刻伪装起来。她把金发用发夹紧紧地别在头上，又戴上了一顶齐肩的黑假发。德拉罗什戴了顶棒球帽，上面印着美国某香烟品牌的名称。虽然是阴天，他还是架上了自己的雷朋墨镜。

欧共体为国际恐怖分子的活动提供了极大的便利。因为只要成功进入一个成员国的境内，再进入其他成员国，就几乎不会担什么风险。德拉罗什和埃斯特拉达假装成两个未婚游客，持荷兰人的护照进入了英国。一名懒洋洋的英国官员粗略地查看了他们的旅游证件后就放行了。但是，德拉罗什知道按照英国的规定，不管入境者持有的是哪国的护照，英国安全局都会录下入境人员的身影。他知道，他和埃斯特拉达刚才已经留下了第一行足迹。

他们在哈里奇火车站登上火车后，这座英国海港城市也笼罩在了暮色中。九十分钟后，他们将抵达伦敦。

他已经挑好了自己的大本营——位于南肯辛顿区的一间小户型旅馆式套间。这是他通过一家专门为旅客租用公寓的中介公司找到的，他打算在套间里住上一个星期。他的第一件事就是取消“客房打扫”服务，他可不希望有个清洁女工在自己的房里翻来倒去。公寓的陈设很简朴，但也还算舒适，配有设施齐全的厨房、客厅和独立卧室。电话可以直接外拨，不用接线员转接；窗户临街，可以俯瞰到下面的街景。

他们马不停蹄地开始工作。目标是一名军情六处的官员，名叫科林·雅德利。这个五十四岁的官员之前也是外勤特工，曾在苏联和中东工作过，是最近才从法国调回总部的。他如今就坐在总部的办公室里搞搞案头工作，上级已经打算让他退休了，职业升迁也就没有了盼头。他跟其他所有即将退休的情报工作者没什么两样——筋疲力尽，精神颓靡，心怀不满，婚姻破裂。他嗜酒如命，成天泡在女人堆里。军情六处的人事部已经明确警告过他，让他在私生活方面要克制，但是雅德利却叫人事部的走狗们闭上臭嘴。这些在德拉罗什的档案里都有记载。杀死他不难，难的是怎样杀才最合适。

尽管干了多年的外勤特工，回到伦敦后，雅德利却变得慵懒大意。每天晚上，他都会打车从泰晤士河边的总部到斯隆广场上一家餐厅酒吧。他就是来这儿猎艳的，对象无非是对他的成熟魅力着迷的年轻姑娘们、伦敦西区有钱的离异女人，或者是渴望一夜情的寂寞主妇。六点刚过，他就出现在了往常的座位上。

埃斯特拉达正等着他出现。

那天晚上，她一点也不像十天前德拉罗什在阿姆斯特丹书店看见的那个女人。整个下午，她揣着德拉罗什的一沓钞票，把哈罗德百货公司和邦德街上的高档商铺逛了个遍。她穿上了黑色鸡尾酒裙和黑丝袜，戴着金表，脖子上还挂了串高级双层珍珠项链。

头上朴素的黑发卡也不见了，在骑士桥旁的美发店里，她点了一位挑剔的意大利发型师为她修剪打理头发。此时，她的秀发垂落在脸蛋和脖子周围，很是惹眼。阿斯特拉达知道怎样打扮才能掩盖自己的天生丽质，也知道要怎么做才能在必要时吸引别人的注意。

德拉罗什坐在斯隆广场的一张长椅上，假装读着从广场地铁站买的一份《伦敦晚报》。他像欣赏哑剧一般，看着饭店里上演的这一幕。埃斯特拉达一个人坐在酒吧里，慢慢地品着夹在她修长指间的香烟。雅德利个子很高，一头灰亮的头发散发着贵族气质，他走过来，询问埃斯特拉达能否坐在她身旁。他还没点单，酒保就递过一杯酒——他天天喝的都是这种。从她脸上的表情，雅德利看出她显然已被挑起了兴趣。他示意酒保给她一杯同样的酒。埃斯特拉达优雅地转过身看着雅德利，两条长腿撩人地交叉着，短裙刚好遮住大腿。她现在是他的了。住在阿姆斯特丹船屋里那个担惊受怕的独居女人不见了，现在她是个自信的阿姆斯特丹女人，她喜欢旅游，但是她的丈夫忙于生意而经常忽略她。所以没错，亲爱的，你可以为我把烟点上。

这样闲谈一个小时后，她起身穿上了外套。两人郑重其事地握了握手，她故意让自己的手指在他的手上多停留了一会儿。他问她现在住在哪里，她说住在多尔切斯特。他问能否送她一程，她说不用了。他问是否可以为她叫辆车，她说自己就可以搞定。他问她离开伦敦前他们还能见面吗？明天晚上再过来吧，亲爱的。如果你走运的话，我或许还会在这里。

她疾步穿过广场，从德拉罗什身旁经过，他正聚精会神地读着报纸。她继续朝北，走到了斯隆大街。德拉罗什看着雅德利拦下一辆出租车也离开了。他站起来，横过广场，朝斯隆大街走去。埃斯特拉达正在那里等他。

"进展如何？"

"如果我答应的话，他在酒吧就会把我给干了。"

"就是说他上钩了？"

"他问我愿不愿上他家喝一杯，再叫一份外卖咖喱饭。我告诉他，如果我丈夫开完会发现我还没回酒店的话，他会不高兴的。"

"很好，我不想让他觉得你是个妓女。而且他可不像看起来那么好骗。明晚怎么办？"

"我强烈暗示他，明晚我会回酒吧。"

"他肯定会回去的。"

"拜托了，让-保罗，我真的不想亲他。他呼出来的气有股粪臭味。"

“这种情况你自己把握就好了。”

“上帝，但愿他不要企图吻我。我保证，他敢吻我的话，我就亲手杀了他。”

第二天晚上，雅德利先到了。这个训练有素的英国情报官员竟然巴巴地朝门口不停张望，德拉罗什坐在广场上的长椅上，见到此景强忍住才没笑出声来。半小时后，德拉罗什认为雅德利已经等得够久了，可以领取今晚的奖赏了。埃斯特拉达正等候在广场对面的酒吧里，坐在临街的玻璃窗旁，德拉罗什示意她出发。五分钟后，她大步迈进饭店，直接投入了科林·雅德利的臂弯里。

她奚落他、挑逗他，认真听他倾诉衷肠，还用手指拨撩自己的秀发。他请她喝了好几杯桑塞尔白葡萄酒。她身子前倾，故意让他往自己的上衣里瞄，好让他发现自己没有穿胸罩。她穿着一双昂贵的布鲁诺·玛格利牌皮鞋，用鞋尖轻轻地滑过他的小腿内侧。她好几次假装要离开——*亲爱的，我丈夫肯定很想知道我现在在哪里*——但是，雅德利又示意酒保再给她上一杯桑塞尔。就这样，她的意志力逐渐瓦解，再也离不开这个魅力四射的英国男人了。*爱我的话，就再给我买包特醇万宝路100s吧*。埃斯特拉达此刻就是个狐狸精，埃斯特拉达此刻是个寂寞难耐的女人，埃斯特拉达此刻是个饥渴的荷兰荡妇——而她眼前这个英国中年男人穿着萨维尔街的高级定制西装，还有着高贵的头衔，为了博得他的青睐，她什么都肯做。德拉罗什在广场上的位置可谓得天独厚，饭店里面的情景他看得一清二楚，并深深赞赏埃斯特拉达的表现。他突然生出一股别样的情感，一丝柔情爬上心头。他的手伸向大衣深处，摸到了格洛克的枪柄。

接下来的一切都按部就班：埃斯特拉达倾过身去，凑到雅德利耳边低语了几句。雅德利结了账，拿起两人的大衣。两分钟后，他们就上了一辆出租车。

德拉罗什看着他们的动向。他也起身，慢慢地跟在后面。他们穿过斯隆广场，沿着国王大道向西驶去。前方的出租车消失在了视野中，但德拉罗什并不紧张，因为他知道他们要去哪里。他们要到雅德利在惠灵顿广场的家里去。

埃斯特拉达，你得把他诱回他家。告诉他你的时间很紧，告诉他如果你太晚回去的话，你丈夫会担心的。直接把他勾上床，不用担心锁没锁门，这我会搞定的。

德拉罗什左拐离开国王大道，来到了幽静的惠灵顿广场。交通高峰期的嘈杂现在已经变成了悦耳的嗡嗡声。这时，空中飘起了小雨。德拉罗什飞快地走过广场，他拉起衣领，双手插进口袋里。

雅德利的家中光线很暗，这对他们来说很有利。撬开前门锁不是什么大问题，几秒钟后，德拉罗什就已经进入屋里了。他听到二楼卧室里传来了声音。埃斯特拉达表现真不错。

德拉罗什走到卧室门口，发现雅德利已经脱得只剩下衬衣和袜子，正倚靠着床头板自慰。床尾的埃斯特拉达像个脱衣女郎，正一件一件地脱下衣服，慢慢地挑逗他。突然间，德拉罗什同情起眼前这个男人来，因为他马上就会毫无尊严地死去，颜面全无。

德拉罗什从裤腰间掏出格洛克手枪，走进了卧室。雅德利的脸上立刻写满了惊恐。埃斯特拉达停下脱衣表演，站到了一旁。德拉罗什来到她刚才的位置，抬起手臂，朝科林·雅德利脸上快速射了三枪。

雅德利从床上滚到了地板上。埃斯特拉达走上前去，用布鲁诺·玛格利皮鞋朝他的脸上狠踢了几脚，还在他脸上涂了口唾沫。埃斯特拉达不愧是个革命分子。

德拉罗什告诉租房中介公司，由于家中出了点紧急情况，他得结束在伦敦的度假，提前退房。离开前，他打开手提电脑，上网登录后发送了一条加密信息给雇主，告诉他们任务已完成，请把佣金汇入苏黎世指定的账号中。他和埃斯特拉达坐晚班火车赶往多佛港，在海边一家提供住宿和早餐的古朴旅馆住了一宿。第二天一早，他们乘渡轮前往法国加莱，然后在那里租了一辆雷诺车，驾车前往北部的英吉利海峡。夜幕降临时，他们又回到了阿姆斯特丹，登上了平静的王子运河上的“克里斯塔”。

第二天下午，人们发现了科林·雅德利的尸体，当时德拉罗什和埃斯特拉达正从法国过境，进入比利时。雅德利没有去上班，他惠灵顿广场家中的电话也无人接听，于是军情六处安保部门的人员紧张起来。下午一点多，军情六处的人闯入了雅德利的家，在二楼卧室里发现了他的尸体。但是，直到下午四点十五分，军情六处才将此事告知伦敦警察厅。

在英国广播公司BBC的九点新闻播报栏目中，主持人报道称下午发生了一起枪击事件，造成一名身份不明的男子遇害。独立电视台的十点新闻栏目已经列出了死者的名字和工作情况：死者是外交部一名叫科林·雅德利的中级职员。在节目播出过程中，一个人拨通了电视台新闻采编处的电话，他声称自己是临时爱尔兰共和军队员，是他杀死了雅德利。他还提供了自己共和军里的识别代号，以证明自己就是凶手。

第三天早晨，BBC已经挖出了雅德利的真实身份——中情六局的军官。

让-保罗坐在“克里斯塔”里，收听BBC电台的广播。节目结束后，他关掉收音机，打开地图和电脑，开始策划下一场刺杀任务。

他打了个电话给苏黎世的银行，向贝克尔先生确认早晨已有一百万美元汇入账户。他告诉贝克尔把这笔钱分四等份，分别转入巴哈马的四个账户。中午太阳出来后，他借了埃斯特拉达的自行车，整个下午都在阿姆斯托河畔写生，直到雅德利那张被子弹击碎的脸从他的良心中慢慢抹去。

20

弗吉尼亚州，麦克莱恩

“真不明白为什么卡特还要让你去伦敦。难道就不能让别人去吗？”

伊丽莎白从中情局总部接上迈克尔，驱车赶往杜勒斯机场。机场位于弗吉尼亚西面的城郊开发区，离华盛顿有二十英里。已经是晚上七点，车流高峰期基本已经过去了，但在首都的环城公路上还是很拥堵。伊丽莎白情绪激动时，她会紧紧地跟上前面的车，车速保持在四十五英里。他们的车跟前面那辆绿色的福特探路者相距仅仅两英尺。

“迈克尔，我以为你已经跟他说了我俩的情况。我以为他同意让你在纽约办公了。我以为他会让你轻松几个星期。”

迈克尔心想，他当初应该坐中情局的车去机场，他可不想在登上国际航班之前跟自己的妻子吵一架。这并非迷信，也不是因为害怕坐飞机，这仅仅因为他是个讲求实际的人。

“就去一天而已，”他说，“只是去开几个会，算上来回也就一天时间。”

"如果真是这么走形式的事，为什么卡特不派别人去呢？"

伊丽莎白不是个诉讼出庭律师，她在律师事务所负责公司法务，但是她擅长盘问证人。她狠狠地按了按喇叭，迈克尔知道她把自己当成了一个不配合的证人。

"前天晚上，一名英国情报官员在伦敦被杀死了。"迈克尔冷静地说，"这可能跟我调查了很久的一个案子有关。"

"我在今早的《邮报》上看到过报道。爱尔兰共和军已经承认是他们做的。你从什么时候开始接手爱尔兰共和军的案子了？我以为你只负责阿拉伯恐怖势力。"

"我是负责阿拉伯的恐怖势力，但是这个案子可能跟恐怖分子有关。"

迈克尔希望她不要再提这茬了。其实这次不是卡特派他去伦敦的，这是迈克尔自己的主意。卡特原想让中情局在伦敦的一个联络官员处理这事，是迈克尔说服卡特，让他派自己去调查的。

"再过两天，医生就要采集我的卵子。到时候需要精子受孕，我只希望那精子会是你的，迈克尔。"

"我一定赶回来。不要担心。如果有什么紧急情况的话，我们不是还留了一手吗？它们正在冰库里冻着呢。"

因为迈克尔的工作性质，他可能突然要到外地出差，所以康奈尔医学中心的医生建议冷冻储存迈克尔的一部分精子以防万一。

伊丽莎白说："迈克尔，我希望你能赶回来，给我精神支持。我认为你们这些情报工作者应该很擅长这种事才对。你能为我做的就是陪着我。"

"我会赶到的。我保证。"

"说到做到，迈克尔。"

她开车下了环城公路，往杜勒斯机场开去。车流量变少了，路面通畅起来。伊丽莎白把车速提到了六十五英里。弗吉尼亚郊外的天空中，一轮圆月躲在薄薄的云层后，发出朦胧的光。迈克尔点了根烟，摇下了玻璃车窗。伊丽莎白飙着车，不断地换道超车，而且不打转向灯。她紧跟着前面的车，超车道上的车要是低于七十英里，她就朝司机打晃眼的远光灯。迈克尔知道伊丽莎白恼火的真正原因——他去伦敦是要调查恐怖分子案件，而且她知道这会让迈克尔想起莎拉被杀一事。因为以她的执拗与傲气，她不会把心里话说出来，但是这种焦虑不安已经挂在她的脸上了。迈克尔知道如果自己告诉她真相——他怀疑杀死莎拉和英国官员的是同一个人，伊丽莎白只会更气恼。

伊丽莎白说："我把苏珊娜的光盘交给了汤姆·罗根。"

"他打算刊登这篇文章吗？"

"他说不能，他得先证实文章里细节的真实性。如果事先不让报纸的律师团审阅的话，文章的指控太劲爆，会引起很大争议。而且既然撰稿人已死，很多事情已经死无对证了，律师的审查无论如何也做不到万无一失。"

"那他打算怎么办？"

"他会指派一批精英记者核实报道。不幸的是，躺在坟墓里的苏珊娜帮不上他们什么忙了。她的笔记也不能证明调查数据的来源。所以罗根的人基本上都得从头开始。"

"那可得花很长一段时间。"

"苏珊娜一个人就弄了三个月。"

他们抵达了杜勒斯机场。伊丽莎白把车开到航站楼外，停在路边。迈克尔下车，从后备箱里取出轻便的行李袋，关上了后备箱盖。然后他走到奔驰驾驶窗外，伊丽莎白摇下车窗，探出头，和迈克尔吻别。

"你要小心，迈克尔。"

"我会的。"

他站在原地，直到奔驰车的尾灯消失在夜幕中，才走入航站楼。

飞机俯冲下厚厚的云层时，迈克尔醒了，随着飞机的降落，伦敦灰暗的早晨映入眼帘。伦敦办事处提出要派车来接迈克尔，但是迈克尔不想跟他们打太多交道，因此表示可以自己打车过去。他摇下车窗，一股冷风扑面吹来，尽管夹杂着刺鼻的柴油味，但他还是感到神清气爽。他在伦敦待了八年，从希思罗机场往伦敦市中心去过无数次。他很熟悉车窗外单调的西郊景色，他对阿灵顿或切维·切斯[①]的了解都不及这里。

他住进了骑士桥边的一家酒店。这是栋独立大楼，从楼上可以俯瞰海德公园。他喜欢住在这里，因为除了卧室外，这里的每间客房都有一间小起居室。他点了份传统英式早餐，慢慢地吃着，直到美国时间的早晨来临，他给伊丽莎白打了个电话。他叫醒了伊丽莎白，两人断断续续地说了大概两分钟，然后，她倒头继续睡了。

迈克尔累坏了，于是他一觉睡到了下午一点多。醒来后，他穿上了一套防水运动服。他在房门把手上挂了"请勿打扰"的示意牌，并且为了确保万一，他还在门上夹了张小纸条。如果他回来时纸条还在，就说明没人进过房间；如果纸条不见了，说明可能有人来过。

他来到海德公园跑步，天空积着青灰色的云层，雨下得很大。跑了十分钟后，天空放晴了。来来往往的伦敦人撑着雨伞，手中的伞被风刮得东倒西歪，他们瞪着双眼看着迈克尔，好像他是个潜逃的精神病人。十五分钟后，他的呼吸渐渐急促起来，于是改成了走路。这些年，他靠锻炼保持身体健康，虽然还是会抽几支烟，但是吸烟会给身

① 分别指美国著名景点阿灵顿国家公墓以及美国著名演员。

体造成慢性伤害。伊丽莎白说得没错，他的腰已经肥了一圈了。

他跑着回到了酒店。推开房门时，小纸片掉到了地上。他洗了个澡，换上了一身蓝色西装。接着，他打车到格罗夫纳广场，向大使馆入口处的执勤海军哨兵亮了亮证件。一到大使馆迈克尔就浑身不自在——一直以来，他都是个不受政府官方保护的特工。在伦敦当差的那些年，只有发生紧急情况时，他才会跑到大使馆，而且是“黑”进去的——也就是说，他得躲在货车的后厢，被秘密地送进去。他根本不想来大使馆，但是中情局有规定，特工必须要跟当地的负责人打声招呼。

驻伦敦的负责人是一个叫惠顿的男人。他是个不折不扣的亲英派，留着一撮细胡子，穿着萨维尔街的高级白条西装。他有一个讨人厌的习惯，当他不知道该自己该说些什么时，会不停地摆弄手中的网球。惠顿是个老旧派：他毕业于普林斯顿大学，在驻俄罗斯办事处担任了五年总长，之后就调到了待遇好的伦敦局，但是他离退休也不远了。他说自己认识迈克尔的父亲，但他并没有说自己喜欢他。他还明确表示，他觉得伦敦站可以搞定这个案子，他们不需要反恐委员会的任何帮助。迈克尔表示一旦有新发现，自己会告知他。惠顿则委婉地告诉迈克尔，他希望迈克尔尽快离开伦敦。

迈克尔来到了伊顿广场，在一栋白色的格鲁吉亚式门廊前下了出租车。海伦和格雷厄姆·西摩在这里有个舒适的住处。从街上看去，迈克尔觉得他们就像立体舞台上的演员——格雷厄姆在楼上的客厅，海伦在一楼的厨房里。迈克尔走下门廊，敲了敲厨房的玻璃门。正在做饭的海伦抬起头来，看到他立刻笑容满面。海伦打开门，亲吻了迈克尔的脸颊：“上帝啊，迈克尔，我们好久没见了。”她把一杯桑塞尔白葡萄酒递到迈克尔手中，“格雷厄姆在楼上。你们哥俩好好聊聊，我继续做晚饭。”

迈克尔走进客厅时，格雷厄姆·西摩正摆弄着煤炉取暖器。客厅的墙上和地上都镶了木板，东方风格的地毯和中东风格的摆设装潢呈现出异国情调。格雷厄姆站起来，微笑着向迈克尔伸出双手。二人除了身材和体型相似以外，其余方面则完全相反：迈克尔有着橄榄色的肌肤，而格雷厄姆是白皮肤；迈克尔是黑发碧眼，格雷厄姆是金发灰眸；迈克尔穿着蓝西装，格雷厄姆穿着卡其衬衫配卡其裤，好像要去游猎一般。

两人坐下来，聊起了昔日的光景。他们的经历都差不多。跟迈克尔一样，格雷厄姆的父亲也曾是一名特工——二战时，他是军情五处的一名双重间谍，后来又被调到军情六处干了二十五年。跟迈克尔一样，格雷厄姆也跟着父亲走东奔西。从剑桥毕业后，他就加入英国秘密情报局。这两个男人一起工作了很多年，但是格雷厄姆是受官方保护的特工。他俩在工作上相互敬重，私底下友情深厚。如果他们各自的机构知道二人的交情，恐怕不会乐意他们走得这么近。

海伦做的晚餐味道飘进了楼上的客厅。

“她做的是什么？”迈克尔小心翼翼地问。

“西班牙海鲜饭。”格雷厄姆说着就皱起了眉头，“你最好趁药店没关门赶快去买点药。”

“我不要紧的。”

“你现在肯定这样说，因为你还没有吃过海伦的海鲜饭。”

“有那么难吃吗？”

“我不想扫了你的兴致，你还是多喝点酒吧。”

格雷厄姆下楼去了厨房，片刻后，他回来了，拿着满满两杯白波尔多。

“跟我说说科林·雅德利吧。”

格雷厄姆做了个怪怪的表情：“几个月前就发生了件奇怪的事

情。一名叫法鲁克·哈里发的黎巴嫩军火商决定把生意做到巴黎。我们发现后，通知了法国的情报处人员。他们就把他监控起来了。”

“法国人这次做得不错。”

“买他军火的人都是我们不喜欢的家伙。”

“他不是什么好人。”

“简直罪大恶极。他搞了个交易市场，开始招徕客户。法国情报工作者把进出市场的人都拍下了照片。”

“我也拿到了照片。”

“九月份时，一个人找上了哈里发。法国人查不出这个人是谁，但是他们怀疑是个英国人，所以他们把照片拷贝了一张，传真给了我们。”

“是科林·雅德利？”

“就是他。”

“军情六处的头儿找他当面对质，问他为什么要跟哈里发那个无赖见面。雅德利胡编乱造了一通，说他搞案头工作搞得晕了头，就又想做外勤特工了，所以之前在法国待了一段时间，是自己单干的。高层们当然不会满意这种说法，雅德利被骂得狗血淋头。”

“老天爷。”

“现在，你猜猜法鲁克·哈里发手里最多的是什么武器？”

“根据我们的调查，他手里最多的就是‘毒刺’导弹。”迈克尔喝了一口酒，“我不记得你们把这些资料给过美国中情局。”

格雷厄姆摇摇头，说：“我们觉得拉不下脸来。迈克尔，你懂的。我们的头头只希望这件事不要再被提起，所以他们没有公开它。”

此时，海伦站在了二楼楼梯口。

“晚饭做好了。”

“太好了，”格雷厄姆有点激动过头了，“既然这样，我们只有待会儿再看录像带了。”

海伦·西摩做的菜肴十分丰富，但是难以下咽。她认为英国美食在这个世界上根本不存在，而地中海菜才是她最拿手的——无论是意大利、希腊还是北非菜肴。今晚，她的海鲜饭是用生鱼和烤虾做成的，恐怖之极。迈克尔强迫自己咽下一勺勺饭，被辣出了一脖子汗。当他咬牙吃完了碟里的那份饭时，海伦坚持给他又添了一份。格雷厄姆看着海伦往迈克尔手中的餐碟里舀上两大勺海鲜饭，强忍着没笑出来。“真的很美味，对不对？”海伦轻声笑道，“待会儿我自己可得多吃点。”

“亲爱的，你又一次超越了你自己。”格雷厄姆说。他早就学会了怎样对付妻子那不同于常人的异国式菜肴：他会在下班回家的路上买几个外带三明治和汉堡，趁着挤地铁时就把它们吃完；三年前，他突然说自己喜欢上了吃面包，于是海伦每天晚上都买不同品种的面包塞给格雷厄姆。由于每晚摄入太多的碳水化合物，他已经发福了；他把重要的电话都留到吃饭的时间打，还装成是突发情况；他学会了挑食小孩的把戏，把吃剩下的食物拨得满盘子都是，制造出吃了很多的假象。有一段时间，格雷厄姆不让海伦在家中宴请客人，他宁愿去餐馆。但是现在，他更喜欢请朋友们来家中吃饭，就像行刑前的囚犯看到一起被处死的伙伴，会觉得欣慰不少。

格雷厄姆取出一条西班牙粗面包，把它放到橄榄油碟里裹了一圈就送进了嘴里：“海伦，我和迈克尔还有工作要谈，你不会介意我们把咖啡端上楼喝吧？”

“当然不介意。我过几分钟给你们送甜点。”她对着迈克尔笑道，“迈克尔，我很高兴你喜欢我做的海鲜饭。”

“海伦，我以前从未吃过这样的菜。”

格雷厄姆被面包皮呛到了。

迈克尔从洗手间里走出来。格雷厄姆说："伙计，你还撑得住吧？你脸都绿了。"

"我的天。你每天晚上是怎么吃下去的？"

"你准备好看录像带了吗？"

"当然。"

他们坐在客厅的沙发上。格雷厄姆拿起茶几上的遥控器说："雅德利还有另一个癖好。他沉迷女色。"

"局里知道他的这个毛病吗？"

"知道。人事处的人要他收敛着点，雅德利告诉他们滚一边玩去。他现在单身，再没几年就要退休了，所以他要好好玩个够。"

"态度真不错。"

"六局的人发现了他的尸体。我们在警察来之前进入他家，仔细地搜了一遍。我们发现科林·雅德利在卧室里装了针孔摄像机，方便他录下自己每次的猎艳成果，好在闲暇时细细回味。我们这位雅德利先生的收藏可真不少，现在局里的人一得闲就去欣赏他的'表演'。"

格雷厄姆把遥控对准放映机，按下了播放键。摄像头装在床头板上方的某个位置。雅德利衣衫不整地躺在床上自慰，一个高挑的女人正表演着淫荡的脱衣舞，她解开上衣，用手抚摸自己的乳房，然后把手插在裤袜腰带里。

格雷厄姆按下了暂停键。

"她是谁？"迈克尔问道。

"我们觉得她是埃斯特拉达·沃格尔。"

"根据我们掌握的信息，她现在应该藏身在大马士革。"

“我们掌握的信息也是如此。但实际上，她已经脱离了红色军团，所以她会卷入此次事件就更让人想不通了。”格雷厄姆又按下遥控器，画面再次动了起来，“好戏就要上场了，我可不想破坏气氛。”

埃斯特拉达·沃格尔的脱衣舞越跳越撩人了。她把双手放在大腿间，头往后仰着，装出高潮的神情。

“她还真不错。”格雷厄姆说，“相当不错。”

海伦端着咖啡托盘和苹果派走了进来：“天哪，你们真行。我不在十分钟，你们就胆大包天，看起黄片来了。”

她把托盘放在茶几上，目不转睛地看着屏幕：“这位魅力小姐是谁？”

“她以前是红色军团的一名刺客，名叫埃斯特拉达·沃格尔。”

画面中，雅德利的脸上闪现出惊恐的表情。

格雷厄姆按住暂停键：“接下来有点恐怖，亲爱的，要不你下楼去吧？”

海伦一屁股坐在沙发上。

“好吧，你随意。”格雷厄姆又按下了播放键。

卧室里闪进了一个黑色的身影，戴了顶宽大的遮阳帽和一副墨镜。他从身后掏出一把消音手枪，快速朝雅德利的脸射了三枪。雅德利的尸体栽倒在地板上。女人走上前去，用脚猛踢雅德利的脸，并吐了口唾沫在他脸上。

格雷厄姆停止了播放。

“我的上帝啊！”

“就是他。”迈克尔说。

“你怎么知道？从头到尾他的脸都是蒙着的。”

“我不需要看清他的脸。我见过他的枪法。就是他，格雷厄姆。

我敢以性命打赌。”

“迈克尔，我想不用说你也知道，在这个问题上，我们还是得按规矩办事。今天这些事是我私下告诉你的，你不能跟你的同事或其他情报局分享这些信息。”

“我可以跟你签一份官方保密合同，如果这样做能让你睡得踏实些的话。”

迈克尔立起大衣的领子，把双手插进口袋。雨已经停了，他想出去走走。格雷厄姆同意陪他走一段。不知不觉，他们已经穿梭在贝尔格莱维亚静谧的格鲁吉亚式建筑之间，唯一的噪音就是远处国王大道上的车流声。

迈克尔说：“我想找德罗兹多夫谈谈。”

“你不能去找德罗兹多夫。他不是你该找的人。而且，他已经不想多说什么了，他只想平静地度过晚年。”

“关于杀死雅德利的刺客，我有个推测，我想说给他听听。”

“德罗兹多夫是叛变者，他吐出的情报我都跟你说过。如果你找他谈，你会惹祸上身的，英美两国的情报机构都不会给你好果子吃。”

“所以我不会以官方特工的身份跟他会面。”

“那你打算怎么办？就在路上偶遇他，然后说，‘喂，等一下。你是克格勃的刺客伊万·德罗兹多夫吗？你介意我问你几个问题吗？’算了吧，迈克尔！”

“我会用个更巧妙的方法。”

“如果事情败露的话，我会把责任推得一干二净。我就说你是俄国的间谍。”

“我也觉得你会这样。”

“他住在科茨沃尔德的一个叫阿斯顿·麦格纳的村庄。他每天早上都到村外几英里的莫莱顿去，在一家咖啡馆里喝茶看报纸。”

“这些我都知道。”迈克尔说。

“他拄着一根有弯结的拐杖，身后跟着一群威尔士柯基犬。他看上去就像个典型的英国人，菲利普亲王都没他像。你不会认错的。”

格雷厄姆·西摩送迈克尔走到斯隆广场，然后就告别了，他掉头往伊顿广场走去。迈克尔应该往北径直走到海德广场，然后拐回酒店，但是格雷厄姆消失在他视线中后，他却朝斯隆广场南端走去。

他穿过广场，弯进了切尔西安静的小巷里，然后走到了泰晤士河河畔。沿岸豪华的大楼里灯火辉煌，河面的薄雾飘到了明亮的人行道上。这个地方就只有迈克尔一人——除了路过的一个矮小的秃顶男子。那男人披着一件破损的雨衣，双手插在衣兜里，跛着脚急匆匆地从迈克尔身边走过，看起来就像一个坏掉的玩具士兵。

迈克尔靠在河畔的栏杆上，静静地看着泰晤士河。然后，他转过身，朝巴特西桥望去，看见了远方艾伯特桥上耀眼的灯火。昏暗的薄雾中，他仿佛看见莎拉向他走来。她黑色的秀发挽在脑后，裙子在皮靴上缘随风飘舞。她冲着他微笑，好像他是这个世界上最重要的人。每次他到她的公寓，他带她去酒吧或去她最爱的咖啡馆喝浓咖啡，她都会这样微笑。

他想起了最后一次和她在一起的场景。那是她遇害前一天的下午，他没打招呼就来到了她的公寓。他发现她穿着白色紧身衣，正在地板上做拉伸运动。她苗条的身躯前俯，上半身压在细长的腿上。他记得她站起来吻了他，然后从肩部拉下紧身衣，让他抚摸自己的乳房。然后，他们躺在了床上，她向他坦白，说自己做伸展运动无聊时，就幻想和他做爱的场景，最后反倒越想越饥渴难耐，于是便只好自己解决，因为他在工作。

当时，他觉得自己彻底地爱上了这个女人。他最后一次和她做爱，她闭着眼睛平躺着，脸上的表情很平静，身体一动也不动。她这样忍了很长一段时间，直到肉体的欢愉越来越强烈，她再也装不下去了。她睁开眼，抱住迈克尔的头，亲吻着他，直到两人同时到达了高潮。她在他心目中的容颜，她在切尔西堤畔柔和的灯光下，朝他飘逸走来的画面，都被一个持枪的男人粉碎了。

他还记得她破碎的脸庞，记得她在他面前倒下的情景。他还记得那个杀手——苍白的脸、一头短发和纤细的鼻梁。迈克尔仿佛又看见他从腰间拔出消音手枪，毫不犹豫地举起手，毫不犹豫地开了三枪。

迈克尔知道莎拉已经死了，但他还是走到她身边。有时，他觉得自己当时应该去追那个杀手，然而他也意识到如果去追的话，他可能也会丧命。他没有去追，他跪在她身旁，抱着她，把她的头贴在自己的胸前，这样他就看不见她破碎的脸庞。

空中又飘起了雨。他拦下一辆车，回到了酒店。他脱下衣服，爬上床，打了个电话给伊丽莎白。她肯定从他的语气中察觉到了什么，因为她说晚安时声音哽咽了，接着就挂了电话。迈克尔觉得自己心中腾起一种愧疚之感，好像他真做了什么对不起她的事。

21

伦敦

第二天一早，迈克尔退了房，从赫兹租车公司位于大理石拱门的分店租了一辆银色路虎。他从帕丁顿火车站旁的岔口开进第40号公路，迎着早晨上班的车流，向伦敦西郊驶去。

天还未亮，空中飘着小雨。迈克尔扭开收音机，收听早上六点BBC电台的新闻广播。他从A40公路转到了M40高速路上，伦敦西北郊区的风景从车窗外疾驰而过。天空中浮现出朦胧曙光时，车已经开到了奇尔特恩地区的小山岗。赫兹公司免费提供的地图被他放在副驾驶座上，他没有打开过它。迈克尔根本不需要地图，他对这里太熟悉了。

在奇平卡姆登地区的科茨沃尔德村，莎拉的家人在那儿有一间宽敞的木屋。村子里立着很多石灰岩壁，上面铺满了铁线莲和杂色常春藤。迈克尔和莎拉在一起的那几个月里，他们会去那里度周末。到了乡间，莎拉俨然是一副新面貌。她脱下了居家办公族的黑皮制服，冬天时，她会换上水洗牛仔裤和毛衫，到了夏天则是可爱的背心裙。早上，他们沿着村外的小路散步，穿过绵羊和野鸡成群的绿草地。下午，他们就做爱。夏天天热时，他们在花园里，躲在石灰岩壁和花丛后面做爱。莎拉喜欢在外面做爱的感觉。她喜欢阳光洒在她白皙的皮肤上，迈克尔进入她体内的感觉。她暗自希望有人看见他们。她希望全世界都看见他们做爱的情景。她想让每个人都嫉妒自己。

她是舞蹈演员兼模特，有时也演戏，或做业余摄影师，或看很多书。她的政治信仰就和她的身体一样灵活多变。她支持工党，但也是个共产主义者。她是个环保主义者，也主张无政府主义论。她家同时也是她的办公室，房间里凌乱地丢满了旧衣服和紧身舞蹈服，她的住处一楼是家黎巴嫩外卖餐馆。她喜欢听碰撞乐队和滚石乐队的音乐，也喜欢听涛声和森林鸟叫的声音，还喜欢听格列高利圣咏。她是个素食主义者，一闻到楼下外卖店飘出的烤羊肉味，她就想吐。为了掩盖这种气味，她会在房里点起香薰烛。她第一次带迈克尔回家做爱时，他觉得自己走进了一座天主教教堂。

她把他带入了一个全新的世界：她带他参加奇怪的派对，她带他去实验剧场，她带他阅读、带他参观展览，她给他买各种款式的衣服，她晚上不跟他做爱会睡不着觉。她喜欢看着他们烛光下的胴体，她会说："看，我这么白你却那么黑。我是个好人，你是个坏蛋。"

她觉得他的工作很无聊，所以从来不过问。竟然会有人为了卖东西在全世界辗转？这个问题她似乎不能理解。她只关心他要去哪里，什么时候回来。

阿德里安·卡特曾经是迈克尔的管控军官，迈克尔有义务向卡特和人事部报备他和莎拉之间的关系。但是这样一来，他们肯定会去调查她的过去——她的政治背景、工作、朋友和前男友——他们挖出来的肯定有迈克尔不想知道的内容。因此，莎拉从来不知道中情局，中情局也从不知道有莎拉这个人。迈克尔担心如果告诉莎伦实情，她可能会离开自己。他担心她会把一切都告诉她的朋友们，这样他在伦敦的掩护身份就会暴露。他选择了欺骗自己的上司和爱人，那段时间，他既快乐又痛苦。

快到牛津市时，他发现有一辆白色的福特商务小型货车总是跟在他后面，保持着三到四辆车的距离，算算已跟了二十英里了。也有可能是这辆福特碰巧和他同路，但是训练有素的迈克尔不相信这种巧合。他放缓了速度，让后面的车超到自己前面去。

但福特车还是跟在他后面。

他往路边的一家咖啡馆和加油站开去。他下了高速路，把车停在了咖啡馆外。福特车又跟了上来，开进了隔壁的加油站。司机从车里下来，假装给车的右前轮充气，而实际上他一直在观察路虎车的情况。迈克尔心想到底是谁会跟踪自己，伦敦局的惠顿？还是中情六局的格雷厄姆·西摩？

他走进咖啡馆，点了一份培根煎鸡蛋三明治和一杯咖啡，然后就去了洗手间。他回来时付好钱，拿着食物走出了咖啡馆。福特车还停在加油站，司机正在假装给后轮打气。

迈克尔走进了一间公用电话亭，拨通了酒店的号码。他告诉前台的女服务生，他把一副贵重的袖扣落在了浴室，然后报了一个在迈阿密的假地址，服务生当然还是尽职地把它记了下来。打电话时，迈克尔一直盯着福特车。他挂掉电话，坐进了路虎，发动引擎后立马混入了高速公路的车流中。他边吃三明治边往后视镜里看。

那辆福特车还是保持原样，跟在三辆车后。

福特车跟着迈克尔开到了格洛斯特郡的一个大村庄——莫顿因马什，44号和429号公路在这里交汇。他把车停在一排店铺前，下了车。福特车就停在五十米外的地方。咖啡馆边上是一家肉店，店门前挂满了宰好的野鸡。迈克尔又想起了莎拉，那天莎拉坐在他对面，吃着一碟米饭、大豆和南瓜，望着迈克尔用手撕下科次沃尔德野鸡肉。

他走进咖啡馆，柜台后站着一个丰满的服务员。他点了份咖啡和糕点，找了个位置坐下来。

迈克尔在中情局里见过伊万·德罗兹多夫的照片，因此一眼就认出了他来。他几乎是个秃子，头顶上长着几根灰毛，像个和尚一样，正弯着腰看早上的报纸。金色的老花眼镜从挺拔的鼻梁滑落到了鼻尖，灰色的眼睛眯成了一条缝，嘴里叼着烟，喷出圈圈烟雾。他穿着灰色的高领毛衣和灯芯绒衣领的绿军装夹克，脚上的威灵顿长筒靴裹满了湿泥巴，脚旁蹲着一对正在舔毛的柯基犬，两只狗大小都差不多。

迈克尔把食物端到他旁边的桌上坐下。德罗兹多夫抬起头看了他一眼，笑了笑，然后继续读他的报纸。迈克尔喝着咖啡，德罗兹多夫继续吸着烟看《泰晤士报》，就这样过了几分钟。

最后，德罗兹多夫没抬头就说："你还不开口吗？还是你只打算坐在那里骚扰我的狗？"

迈克尔很吃惊，他说："我的名字叫卡尔·布莱克本，我能否跟你聊聊？"

"其实，你的名字是迈克尔·奥斯本。你在弗吉尼亚州兰利市的中情局反恐中心工作。你曾经是一个外勤特工，你情人被杀后，伦敦局把你调回了总部。"

德罗兹多夫仔仔细细地叠拢报纸，拿起一块蛋糕喂了两只狗。

"好了，如果你想继续的话，我觉得我们可以边走边谈。"他说，"但别想再骗我了。这是一种侮辱，我可不喜欢受到侮辱。"

"你知道自己被跟踪了吗，奥斯本先生？"

他们沿着一条单车道，朝阿斯顿·麦格纳村走去。苏联解体后，他犯不着担心克格勃的管控军官再来谋杀他，所以在这里定居下来。他比迈克尔高出整整一个头，像许多高大的男人一样，他习惯性地有些驼背。他走得很慢，双手交叉着放在背后，低着头好像在寻找弄丢了的贵重物品。狗走在他们前面，像探路一样。迈克尔天生走路就快，德罗兹多夫虽然迈着大步，行动却缓慢蹒跚。迈克尔努力放缓自己的步子，与德罗兹多夫保持步调一致。他想知道老人是怎么发现有人跟踪的，因为迈克尔根本没见他抬过头。

“白色福特车里有两个男人。”德罗兹多夫说。

“我在伦敦城外的M40高速公路上就发现了他们。”

“有谁知道你要来见我？”

“没人知道，”迈克尔隐瞒了实情，“我不是代表中央情报局来的，我不需要英国方面的许可，我来纯粹是为了个人私事。”

“你这是自己往火坑里跳，奥斯本先生。如果你做了什么让我不高兴的事，我只要拿起电话，通知军情六处的负责人，接下来你的日子就很难过了。”

“我知道。所以，出于同行间的礼貌，我请你不要这样做。”

“看来你一定有要紧事。”

“没错。”

“我担心白色福特车里的人有远距离定向传声器。也许我们应该找个他们跟不过来的地方。”

他们转到一条小径上，路旁的草地一片枯黄。远处云层低垂，遮住了座座山峰的峰顶。一群绵羊挤在围栏边，冲着他们“咩咩”地叫着，德罗兹多夫用手抓了抓羊头顶上厚厚的羊毛。下了一夜的雨后，道路泥泞不堪，才走了几步，迈克尔的意大利小山羊皮鞋就报废了。他转过身回头看，发现面包车已掉头往莫顿开去。

“我觉得现在我们可以聊聊了，奥斯本先生。你的朋友似乎已经放弃跟踪了。”

整整十分钟都是迈克尔在说。他把暗杀和恐怖袭击事件和盘托出：马德里的西班牙部长、巴黎的法国警察、法兰克福的宝马公司高管、突尼斯的巴解组织官员，还有伦敦的以色列商人。德罗兹多夫专注地听着，时而点点头，时而轻轻地咳嗽两声。柯基犬在草地上追得野鸡满地跑。

迈克尔说完，德罗兹多夫问道："你到底想知道什么？"

"我想知道这些是不是克格勃做的？"

德罗兹多夫吹着口哨唤回他的狗："你值得表扬，奥斯本先生。啊当然，你也漏了不少，但已经做得不错了。"

"所以他们是克格勃策划的吗？"

"是，都是的。"

"都是同一个刺客？"

"当然。"

"他叫什么名字？"

"他没有名字，奥斯本先生。只有一个代号。"

"他的代号叫什么？"

德罗兹多夫犹豫了一下，他背叛克格勃以来吐露过很多消息。但泄露特工的代码名称，相当于黑手党成员违背其"拒不作证"原则。

最后，他说："'十月'，奥斯本先生。他的代号是'十月'。"

太阳从散开的云层中露出半张脸来，气温升高了些。迈克尔解开外套，点燃了一支香烟。德罗兹多夫也脱去外套，紧锁着眉头，点了根烟，好像在思考从什么地方开始说起。迈克尔跟很多特工打过交道，他知道什么时候要步步紧逼，什么时候只要安静地听着。他手里没有德罗兹多夫的任何把柄，完全得靠德罗兹多夫自己说出来。

"西欧人认为我们很擅长刺杀，但事实恰恰相反。"德罗兹多夫终于开口道，"当然，在苏联内部，我们办事效率高。但在苏联集团外，在西欧执行刺杀任务时我们几乎束手无策。我们的一位优秀刺客——尼古拉·霍赫洛夫受命刺杀乌克兰抵抗组织的领导人时动摇叛变了。我们试图杀死他，但是失败了。很长一段时间，政治局干脆不再考虑以暗杀来解决问题的方案。”

德罗兹多夫把烟头扔在泥地上，用威灵顿长筒靴把它踩进了泥巴里。

“二十世纪六十年代后期，情况有所改变。我们看着西方到处都爆发了内讧：爱尔兰、法国的巴斯克、德国的巴德尔·迈因霍夫团伙和巴勒斯坦。此外，苏联自己的内患也很多：政治异见者和叛逃者，这些你都懂。你知道，暗杀都是由第一总局的第五局处理。五局希望在西欧安插一个训练有素的刺客，潜伏在西方，这样在短时间里就能完成下达的刺杀任务。这个刺客就是‘十月’。”

迈克尔问：“他是谁？”

“我调到五局时，他人已经在西欧了。根据他档案里的记载，他没有真实的身份。有人传言，当然这只是传言，说他是一个克格勃高级官员的私生子——将军的，没准是主席本人的。这都是谣言，仅此而已。他很小的时候就被克格勃送到营里接受高强度的训练。一九六八年，这个十几岁的孩子就被派到捷克斯洛伐克，冒充难民，从那里潜入了西欧。他最后搬到了巴黎。他装作是个无家可归的流浪儿，被送到一家天主教会的孤儿院。多年后，他合法地拥有了法国居住证。他在法国学校上学，并持有法国护照，甚至在法国军队里服过兵役。”

“然后他开始杀人。”

“我们用他的主要目的是让他破坏西方的稳定，给西方国家的政府制造麻烦。可以这么说，他的工作就是破坏国家之间的关系，把局势搅乱，起火上浇油的作用。他的任务完成得很出色。值得自豪的是，他从来没有在执行任务时失过手。我们给他提供的便利武器，如氰化物子弹或散播毒气的工具，他从来都不使用，他有自己的一套杀人方法。”

“对着人脸开三枪。”

“十分残忍，但却非常有效，往往能轰动一时。”

迈克尔近距离见过他的受害者面部，他不需要德罗兹多夫再细致地跟他描述这种杀人手法。“他有管控军官吗？”迈克尔平静地问。

“有，他只和一个官员合作，那人叫米哈伊尔·阿巴托夫。我曾想让别人接替阿巴托夫，但‘十月’扬言他会杀死接替阿巴托夫的人。阿巴托夫是跟‘十月’走得最近的人。除了阿巴托夫外，他不信任任何人，但其实他也不信任阿巴托夫。”

“米哈伊尔·阿巴托夫最近在巴黎遇害了。”

“是的，我看到了这条新闻。警方说可能是街头暴徒杀了他。报道说他是俄罗斯外交官，退休后定居的巴黎。奥斯本先生，我活到这把年纪学到的一件事就是，你不能相信报纸上的任何东西。”

“谁杀了阿巴托夫？”

“当然是‘十月’了。”

“为什么？”

“这个问题问得好。也许阿巴托夫知道得太多了。如果‘十月’感到别人对他有威胁，他就斩草除根。他只学会了这个。不过绘画除外，听说他还是个绘画天才呢。”

“他已经自立门户了？那他现在是职业杀手？”

“他是这个世界上最优秀的杀手之一，生意很不错。阿巴托夫是他的经纪人，他们合作已经挣了不少钱。我听说很多人嫉妒阿巴托夫，他从‘十月’身上牟了不少利。阿巴托夫树敌不少，想弄死他的人多的是。至于谁才是真正的凶手，我想第一嫌疑人就是‘十月’。”

太阳又消失了，云层越来越厚，天色阴沉下来，快要下雨了。他们穿过一座高大的石灰岩庄园宅邸，周围是绿茵茵的草坪。迈克尔告诉他关于科林·雅德利的事，他被害的录像带和埃斯特拉达·沃格尔。

德罗兹多夫慢慢地摇了摇头："你可能会觉得像雅德利这种特工，应该很清楚在卧室里安摄像头的隐患。我得说，我自己已经老了，根本不关心这些事。对女人肉体的欲念早已悄悄地离我远去。我有我的狗、书和科茨沃尔德乡间的风景就够了。"

迈克尔轻轻地笑了笑。

"他曾经和红色军团合作过，就是在那次任务中他认识了沃格尔。她一生都在逃亡躲藏中度过，她曾藏在的黎波里、大马士革和舒弗山脉。为了实现自己的理想，她付出了沉重的代价。肯定有什么东西重新挑起了她的兴趣，我猜是钱。"

"'十月'为什么要杀科林·雅德利？"

"也许你应该这样问：科林·雅德利做了什么才会惹祸上身，以至于有人要雇佣世界上最厉害的杀手来了结他的性命？"

迈克尔想，也许因为他从一个叫法鲁克·哈里发的黑市军火商那里买了"毒刺"导弹，然后把导弹交给了击落002号航班的人。

空中下起了小雨，气温又降低了。柯基犬蹦蹦跳跳地围在威灵顿靴子周围，急着回家偎在温暖的壁炉旁。他们看见了前方的阿斯顿·麦格纳村，在两条小路的交叉口，散落着一幢幢小屋。德罗兹多夫说："我应该送你回莫顿，但是我不开车。"

"谢谢你，我走路就行。"

"很抱歉，你的鞋。"他一边说，一边用拐杖指了指迈克尔满是泥巴的休闲鞋。冬天在科茨沃尔德散步，穿这种鞋不是个明智的选择。

“比起你刚刚告诉我的，这双鞋不算什么。”

迈克尔站住了。德罗兹多夫继续走着，然后在他前面几英尺处停了下来，转身看着迈克尔说：“还有一桩暗杀你没有提到——莎拉·伦道夫的死。我觉得这跟现在你手头的案子没多大关系。我很佩服你的职业精神，奥斯本先生。”

迈克尔什么也没有说，等他继续说下去。

“她是个坚定的共产主义者和革命者。”他张开手臂，凝视着天空，“上帝啊，请别再让我们遇到理想主义者了。你的莎拉同很多受压迫的民族都成了好朋友：爱尔兰人，阿拉伯人，巴斯克人。她也曾心甘情愿地为我们服务。我们知道你当时的真实身份，我们知道，你千方百计地想让特工潜入跟我们交往甚密的游击队。我们想知道更多的信息，所以就在你身边安插了莎拉·伦道夫。”

迈克尔觉得脑袋一片空白。他心跳加快，什么也听不见了。德罗兹多夫好像离他越来越远，仿佛变成了黑暗隧道另一头的一条竖线。他试图控制自己的情绪，他担心德罗兹多夫看到自己这样会不再说下去。他想听到真相，经过这么多年后，他想知道事情的真相，无论这是件多么痛苦的事情。

“莎拉·伦道夫犯了一个致命的错误，”德罗兹多夫说，“她爱上了自己的猎物。她告诉她的负责人，说她不想干了。她扬言要把实情告诉你，她要到警察局去坦白。她的管控军官认为她情绪十分不稳定，已经不能继续执行任务。莫斯科中心决定除掉她，而这项工作最后落到了我的手中。也许我该向你道歉，但是你应该能理解，这只是工作而已，没有私人恩怨。”

迈克尔颤抖着手从烟盒里抽出一根烟，塞进了嘴里。德罗兹多夫走到他身边，用一个破旧的打火机为他点了火。

“奥斯本先生，我觉得你应该知道事情的真相，这就是为什么我要告诉你这些。但一切都结束了，这只是过去的一部分，就像冷战一样。回到你妻子身边，忘掉莎拉·伦道夫，她是不真实的。不管你做什么，都要保持冷静。”他凑到迈克尔耳旁，继续说，“如果你去追查‘十月’，你就犯了一个严重的错误，他会杀了你，你会死不瞑目的。”

空中下着瓢泼大雨，迈克尔走回了莫顿。他到达村里时浑身都湿透了，身上被冻得发麻。他看见了停车场里的路虎，并且在开门时假装把车钥匙掉到了地上。他趴在地面上，迅速查看了车盘，并没有发现异常。接着他爬进车，发动了引擎。他把暖气调到最大，闭上眼睛，把头埋在了方向盘上。他不知道自己是否该恨她，因为她骗了他；或者是否该更爱她，因为她想要放弃任务，并付出了生命的代价。他脑海中又浮现出她的模样：莎拉轻盈地走向他，面带微笑，长裙在鹿皮靴子周围飘舞。金色的烛光下，她那透亮的肌肤还有跨坐在他身上的胴体。可突然间，这就变成了她破损的脸。

他挥起拳头砸在仪表盘上，发动了引擎，车轮在湿滑的路面上转了几转。白色福特车仍跟着他，直到迈克尔开着车，把车还回希思罗机场旁的赫兹分店。

迈克尔坐租车公司的巴士急匆匆地赶往四号航站楼。大西洋航空公司售票柜台前的队伍太长了，他找了个电话亭，拨通了伊丽莎白办公室的电话。她的秘书麦克斯·刘易斯接听了电话，他让迈克尔稍等，他去叫正在开会的伊丽莎白。迈克尔心想自己要对她说什么呢？他决定先不把这事告诉她。事情太复杂，太让人激动，电话里很难说清。

她接起了电话。迈克尔说：“我在机场，很快就登机了。我只是想告诉你，我爱你。”

“你没事吧，迈克尔？听起来你好像不太开心。”

“只是早上发生了太多事情。我今晚回家后会告诉你一切。你怎么样？做好准备了吗，明天可以吗？”

“我早就准备好了。我觉得现在不要想太多，我今天工作堆成山了，这也挺好的。”

迈克尔转头去看队伍有没有短一点。上百号人像办证中心的难民一样排着长队，脚下堆着行李，脸上写满了无奈恼怒。三名年轻男子走入了航站楼，每个人头上戴着一顶棒球帽，手中拎着同样的黑色手提袋。他们穿着牛仔裤和运动鞋，帽子遮住了深色的头发和橄榄色的皮肤。

迈克尔盯着他们，完全没注意伊丽莎白在说什么。三名男子站住了，放下行囊，然后蹲下身，拉开了皮袋。

“等一等，伊丽莎白。”迈克尔说。

“迈克尔，怎么了？”

迈克尔没有回答，只顾看着。

“迈克尔回答我，该死的！出什么事了？”

三个人同时把手伸到了帽檐下，用黑纱遮住了他们的脸。

迈克尔大叫：“趴下！趴下！”

他扔下了话筒。

三个男人站了起来，手中拿着自动武器和手榴弹。

迈克尔喊道：“有枪！有枪！快趴下！”

袭击者开始往人群中投掷手榴弹，并且开火。

迈克尔跑向他们，疯狂地大喊。

在华盛顿市中心，伊丽莎白大声地对电话那头喊迈克尔的名字。她听到迈克尔的大叫声，听到了枪声和爆炸声，然后电话就断了。“噢，上帝啊，迈克尔！迈克尔！”她摸到遥控器，打开了办公室里的电视，切换到CNN台。节目里正在介绍牛油果对健康的益处。

她疯狂地在办公室里踱来踱去，咬着指甲。麦克斯坐在她旁边，握着她的手陪着她。十分钟后，她让他离开了。接着，她做了一件已经二十年没有做过的事情。

她闭上眼睛，双手交握，开始祈祷。

22

伦敦

局长的家位于圣约翰伍德区，他用二楼书房的安全电话打给了米切尔·艾略特。

“艾略特先生，我觉得奥斯本先生可能会给我们带来点小麻烦。昨天晚上，他跟一名英国情报局官员的谈话很有意思，我们的人在街道上用定向传声器监听了整个过程。今天早上，他还见了克格勃的叛徒伊万·德罗兹多夫，这个人以前是我们目前一个雇佣杀手的上级。”

电话那头的艾略特沉重地叹了口气。

局长说：“说他现在掌握了很多情况一点也不假，而且他可能已经猜得八九不离十了。我们这位奥斯本先生可不容小觑。我以为，如果对他掉以轻心，后果将不堪设想。”

“我会慎重对待这件事的。局长，你大可放心。”

“你那边情况怎样？”

“奥斯本和他的太太发现了苏珊娜·代顿留下的光盘，里面有她的笔记和报道文章的备份。他们当然已经破解了苏珊娜的文档密码，而且已经把所有的材料都交给了《华盛顿邮报》的编辑。”

“事情这样下去可不太妙。”局长轻轻地咳嗽了两声，然后说，“在我看来，奥斯本太太也可能给我们带来不少麻烦。”

“我已经把她监控起来了。”

“我希望你的人这次办事能牢靠些。游戏就要收场了，在这个关头，最不妥的就是把苏珊娜最好的朋友也弄死。但她的丈夫就另当别论了。他当特工这么些年肯定树敌不少，突然冒出一个死对头找他报仇也不是没有可能。”

“我这就安排。”

“‘协会’祝你好运，艾略特先生。”

“谢谢你，局长。”

“只要问题还停留在竞选运动的融资上，那么我想你最后还是能渡过危机的。啊，当中肯定少不了难堪和麻烦。可能会被罚一大笔钱，还要应付各种讨厌的媒体炒作和爆料。但是，要是让奥斯本先生把事情真相挖出来的话，那么，我想后果是什么就不用我细说了吧。”

“当然不用，局长先生。怎么处置那个叛徒伊万·德罗兹多夫？他还会给我们惹麻烦吗？”

“这我不太确定，但是我不愿再继续冒这种险了。已经派人去处理德罗兹多夫先生。”

“还是您想得周到。”

“我也这样认为。再见，艾略特先生。”

在阿斯顿·麦格纳，敲门声响起时，伊万·德罗兹多夫坐在壁炉旁，正借着透过落地玻璃门的微光看报纸。柯基犬跳出篮子，蹦跳着跑到木屋门边，开始大叫起来。德罗兹多夫跟在柯基犬身后，慢慢地走到门前。大概坐得太久了，他的两腿发僵发硬。他打开门，看见一个穿着蓝色连体工作服的年轻男人，像祭台助手一样阴沉着脸。

“找我有事吗？”德罗兹多夫问道。

男孩掏出一支消音手枪，说:“念你的临终祷告吧！”

德罗兹多夫面如磐石。“我是个无神论者。”他冷静地说。

“真是可惜了。”男孩道。

他举起枪，朝德罗兹多夫的心脏射了两枪。

23

伦敦希思罗机场

距离迈克尔最近的那名歹徒持枪朝人群疯狂地扫射。看到迈克尔朝这边冲过来，他举枪瞄准，并开枪射击。迈克尔扑到一边，躲到了外币兑换柜台后面，几发子弹从他身边的地板上弹射出去。两个人在他旁边瑟缩成一团，女人用德语大声尖叫着，而法国神父正在低声念诵《天主经》。

持枪歹徒对迈克尔失去了兴趣，再次把他的枪口对准了无助的乘客。迈克尔从柜台后探出身去观察情况。袭击持续了不到十五秒，但对于躲在柜台后的迈克尔来说，好像过了一万年。地板上横满了死伤的乘客，惊恐的人们试着躲到行李和票务柜台后面，但徒劳无益。

迈克尔心里暗骂，该死的保安部队怎么还不来？

其中一名歹徒停下给枪上弹药。他把手伸进皮箱，拔下另一枚手榴弹的保险销，把手榴弹抛到了大西洋航空公司售票柜台的后面，爆炸声响起，大楼被震得左右摇晃。迈克尔看到空中腾起两人，手脚都炸飞了。空中弥漫着烟和鲜血混合的气味。人们的尖叫声几乎盖过了自动武器的扫射声。

迈克尔真希望身上能有把枪。他看了看右侧，四名英国反恐警察跑了进来，利用售票台作掩护，准备开火。两名警察站起来，瞄准歹徒后开始射击，子弹命中了一名歹徒的头部，他顿时脑浆迸裂，血流满面。另外两名歹徒发起了回击，他们击倒了一名警察。其余的警察一起从掩护柜台后站起来，枪口连连闪出火光。又一名歹徒倒下，身体被打成了筛子。

最后一名歹徒放弃了反击，一边朝门口逃跑，一边用枪向四周胡乱扫射。他击碎自动玻璃门，安全玻璃在四周碎了一地。

迈克尔看见歹徒的第四名同伙正在“逃命车”——一辆银色奥迪的驾驶座上等候。他站起来，冲过一排排平行门，沿着登机通道向前跑，跃过倒地的旅客和机场工作人员。

驾驶座上的恐怖分子慌慌张张地发动了引擎。六名保安也冲出了航站楼，手里握着枪。迈克尔在人行道上飞快地跑着，脚步重重地落在地面上。

他距离第三名歹徒还有二十米远，眼看着歹徒就要跑到车边了。司机拉开了后车门，当第三名歹徒准备爬进车时，他抬头看到了冲过来的迈克尔，于是举枪准备射击。

迈克尔沉下身，把歹徒撂倒在地。

迈克尔一拳下去，歹徒的枪落到了地上。

迈克尔扼住歹徒的脖子，举拳朝他的脸狠狠地砸了两下。第一拳击碎了他的鼻子，第二拳打碎了他的面颊骨，歹徒立刻失去了意识。

车里的歹徒打开车门准备下车，戴着皮手套的手上也握着一把枪。慌乱中，迈克尔捡起掉在地板上的自动手枪，朝奥迪挡风玻璃射去。歹徒躲过了两枪，接着就被迈克尔击中，栽倒在人行道上，死了。

迈克尔的心脏剧烈地跳动着，他的视线里飘过一个黑色的影子，好像是把枪。他猛地转身，把枪口瞄准了一名安保人员。

“伙计，轻轻地把枪放下，不要紧张，”那位警官冷静地说，“一切都结束了。把枪放下。”

中情局伦敦站的主管惠顿从希思罗机场接出了迈克尔，然后坐政府专用高级轿车离开机场，前往市区。迈克尔头靠在玻璃窗上，闭上了眼睛。一名英国高级警官和军情五处的两名警察盘问了他一个小时。起先，迈克尔只说出了他的掩护身份，自称是一名美国商人，来伦敦开完会，准备返回纽约。最后，大使馆来人了。迈克尔要求与惠顿联络，惠顿最后打了个电话给警察局和军情五处，告诉了他们迈克尔的真实身份。

迈克尔以前从未杀过人，这次事件也在他的意料之外。战斗结束后的这一刻，他感到极度兴奋，这种怪异的刺激感几乎接近嗜血的欲望。那些恐怖分子都是屠杀平民的恶魔，所以就算在暴力与痛苦中死去，也是罪有应得。他亲手击毙一人，又揍碎了另一个人的脸，感到很快慰。在他追捕恐怖分子的职业生涯中，一直只用计谋与智慧作武器，而这一次，他用拳头和一把枪——一把之前还被用来屠杀过平民的枪——杀死了恐怖分子，这种感觉很不错。

而此时此刻他感到胸闷头痛，浑身无力。他的双手不再颤抖了，血管里的肾上腺素已经消退。刚刚他还觉得恶心，但是现在也不再有作呕的感觉了。一闭上眼，他就看见鲜血飞溅、脑浆迸裂，还听见自动武器“嗒嗒”的射击声。他看见“逃亡车”的司机中弹后仰面倒下，感到自己手中的那把枪在抖动。他夺取了一个人的生命——尽管这人作恶多端，但终归是一条生命。他心中的快感消失了，觉得自己的手上沾染了鲜血。

迈克尔揉搓着自己的右臂，惠顿说：“也许你应该找医生看看。”他的语气就好像迈克尔打网球落下的肘伤复发了。

迈克尔没理他那茬，问道：“伤亡人数是多少？”

“三十六人死亡，五十人受伤，有些人的伤势十分严重。英国方面估计死亡人数会继续增加。”

“有多少是美国人？”

“至少有二十名美国人遇难。当时排队办登机手续的人里，大部分都准备搭乘去纽约的航班。其余的罹难者都是英国人。我们已经联系上了你太太，顺便告诉你，她知道你没事了。”

迈克尔想起了当时他扔下电话不管她的情景。前一秒，他们还说着话，下一秒他就丢掉了话筒，并大喊起来。他想知道伊丽莎白是不是在电话里听到了这一切。她是不是听见了一切——爆炸声、枪声和惨叫声，上帝啊，但愿电话线当时中断了。他想象着她在办公室心急如焚的样子，懊恼极了，恨不得现在就打电话给她，但惠顿还在一旁。

他们的车向东行驶，开进了伦敦克伦威尔路。惠顿说：“现在，媒体记者正像猎狗一样在找你，迫不及待想采访你。有目击者称，一位着蓝色西装的英雄击毙了一名恐怖分子，徒手制服了另一个。警方告诉他们，这名男子不希望暴露身份，他担心加沙之剑会报复。媒体现在并没有怀疑这个说法，但天晓得到底有多少个伦敦警察知道事情的真相。只要一个泄露实情，我们就很难收场。”

“加沙之剑承认是他们做的了吗？”

“几分钟前，他们给《纽约时报》发了份传真。英国方面正在鉴定其真伪，我们已经传真了一份复印件给兰利的反恐中心。目前看起来像是真的，应该很快就会向媒体通报这件事。”

“这是对空袭训练基地的报复？”

“当然了。”

他们一路向北，开到了花园大道，然后穿过梅费尔区，开向格罗夫纳广场。他们的车停在了美国驻英大使馆的正门。迈克尔希望从地下入口进去，但现在也没有多大意义了。他下了车，觉得自己头晕得厉害，膝盖疼痛不已。他一定是在打斗中受了伤，但肾上腺素造成的神经亢奋，让他当时没有觉得疼。迈克尔在惠顿的陪同下走进了大使馆，门口的海军哨兵马上立正敬礼。大使和他的使馆高层人员已经等候多时了，其余的工作人员也在他们身后。大使先生突然热烈地鼓起掌来，其他人也纷纷效仿。迈克尔的整个职业生涯中都在低调隐秘行事。他的嘉奖功勋都是被秘密授予的；当他的工作收获颇丰时，他不能跟办公室里的任何人说起，伊丽莎白也不行。此时，他沉浸在使馆工作人员热烈的掌声中，却觉得脖子后面冒出丝丝寒意。

大使走上前，把一只手搭在迈克尔的肩上，说道：“我知道你现在可能没有心情庆贺，我只是想让你知道，大家有多么为你骄傲。”

“谢谢你，大使先生。我十分感激。”

“还有个人想和你说两句。请跟我来。”

迈克尔被大使和惠顿一左一右夹在中间，来到了通信机房。美国总统徽章出现在宽屏显示器上。大使拿起电话，对着话筒轻声说了几句，就挂断了。几秒钟后，总统徽章不见了，屏幕上出现了詹姆斯·

贝克维兹的身影，他坐在白宫总统办公室的白色高背椅上，身穿开领衬衫和开衫毛衣。

“迈克尔，我们无法用言语表达对你的感激和自豪之情。”总统说话了，“你不顾个人安危，单枪匹马就制服了加沙之剑的一名恐怖分子，还击毙了一人。你的行为挽救了更多人的性命，给卑鄙和残忍无道的恐怖分子以致命的一击。我认为理应授予你最高荣誉勋章。真希望我可以在全国人民面前亲自为你戴上勋章，因为今天你成为了全美国人的骄傲。”

迈克尔挤出一个笑容：“总统先生，我已经习惯了秘密情报工作，如果您同意的话，我宁愿继续这样。”

贝克维兹咧开嘴笑起来：“我看也只好如此了。更何况，让你在媒体面前露脸似乎太大材小用了。我们适合做这个的人还有的是，这我得感谢白宫的幕僚长。”

镜头往后拉了一点，围坐在总统旁的人也露出了脸来，他们分别是白宫幕僚长范登堡、美国中央情报局局长克拉克和国家安全顾问布里斯托尔。这时，一个小小的人影出现在屏幕的边缘。他穿了一件不合身的高级西装，双手交叉放在大腿上，看不清脸，样子像个间谍。迈克尔立刻认出，此人就是阿德里安·卡特。

“对不起，打断您一下，总统先生，”迈克尔说，“能把镜头往左边移一点吗？我看不到沙发上那个小个子。”

摄像相机动了下，屏幕上映出了卡特的脸。像往常一样，他还是一副昏昏欲睡、百无聊赖的模样，尽管他现在身处总统办公室里，周围坐着总统和国家的高级安全团队。

迈克尔说：“哎哟，他们怎么让阿德里安·卡特这样的家伙混进总统办公室来了？总统先生，您要多留心些。他偷过酒店的毛巾和烟灰缸。要是我的话，会派个特工看住他。”

“他已经拿了白宫十几盒黑巧克力豆了。”贝克维兹说。显然，他很满意自己这样调侃。

卡特终于露出了笑容：“如果你今天敢在这儿扮民族英雄，我可要恶心死了。迈克尔，你给我记住，我对你的底细一清二楚。说真的，你的什么秘密糗事我都知道。如果我是你，我一定小心着点。”

人们笑够了之后，贝克维兹说：“迈克尔，还有一件事我们需要和你商量。我打算让阿德里安和克拉克局长跟你详说。”

“迈克尔，我就有话直说了。”克拉克道。

中情局局长过去是个政客，曾任新罕布什尔州的高级参议员。他说话的方式和普通人无异，他对此一直很自豪，情报人员的切口暗语反而经常让他摸不着头脑。他又高又瘦，头上挂着几缕稀疏灰发，领口打着一个领结。他看起来更像达特茅斯学院里的教授，而不是兰利的一把手。

“这听起来有点不可思议，但是加沙之剑想与我们见面。”克拉克轻轻地清了清嗓子，接着道，“说得更具体一点，加沙之剑想见的不是我们，他们只想和你单独见一面。”

“他们是如何提出要求的？”

“大约一个小时前，通过美国驻大马士革大使馆。”

“为什么是我？”

“很显然，他们知道你是谁，知道你是干什么的。他们要和最了解他们组织的人见面，他们知道这个人就是你。”

“具体怎么操作？”

“在明早第一班从多佛尔开往加莱的汽车轮渡上。他们要你站在船中央的左甲板上，他们的人会主动接近你。你不能带跟班和录音设备，也不能带摄像机。如果他们看到什么不满意的，会议就泡汤了。”

“他们派谁来？”

“穆罕默德·阿瓦德。”

“阿瓦德是该组织的二把手。他们派他上轮渡，跟中情局的官员面对面接触，这太不寻常了。”

“所以这其中可能有诈，”卡特说，镜头往左边移了移，卡特的脸又出现在屏幕上，“我讨厌这样。这不合我们的办事规矩。像这种会面，应由我们控制现场，我们定规矩，这些你们都明白。”

迈克尔说：“我看你是不主张见面了。”

“百分之两百地不同意。”

贝克维兹说：“我想听听你的意见，迈克尔。”

“阿德里安说得没错，总统先生。一般来说，在这样的前提条件下，我们是不会和已知的恐怖分子见面的。按照特工的规矩，一般由我们来定碰头时间、地点和基本规则。但话说回来，在目前情况下，我觉得可以把那些教条规矩先放到一边。”

克拉克说：“万一他们的目的就是暗杀你呢？”

“如果加沙之剑仅仅想除掉我，他们有的是比这省力的方法，犯不着在多佛尔-加莱的汽车渡轮上搞一个如此精心设计的接头。他们只要派个枪手到华盛顿，守在中情局总部外就行了。”

“有道理。”克拉克说。

“我认为，他们是真的想要谈谈，”迈克尔说，“如果不去听听他们想说什么，我们就太愚蠢了。”

卡特说道：“这我不敢苟同，迈克尔。他们是当前世界上最邪恶的恐怖势力之一。他们每一天的所作所为就说明了一切。坦白地说，我根本就不在乎他们的狗嘴里会吐出什么来。”卡特看了看贝克维兹，“总统先生，请原谅我出言不逊。”

迈克尔说：“总统先生，我告诉过您，他不适合跟斯文人坐一桌。”

待笑声停下，国家安全顾问威廉·布里斯托尔说：“在这个问题上，我想我会站在迈克尔一边。我承认，穆罕默德·阿瓦德是个危险的恐怖分子，我们不该对他有求必应。但坦率地说，我倒更想听听他要说什么。这次会面可能会有意想不到的收获。它肯定能让中情局更清楚地掌握该组织的人员安排和思维方式。我也同意迈克尔的另一个观点，如果加沙之剑想要他死的话，会有比这更简单的方法。”

总统转向范登堡：“保罗，你怎么看？”

“比尔，我不得不说，我不同意你的观点。外交政策是你的长项，在这方面我是个门外汉，但我认为跟加沙之剑这样一群嗜血暴徒的领导人会面，我们也许会空手而归。阿德里安说得对，我们要看的是加沙之剑的所作所为，而不是花言巧语。而且我们还要考虑别的方面——我不想在这样的时刻还得向全美人民解释，我们为什么要会见穆罕默德·阿瓦德。这次危机事件的处理很成功，美国人民都认可了你的成绩。我不希望因为跟恐怖分子穆罕默德·阿瓦德见面，让这些成绩都付诸东流。”

贝克维兹陷入了长长的沉思中，迈克尔知道这不是个好兆头。他从来没有亲眼见过总统，但他听别人说起过保罗·范登堡的权力。如果范登堡不想会议有所成效，会议就很难有结果。

最后，贝克维兹抬头看着镜头，对着伦敦的迈克尔，而不是他身边的先生们说道：“迈克尔，如果你愿意去见面的话，我也想听听穆罕默德·阿瓦德会说些什么。我知道这件事有风险，我还知道你有一个爱你的妻子。”

“我会去的。”迈克尔简短地答道。

“很好，”贝克维兹说，“祝你好运。我们明天再谈。”

然后大屏幕就变成了黑色。

24

伦敦

大使同意让迈克尔用他办公室的电话打给在华盛顿的伊丽莎白。迈克尔拨通了她的专线，但是秘书麦克斯接了电话。麦克斯表示听到迈克尔的声音后就放心了，他解释说，伊丽莎白已经去纽约了，他可以在晚些时候拨打她父亲在第五大道公寓的电话。有一瞬间，迈克尔的心中很生气——还没有听到他的声音，她竟然就离开了？但紧接着，他就觉得自己像个大傻瓜。她提前离开办公室是因为第二天一早，她要在纽约康奈尔医学中心取出卵子，进行人工授精。希思罗机场袭击事件后，他头脑一片混乱，把这件事忘了个一干二净。他还同意了在英吉利海峡上见穆罕默德·阿瓦德，也就是说他还要过两天才能回纽约。伊丽莎白肯定会大发雷霆，但也怨不得她。迈克尔告诉麦克斯他会打电话回纽约，然后就挂断了。

其实，不是她接的电话，迈克尔心里反倒松了口气。他不希望在使馆被监控的电话里和她讨论这件事。到惠顿办公室时，迈克尔看见他坐在办公桌后，双手挤捏着网球，毫无血色的嘴唇里叼着登喜路香烟。

迈克尔说："我的包在希思罗机场弄丢了，在商店关门之前，我得买点东西。"

“这可不行。”惠顿居高临下地说。打从一开始，惠顿就不喜欢迈克尔在他的地盘上活动，即使现在迈克尔立了功，他还是不乐意。“卡特希望找个安全舒适的地方把你关起来。我们在帕丁顿车站旁有套安全公寓，肯定会让你满意的。”

迈克尔心里一通埋怨。安全公寓相当于中情局的新概念经济酒店。他很熟悉帕丁顿车站附近的安全公寓，过去几年，他曾安排过几个担惊受怕的卧底特务住在那儿。他最怕的就是某一天自己会作为房客，而不是管理员住在那里。迈克尔知道拒绝反抗都没有用。他同意去见穆罕默德·阿瓦德已经和卡特的立场不一致了，他不想为了住帕丁顿安全公寓而牢骚满腹，进一步疏远彼此的关系。

“我还需要一些衣服。”迈克尔说。

“列个清单，我派人给你送去。”

“我想透透气，我得做点什么。如果接下来的十二个小时里，我只能被困在一间安全公寓里看电视，我他妈肯定会疯掉的。”

惠顿满脸愠色地拿起内线电话，对着话筒轻声嘟囔了几句。片刻之后，两名身着相同浅灰色西装的特工站在了门口。

“先生们，奥斯本先生今天下午想去哈罗得百货店购物。你们要确保他安然无恙。”

“你为何不干脆派两个全副武装的海军士兵过来得了？”迈克尔说，“不用去哈罗得，玛莎百货就够了。”

他们乘坐一辆出租车前往牛津街，迈克尔和一名特工坐在出租车的皮椅上，另一个坐在折叠椅上。迈克尔走进马莎百货，买了两条灯芯绒长裤、两件高领棉质套头衫、一件灰色羊毛衫、内衣、袜子，还有一件深绿色防水外套。两个特工跟在迈克尔身后，在一排排西服前仔细地挑选着，像两个第一次来到西方资本主义国家的共产主义战士。接着，他去药店买了套剃须用具：剃须刀、剃须膏、牙刷、牙膏和除臭剂。他还想散散步，于是拎着物品沿牛津街走着，双眼望着橱窗，像百无聊赖的商人在打发时间。他本能地往身后看有没有“尾巴”，但除了二十码外的两个特工，没人跟着他。

空中下起了小雨，黄昏降临，给城市蒙上了一层面纱。大群的人们在托特纳姆法院路的地铁站口进进出出，迈克尔在人群中小心翼翼地走着。时值伦敦的晚秋，他喜欢这样的味道：雨点洒落在人行道上，空中浮着柴油味，还有酒吧里飘出的啤酒和香烟的味道。他记得曾经在这样的夜晚，他身着蓝色西装和推销员们常穿的棕褐色大衣，离开办公室后去苏豪区，在咖啡馆或酒吧跟莎拉碰面。她身边总是聚着一大群舞蹈演员、作家或演员。在莎拉和她朋友的世界里，迈克尔永远是个圈外人，他们认为他是条条框框和束缚的代表，象征着他们厌弃的一切。但是即使在朋友们面前，莎拉的眼里也只有迈克尔一人。她把身边朋友们的空洞规矩扔到了一边，她握着他的手，亲吻他的嘴唇。她在他耳边吐露柔情细语，但朋友们问她说了什么，她从来不回答。

迈克尔穿过沙夫茨伯里大道口，他不知道过去到底有多少是真实的，多少是虚假的。她爱过他吗？或者从一开始她就在演戏？她为什么要告诉俄国人自己不想干了？他想象着莎拉在她凌乱住所里的样子，烛光里，她爬到自己身上的样子，长长的秀发垂落在胸前，他闻着她的头发、她的体香，还有她透亮肌肤散发的咸味，他想到他们水乳交融的性爱。如果这一切从头至尾都是谎言的话，那么莎拉·伦道夫无疑是他见过的最优秀的特工。

他不知道她是否摸到了什么有价值的情报。也许他当时应该向人事部报备此事，他们会调查她的背景，监视她的生活，会发现她跟俄罗斯管控军官碰面，那样悲剧或许就可以避免。他想着自己要怎样跟伊丽莎白说这件事。*答应我你不会再骗我，迈克尔。你可以瞒着我，*

但你不可以对我撒谎。我也想告诉你真相，他想，如果自己知道真相是什么就好了。

迈克尔在莱斯特广场上的长椅上坐下，等着他的保镖跟上来。他们拦下一辆出租车，来到安全公寓。公寓大楼被涂成了刺眼的白色，旁边就是帕丁顿火车站。屋内的装潢比迈克尔想象的还要差：旧迹斑斑的会所家具、布满尘土的窗帘，厨房里还有二战时才会用的塑料杯盘。屋里的怪味让迈克尔想起了在达特茅斯大学住的联谊会会堂。惠顿在冰箱里塞满了从塞恩斯伯里超市买来的冷盘和啤酒。迈克尔洗了个澡，换了身新衣服。他出来时，看见两个保镖正边吃三明治，边盯着屏幕闪烁的电视看足球比赛。这让他很焦急。他要给纽约的伊丽莎白打电话，但他知道他们在电话里会吵嘴，他不希望两个特工偷听他们的对话。

"我要出去一下。"迈克尔宣布。

其中一名特工的嘴里塞满了香肠、切达干酪和法国面包，他说："惠顿说你哪儿都不能去。"

"我不管惠顿怎么说。我可不想跟你们两个小丑待一晚上。"迈克尔停了停，"我们可以一起去，或者五分钟内，我就能甩掉你们，然后你们自己打电话到惠顿家报告这件事。"

他们开车来到了贝尔格莱维亚的伊顿广场，把车停在西摩家楼下，特工们坐在车里等迈克尔。从乳白色的格鲁吉亚门廊望去，街上光线和雨水互相交织着，熠熠发光。透过窗户，迈克尔可以看到海伦在厨房里，正聚精会神地准备着难以下咽的晚餐，格雷厄姆在楼上的客厅里看报纸。他走下被雨水打湿的门廊，轻轻地叩响了窗玻璃。海伦打开门，亲吻了他的脸颊。"真是稀客呀。"她说。

"不介意我突然拜访吧？"

“当然不会。我正在熬浓味鱼汤。”

“还有多的吗？”迈克尔问，胆汁已经条件反射涌到了喉咙口。

“当然喽，亲爱的，”海伦愉快地说道，“你上楼去跟格雷厄姆喝两杯吧。希思罗机场的袭击让他心烦意乱。天哪，这事真让人揪心。”

“我知道，”迈克尔说，“不幸的是，我当时就在现场。”

“你在开玩笑吧！”她感叹道。接着，她看着他的脸说：“噢，不，你没有开玩笑，对不对，迈克尔？你的脸色很差，真可怜。浓味鱼汤会让你舒服些的。”

迈克尔走进客厅后，格雷厄姆抬起了头：“看看，这位不是希思罗机场的大英雄吗？”他放下《伦敦晚报》，报上的头版标题就是《第四航站楼里的恐怖袭击》。

茶几上放着一碟布里干酪和粗鹅肝酱，旁边是一袋面包片。格雷厄姆已把面包吃掉了一半，迈克尔往一块面包上抹了些奶酪，又小心翼翼地看了看鹅肝酱。

“别担心，亲爱的，这是我从斯隆广场店买的。她最近竟扬言要学习在家做鹅肝酱。再接下来，她就要开始学烤面包了，那样我就真的完了。”迈克尔隐约听到格雷厄姆的高级德国立体音响放着BBC新闻广播。格雷厄姆天生富有乐感，如果没有被情报局招募的话，他可能会成为一名钢琴家。这些年来，这种天赋渐渐衰退了，就像第二门语言不说就退化了一样。他每周都会抽一两天，趁海伦在厨房对他的晚餐下毒手时，在斯坦威三角钢琴上弹一会儿，他有时也听别人演奏。迈克尔听到广播里的一名目击者说，一个穿蓝色西装的旅客杀死了一名恐怖分子，制服了另一个。

“我要打个电话给伊丽莎白，我不想伦敦站里一半的特工都听见我们说话。你介意我用一下电话吗？”

格雷厄姆指了茶几上的电话。

迈克尔说："我需要找个更隐私一点的地方。我待会儿告诉她的事肯定会让她不高兴的。"

"那就去楼下大厅旁的卧室打。"

迈克尔在床沿坐下，拿起电话，拨通了号码。电话刚响一声就接通了，传出伊丽莎白激动的声音。

"我的上帝，迈克尔，你到哪里去了？我都担心死了。"

这不是他期待的开场。他的第一反应是把责任推到情报局身上，但伊丽莎白早就没耐心听他解释自己工作的独特要求了。

"惠顿说你们联系过。我打电话给你时，你已经去纽约了。而且，我想用非监控电话打给你。"

"你现在在哪里？"

"在海伦和格雷厄姆的家里。"

伊丽莎白跟西摩夫妇相处了很长一段时间，她非常喜欢他们。两年前，格雷厄姆因一些反恐联络工作来华盛顿时，他们四人一起在牛尾洲的房子度过了一个愉快的周末。

"你怎么还没回家？明天上午十点我要取出卵子，我需要你在医院陪我。"

"今天没有航班了。我没法按时赶回去。"

"迈克尔，你是美国中央情报局的人，他们能搞到一架飞机的。告诉他们你的情况，我敢肯定，他们是通情达理的人。"

"没有那么简单。包机要花数十万美元。他们不会为我一个人这样做的。"

伊丽莎白深深地呼了一口气。迈克尔听到了她点燃廉价打火机的声音，她好一阵子没有说话，似乎已经点燃了一根金边臣香烟。

"我一整天都在看CNN，"她突然改变了话题，"记者采访过几个目击者，他们说有个乘客制服了一名恐怖分子，还击毙了另一个。他们描述的那个人听起来很像你。”

“惠顿跟你说了什么？”

“噢，得了，迈克尔，我不想听你们俩打哑谜了。到底发生了什么事？告诉我真相。”

于是迈克尔告诉了她真相。

“我的老天！你就不能老实趴下，一直等到袭击结束吗？你一定要强出头吗？非要不顾性命逞英雄？”

“我不是逞英雄，伊丽莎白。那种情况下我不由自主就那样做了，我接受的训练就是这样，我说不定救了几条人命。”

“好哇，真是恭喜你。那你让我怎么办？”她情绪激动，声音发颤，“你差点就让我变成了寡妇，你还要让我起立带头鼓掌吗？”

“我没想让你变寡妇。”

“迈克尔，我在电视上都看到了，一个陌生人说有个恐怖分子用枪瞄准了你的头，还说了你怎样在他开枪之前先射死了他。不要骗我。”

“没有那么夸张。”

“你为什么要杀他？”

“因为我别无选择。”迈克尔犹豫了一下，“而且他罪有应得。二十多年来，我一直在追捕他这样的人，但我从来没有亲眼见过他们的恐怖行动。今天，我看到了，比我想象的还要惨。”

他不是想博得伊丽莎白的同情，但他的话稍微平息了她的怒火。

伊丽莎白说：“上帝，我很抱歉。你还好吗？”

“我没事。我揍他时，手差点折了，而且不知道在什么地方撞伤了膝盖，反正现在很痛。就这些，没有大碍。”

“你活该。”但她马上又说，“明天见到你时，我会吻遍你全身。”

迈克尔犹豫了一下。伊丽莎白立刻警觉地问道：“你明天就回来了，对不对？”

“有点突发情况，我恐怕还得在这里多待一天。”

“突发情况？得了吧，迈克尔，你能不能编个像样点的理由？”

“这是事实。我很想告诉你是什么事，但我不能。”

“不管是什么事，为什么不让别人去做？”

“因为我是唯一能胜任的人。”迈克尔停了停，“有一点我可以告诉你，这是总统亲自下的命令。”

“我才不管是谁下的命令！”伊丽莎白怒气冲冲地说，“你答应过我会按时回来的。现在却说话不算话。”

“伊丽莎白，现在的局面不是我能掌控的。”

“放屁！没有什么情况是你不能掌控的。你只是我行我素罢了，你总是这样！”

“就只耽搁一天，后天我就可以回来了。我直接飞回纽约。胚胎植入时我一定赶到。”

“呵，迈克尔，我可不敢麻烦你。你为什么不在伦敦继续多待一两天，看看戏剧表演什么的？”

“你这样说不公平，伊丽莎白。”

“你说得没错，这是不公平。”

“我也无能为力。”

“迈克尔，不管怎么样，你都用不着为我赶回来了，因为我不确定现在是不是想见你。”

“你说什么？”

“我不知道我在说什么。我很生气，很伤心，对你很失望。我很害怕，我不敢相信你竟然让我一个人去完成手术。”

“我也不想这样，伊丽莎白。这是我的工作。我没有选择的余地。”

“不，你有选择的余地，迈克尔。你选择让我担惊受怕。”

她安静了片刻，电话里唯一的声音就是卫星连接信号发出的嗞嗞声。迈克尔无话可说。他想告诉她，他爱她，他很抱歉，但现在这样说是件很愚蠢的事。

最后，伊丽莎白道：“你在希思罗机场打电话来，也就是袭击发生前，你说你有事要告诉我。”

迈克尔回想着希思罗机场的混乱和暴力恐怖事件，意识到当时他是要告诉她莎拉的事。可现在他不想告诉伊丽莎白自己调查了前女友的谋杀案，因为那样会让情况变得更糟。

“我不记得我们当时在说什么了。”他答道。

伊丽莎白叹了口气。“我的上帝，你太不会扯谎了。我原想骗人应该是间谍的长项才对。”她停顿了一下，等他辩解几句，但他已经无言以对，“亲爱的，不管你明天要做什么，祝你好运，我爱你。”

电话挂断了。迈克尔马上重拨过去，但接通后只听到刺耳的忙音。他又打一遍，结果还是一样。于是他挂上电话，下楼去面对海伦的晚餐。

“也许你应该让卡特派别人去。”格雷厄姆说。

他们在花园里，围坐在铁圆桌旁，抽着格雷厄姆的香烟。雨已经停了，月亮通过稀薄的云层洒下点点月光。

“我们不能派别人去，他们指定要见的人是我，他们认识我。如果让别人顶替我的话，所有的努力都会白搭。”

“会不会是个陷阱？这件事风险太大。加沙之剑如果能干掉一个忠诚的特工，一定会很得意，尤其你今天还在希思罗机场做出了壮举。”

“对他们来说，杀死我也没什么好处。你我都知道，他们不会不分青红皂白就乱杀人。他们杀人是有原因的，他们只有认定这一点后才会行动。”

“我想伊丽莎白知道真相后会不高兴的。”

“何止是不高兴。她还不知道我明天要做什么，但她已经很不满了。”迈克尔把一切都告诉了他。虽然他们工作的性质要求他们行事谨慎，但他们很少向对方隐瞒私事。

“我希望你知道自己在做什么，伙计。这事可不是开玩笑。”

“我现在还不需要婚姻顾问。我知道我很混蛋，但我现在想知道阿瓦德要对我说什么。”

“以我的经验，这帮杂种的嘴里从来都吐不出象牙。”

“如果他不是有话要跟我们说，何苦让自己处于那么危险的境地？”

“你为什么不直接拎起这个混蛋，把他扔进监狱？或者干脆一枪崩了他。”

“我倒是也想，但不能。另外，那样的话他们只会变本加厉地制造恐怖袭击。”

“难道还能搞得比今天更严重吗？亲爱的。”

斯隆广场方向传来了嘹亮的警笛声。迈克尔本能地想到了莎拉。

格雷厄姆问：“见到老朋友德罗兹多夫了吗？”

迈克尔点了点头。

“他有没有告诉你什么有用的消息？”

“他帮了我一个大忙。实际上，他知道我是谁，他告诉了我莎拉被害的原因。”

迈克尔告诉了格雷厄姆事情的原委。他说完后，格雷厄姆道：

“我的天哪，对不起，迈克尔。我知道她在你心里的位置。”

迈克尔又点燃一支烟：“你没跟你们那儿的其他人说我打算拜访德拉兹多夫吧？”

“你在开玩笑吗？如果他们发现的话，连我都小命难保。你为什么这么问？”

“因为两个笨蛋开了辆白色福特车，一路跟着我到了那里，后来又跟着我去了希思罗机场。”

“不是我们的人。没准是惠顿在监视你。”

“我也认为有这种可能。”

“你们那个惠顿就是个狗杂种。军情六处那帮人每天都盼着他赶快回总部邀功呢。”

“他把我明天会见阿瓦德的事告诉秘密情报处了吗？”

“就我所知还没有，否则我会收到消息的。”

“格雷厄姆，你不会把这事告诉你们的人吧？”

“当然不会。亲爱的，我们还是按老规矩办事。”格雷厄姆把烟蒂扔进了枯萎的花坛中，“你不打算找个助手帮你一把吗？”

“你最后一次出勤是什么时候的事了？”

“有一段时间了，你也有一段时间没做外勤特工了。但有些事，我希望你不要忘记。如果我是你，我会找个帮手照应我。”

25

华盛顿哥伦比亚特区

保罗·范登堡打开了他办公室里的电视机屏幕，第一时间同时收看三家电视网的新闻播报。所有电视台的第一则新闻都是希思罗机场的袭击事件：从白宫、伦敦和中东发回的现场报道，以及加沙之剑的背景介绍。报道的角度基本是积极的，尽管有匿名的欧洲外交官员指责美国，认为对加沙之剑基地的空袭是此事的导火索。欧洲人的批评范登堡还是可以忍受的。现在他们已经得到了国会的支持，一些温和派的民主党人士，甚至连贝克维兹的手下败将安德鲁·斯特林都投了赞成票。《纽约时报》和《华盛顿邮报》也纷纷刊登社论表态支持。尽管如此，等到二十位美国平民的尸体从伦敦运回美国时，公众对总统行为的支持率势必会降低。

节目开始播放当天的其他要闻。范登堡给自己倒了杯伏特加汤力，他一边整理办公桌一边喝完了酒，把一些重要文件锁好。

七点十分，秘书探头进来。

“晚上好，范登堡先生。”

“晚上好，玛格丽特。”

“有电话找您。是华盛顿特区警署的史蒂夫·理查森刑警打来的。”

"他说是什么事了吗？"

"没有，先生。需要我问一下吗？"

"不，你回去吧，玛格丽特。我来处理就行了。"

范登堡调低电视机音量，按下了多线路电话上正在闪光的按键，拿起了听筒。

"我是保罗·范登堡。"他干脆利落地说道，语气里故意加入了几分威严。

"晚上好，范登堡先生。很抱歉这么晚打扰您，我需要耽误您几分钟时间。"

"什么事？"

"一名叫苏珊娜·代顿的《华盛顿邮报》记者遇害身亡了。您知道这件事吧，范登堡先生？"

"当然。事实上，她遇害的前一晚，我跟她通过话。"

"嗯，我就是为这件事来找您。因为——"

"你调查了她的电话记录后发现，我是最后和她说过话的人之一，现在你想知道我们到底说了什么。"

"看得出您是个聪明人，范登堡先生。"

"你现在在哪里？"

"我就在街对面的拉斐特公园。"

"太好了。不如我们见面谈？"

"我认得您。这些年来一直在电视上见到。"

"看来电视还是有些用处的。"

五分钟后，范登堡穿过白宫西北门，走过步行街，这里以前是宾夕法尼亚大道。他的车一直停在总统停车场内。暮色降临，空中下起了寒冷的细雨。范登堡大步穿过拉斐特公园，脚步如同阅兵游行的士兵。他立起衣领抵挡寒风，边走边甩开了双臂。两名流浪汉向他走来乞求施舍，范登堡快步走了过去，直接忽视了他们的存在。理查森警探从长凳上站起身向他走去，伸出手来。

“她打电话征求我对她文章的意见。”范登堡立刻掌握了主动权，“这是一篇有点复杂的报道，我让她找白宫新闻办公室。”

“您还记得细节吗？”

范登堡心想，看来她没有录音。

“不记得，好像是一些关于总统筹款活动的报道，我不觉得它很值得关注。而且坦率说，我并不太想在星期天晚上处理这种事。所以我就挂了。”

“您给新闻秘书打过电话吗？有没有告诉他们这件事？”

“不，我没有。”

“可以说说为什么吗？”

“因为我觉得没有这个必要。”

“您认识米切尔·艾略特吗？”

“当然，”范登堡说，“进白宫之前我曾在奥贝通防御公司工作，米切尔·艾略特是总统最坚定的政治支持者之一。我们经常见面，也经常聊天。”

“您知道苏珊娜·代顿那天晚上也打过电话给米切尔·艾略特吗？事实上，就在跟你通话几分钟前，她打过电话给他。”

“是的，我知道她给米切尔·艾略特打过电话。”

“您怎么知道的？”

“因为之后我和米切尔·艾略特说起过这个问题。”

“您还记得讨论了些什么吗？”

“记不太清了。就简单聊了几句，我们谈到了代顿女士文章中所涉及的指控，我们认为这都是无稽之谈，不值一提。”

"这件事您告诉了艾略特，却没通知白宫的新闻秘书？"

"是的，是这样。"

理查森合上笔记本，说明讯问已经结束了。

范登堡问道："有头绪了吗，是谁杀死了这个女人？"

理查森摇了摇头："目前，我们推断这是入室盗窃被发现后的临时起意杀人。很抱歉打扰您，范登堡先生，我们必须要调查清楚，希望您能理解。"

"当然了，探长先生。"

"如果您想起什么，请给我打电话。"

"我可不喜欢在白宫办公室接到华盛顿警察的电话，米切尔。"

在靠近华盛顿海峡的汉斯岛，两个男人在老地方肩并肩地散步。马克·卡拉汉跟在他们身后面，警觉地查看四周。

"我不担心华盛顿警局，保罗，"艾略特平静地说，"我记得他们上一次成功逮捕杀人犯已经是一九五零年时候的事了。"

"我只要你向我保证一件事，米切尔。告诉我，你跟那个女人的死没有任何关系。"

他们停下了脚步。米切尔·艾略特转身看着范登堡，但什么也没说。

范登堡道："就当你面前有本《圣经》，米切尔，你把手放在上面，发誓苏珊娜不是卡拉汉或其他手下人杀死的。"

"你知道我不能，保罗。"艾略特冷静地说。

范登堡低声道："你这个混账，这到底是怎么回事？"

"我们监视了她，在她家安装了摄像头和窃听器。"艾略特说，"我们潜入她家想复制点文件，可她突然回来，吓了我们一跳。"

"她吓了你们一跳！老天哪，米切尔！你知不知道你自己在说什么？”

“我很清楚自己在说什么。我的手下制造了一起命案。很抱歉，白宫的幕僚长现在也成了谋杀帮凶。”

“你这狗娘养的！你怎么敢把这事扯到总统头上！”

“小声点，保罗，小心隔墙有耳。这事牵扯不到总统，因为没有人会把苏珊娜·代顿的死跟我们联系起来。如果你保持冷静，别做蠢事，就什么也不会发生。”

范登堡瞪了卡拉汉一眼，卡拉汉眼都不眨地回瞪着范登堡。范登堡转过身，继续向前走。河面上正飘落着小雨。

“我还有一个问题，米切尔。”

“你想知道到底是谁击落了客机。”

范登堡看着米切尔，没有说话。

“该干吗就干吗，保罗。别管那么多。”

“告诉我！米切尔！现在跟我说实话！”

艾略特看了看卡拉汉：“马克，范登堡先生现在身体不舒服。你护送他回自己的车上。晚安，保罗。我们下次再联系。”

范登堡的专车离开了汉斯岛，绕着潮汐盆地的大路开去。杰弗逊纪念堂矗立在河畔，在雨中朦胧地发着微光。车拐入独立大道，驶过高耸的华盛顿纪念碑，转到了波托马克大路。范登堡抬头朝林肯纪念堂瞟了一眼。

他想，上帝啊，我都做了些什么？

他需要喝上一杯。他以前从来不喝酒，但老天哪，他现在需要好好喝上一杯。他闭上眼睛，觉得自己的右手在发抖，于是他把左手搭在右手上，两眼直勾勾地盯着桥下的流水。

26

伦敦

第二天早上天还没亮，迈克尔就起了床，在简陋的卧室里穿好了衣服。这个地方还算安静，只听见帕丁顿车站附近隆隆的车流声和两个保镖在隔壁房间里聊天的声音。他用豁了口的杯子冲了廉价速溶咖啡，没有动那盘快馊掉的羊角面包。通常，迈克尔在接头前都会很平静，但此时的他感到坐立不安——当年他结束了“农场”的受训，初出茅庐便被丢到荒郊野岭执行第一次任务时，也是这样的心情。他很少在上午抽烟，但此时的他已经开始吸第二根了。他昨晚睡得很不踏实，在塌陷的单人床上翻来覆去，一直记挂着和伊丽莎白吵架的事。与大部分特工的婚姻不同，他和伊丽莎白的婚姻生活基本平静和睦，虽然小吵小闹也常常让他们不得安宁，可是昨晚的争吵中隐含着积怨和威胁，这是头一次。

他穿上防弹背心，套了件高领毛衣，外面罩了一件灰色圆领羊毛衣。他拿起电话，再次拨响了第五大道公寓的号码，听到的还是忙音。他把听筒放回电话机座，走出了公寓。楼下路边停着一辆无牌照轿车，惠顿正坐在车里等着他。他们驱车前往查令十字车站的路上，惠顿一直在强调见面时的基本规则——只有常年坐办公室的人才会死搬硬套这些规矩。

惠顿说："如果来的人不是阿瓦德，那么你无论如何都不能和他接触。船在加莱靠岸后，我们会确保你安全下船。"

"我不会让敌人占领先机，"迈克尔说，"如果阿瓦德不现身的话，我就直接搭下一班船回英国。"

"要保持警惕，"惠顿没管迈克尔说了什么，继续道，"我们绝不想看到你主动走到加沙之剑的信徒身边去送死——那些脖子上挂木钥匙的家伙。"

和许多其他伊斯兰恐怖分子一样，加沙之剑的成员在执行自杀任务前，通常会在身上挂一把木钥匙，因为他们相信自杀袭击是殉教行为，他们死后会升入天堂。

惠顿接着说道："卡特不希望你赤手空拳去。"他打开公文包，取出一把勃朗宁自动手枪，里面有十五发子弹，这是中情局特工的标配。

"带它有什么用？"迈克尔问道。跟大多数特工一样，他带枪出勤的情况屈指可数。情报工作者很少靠开枪射击摆脱险境，拔枪自卫本身就表明行动已失败：要么有人在背后出卖了特工；要么就是特工自己太马虎大意了。

惠顿说："我们不会亲自送你上渡轮，但你可能会遭到刺杀或被劫持为人质。如果你觉得这是个陷阱，就反击自救。你到时只能孤军奋战了。"

迈克尔把子弹盒推进枪柄，上了第一发子弹。他拉上保险栓，掀起毛衣，把它插入了裤腰里。

惠顿开车把迈克尔送到了火车站。迈克尔购买了前往多佛的头等厢车票和几份晨报，登上了月台。距发车还剩五分钟时，他上了车，小心翼翼地穿过拥挤的车厢过道，找了个座位坐下。旁边坐着两个商人，双手不停地在笔记本电脑上敲敲打打。火车出站后，一个女人走进了车厢。她皮肤白皙，有着深色的长发和一双深色的眼睛。迈克尔觉得她身上有莎拉的影子。

火车在伦敦东南部郊区行驶了近一个小时，然后穿梭在肯特郡起伏的农田间。迈克尔在自助餐厅里买了一杯咖啡和一份火腿奶酪三明治。他又回到车厢坐下，两个商人穿着衬衫和背带裤，聚精会神地盯着盈亏报告，好像那是一幅神圣的画卷。女人一路上都没有吱声，她一根一根地抽着烟，整个车厢就像二战时的毒气室。她眨着迷人的棕色眼睛，欣赏着肯特灰绿色的乡间景色，纤细的手搭在穿着厚丝袜的大腿上，性感撩人。

列车抵达多佛，迈克尔走出车厢。女人背上单肩皮包跟在迈克尔后面。她跟莎拉一样身材高挑，但气质不如莎拉，步态也没有莎拉那样敏捷。她身上的皮大衣刚好遮住了大腿，黑色的战斗皮靴走起路来嗒嗒作响。

迈克尔从车站匆匆赶到轮渡码头，买票上了船。这艘四百二十五英尺长的多用途渡轮可搭载一千三百名乘客和二百八十辆汽车。他走进主甲板上的乘客区，挑左舷靠窗的位子坐下。他朝对面望去，却看见格雷厄姆·西摩坐在船舱中央。他身着蓝色牛仔裤和灰色威尼斯沙滩牌运动衫，旁边放着一个吉他琴盒。迈克尔赶紧扭过头去。火车上的女孩也走了进来，直接坐在了迈克尔的后面，她马上又点燃了一根烟。

渡轮起航后，多佛渐渐消失在了雨幕中，迈克尔开始读报纸。每隔几分钟，他就看一眼左舷上的船栏，因为阿瓦德会在船中央出现。他走到卖零食的柜台边上，从那里可以看清船舱里的每一个人。他买了一杯颜色浑浊的茶，端着薄薄的纸杯回到了自己的座位上。火车上下来的女孩正全神贯注地看巴黎时装杂志，除了她和格雷厄姆外，迈克尔没有见到任何熟面孔。

一个半小时过去了。雨停了，渡轮行驶在英吉利海峡的海面上。风越刮越猛，泛着白沫的巨浪一波接一波地砸向船头。女孩站起来，从柜台买了杯咖啡，然后坐在迈克尔边上。她又点燃一支烟，嘬了几口咖啡，沉默了片刻。

“他来了。”女孩说，“靠在栏杆旁，穿着灰色雨衣的那位就是。”她的英语夹杂着明显的贝鲁特口音，“慢慢地走过去，叫他易卜拉欣就行。别再想着逞英雄了，奥斯本先生。我身上全副武装，易卜拉欣身上绑着十磅塞姆汀塑胶炸药。”

迈克尔觉得他的脸似曾相识，就像见到了儿时的伙伴，却发现对方已人到中年，变得身材发福、头发谢顶。这张脸他见过很多次，但是从没有在如此近的距离，如此真实地见过本人。阿瓦德访问伦敦时，军情五处弄到了一张模糊的照片，拍到了他的右脸；他在马赛稍作停留时，法国的情报机构又拍到了一张模糊的全脸照。以色列有他的案底存档照——因为他经常投掷石块搞破坏，还精通燃烧弹制造。一九八七年巴勒斯坦人暴动时，年轻的他加入了童子军，并且为了维护他心爱的希伯伦，险些把一名来自布鲁克林的定居者打死。以色列人的照片没有太大价值，因为以色列安全局的辛贝特先一步抓到了他，一顿拳打脚踢后，他已鼻青眼肿，面目全非了。

迈克尔和他的对手各自倚着两侧的栏杆，盯着面前翻滚的海水，背对背站了很久，就像一对怄气的情侣互不理睬。迈克尔转身又看了一眼阿瓦德。请叫他易卜拉欣。有那么一刻，他怀疑眼前的男人不是穆罕默德·阿瓦德。惠顿没完没了的劝诫在迈克尔耳边响起，就像机场的登机广播。

迈克尔觉得，旁边的这个人更像是阿瓦德某个有钱的哥哥。他身穿昂贵的灰色大衣，可以看见大衣里面是高雅的双排扣西装。整容后，他的五官已经改变了：手术弱化了他阿拉伯人的面貌特征，让人看不出他是哪国人，现在他看上去可能更像西班牙人、意大利人、法国人，或希腊人；巴勒斯坦人的高鼻子不见了，取而代之的是窄直的鼻梁，像意大利北部的贵族；他的颧骨被垫高，眉毛色泽变淡，鹿棕色的眼睛戴上了浅绿色的隐形眼镜；后槽牙被拔除，脸部的线条变得圆润和谐，像个超级名模。

穆罕默德·阿瓦德的一生像一本小册子，宣传介绍巴勒斯坦的激进革命。迈克尔很清楚他的情况，在摩萨德、辛贝特、军情六处还有西欧大部分情报机构的协助下，他为中情局编写过阿瓦德的简历和生平。一九四八年，阿瓦德的祖父被赶出了自家在耶路撒冷外围的橄榄园和柑橘园，流亡到了约旦。由于伤心过度，祖父于次年去世。根据阿瓦德的自述，他仍然把以色列家里的钥匙放在口袋里。阿瓦德家族的另一分支在德尔亚辛惨遭杀害。一九六七年，他们全家再次被驱逐到了黎巴嫩难民营。阿瓦德的父亲从来不工作，他每天只是坐在难民营外回忆过去，说着小时候他和父亲一起照料橄榄和橘树的故事。他们失去了自己的天堂。二十世纪八十年代，年轻的穆罕默德·阿瓦德接受了黎巴嫩南部和贝鲁特激进伊斯兰教的洗礼，加入了真主党。之后，他又加入了哈马斯，在伊朗和叙利亚接受训练，掌握了小型武器的使用、卧底战术、反情报策略和弹药制造技术。阿拉法特和拉宾在白宫握手后，阿瓦德怒不可遏。阿拉法特的安全部队听命以色列，下令追捕哈马斯。阿瓦德发誓要复仇，他精选五十名哈马斯游击队的精兵强将，创建了继黑色九月之后最厉害的巴勒斯坦恐怖组织——加沙之剑。

甲板上海风阵阵。阿瓦德把一只手插进外套，迈克尔后退了一步，但没有伸手去摸布朗宁手枪。“别紧张，奥斯本先生，”阿瓦德说，“我只是想抽支烟。而且，如果我想杀你，你早就死了。”

他的英语很纯正，几乎没有口音，未经训练的人很难察觉得到。他从上衣口袋掏出了无滤嘴登喜路：“我知道你抽万宝路特醇，但是登喜路应该也凑合吧？你妻子吸金边臣，对不对？她的名字叫伊丽莎白·卡侬-奥斯本，她在华盛顿一家大型企业做法务律师。你住在乔治敦的N街。奥斯本先生，现在你知道了吧，我们有自己的情报和安全机构。当然，我们从大马士革和德黑兰的朋友那里也得到了不少帮助。”

迈克尔接过一根登喜路，背着风点燃了烟。阿瓦德抬手点烟时，迈克尔看见了他右手掌上攥着的炸弹引线。

“看得出来确实如此，易卜拉欣。”迈克尔说。

“我知道，用这种方式证明我们的情报能力是挺无聊的。我只是想让你搞清楚状况，但并不打算伤害你和你的家人。你不是我的敌人，我既没时间也没精力去对付你。”

“那么，你为什么要把塞姆汀炸药绑在腰上？”

“这种情况下总得采取点预防措施。”

“我从没发现你是个有自杀倾向的人。”

阿瓦德笑了笑，烟从鼻孔里喷了出来：“我一直相信，自己活着要比死了更对真主有利。更何况，我们从不缺想以死殉难的志愿者。你小时候在黎巴嫩生活过，我认为你知道我国人民的生活情况。压迫可以让人变得疯狂，奥斯本先生。有些男孩们宁死也不愿一辈子不得自由。”

迈克尔向左看去，二十英尺外，火车上的那个女人正靠在栏杆上吸烟，观察着渡轮上的情况。

“我还以为在你眼里，女人都应该穿上罩袍待在家里。”迈克尔看着女孩说。

“这也是迫不得已，但有时候，我们的任务不得不依靠优秀的女人才能实现。她也是为这次会面而来的，她叫奥德特，是巴勒斯坦人，枪法精准。西德特工曾说，要打就先打死女人。确实是很好的建议，至少奥德特就是这样的女人。”

“现在我们已经互相认识过了，”迈克尔说，“那不如言归正传。你为什么要见我们？”

“昨天在希思罗机场的袭击是加沙之剑一手策划的。袭击是为了报复，因为你们对我们利比亚、叙利亚和伊朗的朋友进行了荒唐的空袭。你昨天的表现非常英勇，奥斯本先生。我向你保证，你在那里是纯属巧合。坦率地说，我更希望你把两个人都杀了。有个人质关在里面总让我不放心。”

迈克尔忍不住想要试探一下阿瓦德：“实际上，审讯进行得非常顺利。我听说他吐露了大量有关你们组织结构和战术的信息。”

“这招不错，奥斯本先生，”阿瓦德说，“但是我们的组织分工是高度细化的，所以他惹不了多少麻烦。”

“你非要这么想也随你，易卜拉欣。这样可以让你晚上睡得踏实些。那么，你见我就是为了承认你们在希思罗机场制造了恐怖袭击？”

“我们叫作军事行动。”

“杀害手无寸铁的平民根本算不上是军事行动。这是赤裸裸的恐怖主义。”

“一部分人眼中的恐怖分子，对另一些人来说就是自由战士。在这个问题上继续争论是毫无意义的，我们没多少时间。对我们基地的空袭是荒唐可笑的行为，你们没有任何正当的理由。加沙之剑没有发射导弹击落002号航班。”

迈克尔也这么怀疑过，但他不会在穆罕默德·阿瓦德前面表露出来。“你们那位出色的特工——哈桑·穆罕默德的尸体就在发射导弹的船上。”迈克尔压低了声音，但内心十分激动，“他的尸体旁放着空的发射管。布鲁塞尔也接到了你们发出的‘认罪书’。”

阿瓦德紧绷着脸，深深地吸了一口登喜路，然后把烟扔进了翻腾的海水中。迈克尔看了看远处，薄雾中，有一艘机动游艇正向渡轮驶来。

“哈桑·穆罕默德退出加沙之剑已经快一年了。他是个该死的疯子，没能遵守我们的严格纪律。我们发现他在密谋暗杀阿拉法特，就把他逐出了组织。我们没杀他算他走运，现在看来，当时真应该把他除掉。”

阿瓦德又点燃一支烟。

“穆罕默德逃到开罗，跟埃及原教旨主义的伊斯兰集团混在一起。”阿瓦德又把手伸进口袋，取出一个信封。他打开信封，掏出三张照片交到迈克尔手中。“这些都是埃及特工机构的一个朋友提供的。这张照片上的就是哈桑·穆罕默德。如果你去中情局档案里调查一下另一张照片里的男人，就会知道他是埃里克·斯托尔滕贝格。我相信你听说过这个名字。”

迈克尔确实知道这个人。埃里克·斯托尔滕贝格曾经任职于东德国家安全局，也就是斯塔西[①]。他在第二十二局工作，该部门主要支持世界范围内的民族解放运动。他手下有臭名昭著的恐怖分子尼达尔、豺狼卡洛斯，以及爱尔兰共和军和西班牙埃塔组织等。迈克尔仔细查看了照片：格洛比咖啡厅里，两个男人坐在镀铬台面的桌旁，一个人黑肤黑发，另一个白肤金发，两人都戴着墨镜。

迈克尔把照片递还给阿瓦德。

“你留着吧。”阿瓦德说，“免费的情报资料。”

---

① 斯塔西（Stasi），前东德国家安全部，曾经是世界上最强大的情报机构。

“这证明不了什么。”

“你可能也听说过，埃里克·斯托尔滕贝格后来不得不另谋高就，”阿瓦德没有理会迈克尔，继续说道，“推翻柏林墙后，德国人想要他的性命，因为一九八六年他帮利比亚人轰炸了位于西柏林的美好夜总会。斯托尔滕贝格从那时起就混迹国外了，他利用之前在斯塔西建立起来的人脉关系，想方设法地赚钱——国家安全、走私之类的。最近他赚了一大笔钱，但是没能藏好。”

机动游艇离轮渡越来越近了。迈克尔看着阿瓦德。“穆罕默德亲自实施了袭击，斯托尔滕贝格负责后勤——提供‘毒刺’导弹、船只和逃亡路线。”迈克尔挥挥手中的照片说，“你撒谎，因为你害怕我们会再次反击。”

阿瓦德爽朗地笑了笑：“这个假设不错，奥斯本先生，但你应该很了解加沙之剑。你知道我们没理由袭击美国客机，你也知道是别人下的手。但是你手上没有证据。如果我是你，我会弄清真相。”

“你的意思是你知道谁是真凶？”

“我不知道，我只是说你应该问自己几个简单的问题。这次事件中谁获利最多？谁有做这件事的动机，但却要掩盖自己的真实身份？做这件事的人需要巨大的财力和人脉支持。我向你发誓，这件事不是我们干的。如果美国不为希思罗机场事件继续报复的话，我们就扯平了。但如果你们再次袭击，那我们别无选择，只能反击。游戏的本质就是这样的。”

机动游艇离渡轮左舷只有五十码了。迈克尔看到两名男子站在驾驶台上，另有一人站在船头附近。他看向左边的女人，发现她大睁着双眼，从手提包中掏出了一把自动手枪。迈克尔转过身，朝阿瓦德那边望去，在船栏杆尽头，一个矮小敦实、带着巴拉克拉法帽的男人也拔出了枪。

迈克尔按住阿瓦德的肩膀大叫：“趴下！”

两发子弹击穿了阿瓦德的胸部，射进了迈克尔的防弹背心。阿瓦德瘫倒在甲板上，迈克尔把手伸进外衣去拔枪，但巴勒斯坦女人抢先了一步，她双手持枪，两脚分立，迅速地开了两枪，蒙面枪手中弹倒地。

阿瓦德躺在甲板上，满口鲜血。他瞪着迈克尔，举起了藏着炸弹引线的右手。迈克尔急忙从门口冲进了客舱。他看到格雷厄姆·西摩在那里，正在拔枪。迈克尔拽住他的衬衫，把他按倒在地上。炸弹爆炸了，碎玻璃从空中劈头盖脸地落下。接下来的几秒钟里几乎一片死寂，紧跟着，伤者的呻吟和尖叫声四下响起。

迈克尔摇摇晃晃地爬起来，踩着打滑的碎玻璃渣，蹒跚着冲到甲板上。爆炸已经把阿瓦德撕成了碎片。巴勒斯坦女孩倒在甲板上，头部鲜血直流。蒙面枪手一定穿了防弹背心，因为他已经爬了起来，跨过船栏，机动游艇正朝他驶来。一名男子站在驾驶台上，另外两个站在船尾甲板上。迈克尔举起勃朗宁，朝着游艇开火。船尾甲板上的两个男子手中有自动武器，发起了还击。迈克尔俯身隐蔽。

奥德特艰难地坐起来，背靠着船栏。她面无表情地举起手中的枪，瞄准了迈克尔。第一颗子弹射出时，迈克尔翻身躲过了，子弹射在了甲板上。迈克尔手忙脚乱地寻找隐蔽，她又接连射出了两枪。突然，她的身体猛地一震，一头栽倒在地。格雷厄姆·西摩手里拿着枪，从客舱跳上甲板，蹲在她身旁，然后朝迈克尔摇了摇头。

迈克尔站起来，冲到围栏边。波涛汹涌的大海上，机动游艇的发动机空转着。船尾的两名男子正把蒙面枪手从海里往上拽。迈克尔举起了枪，但此时渡轮距离游艇已经有一百码，不可能再击中目标。枪手安全上船后，游艇掉头消失在了雾帘中。

27

纽约

康奈尔医学中心的人工授精手术有点像工厂流水线，一切都按部就班，这让伊丽莎白想起了大城市的刑事法院。手术室外的大厅里，伊丽莎白正坐在布满划痕的椅子上，左右都是其他病人。几名穿着手术服、戴着口罩的医护人员悄悄地走来走去。只有伊丽莎白是一个人来的，另外四个女人都有丈夫陪着，握着她们的手。他们看着伊丽莎白，好像她是个单身老姑娘，决定借用自己好友丈夫的精子生一个孩子。她下意识地用左手托住下巴，露出婚戒，还有她那两克拉的订婚戒指。她想知道这些女人们心里在想什么——她的丈夫迟到了吗？还是他们最近分居了？难道他忙得抽不出时间来陪她？

伊丽莎白觉得自己的眼睛湿润了。她竭力克制情绪，不让自己哭出来。手术室的双层门打开了，两名医护人员推出一张轮床，上面躺着一个被麻醉的女人；另一个女人从旁边的更衣室里被推出来，进入了手术室，她的丈夫被带进一间小黑屋，里面放着塑料杯和《花花公子》杂志。

墙上挂着一台小型电视机，无声地播放着CNN台的节目。屏幕里的镜头正对着英吉利海峡上冒烟的渡轮。噢不，伊丽莎白心想，这不可能。她站起来，走到电视旁，调高了音量。

“……七人丧生……疑似是恐怖组织加沙之剑所为……两天内发动的第二次攻击……可能跟昨日伦敦希思罗机场发生的恐怖袭击事件有关……”

她想，天哪，这不是真的！

她又坐回了椅子上，从手提包里慌乱地找出手机和电话簿。迈克尔给过她一个特殊号码，只有在十分紧急的情况下才能使用。她狠狠地翻着一页页纸，感觉到其他的病患正诧异地盯着自己。她找到了那个号码。

她恶狠狠地按着手机键，一边朝着楼梯间的安静角落走去。一声铃响后，电话那头传来一个平静的男声：“请问有什么事吗？”

“我是伊丽莎白·奥斯本，我是迈克尔·奥斯本的妻子。”

她能听到电话那头噼里啪啦的敲击键盘声。

“你怎么知道这个号码？”男人问道。

“迈克尔告诉我的。”

“我能为你做什么？”

“我想跟我丈夫通话。”

“请告诉我你的电话号码。”

伊丽莎白报出了自己的手机号，她又听到了敲键盘的声音。

“会有人给您打电话的。”

一名医护人员走进楼梯间：“奥斯本太太，下一个就是您了。现在请进更衣室。”

伊丽莎白对电话那头的男人说：“我要知道他是不是就在英吉利海峡的那艘渡轮上。”

“会有人给您打电话的。”那声音又说了一遍。不带任何感情的语气就像一台机器，简直令人发疯。

“该死的，回答我！他在船上吗？”

“会有人给您打电话的。”他又重复一遍。

医护人员说：“对不起，奥斯本太太，您现在真的得进更衣室了。”

“你的意思就是他在船上了？”

“请您立即挂机，并保持电话畅通。”

然后就断线了。

一名护士把伊丽莎白领进了小更衣室，递给她一套无菌服。伊丽莎白手里还抓着手机，护士道：“恐怕您得暂时把它留在这儿了。”

“我不能，”伊丽莎白说，“我正在等一个很重要的电话。”

护士一脸疑惑地看着她：“做这个手术的女病人都很紧张，但是奥斯本太太，您是我见过最紧张的了。您马上要接受手术，现在打电话谈生意可不是时候。”

“不是业务的事。这是突发情况。”

“不要紧的。三分钟以后，您就会睡得像婴儿一样。”

伊丽莎白穿上无菌服。*快来电呀，该死的。快来电！*

她爬上轮床，被护士推进了手术室。医护人员都准备好了，执刀医生把口罩拉低了一些，笑着对她说：“你看起来有点紧张，伊丽莎白。你没事吧？”

“我没事，梅尔曼医生。”

“好。那我们开始吧。”

他冲麻醉师点了点头，几秒钟后，伊丽莎白觉得自己慢慢进入了温柔的梦乡。

28

法国，加莱

渡轮渐渐驶近了法国海岸，加莱海港上闪烁着蓝红色的应急灯。迈克尔站在舰桥上，船长和高级船员围在他旁边，一根接着一根地吸着烟。渡轮离海岸线越来越近了，他一会儿觉得寒冷刺骨，一会儿又觉得酷热难耐。他的胸口痛得要命，好像有人朝他胸膛重重地揍了两拳。格雷厄姆・西摩站在舰桥的另一端，也被船员们包围了。实际上，他们被监禁了起来。迈克尔告诉船长，他和格雷厄姆分别是美国和英国的执法人员，渡轮在加莱靠岸后会有人接他们，并把一切都解释清楚。船长半信半疑，迈克尔很能理解他。

迈克尔闭上眼睛，脑海中又浮现出刚才的场景。他觉得自己就像在看新闻报道的画面，而自己就是台上的演员。他看见枪手慢慢靠近渡轮，奥德特瞪圆了眼睛，慌乱地拔出武器——戴巴拉克拉法帽的持枪男人不是加沙之剑的人，穆罕默德・阿瓦德并不是他们的目标，迈克尔才是。阿瓦德只是碰巧挡了道。

他再次闭上双眼，回忆着机动游艇上的两个男人。慢慢地，他们的脸变得清晰起来，仿佛迈克尔在用远程监控摄像机观察着他们。他看到那个男人站在船尾甲板上朝他射击。让他不安的是，他隐约觉得自己好像在哪里见过他们——在某家餐厅里，或一次鸡尾酒会上，或牛津街的一家药店里，或者是牛津郡第40号高速公路上的那个加油站，那个假装给白色福特车后胎打气的男人。

渡轮在加莱靠岸。工作人员护送着迈克尔和西摩绕过新闻摄制组，躲过了高声呼喊的记者来到码头办公室。惠顿带着十多名特工还有外交人员正在那里等着他们。他们是搭乘皇家海军的直升机到加莱的。

“这位是何方神圣？”惠顿看着格雷厄姆问道。格雷厄姆把吉他琴盒扔在了渡轮上，但他穿着牛仔裤和威尼斯海滩衫，看起来仍然像个老气横秋的学生。

西摩笑了笑，伸出手：“格雷厄姆·西摩，秘密情报处的。”

“格雷厄姆什么？哪个单位来着？”惠顿惊疑不定地问道。

“你不是都听到了吗，”迈克尔说，“他是我的朋友，今早碰巧也在渡轮上。”

“胡说八道！”

“嗯，这点子不错，迈克尔。”格雷厄姆说。

“老实交代，快一点！”

“去你妈的。”迈克尔边说边脱下毛衣，露出嵌在背心上的两颗子弹，“要不我们回伦敦后再作汇报。”他现在恢复了平静，慢慢地说道。

“但是法国方面希望你能先解释一下。”

“噢，上帝啊，”格雷厄姆说，“我跟讨厌的法国佬没什么好说的。”

“嗯，可你刚才在其管辖范围内登陆了，我想你非去一趟不可。”

迈克尔道：“我们要跟他们说什么？”

“真相啊，”惠顿说，“我们只能祈祷他们明白此事的重要性，闭上他们的臭嘴。”

伊丽莎白正躺在康奈尔医学中心的康复室里睡着，她的手机突然轻柔地响了起来。一位护士走上前，想关掉手机，伊丽莎白已被吵醒，说：“不要关，等一下。”

她把手机贴在耳朵旁，闭着眼睛道：“喂？”

“是伊丽莎白吗？”那边的声音说，“请问是伊丽莎白·奥斯本吗？”

“我就是。”她的麻药劲还没有过去，声音有点沙哑。

“我是阿德里安·卡特。”

“阿德里安，他在哪里？”

“他没事，现在已经回到伦敦了。”

“回到伦敦？他之前去哪儿了？”

电话那端一阵沉默。现在，伊丽莎白完全清醒了。

“该死的，阿德里安，他在那艘渡轮上吧？”

卡特犹豫了一下，然后说：“是的，伊丽莎白。他在渡轮上执行任务，然后出了点岔子。等他回到伦敦大使馆后我们才能知道细节。”

“他受伤了吗？”

“他没事。”

“感谢上帝。”

“我了解详情后再打电话给你。”

黄昏时，直升机降落在伦敦东部泰晤士河畔的停机坪上。两辆使馆的汽车已经在此候命。惠顿和迈克尔坐进了第一辆车，惠顿的手下坐在后一辆车里。他们驶上沃克斯豪尔桥，经过了那座丑陋的现代建筑——军情六处总部。迈克尔看着这座被薄雾烟笼着的红砖建筑，心想乔治·史迈利在“圆场”的老巢也不过如此。如今，军情六处的总部都已经在詹姆斯·邦德的电影中客串亮相了。

惠顿说：“再过几分钟，你的朋友格雷厄姆·西摩进入这大楼后肯定没好果子吃。我在加莱跟他们局长通过话。不用说你也知道他不会高兴到哪儿去。他也告诉了我一则情报，到秘密会议室后我们才能讨论。”

迈克尔没搭理他。每当同事的工作出了娄子，惠顿似乎都以此为乐。当年，迈克尔的父亲还是兰利的高级官员，曾被派往海外，在伊斯坦布尔和罗马工作。那时的惠顿正在苏联担任总指挥，他的任务是招募克格勃特工和苏联外交官。但是他笨手笨脚，表现不佳，很快就收到了一连串的不称职报告，其中一份报告就是迈克尔的父亲写的。之后，惠顿就被调回了总部。在兰利总部这个勾心斗角、官僚做派盛行的地方，他竟然混得很好。迈克尔知道惠顿厌恶自己也是因为父亲的缘故，虽然那份遭惠顿记恨的报告其实可能挽救了他的职业生涯。

他们抵达了格罗夫纳广场。惠顿和迈克尔并排进入使馆，惠顿的手下跟在他们后面。迈克尔有种奇怪的感觉，好像自己是被抓进来的。惠顿直接走向了远程安全会议室，两人在豪华的黑皮革椅子上入坐后，卡特和莫妮卡·泰勒的脸出现在了大屏幕上。

“很高兴看到你平安归来，迈克尔。”莫妮卡说，“这几天，你工作辛苦了。我们也需要了解跟进很多内容，我们从最明显的问题开始吧。什么地方出了差错？”

接下来的十分钟里，迈克尔仔细回忆了渡轮上的经过：阿瓦德、名叫奥德特的巴勒斯坦女孩、机动游艇和枪手。他回忆了子弹如何射穿阿瓦德的身体，嵌入他的防弹背心。他描述了爆炸时的情景，以及船上的男人是如何在火力的掩护下逃跑的。最后，他讲到了与奥德特搏斗，以及格雷厄姆·西摩击毙她的经过。

“军情六处的格雷厄姆·西摩为什么会出现在那艘渡轮上？”

迈克尔知道，在这个节骨眼上撒谎没有任何好处：“他是我的朋友。我跟他认识很多年。我想找个可靠的人支援我。”

“这不是重点。”莫妮卡说，脸上依旧是那副不耐烦的表情，她一贯不喜欢外勤特工和军官自作主张，“你未经总部上级官员的批准，就让其他国家的情报人员介入了自己的执勤任务。”

“他为英国效力，而不是伊朗。而且，如果他没在那里的话，我早就死了。”

莫妮卡拉皱着眉，满脸的不悦，很显然她可不会被感情所左右。“如果你那么关心自己的人身安全，”她声调平平地道，“就应该向我们请求支援。”

“我不想带个全副武装的小分队过去，那样阿瓦德和他的人在一英里外就能看得一清二楚。”这话虽不假，但在这次行动中，他主要是希望伦敦和中情局总部的人参与得越少越好。他干过外勤也做过总部官员，他知道兰利总部的保密工作漏洞百出。

“听起来好像阿瓦德和他的人也发现了你的好朋友格雷厄姆·西摩。”莫妮卡轻蔑地说。

“你有什么依据？”迈克尔问道。惠顿在座位上不安地扭了扭身子，四千英里外的卡特也是如此。莫妮卡·泰勒不喜欢部下向她发问，即使是迈克尔这样的高级部员也不行。她坚信这都是属下的无知造成的。

“不然他们的枪手为什么要杀你？阿瓦德为什么引爆了绑在身上的炸弹？”

“你假设了枪手是加沙之剑的人，但我认为这个假设是错误的。枪手并没打算让阿瓦德活命，他打算先杀死阿瓦德，然后再杀我。那名女子一直都站在我身后。如果他们想杀死我，她早就下手了，我甚至可能都不知道自己是怎么死的。枪战发生后，她先击中的是枪手而不是我。”

“可最终她还是把枪瞄准了你。”

“没错，但那是在阿瓦德引爆炸药之后。我觉得，她误以为枪手是我们派来的。”

“你看到他的脸了吗？”

“没有，他用巴拉克拉法帽遮住了头。”

莫妮卡侧身在卡特耳边低语了几句。卡特举起双手，在他的头和脸部比划着。迈克尔意识到，他正在向莫妮卡解释什么是巴拉克拉法帽。莫妮卡沉默了一会儿，盯着自己的手，然后道：“枪战开始前，阿瓦德跟你说了什么？”

迈克尔细致地回忆着整个会话细节。他接受过训练，能用大脑记下大量信息。在他做外勤特工时，几乎能一字不漏地背下跟特工们谈话的内容，因此被卡特称作“人肉录音机”。迈克尔把阿瓦德所说的一切都告诉了他们：希思罗机场、空袭事件、哈桑·穆罕默德被逐出组织。但是他故意省略了一件事——他没有提及穆罕默德和埃里克·斯托尔滕贝格在开罗碰面时被拍下的照片。

莫妮卡问：“你觉得他说的是真的吗？”

“是的，我觉得是真的。”迈克尔肯定地道，“坦白说，关于加沙之剑对爆炸负责的那份声明，我一直抱有疑虑。可是，如果不是加沙之剑，那会是谁呢？他们为什么要发表假声明？到底是谁想在渡轮上杀了我和穆罕默德·阿瓦德？”

卡特和莫妮卡悄悄地商量了几句。惠顿透过他那半月形的老花镜瞪着迈克尔，好像迈克尔刚刚在口试时答错了一个关键问题。

莫妮卡道：“我们还有一件事需要跟你谈谈，迈克尔。”她严肃地补充道，“这个问题很严肃。”她那郑重其事的口吻中有些异样，这让迈克尔紧张起来。

“今天早上，英国秘密情报处的官员拜访了前克格勃叛逃者伊万·德罗兹多夫。德罗兹多夫今天没去进行每周的例行报到，这在以前从未有过。警员闯进他的小屋，发现他已经被枪击身亡了。秘密情报处和当地警方立即展开调查，发现昨天，德罗兹多夫跟一个男人在当地咖啡馆见过面，那人的特征与你吻合。秘密情报处想知道，你昨天是不是去找过他。坦率地说，我们也想知道答案。”

“你明知道那个人就是我，因为我前脚刚离开伦敦，你后脚就跟上来了。你一直监视着我，直到我回到伦敦希思罗机场。”

“如果有人跟踪了你，那绝不是我或总部任何人下的命令。”莫妮卡反击道。

“伦敦站也没有。”惠顿说。

“没有我们和秘密情报处的批准，你怎么能和德罗兹多夫见面？”莫妮卡问，“顺便问一句，你和他都说了些什么？”

“都是些私事。”迈克尔答道。透过视频监视器，他看到阿德里安·卡特正两眼瞪着天花板，撅嘴朝空中吐气。“德拉兹多夫之前是克格勃第五局的局长，主要管理杀手。有些事情我已经调查数月了，想跟他讨论一下。我向你保证，我离开的时候，他毫发无损。”

“真高兴你至今还觉得这事很好笑，迈克尔。但我们可不这么觉得。我要你明早搭第一班飞机返回华盛顿。先行政休假几天吧，准备接受有关此事的调查。”

屏幕变成了一片空白。惠顿默默地伸出手。迈克尔把手伸进毛衣，掏出上了子弹的勃朗宁手枪，把它递给了惠顿。

惠顿本来还想让迈克尔在安全公寓里度过伦敦的最后一晚，但迈克尔毫不含糊地叫他滚蛋，接着搬回了骑士桥，住进了俯瞰公园的小酒店。那天傍晚下着雨，他溜出来，走在湿滑的人行道上。他立刻发现了惠顿的两名耳目——他们把路虎车停在路边，正在车里打瞌睡。在哈罗德为伊丽莎白挑选礼物时，他又发现了两人。他沿着斯隆大街朝南走，接着发现了第五名跟踪者。

另一辆福特车里，还有两个穿着深蓝色衣服的人。

你们是谁？你们为谁效命？如果不是惠顿，那会是谁？

甩掉"尾巴"并不难，哪怕对方是专业的跟踪者。迈克尔有优势，因为他在"农场"跟他们一起接受了训练，知道他们的战术。接下来的一小时里，他冒着小雨，在伦敦西区晃来晃去——一会儿步行，一会儿坐公交，一会儿打出租车，一会儿又乘地铁。他穿过伯克利广场，走过牛津街、邦德街和莱斯特广场，最后到了苏豪区。他发现自己正站在莎拉曾经的住所前。黎巴嫩外卖店如今也卖起了素食，或许是为了纪念莎拉吧。半掩的窗子里飘出鲍勃·马利的歌声，窗口飘着脏兮兮的窗帘，那可能仍是莎拉的窗口，莎拉的窗帘。

莎拉·伦道夫犯了一个致命的错误，德拉兹多夫说，她爱上了她的猎物。

她是一个谎言，自己的敌人制造的一个神话。因为她的天真，最后只得以英雄式的悲剧收场。她背叛了他，但她原本就不是真实的。他无法爱她，也无法恨她。他只为她感到惋惜。

惠顿派来的跟踪者早就被甩得无影无踪了，所以迈克尔坐出租车到了贝尔格莱维亚。外勤特工有时就像盗贼，他们甚至摸索出了一套秘密潜进自己家中的方法，以防哪天众叛亲离。迈克尔知道格雷厄姆·西摩在这种情况下的方法：穿过一条小巷，来到粉刷成白色的花园围墙下，那里藏了一根绳梯以备不时之需。迈克尔用绳梯攀过墙，摸黑跳到了格雷厄姆家的石头门廊前。迈克尔在法国落地门上轻轻地敲了几下，格雷厄姆闻声赶来时，手里还抄着一把海伦做菜用的瑞士厨房砍刀。他们来到了楼上客厅，煤气取暖器上烘着迈克尔湿透的外套。为了掩盖谈话声，格雷厄姆打开了他的德国立体音响，把拉赫玛尼诺夫的音乐放得震天响。

他们聊了近一个小时，谈论着在渡轮上发生的事情，谈到了莎拉、科林·雅德利、埃斯特拉达·沃格尔和黑暗中对雅德利射出三枪的人。他们讨论了机动游艇和福特白色面包车里的男子，还有刚才那辆蓝色的车。迈克尔需要钱。海伦的积蓄颇丰，而格雷厄姆总在保险柜里放上几万以防紧急情况。护照不成问题。这些年来，迈克尔拜托他在别国情报局里的朋友，伪造了好几个旅行证件。他能够以法国人、西班牙人、希腊人或德国人的身份旅游，以色列人也没有问题。帮我打个电话给伊丽莎白，迈克尔对格雷厄姆说，告诉她我回去再向她解释一切。小心措辞，别告诉她我要去哪里、在做什么。告诉她我爱她。叫她照顾好自己。

他们喝着红酒，吃了番茄鳀鱼酱通心粉和沙拉。海伦和格雷厄姆旁若无人地说着话，完全无视了迈克尔的存在。迈克尔觉得自己活像在看一部糟糕的肥皂剧。他狼吞虎咽地吃下了两盘通心粉，出人意料的是，这次的味道很可口。

晚餐后，格雷厄姆突然说，他想到莱斯特广场的一家影院去看新上映的电影。海伦欣然同意。他们收拾好餐盘出了门。迈克尔站在黑暗的客厅窗边，看着他们坐进格雷厄姆的宝马车离开了。黑夜中，有一辆车掉头跟了上去。迈克尔看着没开前灯的车驶进了寂静的街道。

他从法国落地门走了出去，穿过花园，爬上墙，拽着绳梯滑到地面。在国王大道上，他拦下一辆出租车，赶往维多利亚车站。他用格雷厄姆的钱购买了到罗马的车票，火车再过一个小时就会从伦敦出发。如果惠顿够聪明的话，他会派人盯着机场和火车站。

迈克尔在一个小售货亭里买了顶防水帽，用它遮住了脸。他走出来，冒雨候着车。火车出发前五分钟，他走进车站，疾步赶到月台。上了火车后，他很快找到了一个空车厢。他独自一人坐在昏暗的车厢里，听着火车有节奏的前进声，盯着自己在玻璃窗中的倒影，继续回想着这一切。当火车开出英吉利海峡的海底隧道，朝法国南部的巴黎开去时，他迷迷糊糊地睡着了，一夜无梦。

29

伦敦

一辆银色捷豹专车驶过西区的街道，局长正在车里收看独立电视台十点的新闻播报。他刚用完一顿糟糕的晚餐——梅费尔晚餐俱乐部把羊肉煮过了头。俱乐部的其他成员都以为他是个事业有成的国际风险资本家。从某种角度来看，这种说法也是正确的。少数人怀疑他以前做过间谍，只有一两个人知道真相：实际上，他曾经是秘密情报局的局长，就是传说中的“指挥长”。他当指挥长的时候，秘密情报局还没有正式成立，局长很聪明，始终没让自己和手下的名字照片被媒体曝光。试想一下，秘密情报处的局长接受《卫报》采访——这简直是天方夜谭，根本是疯了。局长认为间谍和情报工作就像老鼠蟑螂，还是假装它们并不存在的好。这样一来，这个自由社会中的人晚上才能睡个好觉。

多佛开往加莱的渡轮遇袭事件成了新闻头条。虽然局长相当恼火，但他平静的脸上依旧保持着那副百无聊赖的傲慢神情。他花了一辈子的时间藏着掖着，早已深谙伪装的艺术。他头部和臀部十分窄小，砂褐色的头发已变成了灰色，双手白得如同外科医生的手，指间似乎总夹着根慢慢燃烧着的烟，仿佛时尚杂志上的广告。他的眼睛蓝得如同冬季的海水，小小的嘴巴透着残忍。他住在圣约翰伍德，由协会的一个年轻人负责保卫工作，另一个漂亮的女孩打理文书并照顾他的起居。他没结过婚，没有子女，也没有听他说起过自己的父母。情报局里有好事者开玩笑说，人们当年在泰晤士河畔的一个篮子里发现了中年的他，穿着白色条纹西装，扎着卫兵领带，穿着手工制作的鞋。

他关掉电视，朝车窗外望去，看着飞驰而过的伦敦夜景。他最厌恶的就是失败，其次才是背叛。背叛需要智慧和冷酷无情，失败只表明愚蠢或三心二意。他派人上渡轮执行任务之前，已经给他们提供了所需的一切资源，为的就是确保成功，但他们还是失败了。迈克尔·奥斯本的确是个不错的对手，有才华，有智慧，也有创造力。既然奥斯本表现不凡，那么他的杀手必须得更出色。

捷豹在一座大楼门口停了下来。他的司机以前是特种空勤队的一名突击队员，他下车护送局长走到门前，目送他进了屋。一名女孩已经等候多时了，这位有着太妃糖般肤色，身材如雕塑般完美的牙买加姑娘叫达芙妮。她穿着一件白衬衫，扣子解开到胸部以下，隐约可见她那对丰满的乳房，黑色短裙刚好遮住裸露的大腿。一头棕发中夹着几缕金丝，自然垂坠在肩膀上。

“科罗拉多州的艾略特先生正等着和您通话，先生。”她的英语带着一点印度东部人轻快的口音，为此，局长已花费了数千英镑让她接受语音训练。在梅费尔豪宅里，他们可以直呼人名，因为工作人员定期会对房屋进行检查，确保没有被安装窃听器。而且墙壁是隔音的，定向传声器根本接收不到信号。

局长走进书房，按下了闪着光的黑色多线路电话按键。达芙妮走进房间，往杯中倒了些三十年的苏格兰威士忌递给局长。他说话的时候，她仍留在房间里，他们之间有没有任何秘密。

“哪个环节出问题了？”艾略特问。

“阿瓦德带了同伴，奥斯本先生也是。而且最要命的是他真不好对付。”

“必须得除掉他，特别是今天早上在渡轮上，他知道得已经够多了。”

“我很清楚，艾略特先生。”

“你打算下次什么时候动手？”

局长端起杯子喝了一口威士忌：“越快越好。但是我要换杀手。奥斯本相当棘手，所以我们的人也要本事过硬才行。我想让‘十月’去做这件事。”

“他的出价可不低。”

“可是现在情况紧急。我觉得眼下不是争论该不该多出一两百万的时候，您说呢？”

“对，你说得对。”

“我会准备一份奥斯本的详尽档案，再用加密电子邮箱传给‘十月’。如果他选择接受的话，游戏就开始了，我希望奥斯本先生在短期内就被解决掉。”

“我也希望如此。”艾略特说。

“放心吧，艾略特先生。晚安。”

局长把电话放回机座。达芙妮站在他身后，轻抚着他的肩膀：“今晚还有其他事吗，先生？”

“没有，达芙妮，我看点文件就休息了。”

“太好了，先生。”说完，她就走了出去。

局长在他的书房里工作了二十分钟，然后通过卫星系统收看了美国媒体对渡轮爆炸的报道，喝完了那杯苏格兰威士忌。他关掉电视，上楼走进了卧室套房。达芙妮解开上衣，躺在床上，两条长腿互搭着，纤细的食指拨弄着一缕头发。

局长静静地脱下衣服，换上丝绸长袍。一些有钱男人靠名马或豪车取乐，而局长有他的达芙妮逗他开心。她脱下衣服扔在一旁，轻轻地抚摸起自己的乳头、腹部和大腿根部。达芙妮是个风骚尤物，哪怕只有她自己一个人的时候。局长爬上了床，用手指滑过她的喉咙。

“有反应了吗，亲爱的？”她问。

“没有，我的小宝贝儿。”

局长和女人欢好的功能受过严重损伤，他认为，这是一辈子撒谎和背叛带来的报应。她把修长的手臂伸进他的睡袍底下，握住了他的阴茎。

“一点反应也没有吗？”

“看来没有，亲爱的。”

“真可惜，”她说，“我自己来行吗？”

“如果你有‘性’趣的话。”

“您真是个傻男孩，先生。您是帮我一把，还是只当观众呢？”

“我欣赏就好了。”他说着点了一支烟。

她的手滑到了大腿间。她闭上眼，头向后仰起，发出了激烈的喘息声。接下来的十几分钟里，他只能用眼睛看她。但几分钟后，他走神了。他想起了迈克尔·奥斯本，想到渡轮上这次失败的暗杀，想起了“十月”。这将是一场有趣的战争，不是你死就是我亡。如果死的是奥斯本，“协会”就能渡过难关，米切尔·艾略特将揽获数十亿美元；如果死的人是“十月”……想到这儿，局长打了一个寒战。他付出了那么多心血，苦心经营了这么久，功亏一篑就太不划算了。这次的风险太高了，赌注又下得太大，容不得失败。

他把目光移到了达芙妮身上，发现她正用棕色的眼睛盯着自己。她像一个纯真的孩子一样，直直地看着他。“你刚才走神了好几分钟。”她说。

他的脸上掠过一丝惊讶，达芙妮识破了自己的伪装。

“我也在注意你，你明白的。我想知道我有没有让你高兴。”

“你让我很开心。”

“一切还好吧，亲爱的？”

“一切都很好。”

“真的吗？”

“千真万确。”

30

开罗

“我的天，这个城市真他妈差劲。”

时值初冬，埃斯特拉达·沃格尔推开法式落地窗，黄昏下的景色映入了她的眼帘。窗外有个狭窄的阳台，上面的铁栏杆都生了锈。尽管装了护栏，前台的法赫米先生还是告诉他们，这些天总有人从阳台上掉下去，请他们最好不要倚靠在栏杆上。他们住进酒店才两天，厕所就已经坏了三次，每次都是法赫米先生穿着夹克，别着领带，用一卷胶带和一盘铜线修好的。他解释说，酒店没有专门的维修人员，技术娴熟的勤杂工都去了海湾地区——科威特、沙特阿拉伯或阿联酋，都去为手中有石油的酋长卖力了。教师、律师和会计们也都走了。有专业技术的和有钱的早跑了，开罗这个日渐衰落的城市只剩下农民，连个会修马桶的技工都找不到。就在这时，厕所终于又能冲水了，法赫米带着歉意的微笑对他们说："修好了，真主保佑。"虽然他明知道，第二天他还是得拎着那包万能的胶带和铜线再来一趟。

傍晚，晚祷的召集声响起。远方率先传来了某个穆安津的呼唤声，接着，声音次第响起，最后数千名穆安津粗犷的高喊声彼此交融。酒店旁边就是一座清真寺，他们的窗外就是高高耸立的塔尖。那天破晓，震耳欲聋的声音响起时，埃斯特拉达像一只惊弓之鸟，从床头柜抓起枪，赤裸着身子就冲上了阳台。埃斯特拉达是坚定的无神论者，宗教让她觉得浑身不舒服。而在开罗，到处都是宗教的影子。它如影随形，无处不在。埃斯特拉达解决这个问题的办法就是无视它的存在。那天下午，当穆安津的呼唤声响起，她就把德拉罗什诱到床上和他疯狂地做爱。现在她听到祷告的召集声时，就像一名海洋生物学家在研究灰鲸交配的声音。她渐渐觉得这声音还有点悦耳，音韵和谐，像无数把小提琴一个接一个地奏响同一首简单的赋格曲。"这就是开罗的教规吧！"她想。

召集声渐渐散去，只有一个声音还在空中回荡，好像是从吉萨金字塔的方向传来的，最后这个声音也消失了。埃斯特拉达还待在法式落地门后，她双臂交叠在胸下，抽着劣质的埃及香烟，喝着一杯冰香槟——酒店里没有瓶装水了，而自来水能毒死一头水牛。她穿着阿拉伯男人的白色长袍，挽着袖子，纽扣敞到脐下。德拉罗什躺在床上，透过半透明的白色长袍，他可以隐隐约约看见她模特般的完美身材。衣服是她早上从酒店附近的一个露天市场买来的，一个一米八的德国金发女郎走在保守的开罗大街上，引起了不少人的主意。德拉罗什有时觉得让她由着性子在街上晃荡是个错误的决定，但眼下是冬季，开罗城里挤满了成千上万来自斯堪的纳维亚的游客，没人会记得一个硬要在露天市场买务农长袍的德国高个女人。此外，德拉罗什自己也喜欢穿梭在开罗人声鼎沸的街头。他总有一种在不同城市徜徉的冲动，从巴黎的角落到罗马的胡同，再到伦敦具有维多利亚风格的建筑区，这些古老的地方都落满了灰尘，像狮身人面像一样摇摇欲坠。他想画画，但这次旅途却没有多余的时间。

夜晚的风涌进了敞开的大门，让人感受到西部沙漠的味道，其中还混合了开罗独特的臭味：灰尘、腐臭垃圾、燃烧的木材、驴屎、人尿、无数轿车和卡车排放的废气，以及赫勒万水泥厂排出的有毒烟雾。但夜晚的风凉爽干燥，埃斯特拉达袒露着乳房，让风吹拂在湿滑的肌肤上，感觉十分惬意。风卷着灰尘扑向她的脸，细如面粉的灰尘无处不在，钻进了她的行李箱，钻进了她的书籍和杂志中。德拉罗什从开罗银行的保险箱里取出了寄存的伯莱塔手枪后，就一刻不停地擦拭着枪身，一边用油布抹过枪管，一边抱怨道：“灰尘，该死的灰尘。”

埃斯特拉达喜欢开着窗户——空调坏了，法赫米先生的那袋宝贝也修不好，但女清洁工总是把房门锁得紧紧的，房间就像一个密封石棺。“有灰尘呀！”每当埃斯特拉达开窗时，她们就翻着白眼解释道，“请关上窗吧，有灰尘。”

埃斯特拉达无视法赫米先生的郑重警告，大胆地走到了阳台上。楼下，男人们在狭窄拥挤的街道上默默推着车前进。开罗有将近一百万辆汽车，但埃斯特拉达从来没有亲眼见过一个车库。开罗人想出了一个十分不可思议的权宜之计：他们干脆把车停在了街道中央。一些有经商头脑的人还在这上面做起了生意：扔几张皱巴巴的比索，他们就会替你看管一整天的车，并时不时地把车推到一边，为后来的车让位。市中心有许多走不通的小街小巷，因为人们已经把它们变成了临时停车场。街对面的清真寺旁，有一幢办公大楼已经摇摇欲坠了。工人们并不是依序把家具抬出屋外，而是直接将它们从窗口抛出去。二十名士兵在快要坍塌的大楼旁生了堆小火做饭，他们都是从农村进城的男孩。

“让-保罗，他们为什么要让士兵驻守在楼外？”她惊讶地看着窗外。

“你说什么？”德拉罗什在房间里面喊道。

埃斯特拉达又大声地重复了一遍刚才的话。这就是开罗人的对话方式，因为大街上喧闹刺耳的声音太大，多数情况下都要喊着说话。为了安全起见，德拉罗什认为他们应该到床上去面对面躺着，相互耳语着说话。

“他们派士兵驻守是为了让行人远离建筑物，以防它突然坍塌。”

“但是如果建筑物突然坍塌，士兵们不就被砸死了？真是不可理喻。”

“可以理解，开罗就这样。”

一头跛驴拉着一架推车进入了街道。驾车的是一个穿着脏兮兮长袍、金发绿眼的小男孩。车架上不断有垃圾洒落下来。士兵们取笑男孩，并朝驴扔面包屑。有那么一瞬间，埃斯特拉达想拔枪射死其中一个士兵。她说：“让-保罗，来，过来，快点。”

“扎巴林吗？”德拉罗什边说边踏上阳台。

“什么？”

“扎巴林。”他又重复了一遍，“意思就是垃圾工。开罗没有卫生站，政府没有建立垃圾清理系统。多年来，人们干脆直接把垃圾倒在街道上，或焚烧垃圾加热浴池。三十年代，一群科普特基督徒从南方迁移到了开罗，他们当中的一些人就成了垃圾工。他们赚不到钱，靠捡垃圾活命。他们住在开罗东部摩卡塔姆丘陵地区的垃圾村。”

“老天爷啊。”她轻声说。

“该穿衣服了。”德拉罗什说。但埃斯特拉达仍站在阳台上，看着男孩和那车垃圾。

“我不喜欢他。”她说。德拉罗什一时间搞不清她指的扎巴林还是埃里克·斯托尔滕贝格。“他是个冷血的混蛋，但也很狡猾。”

“我们只要按原计划行事，一切都会很顺利。”

“不要让他伤害我，让-保罗。”

他看着她。虽然她是个亡命之徒，手上有十几条人命，但有时却像个小女孩一样胆小。他摸了摸她的脸，轻轻地吻了吻她的额头。

“我不会让任何人伤害你的。”他说。

他们抬起头，发现这座名存实亡的办公楼上，有一张大木桌挂在了十楼的阳台，就像远洋客轮沉没时，悬挂在船栏上的一名乘客。几秒钟后，桌子坠落在街上，砸成了碎片。垃圾工的驴受惊，挣脱了拴绳，士兵们也一哄而散。他们抬头望着十楼，嘴里飞快地骂出一连串阿拉伯语，并朝阳台上的男子挥舞着拳头。

“这就是开罗。”德拉罗什说。

“我的上帝，”埃斯特拉达说，“这地方真他妈的差劲。”

酒店的老式电梯装在螺旋楼梯的中央。这天电梯又坏了，德拉罗什和埃斯特拉达不得不从七楼走到一楼。前台的服务员还是法赫米，他耸了耸肩膀表示歉意。“明天，修理工就来了，真主保佑。”他说。

“真主保佑。”德拉罗什用纯正的开罗话也说了一遍，法赫米礼貌地点了点他的光头。

大堂里很安静，饭厅里没有食客，只有两个系着围裙默默打扫灰尘的服务员。德拉罗什突然感到压抑，他觉得这个地方有点像俄罗斯，这里也有长条桌、卷肉和温热的白葡萄酒。埃斯特拉达本来想找家西式酒店，如洲际酒店或著名的尼罗河希尔顿酒店，但德拉罗什坚持要找家僻静的。对于爱探索爱冒险的游客，如果他们想领略一下“真正的开罗”，旅游指南里推荐的就是帝国酒店了。

德拉罗什偷了一辆深蓝色摩托车，意大利的年轻人大多骑着这种小轮摩托在罗马街头上横冲直撞。他心里有点内疚，因为他知道，一些埃及男孩可能得打三份工，攒几年的钱才能买得起它。他为埃斯特拉达叫了一辆出租车，用发音地道、语速飞快的阿拉伯语告诉司机她的目的地。德拉罗什骑着摩托车在前面驰骋，埃斯特拉达坐出租车跟在后面。

扎马雷克是座小岛，狭长的尼罗河就像它的护城河。这里是开罗富人的领地，住着贵族的后裔、年轻的富豪，还有一群西方记者。滨海大道旁矗立着一排排落满尘埃的公寓大楼，它们仿佛正不满地盯着河对岸喧嚣混乱的市区。每天清晨，扎马雷克区里自由放荡的年轻人驾车开进滨海路下的河堤公路。岛屿最北端是殖民时期英国精英们建造的伽扎瑞运动俱乐部，那里有操场和网球场。在扎马雷克的商店和精品店里，能听到人们说法语——拿破仑攻占开罗后，法国人就涌入了这座城市。市民穿着西式衣服，在餐馆和咖啡厅里吃着西餐，在迪斯科舞厅跟着西方的音乐跳舞。这就是开罗的另一面。

埃里克·斯托尔滕贝格住在公寓的九楼顶层，可以俯瞰河流景色。邻居时常抱怨他开派对太吵闹，他不断和新到手的女人做爱，动静也太大。每天晚上，他在扎马雷克最时尚的一家餐厅吃晚餐，再拐进一家叫“爆破点”的夜总会喝酒猎艳。

这些事，德拉罗什手中的档案里都有记载。

像纽约俱乐部一样，“爆破点”也雇有门卫，并设置了入门潜规则。门卫会放重要客户和漂亮女人先进去。埃里克·斯托尔滕贝格当然是第一类人，而埃斯特拉达·沃格尔就是第二类人了。至于德拉罗什这个四十出头的单身魅力男性，就不得不多等十分钟了。进门后，德拉罗什径直去了吧台。他操着带有地道开罗口音的阿拉伯语，点了杯埃及啤酒斯特拉。在昏暗的灯光和氤氲的烟雾下，他还真像个埃及上层阶级的人。

他付了啤酒钱，转身看着夜总会里的人。跟平时一样，今天这里也人满为患：衣着暴露的埃及姑娘，以及同样前来寻觅一夜情的小伙、几个高级妓女，还有少数想开阔眼界的游客——他们无法继续待在尼罗河希尔顿酒店，不愿意在那里的酒吧度过沉闷的一晚。一个漂亮女孩走上前来，邀请德拉罗什跳舞，他婉言拒绝了。片刻之后，她的护花使者出现了，那是个举止粗俗的男孩，为了证明他练过举重，他还在里面穿了件紧身衬衫，外面披着皮夹克。德拉罗什在他耳边喃喃了几句，男孩马上离开了酒吧，漂亮女孩也跟着离开了。

埃斯特拉达正在和斯托尔滕贝格跳舞。她穿着件伦敦买的黑短裙，上面是紧身黑套衫。她现在的身份是一个叫伊娃·特伯的游客，在东欧出生，说着带撒克逊口音的德语。德拉罗什装作是她旅行团里的一个法国人。前一天晚上，她和德拉罗什来到酒吧，埃斯特拉达和斯托尔滕贝格就认识了。斯托尔滕贝格跟她没完没了地调情。她要“在开罗待两天，之后就去卢克索”。斯托尔滕贝格提出要坐车接她来酒吧，但她婉言拒绝了，说小法国佬会大怒的。她告诉斯托尔滕贝格今晚自己会独自前来，这就是德拉罗什躲在酒吧暗处，不愿意跳舞的原因。

年轻时的斯托尔滕贝格英俊潇洒，但享受了过多的美酒佳肴后，他的身材开始发福走样了。他留着铁灰色的短发，有一双冰蓝色的眼睛，全身上下都是黑的——黑牛仔裤、黑高领毛衣和黑皮夹克。埃斯特拉达跳舞时，他抚摸着她的身体。从埃斯特拉达的表情就可以看出她非常享受。跳了三支舞后，他们回到斯托尔滕贝格的专用酒桌暂作休息。他们坐在一起聊天，身子贴得很近。

十分钟后，他们站起来，小心翼翼地穿过舞池，朝门口走去。斯托尔滕贝格抓着埃斯特拉达的手。她用眼睛扫了一眼德拉罗什，但眼光没有在他身上停留。

埃斯特拉达很专业。

他仔细看着她的脸，然后意识到，她被吓坏了。

很明显，埃里克·斯托尔滕贝格的生意做得相当不错。他的座驾是一辆黑色加长奔驰，并雇用了一名专职司机。他为埃斯特拉达打开车门，然后从车后绕到另一扇车门，坐在了她身旁。车呼啸着穿过狭窄的街道，然后转向滨海大道，朝河的南端开去。德拉罗什戴着头盔，骑着摩托车跟在车后，没有开摩托车的照明灯。当他们靠近斯托尔滕贝格的河滨公寓时，他松开油门开始减速。他希望这次仍像上次在伦敦那样：埃斯特拉达把他引进屋后，直接诱他上床，如果她能不锁门就更好了。不会有问题的。突然之间，奔驰车加速疾驰过了公寓。德拉罗什大声骂着，踩下油门，奋力追赶他们。

“你的名字不是伊娃·特伯，”汽车加速向前时，斯托尔滕贝格说道，“你叫埃斯特拉达·沃格尔。你以前是红色军团的人。”

“你到底在胡说些什么？我的名字就叫伊娃·特伯，我是从柏林来的游客。现在就把我送回俱乐部，你这个疯子王八蛋，要不然我就大声叫警察了！”

“见面五分钟后，我就认出你了。你模仿的撒克逊口音还不地道，糊弄不了行家。”

“什么行家？送我回俱乐部！”

“我之前可是在斯塔西工作，你这个蠢货！我处理过红色军团的事情。你从来没去过东欧，但你的很多同事在那儿。我们有红色军团全部成员的照片和详尽的档案，有一份就是埃斯特拉达·沃格尔的。”

“我的名字是伊娃·特伯，”她像念咒一样反复念叨着，“我是从柏林来的游客。”

“我有个老伙计传真了我这张照片。现在你老了，发型变了，但这就是你。”

他伸手进皮夹克，把照片拿到了她面前。埃斯特拉达望向窗外，车子已经穿过河进入了开罗西区，正向南部吉萨开去。

“看着它，”他咆哮着，“这就是你——快点看！”

“上面这不是我，求你了，我不知道你在说什么。”

她说话开始没底气了，她自己都能听出来。显然斯托尔滕贝格也听出来了，他举起手背，朝她的嘴狠狠扇去。泪水立刻涌了出来，她舔到了嘴唇上的鲜血。

她看了一眼照片，那是在西德拍的身份证件照。她有着革命分子特有的瘦削身板，脸上的表情像在说“妈的，你们竟敢对着老娘拍照”。她留着库尔特·沃格尔的板寸头，戴着库尔特·沃格尔的水晶眼镜。她一直觉得这张照片拍得傻到家了，但是警察把它登在通缉海报上后，她竟成为了激进左派的性感红人。

在沙漠深蓝色的夜空下，他们看见了金字塔的轮廓。一弯月亮挂在天空，露出大半张脸，发出骨头般惨白的光芒，像手电筒一样照耀着沙漠。她心想，该死的让-保罗跑到哪里去了？她忍住内心的冲动，不去扭头搜寻他的踪影。“我不会让任何人伤害你”——他刚才说的都是屁话吗？亲爱的，你最好动作快些，她想，要不然这个男人就会使你变成一个骗子。不知怎么，他没有搜她的身上和手袋。她的枪就放在手袋里，是一把小型勃朗宁自动手枪，但她知道，汽车后座空间太窄，没办法拔枪射击。她别无选择，只能等待和拖延，并祈祷上帝，希望让-保罗就躲在黑暗中的某个角落里。

金字塔不见了。他们驶进了一条通向沙漠的狭窄石路。埃斯特拉达说：“你要带我去哪儿？你要是想干我的话，在这里就可以了。你用不着带我去沙漠，玩这种愚蠢的把戏。”

他又扇了她一巴掌，说：“闭嘴。”

奔驰剧烈地颠簸摇晃起来。

“是谁雇的你？”

“没有人雇我。我不是你说的那个人。我想回酒店。求求你不要这样。”

他又打了她一巴掌，这次打得更狠了：“回答我！谁雇的你？”

“没有人雇我。”

“那个人是谁？是你相好的那个法国人吗？”

“他只是我旅游团里的一个傻小子。他什么也不是。”

“是你在伦敦杀死了科林·雅德利吧？”

“我没有杀人。”

“是你在伦敦杀死的科林·雅德利吗？还是那个法国人？”

“我没有杀人。我在柏林一家杂志社工作。我是平面设计师。我不是埃斯特拉达·沃格尔。我是伊娃·特伯。求求你，你真是疯了。

你要带我去哪里？”

“去一个没人听得见你尖叫的地方，去一个我杀了你也没人找得到你的地方。”他又把手伸进外套，这次掏出了一把枪。他揪住她的头发，用枪口抵住她的脖子。“现在时间不多了。”他说，“那个法国人是谁？谁雇佣的你？”

“我是伊娃·特伯。我是柏林的一个平面设计师。”

她想起了红色军团训练课上的内容。如果你被逮住了，什么也不要说。你可以跟他们对着干，痛斥他们，但就是什么也不要说。他们只能陪着你玩，狠狠地折磨你。警察就只会做这些。一个字都不要说。此刻，这些技巧派上了用场，因为只要她告诉斯托尔滕贝格真相，他肯定会杀了她。

他猛地拽住她的头发，然后再甩开。她的手袋就放在他们中间。他打开皮包，在里面摸索了一阵，找到了勃朗宁。他把枪掏出来放在她面前，表明她刚才说的都是假话，然后把它塞进了自己的大衣。

“埃斯特拉达，你这个法国搭档做事太马虎了。他把你推进了火坑。他知道我在斯塔西工作过，他没准早就知道我可能会认出红色军团的刺客。让个女人冒这样的风险，真是个狼心狗肺的野杂种。”

车子开到一处沙漠悬崖上，慢慢地停了下来，从这里可以俯瞰整个开罗。悬崖下的开罗像一面巨大的扇子，南部狭窄，北部的尼罗河三角洲开阔平坦。数千座尖塔直直地伸向天空，她不知道哪个是酒店旁的那座，她想回到酒店简陋的房间，回到厕所堵住的房间，回到摇摇欲坠的大楼旁。

“看得出来，你爱上了这个家伙。所以你才愿意为他受这些皮肉之苦。我可以肯定地告诉你，他可不这样想。否则的话，他根本不会让你接近我。他在利用你，就像红色军团的那些王八蛋一样。”

斯托尔滕贝格用阿拉伯语跟司机说了几句，语速太快，埃斯特拉达没有听清。司机打开车门，走了出去。斯托尔滕贝格再次把枪抵住她的喉咙，说："好吧，我再问你最后一遍。"

德拉罗什看到奔驰的红色刹车灯亮起后，也松开油门，让摩托车惯性向前滑行了一段距离。车停下后，他把它推到了路旁，慢慢走近汽车。月亮在大地投下阴影，远处的开罗在低声细语。当他听到车门打开又关上时，他立刻站住不动。车里仍然是黑的，斯托尔滕贝格这个特工还有两下子，知道要熄灭车内的灯光。皎洁的月光下，德拉罗什看到司机手里拿着枪，巡逻着四周的情况。德拉罗什蹲在一块凸起的岩石后，等着司机向自己靠近。司机距离他约十码远时，德拉罗什在夜色中站起来，用伯莱塔瞄准了他。

斯托尔滕贝格又在殴打她了，先是脸，接着是后脑勺，然后是乳房。她觉得他已经喜欢上了打人的感觉。她开始想别的事情，其他任何事情。她想到了王子运河上的船屋，她的小书店。上帝啊，她真希望让-保罗·德拉罗什从来不曾介入她的生活。驾驶座旁的车门打开又关上。在黑暗中，埃斯特拉达隐隐约约认出了方向盘后的身影。她意识到这已经不是刚才的那个人了。

斯托尔滕贝格又拔枪抵住了埃斯特拉达的喉咙。

"后面有人吗？"斯托尔滕贝格用阿拉伯语问道。

方向盘后面的男子摇了摇头。

"好，"斯托尔滕贝格说，"我们走吧。"

德拉罗什转过身，把伯莱塔对准了斯托尔滕贝格的脸。

德国人惊呆了，根本来不及反击。

德拉罗什连发了三枪。

"他没准真的会杀了我，让-保罗。"

昏暗的房间里，她穿着白色长袍，躺在帝国酒店的床上，一根接一根地吸烟。德拉罗什躺在她身边，正在卸弹盒。她刚淋过浴，头发湿漉漉的，为了洗去斯托尔滕贝格的血，她把自己的身体都搓红了。敞开的法式落地门里吹进一阵阵风，她打了一个寒战。厕所又堵住了。德拉罗什打电话到前台叫人来修理，但唯一深谙这项技术的法赫米先生今晚却不当班。“明天吧，真主保佑。”店员说。

德拉罗什仔细地考虑了一下她的说法，从专业角度上看，不能否认有这种可能性。埃里克·斯托尔滕贝格有充足的时间，完全有机会把她杀了。他之所以没有杀她是因为他想挖出更多的信息。

德拉罗什说：“他是有可能杀了你，但他没有，因为你表现得很好。你拖延了时间，死咬着没有松口。你永远都不是一个人。我一直都在你身后。”

她说：“如果他想杀死我，你根本不能阻止。”

“你应该知道，干这行是要担风险的。”

斯托尔滕贝格的话又在她脑海里响起。

你这个法国搭档做事太马虎了。他把你推进了火坑。

“我不知道自己还能不能干下去，让-保罗。”

“你接了任务，也收了钱，现在不能中途退出。”

“我想回阿姆斯特丹的王子运河。”

“现在还不行。”

她又检查了一遍身上的伤痕：嘴唇撕裂，颧骨淤伤，右乳房上留下了一个巴掌印。她从来没有遭遇过如此无助的境地，她不喜欢这样。

“我不想像牲口一样死在沙漠里。”

“我也不想，”他说，“我不会让这种事发生在我们俩身上的。”

“干完这一票你会去哪儿？”

“如果可能的话，我会回布雷莱。不行的话就去加勒比。”

“那我该去哪儿？现在回阿姆斯特丹的大门已经对我关闭了。”

他放下枪，骑在了她身上。

“你可以跟我一起去加勒比。”

“我去那里干什么？”

“干你自己喜欢的事，或者什么都不干。”

“那我是你的什么人？我会成为你的妻子吗？”

德拉罗什摇了摇头：“不，你不会做我的妻子。”

“你会娶其他女人为妻吗？”

他又摇了摇头，说：“我谁都不会娶。”

“你要我做什么都可以，但你不能找别的女人来羞辱我。”

“我不会羞辱你的，埃斯特拉达。”

为了不碰到她的裂口，他轻轻地吻了她的唇。他解开她的长袍，亲吻着她的乳房和斯托尔滕贝格在她身上留下的丑陋手印。他撩起长袍，嘴唇往她的下体探去。几小时前的那种恐怖消散了，他在她大腿间的拨弄让她心中泛起阵阵激情的涟漪。

“我们在哪里生活？”她轻声问。

“在海边。”说完后，他又埋头继续。

“让-保罗，在海边你也会这样吗？”

她感到他的头在她大腿间点了一下。

“让-保罗，在海边你愿意经常为我这样做吗？”

这是个愚蠢的问题，他没有回答。她抱起他的头，让自己的身体紧紧地贴着他。她想告诉他她爱他，但她知道这种感觉绝不能大声说出来。完事后，他躺在她身边轻轻地喘着气。

“你晚上睡得着吗，让-保罗？”

“有时候能。”

“你能看到他们吗？”

“我会看到他们一小会儿，然后他们就不见了。”

“你为什么要用这种枪法杀死他们？为什么要对着他们的脸开三枪？”

“因为我想让他们知道我的存在。”

她闭上眼睛，感到阵阵睡意袭来。

“你是野兽吗，让-保罗？”

“你说什么？”

“野兽，”她重复了一遍，“就是魔鬼。也许因为你是野兽，所以你要在他们的脸上留下印记。”

“我杀的都是恶人。如果我不杀他们，别人也会。这纯粹是生意。”

“让-保罗，你不仅仅是在做生意。你是……”她犹豫了片刻，他还以为她终于睡着了，“这是艺术，让-保罗，你把杀人当成了一门艺术。”

“睡吧，埃斯特拉达。”

“让-保罗，等我睡着后你再睡。”

“我会的。”他说。

接下来好一阵子她都很安静，然后她说：“你隐退了以后，阿巴托夫怎么办？”

“我想他只好也退休了，”德拉罗什说，“毕竟他年纪也大了。”

“你是魔鬼吗，让-保罗？”埃斯特拉达问道，但他还没来得及回答，她已经睡着了。

天亮前，她从包里翻出了《法国世界报》的一张剪报，上面报道说一名俄罗斯退休外交官在巴黎街头被恶棍杀死了。德拉罗什还睡着——或者还在装睡，她从来都无法确定。

她拿着简报走上了法赫米说的那个危险阳台，借着淡棕色的曙光，她把报道又读了一遍。也许不是让-保罗干的，她想，也许这真的只是桩抢劫案。

开罗在她的脚下苏醒了。一个扎巴林走进了巷子，这次是个衣衫褴褛、睡眼惺忪的小女孩，她无精打采地用毛鞭抽打着驴子的屁股。穆安津的宣礼声又响了起来，接着，数千名穆安津齐声呼喊。

埃斯特拉达划了根火柴，把点燃的剪报举得高高的，直到火焰吞没了它。然后，她松开手，看着它往楼下飘去，落在了一堆垃圾上，变成一堆白灰。

31

开罗

从罗马起飞的航班刚降落在开罗，机场的租车也到了。虽然十一月了，但天气依旧很热，破旧的小型菲亚特里没有装空调。迈克尔倚靠在座位上，尽量让自己舒服一些。他知道心绪不宁只会把事情变得更糟——开罗就像个死结，你越拧它就越紧。

司机以为迈克尔是个有钱的埃及人，刚从罗马度假回来。一路上他都在唠叨世风日下。他是个胡子拉碴的虔诚穆斯林，穿着朴素的长袍。除了行人外，路上挤满了各种各样的交通工具：汽车、巴士和喷着柴油浓烟的卡车、驴车和自行车。一个面黄肌瘦的男孩把一只活鸡硬塞到迈克尔面前，问他是否要买，结果司机把他骂走了。一幅埃及总统的巨幅广告牌立在马路边上，画面中的总统仁慈地微笑着。“如果他也像我们这些人一样挤在这水泄不通的路上，他就笑不出来了。”司机喃喃地说道。

迈克尔从没在开罗常住过，但他以前经常来这儿。他曾是安插在埃及安全机构“穆卡巴拉”里的一名间谍的管控军官。有位特工不愿意跟开罗站的人汇报情报，因为他知道使馆和中情局驻埃及的特工都处于严密的监视下，所以迈克尔假扮成商人，隔三岔五就得溜进开罗亲自听他汇报。埃及是美国在阿拉伯国家中最重要的盟友，这名间谍提供了激进伊斯兰在埃及境内的重要情报。有时迈克尔也给他提供信息。迈克尔得知有人预谋暗杀埃及内政部长后，把消息告诉了间谍。刺杀最后以失败告终，激进组织的几名党徒被捕。迈克尔的间谍还升了职，这使得他可以向迈克尔提供更有价值的情报。

尼罗河希尔顿酒店位于塔利尔广场，俯瞰着尼罗河。在阿拉伯语中，“塔利尔”意指解放，迈克尔一直认为它是世界上最名不副实的地方。宽阔的广场上，交通堵塞的情况会一直持续到深夜。五分钟内出租车都没有挪过一英寸。车辆的鸣笛声尖锐刺耳，叫人难以忍受。迈克尔付了车钱，决定步行去酒店。

他登记入住酒店后，洗个澡换套衣服就出了门。穆卡巴拉是世界上拥有大范围监视系统的情报机构之一。迈克尔知道，虽然自己入住酒店时自称是来罗马开会的意大利商人，但房间的电话肯定还是会被监听。他走进塔利尔广场的地铁站，找到了一个电话亭。他拿着听筒低声说了两分钟，只有在列车进站时，他才不得不提高音量对着电话大喊。

离见面还有两个小时，他要好好地利用这段时间。他登上下一趟列车，在第一站就下了车，再沿路返回广场。他走到了埃及博物馆。他忍不住走进了一家专门卖香薰油的旅游商店。他在比较几种香薰油样品时，热情的店员小伙给他又是递烟又是倒茶。为了回报他们的热情，他买了一小瓶便宜的檀香油，可是他一走出商铺就把它扔进了最近的垃圾桶。看起来他很安全，没有人跟踪他。

他拦下一辆出租车，爬进了车里。

开罗这座城市已失去了往日的优雅。以前，这里有精美的电影院和歌剧院，温馨的夜晚，围墙内的别墅飘出动听的室内乐。现在这些都所剩无几了，那些保留下来的建筑也像在阳光下曝晒过久的黄报纸。许多别墅里已空无一人，歌剧院也拆了，剧院里充斥着一股尿骚味。蔓藤花餐厅有着古老开罗的韵味，就像一个无所事事的老头，穿着西装系着领带在房子里来回走着。

现在是午后，午餐时间已过，晚餐时间还没到，餐厅里客人寥寥。这里的隔音效果很好，迈克尔必须得竖起耳朵才能听到路上喧嚣的车流声。尤瑟夫·哈菲兹坐在角落里的一张桌子旁，离其他人远远的。迈克尔走来时，他抬头看了看，露出了两排洁白的牙齿。他酷似一位埃及电影明星——五十多岁，胖嘟嘟的，留着一头浓密的灰发，令不少年轻女人为之倾倒，又让小伙子们甘拜下风。

他们点了冰镇白葡萄酒。哈菲兹是个穆斯林，但他认为只有疯子和农民才会死守伊斯兰法。他们举杯畅饮，服务员一盘接一盘地端上黎巴嫩式开胃菜。头一个小时里，他们都在回忆往日的美好。

迈克尔终于转入了正题。他告诉哈菲兹自己这次来开罗是为了私事。他希望哈菲兹看在两人既是朋友又是同行的份上帮他一把。无论如何他都不能跟目前的管控军官提及此事。迈克尔会自掏腰包付给他佣金。

“中午这顿饭你请，再来一瓶酒，钱我就不收了。”

迈克尔示意穿着白罩衫的服务员继续上酒。服务员倒酒时，哈菲兹开始扯夏天在戛纳吃比萨的话题。穆卡巴拉雇了成千上万的眼线，服务员很有可能是其中之一。服务生走后，哈菲兹说：“好了，我能帮你什么呢，朋友？”

“我想跟一个叫埃里克·斯托尔滕贝格的人见一面。他以前是斯塔西的人，现在在开罗做自由职业者。”

“我知道他是谁。”

“你知道在哪里可以找到他吗？”

“我还真知道。”

哈菲兹放下酒杯，示意服务生结账。

他的尸体上盖着白布，这间热烘烘的房间里还陈列着一百多具尸体，工作人员的连体服上布满了斑斑血迹。哈菲兹蹲在尸体旁边，看了看迈克尔，想知道他是否准备好了。迈克尔点点头，哈菲兹掀开了床单。迈克尔看了一眼，就忍不住干呕起来，在蔓藤花吃的午餐涌上了喉咙。

迈克尔问：“你们在哪里找到他的？”

“在金字塔附近，沙漠的边上。”

“我猜脸上正中三枪吧？”

“没错，”哈菲兹说着点了根烟想掩盖一下尸臭味，“人们最后一次见他，是在扎马雷克一家叫‘爆破点’的夜总会。”

“我知道那个地方。”迈克尔说。

“他跟一个身材高大、金发碧眼的欧洲女人在跳舞，也许是德国人。”

“她的名字叫埃斯特拉达·沃格尔。她曾经是红色军团的人。”

“是她杀的吗？”

“不是，我怀疑她有帮手。你们是不是拍下了所有抵达开罗机场的旅客？”

哈菲兹做了个鬼脸，觉得这个问题问得很可笑。

“介意我看一眼吗？”

哈菲兹重新把尸体蒙上：“我们走吧。”

他把迈克尔带到了一间有录像台和显示器的房间里。两个打杂的静悄悄地走进走出，一个抱着新录像带朝一边走去，另一个抱着旧录像带朝另一个方向。他们给迈克尔倒了一杯俄罗斯风味茶，茶杯下的金属托架十分华丽。迈克尔的万宝路抽完时，他们给他提供了埃及香烟。他得从几天前的录像带看起，首先看谋杀的前一天。“十月”做事一丝不苟，肯定会精心策划此事。

午夜过后，迈克尔看到了埃斯特拉达。她身材高大挺拔，头发紧紧梳到脑后，突出了她长长的鼻梁。把护照递给对面的海关检查员时，她的一双大手似乎不愿意放开。

五分钟后，“十月”出现在镜头里。他个子不高，脚步轻快，像个击剑运动员。他戴了顶棒球帽，把帽檐压到眉间，遮住了大半张脸。但他的真容迈克尔已经看得够多了。他暂停画面，把哈菲兹叫了过来。

“这就是你们要找的凶手，”哈菲兹走进房间时，迈克尔说，“这是埃斯特拉达·沃格尔，在夜总会跟斯托尔滕贝格跳舞的德国女人。”

哈菲兹指着第二幅画面问：“另一个是谁？”

迈克尔盯着屏幕，说：“上帝啊，我要是知道就好了。”

32

阿姆斯特丹

一个寒冷的早晨，德拉罗什和埃斯特拉达回到了王子运河上的船屋。德拉罗什花了整整二十分钟，把船屋细致地检查了一遍，以确定没人来过。他检查了自己留下的记号，他把厨房里的橱柜和埃斯特拉达卧室里的抽屉都倒腾了一遍，他又仔细地查看结了冰的甲板。埃斯特拉达帮不上任何忙。她很高兴自己又回到了心爱的“克里斯塔”，衣服都没脱就倒在了床上，闭起一只眼睛看着他，觉得他真是疯了。

尽管旅途漫长，但精力充沛的德拉罗什依然很警惕。昨天上午，他们从开罗飞到了马德里。在跟法赫米先生告别时，他们说因为夫人得了重病，所以他们得提前退房。法赫米担心是厕所把他们气跑的，为了留住他们，他主动提出要帮他们换酒店最好的套房。但德拉罗什跟他保证他们离开是水的缘故，不是厕所。他们在马德里搭乘火车前往阿姆斯特丹。火车上，德拉罗什像商人似的趴在笔记本电脑前，规划着下一次暗杀。埃斯特拉达在他身边断断续续地睡着，回想着前一晚发生的一切。

运河又结上了冰，在船屋“克里斯塔”里又能听见溜冰者的欢叫声。埃斯特拉达吞下安眠药，用枕头捂住了头。德拉罗什兴奋过头睡不着，此时正是早上十点，太阳出来后，天空万里无云。他穿上厚毛衣，戴上无指手套，在前甲板上写生。光线充足，很适合眼前这样的主题——以三角屋为背景，画运河上的溜冰者。画作完成时，他认为这是他在阿姆斯特丹画得最好的一幅。

他突然想得到埃斯特拉达的赞美，但他走下甲板试图唤醒她时，却听到她在喃喃自语，说她的名字是伊娃·特伯，是柏林的一个平面设计师，乞求着不要再打她了。

下午一点钟左右，他斜背着电脑，骑着自行车往阿姆斯特丹城里走去。他把自行车锁在阿姆斯特丹国立博物馆边上的一个电话大厅外，然后走进了电话厅。他进入一个小隔间，打开电脑，在键盘上敲击了几分钟。他收到了一封电子邮件。他打开邮件，但屏幕上显示的都是乱码。他输入代号后，文档就正常显示了。

> 恭喜你圆满完成了开罗的任务，佣金已汇入了你的账号。我们现在有一项新的任务。如果你接受任务，我们会支付一百五十万美金，预付金额是七十五万美金。如接受任务，请按回车键。预付款会自动汇入你的账户，目标对象的卷宗及暗杀细节会下载到你的计算机。该文件已加密，当然，你的代码就是密码。如拒绝，请按退出键。

德拉罗什把视线从屏幕上移开，考虑了一会儿。加上这一笔钱，他将十分富裕，让自己舒适安逸地度过下半生都绰绰有余。但是他心里明白这肯定是有风险的，暗杀任务会更有挑战性，埃里克·斯托尔滕贝格就是个很好的例子，而现在他还要再执行一次刺杀任务。他想知道埃斯特拉达是否愿意继续干下去——在开罗跟斯托尔滕贝格的那次交手让她付出了不少代价。但德拉罗什也知道，埃斯特拉达现在的生活已跟自己密不可分了。他可以让她做任何事。

他按下了回车键。网速很快，文件很快就载入了自己的笔记本电脑。他瞟了一眼卷宗，关闭了电脑。他认识这个男人，他见过他一次。

他收起电脑，在电话亭拨通了苏黎世那家银行的号码，跟贝克尔先生通了话。是的，账户里现在有两笔钱：前些天收到了一百万美元，刚才收到了七十五万美元。德拉罗什告诉贝克尔，让他把钱打入巴哈马的账户。

他离开电话厅，去找埃斯特拉达的自行车。他看见一个小偷正在撬锁。德拉罗什礼貌地告诉小偷，他就是自行车的主人。小偷让德拉罗什滚一边去。德拉罗什抬脚朝小偷的肾脏部位踢去，然后骑着自行车离开了，小偷痛得在地上直打滚。

埃斯特拉达一直睡到太阳下山。吃过晚饭后，他们在“克里斯塔”旁的一家咖啡馆喝咖啡，然后沿着运河散步。埃斯特拉达深深地吸了一口阿姆斯特丹冰冷的空气，想要清除在开罗吸入的粉尘和烟雾。服用了多年安眠药和咖啡后，她变得紧张兮兮的。一名留着黄灰头发的男子撞了埃斯特拉达一下，她立刻伸手往包里掏枪，幸好德拉罗什把手放在她胳膊上，小声说没事，那只是个赶路的陌生人。

他们来到绅士运河上吃晚餐，去的是德拉罗什第一次带她去过的餐厅。两人就像一对疲倦的情侣，她在开罗什么都没吃，现在正狼吞虎咽地吃着自己盘里的东西，德拉罗什的那份也被她吃了大半。由于紧张和疲惫，她的脸色很苍白，把食物和酒全消灭后，在夜色中才稍显红润。她吃甜点时，德拉罗什把新任务的事告诉了她。她的脸上稍有愠色，仿佛德拉罗什刚才是告诉她，今天晚上他又要工作到很晚。

“你可以不参与。”他说。

“我不想离开你。”

他们听着王子运河上溜冰者的尖叫声，在“克里斯塔”的天窗下做爱。结束后，德拉罗什向埃斯特拉达坦白，说自己和那名巴勒斯坦男孩在纽约附近击落了客机，然后他把男孩杀了。他告诉她，他认为他们杀死的这些男人也参与了袭击客机，或者他们或多或少知道些真相。

“谁雇的你？”她抚摸着他的嘴唇问道。

“老实说，我也不知道。”

“我想你知道他们也会杀了你的，让-保罗。等你完成任务后，他们会干掉你。接下来死的就是我。”

“我知道。”

“我们要去哪里？”

“去我们沙滩上的房子。”

“安全吗？”

“哪里都安全，哪里也都不安全。”

她点燃了一支香烟，并朝天窗吐出一缕烟雾。他拿起笔记本电脑，打开电源，按了几个键。硬盘驱动器转动起来，屏幕上出现了一个深色头发的男人。

“为什么要这个人死？”

“我怀疑他知道得太多了。”

另一张图片也出现了，是伊丽莎白·奥斯本。

“他的妻子真漂亮。”

“对。”

“太可惜了。”

“是的。”德拉罗什说完就关掉了笔记本电脑。

33

纽约，牛尾洲岛

迈克尔赶上了当晚的最后一班渡轮。天气寒冷，他却在船栏旁站了很久，直到狂风和大浪把他赶回了从肯尼迪国际机场租来的别克车里。在长岛高速公路上，他打电话给阿德里安·卡特，告诉他自己已回到了美国。卡特想知道他之前去了哪里，迈克尔说，他明天下午会亲自到总部解释一切。卡特要求他当场就解释清楚，于是迈克尔扯谎说信号不好，然后挂了电话。把听筒放回机座时，他最后听到的是阿德里安·卡特一反常态嚷嚷了不少脏话。

浪花拍在船头，模糊了挡风玻璃。迈克尔打开了雨刷。牛尾洲海峡对面的卡依湾灯火通明，他脑海中又浮现出了过去一周发生的事情：002号航班、科林·雅德利、希思罗机场、德罗兹多夫、穆罕默德·阿瓦德、埃里克·斯托尔滕贝格、埃斯特拉达·沃格尔，还有“十月”。他们就像零散的音符，他无法把它们拼成一首完整的旋律。他很确定加沙之剑没有攻击飞机。他认为，这是另一伙人，或某个人借着加沙之剑的名头干的。但会是谁呢？为了什么？“十月”是个杀手，如果他参与了，那也是受雇于人的，埃斯特拉达·沃格尔也是。红色军团既没有资源也没有攻击的动机。迈克尔觉得他知道真相，至少知道一部分：有人雇佣“十月”，让他除掉参与袭击的所有人。

渡轮停靠在牛尾洲。迈克尔发动引擎，驶离了渡轮。牛尾洲岛上空荡无人，商店和维多利亚木屋都漆黑一片。他沿温斯洛普路快速向前开去，经过一条隧道，路两边都是光秃秃的树木，接着又绕过了德林港。夏天时，海港上飘满了帆船，现在，就只有雅典娜号停泊在卡依湾旁，随着海浪起伏。

在英吉利海峡渡轮上，迈克尔怀疑对方的目标不是穆罕默德·阿瓦德，而是自己。戴巴拉克拉法帽的男人是谁？是“十月”吗？迈克尔在切尔西堤坝上亲眼见过“十月”，也看过录像带，渡轮上的杀手看起来和他用枪的手法并不一样。他只得假设自己就是目标，他们现在打算派世界上最顶尖的刺客之一——“十月”来完成这项任务。他不得不承认有这种可能性，他不得不告诉卡特和莫妮卡·泰勒这一切，他需要他们的保护。他会告诉伊丽莎白一切，但却是出于另一种考虑。在这个世界上，她是他最爱的人。他拼命想要重新获得她的信任。

卡依湾出现在他眼前。迈克尔在安全闸门前停了下来，摇低车窗，输入了密码。闸门打开了，看门小屋里的灯亮了。迈克尔沿着长长的砾石路向前开去。一群白尾鹿在卡依的宽草坪上嚼着枯草，它们抬起头，警惕地打量着迈克尔。迈克尔看到了一束灯光，接着听到了狗叫声。看门人查理向他走来，猎犬跟在他身后汪汪叫着。

迈克尔关掉引擎，下了车。主楼的灯亮了，然后门也开了，他看见了伊丽莎白在灯光下的身影。她穿着参议员的一件旧大衣，走到门外，双手交叉抱在胸前看着迈克尔。风吹着她的头发拂过脸庞，然后她小心翼翼地向迈克尔走去，投入了他的怀抱。

“再也别离开我了，迈克尔。”

“我不会的，”他说，“上帝，我很抱歉。”

"我想跟你谈谈。我希望你能告诉我一切。"

"我会告诉你一切，伊丽莎白。有一些事情我必须让你知道。"

他们一连聊了几个小时。伊丽莎白坐在床上，下巴抵着膝盖，用手指拨弄着一根未点燃的金边臣。迈克尔慢慢地踱着步，一会儿坐在她身边，一会儿盯着窗外的海峡。这次他做到了，他把一切都告诉了她。吐露秘密后，他觉得内心的石头落地了。他真希望自己从一开始就不曾对伊丽莎白隐瞒什么。他总是告诉自己，瞒着她是在保护她，但现在他意识到，事实也不全是如此。他过这种保密和谎言的生活太久了，甚至不知道还有其他的选择。隐瞒就像一种病，一种痛楚。他父亲得了这种病，为此他母亲都快疯了。迈克尔要避免重蹈覆辙。

他说完后，她沉默了很久。最后，她说："你想让我怎么做？"

"原谅我，"他说，"原谅并理解我。"

"迈克尔，我一直都是这样做的。"她把未点燃的烟放回了烟盒，"明天你去兰利以后会怎样？"

"他们很可能会拿一把点四五口径的手枪指着我。"

"你在胡说什么？"

"我可能会有大麻烦，也许无法轻易脱身。"

"别开玩笑了，迈克尔。"

"被开除的间谍很难再找到工作。"

"我们并不缺钱。你可以有时间做点自己想做的事情。"话刚出口，她就看到他脸上的表情，"上帝啊，迈克尔，我很抱歉。我不是那个意思。"

"在我离开中情局之前，我有个心愿还没了。我想知道到底是谁击落了那架客机。我要知道真相。"

"'你理应知晓真理，真理必使你自由。'是不是，迈克尔？"

"差不多是这个道理。"

“不是因为她吗？”

“因为谁？”

“因为莎拉。”

“一开始就不是因为她。”

“这样说很聪明，迈克尔，但回答我的问题。”

“有时候，我会猜想她到底发生了什么。但是我不爱她，伊丽莎白，可我也不希望她死在那里。”

一颗眼泪从她脸上滑落。她抹去眼泪说：“过来，迈克尔。到床上来。”

她躺在他的怀里哭了很久。他抱着她，直到她的身体慢慢不再颤抖。她抬起湿漉漉的脸看着他说：“想听听我这两天是怎么过的吗，亲爱的？”

“当然想。”

“一共有四颗受精卵，今天早晨移植到了我体内。我要放松休息几天。之后他们会做一个妊娠试验，看看是不是怀上了。”

他把手掌放在她的肚子，她亲吻了他。

“迈克尔·奥斯本，这是几个星期以来，我第一次看见你笑。”

“这是几个星期以来，我听到的第一个好消息。”

她用手指摸着他的头发：“他们会冲你来吗？”

“不知道。如果我不干的话，我就不再对它们构成任何威胁。”

“你明天会辞职吗？为了我？”

“我想我没有选择的余地。”

“真理必使你自由。”她说。

“阿门。”

34

塞浦路斯

小型湾流喷气飞机停在独立跑道上，引擎在黑暗中轰鸣。飞行员名叫罗杰·斯蒂芬斯，曾任皇家海军舰队航空兵军官，并在马岛战争中获得过勋章。他现在在“协会”的运输部工作。斯蒂芬斯例行公事地完成了飞机起飞前的各项检查，但他仍缺少一项重要信息：飞行计划。乘客是一男一女，按计划，他们会在登机后提供飞行航线。他猜想这是一次漫长的飞行，因为有人命令他给飞机加满燃油。

三十分钟后，一辆黑色的路虎揽胜奔上跑道，车前灯没有开，朝着飞机高速驶来。路虎停在舷梯脚下，走下了两个人，然后车就开走了。斯蒂芬斯曾为“协会”执行过多次飞行任务——当然他的佣金也不少——他知道其中的规则。他不能看乘客的脸，也不能跟他们讲话。斯蒂芬斯对这样的安排没有异议。“协会”的人和他们雇来的人都不好惹，他不想与他们扯上太多关系。

乘客登机后坐上了座位。飞机上已为他们备好了一个黑色尼龙旅行袋，冰箱里也储备了食物和葡萄酒。斯蒂芬斯听到了拉链拉开的声音、一个老练的枪手检查枪支时发出的脆响声、一瓶香槟酒软木塞弹开的声音，以及一个女人低声说着带德国口音的法语。

片刻后，那男子走入驾驶舱，站在斯蒂芬斯身后。

"飞行计划。"他简单地说。

他说的英语隐隐约约带点口音，但斯蒂芬斯却想不起是哪里的。男人把飞行航线摆在了斯蒂芬斯面前，他手里还拿着一把消音的伯莱塔手枪。

斯蒂芬斯接过了飞行计划。

德拉罗什说："待在驾驶舱里，不准回头看我们。如果你看我们的话，我会杀了你，然后自己开飞机。听懂了吗？"

斯蒂芬斯点点头，感到后颈掠过一丝凉意。德拉罗什走出驾驶舱，坐回到乘客舱的位子上。斯蒂芬斯把手往后伸去，没有回头，关上了驾驶舱门。

片刻后，飞机腾空而起，翱翔在地中海的夜空中。

35

弗吉尼亚州兰利市，中央情报局总部

迈克尔总认为环保主义者应该到莫妮卡·泰勒的办公室里进行一次考察。她的办公室位于七楼，室内宽敞通风，可以俯瞰河流两旁的树木。莫妮卡对政府提供的家具嗤之以鼻，她搬来了她在纽约办公室里的家具：大型红木办公桌、红木文件柜、红木书架、红木会议桌和配套的舒适皮椅。屋里到处点缀着象牙和银制饰品，精美的波斯地毯遮住了政府提供的丑陋灰蓝地毯。一面墙上挂满了她与著名人物的照片：莫妮卡与詹姆斯·贝克维兹、莫妮卡与局长罗纳德·克拉克、莫妮卡与某著名演员、莫妮卡与戴安娜王妃。情报界的人在镜头前是出了名地低调，但莫妮卡却是个名副其实的封面女郎。

进入房间后，迈克尔闻到了咖啡香——浓郁的意大利黑咖啡或法国炒咖啡的香气，他还能隐约听到某处飘来的轻柔管弦乐。阿德里安·卡特也走了进来，看起来像宿醉未醒一样。他轻轻地嗅了嗅，也闻到了咖啡，但却皱起了眉头。跟往常一样，莫妮卡迟到了五分钟，最后一个走了进来，“叮当兄弟”跟在她身后，各自手中攥着一本套皮文件夹。

他们围着会议桌坐下，莫妮卡坐在上首，“叮当兄弟”坐在她右边，迈克尔和卡特坐在她左边。一名秘书端着托盘走了进来，为大家上咖啡、奶油和精美饼干。莫妮卡用她的细尖金笔在抛了光的桌面上敲了敲，示意会议开始。

“麦克马纳斯去哪儿了？”卡特问。

“他有急事去市区的胡佛大厦了。”莫妮卡面无表情地说。

“难道你不觉得美国联邦调查局反恐中心的代表应该旁听本次会议吗？”

“我们会适时向联邦调查局通报他们需要知道的任何消息。”她说，“这次是中情局内部的事，这样处理就可以了。”

卡特怒火难当地咬着他的食指指甲。

莫妮卡看着迈克尔：“轮船事件后，我命令你立即返回伦敦并向总部汇报。你为什么不服从命令，反而跑去了开罗？”

“就目前这件案子而言，我觉得自己能发掘出更有价值的信息，”迈克尔说，“我可不是去看金字塔的。”

“别耍嘴皮子，你现在的麻烦已经够多了。你在开罗掌握了什么情况？”

迈克尔把穆罕默德·阿瓦德给他的照片拿到了桌子上，并朝莫妮卡那边摆放，好让他们看到："这就是死在钓鱼船上的那个男人，哈桑·穆罕默德。跟他见面的人叫埃里克·斯托尔滕贝格。客机坠毁前的几个星期，他们在开罗见过面。斯托尔滕贝格是前斯塔西的特工。他之前任职的部门支持世界各地的民族解放运动和游击队，而他后来做了一名自由职业者。遭遇枪杀前，穆罕默德·阿瓦德在渡轮说，穆罕默德已经和斯托尔滕贝格联手了。"

"迈克尔，两个男人坐在开罗的咖啡厅里喝咖啡能证明什么阴谋？"

迈克尔遏制住了怒火。花了这么多年时间往上爬，莫妮卡已经学会了在漫不经心间，用带刺的或看似自相矛盾的话语攻击对手。

"我去开罗是因为我想跟斯托尔滕贝格当面谈谈。"

"你为什么不向卡特禀告此事，让开罗站的人去处理呢？"

"因为我想自己处理。"

"至少这次你没撒谎。继续吧。"

"我到开罗的时候，斯托尔滕贝格已经死了。"迈克尔把斯托尔滕贝格被击碎的脸部照片扔在了桌子上。卡特扭过头去，皱了皱眉。莫妮卡的脸上没有表情。"跟哈桑·穆罕默德和科林·雅德利一样，他的脸也被打了三枪。"

"莎拉·伦道夫也一样。"

迈克尔低头看了看自己的双手，然后抬头看着莫妮卡。

"是的，"他说，"莎拉·伦道夫也一样。"

"你认为这些谋杀案都出自同一人之手？"

"我十分肯定。他过去是克格勃的一名刺客，代号'十月'。他在年纪很小时就被派到了西欧，隐藏得很深。现在他是个职业杀手，是世界上要价最高、技术最精湛的刺客。"

“这些都是伊万·德罗兹多夫告诉你的？”

“对。”

“迈克尔，你的猜测是？”

“穆罕默德·阿瓦德没有撒谎：加沙之剑没有袭击客机，是其他组织或个人，冒用加沙之剑的名义发动的袭击。现在该组织或个人已经聘用‘十月’，打算把所有参与袭击的人都杀人灭口。”迈克尔停顿了一下，接着说，“他最后也会杀掉我。”

“你能解释一下吗？”

“我认为，他们已经这样做过一次了，就在我跟阿瓦德会面的渡轮上。但他们失败了。我想他们会再试一次，而这一次，我认为他们会把任务交给‘十月’。”

很长一段时间他们都没有说话。跟莫妮卡的对话总会被沉默打断，仿佛她在等待旁边提词器上的台词。

“他们是谁，迈克尔？他们是干什么的？他们人在哪里？他们会怎样做？”

“我不知道。有人炸毁了客机，而且有很充分的理由。看看在此期间发生了什么事：中东和平进程泡汤了，涌进该地区的武器创下了历史新高。”

迈克尔暗想：还有四面受敌的总统后来居上赢得了连任，而这个国家还将斥巨资建造昂贵的导弹防御系统。

“天哪，迈克尔！你不会是在暗示这背后有什么联系吧？”

“我不知道所有的答案。我是说，我们要认真考虑其他势力发动此次袭击的可能性，并扩大相关调查。”

阿德里安·卡特终于说话了：“迈克尔第一次跟我说时，我也认为他是在痴人说梦，但现在我认为我错了。我认为中情局应该按迈克尔建议的去做。”

莫妮卡犹豫了片刻。“我只好勉为其难地同意了，迈克尔。但是恐怕你无权参与接下来的调查。”她抿了一口咖啡，“没错，你是挖出了具有潜在价值的情报，但你所采用的方式方法是不可原谅的。坦率地说，对你这样的情报特工而言，这种行为跟你的经验和身份不符。恐怕我没有其他选择，只能让你停职，等待接受纪律审查。对不起，迈克尔，基于你的行为，我只能作出这样的决定。”

迈克尔什么也没说。他早就预料到会这样，但莫妮卡的话仍像电击波一样穿透他的身体。

“至于你的人身安全问题，你放心，中情局将采取一切必要措施，保护你和你的家人。”

“谢谢你，莫妮卡。”但话一出口，迈克尔就后悔了。莫妮卡·泰勒作出的保证就像写在湖面上的十四行诗，风一吹就会不见。

晚上八点刚过，米切尔·艾略特的专车把他送回到了位于加利福尼亚大街的市区住处。他又熬过了漫长的一天，大部分时间他都在国会山上施展权术。艾略特投身政治已久，他知道在华盛顿，成功所带来的愉悦总是转瞬即逝。总统所作的政治承诺在委员会的各项裁减措施中通常只能寿终正寝。国会对国家导弹防御系统进行表决将是好几个月以后的事，那时，002号航班的悲剧将成为人们遥远的记忆，然后贝克维兹将变成一个无用的傀儡总统。艾略特的工作就是确保防御计划不会半途而废。在国会山，他里里外外砸了数百万美元，一半的国会议员都欠着他的人情。即使如此，他也意识到自己要使出浑身解数才能让这个计划圆满成功。

专车在路边停了下来。马克·卡拉汉下车，打开了车门。艾略特朝屋里走去，直接上了二楼藏书室。他给自己倒了杯威士忌，然后走进卧室。浴室的门开了，一个女人走进房间，她刚淋了浴，头发湿漉漉的，身上裹着厚绒布长袍。

他抬起头来：“你好，我亲爱的莫妮卡，跟我说说你今天的情况。”

“他太小看我了。”她躺在床上，依偎在他身旁，“他把我当成了白痴。他认为自己比我聪明，我最讨厌自以为比我聪明的人。”

“就是要让他低估你，”艾略特说，“这将是他致命的错误。目前看来，这样说一点都不夸张。”

“我别无选择，只好重新调查。至于你的小把戏，奥斯本已经掌握了不少信息。”

“他只是摸到点皮毛，莫妮卡。这一点，你我都很清楚。而且，他现在根本看不到事情的真相。奥斯本完全就是一头雾水。”

“他知道你雇佣的刺客的身份，他还认为自己知道他们为什么要被灭口。”

“他不知道他们身后是谁，他永远也不会知道。”

“我不得不在全世界范围发出通告，米切尔。”

“谁负责在中情局发布情报？”

“一切都汇总给我，我亲自查看。”她说，“从理论上说，情报局里只有我能看到。麦克马纳斯被我打发去办差了，所以他们什么都不知道。”

“迈克尔·奥斯本永远不会知道是谁杀了他。好样的，莫妮卡。我要给你发一大笔奖金。”

“其实，我想要的可不是奖金。”

十二月

36

加拿大北部

湾流飞机降落在戴维斯海峡上方的雷达罩下，避开了雷达的探测范围。哈得孙湾东岸旁有一条灯火通明的公路，飞机最后降落在这条偏远的公路上。埃斯特拉达和德拉罗什缓步走下舷梯，德拉罗什把尼龙袋挂在背上，埃斯特拉达用双手遮住脸，抵挡从北极刮来的寒风。斯蒂芬斯根本没有熄掉引擎，埃斯特拉达和德拉罗什一离开，湾流飞机就再次向前加速，腾空而起，翱翔在加拿大的晴空中。

一辆黑色的路虎揽胜在公路旁等着他们，车里已经备好了整套御寒的户外装备：齿轮雪靴、背包、冲锋衣、脱水食品和一本详细的任务指令。他们上了车，关上门，把寒风挡在了车外。德拉罗什转动钥匙，引擎轰轰地响了几声，挣扎了一阵，随即又熄灭了。一阵恐惧感向德拉罗什袭来：喷气飞机已经离开了，他们现在是孤军奋战。如果车子不能开动，他们很快就会没命。

他又拧了一下钥匙，引擎终于点燃了。埃斯特拉达一瞬间就变成了典型的德国人："感谢上帝！"

"我还以为你是个优秀的共产主义无神论者。"德拉罗什笑道。

"闭嘴，把空调打开。"

他照做了，接着打开包，准备阅读任务指令，但是却看不清。他从上衣的胸前口袋里取出一副眼镜戴上。

“我从没见你戴过它，让-保罗。”

“我不喜欢戴着它见人，但有时候没办法。”

“你看起来就像个教授，一点儿不像职业杀手。”

“那样就对了，亲爱的。”

“你既然眼睛看不清，又是怎么做到杀人这么利索的？”

“因为我是要对他们开枪，而不是读他们。如果他们额头上写了字，我就需要眼镜了。”

“拜托，让-保罗，把这该死的车子发动起来。我快冻死了。”

“开车前我得先知道要去哪儿。”

“你每次都要事先看指令吗？”

他疑惑地看着她，好像这个问题有些唐突。

“你当然会看，所以你才做什么都很出色。让-保罗·德拉罗什是个有条不紊的男人。”

“我们都有各自的癖好，”他边说边把指南放到了一边，“我可从不取笑你的癖好。”他挂挡发动了揽胜。

“我们去哪儿？”埃斯特拉达问。

“去一个叫佛蒙特的地方。”

“离我们的海滩近吗？”

“不近。”

“妈的，”她闭上了眼睛，“到地方了叫醒我。”

37

华盛顿哥伦比亚特区

迈克尔被“流放”后的第一天简直惨不忍睹。天蒙蒙亮时，他被闹铃吵醒了。他冲进浴室，拧开水龙头才意识到自己今天无处可去。他走到一楼厨房，准备好面包和咖啡给伊丽莎白端去。她在床上吃了早餐，读了《华盛顿邮报》。一个半小时后，伊丽莎白出门了，她穿着职业装，带着她的两个公文包和两部手机。迈克尔站在窗边，像个傻子一样挥着手，看着她驾驶银色奔驰离开。如果他再穿件羊毛衫，叼个烟斗，这幅画面就完美了。

他看完报纸，想接着读会儿书，但没法集中精力。他打算好好利用时间，于是把所有门锁检查了一遍，又更换了报警系统的电池，但这一切才花了二十分钟。十点钟，他们聘请的秘鲁家政服务员玛利亚来了，她拿着高功率吸尘器和有毒的家具亮光剂，把他从一个房间赶到了另一个房间。“迈克尔先生，今天外面的天气不错。”真空吸尘器轰隆隆地响着，玛利亚扯着嗓子用西班牙语对他说道——玛利亚在他面前从来只说自己的母语，“你应该出去走走，找点事做，别整天闷在屋子里。”

迈克尔意识到他竟然被自己的家政服务员赶出了家门。他上楼，换上运动服和运动鞋，又回到一楼。玛利亚把一张纸塞到他手里，上面列着她所需的清洁用品。他把清单塞进口袋，走出前门，拐上了N大街。

已是十二月初了，这天的天气却稍稍暖和了些。迈克尔认为世界上没有哪个街区的下午能跟乔治城媲美：天高云淡，凉风习习，空气中飘着柴火的气味。秋天的落叶在N大街上铺成了一条红黄色的毯子。迈克尔迈着轻缓的步伐，沿着红砖人行道慢跑，脚下的落叶发出“嘎吱”的声响。迈克尔习惯性地往停在路边的汽车车窗里望去，确定是否有人坐在里面。角落里停着一辆面包车，车上印着弗吉尼亚州一家厨具商店的名称。迈克尔记下店名和号码，回头他会打电话确认是否真有这家店。

他沿坡跑下M街，横过基桥。桥上风很大，桥下的河面上也泛起了阵阵涟漪。两边的河流仿佛不是同一条：迈克尔的右边，汹涌的河流朝北延伸至远方；迈克尔的左边则是华盛顿滨海区——港湾广场建筑群、水门大厦、还有远处的肯尼迪中心。快要跑到弗吉尼亚州的河对岸时，他回头看了看是否有“尾巴”。他发现身后一百码左右，有个戴着乔治城棒球帽、体型单薄的男子。

迈克尔低下头加快步伐，跑过了罗斯福岛，穿过了乔治·华盛顿大道旁的草坪。他跑上纪念大桥，又回头望了望桥下——戴乔治城棒球帽的男人还在老地方。迈克尔停下来做拉伸运动，站在桥上，他可以看见下面的行人。戴帽子的男人继续沿河向南，朝国家机场的方向跑去了。迈克尔站起来，继续往前跑。

接下来的二十分钟里，他先后遇到了六个戴帽子的男人，其中三个都被他认为可能是“十月”。他知道自己正变得战战兢兢、神经过敏。他奋力跑回了乔治城，在布怡三明治店稍作逗留——乔治城大学生们都喜欢到这里来，他点了杯咖啡，边喝边沿着N大街往家走。他开门进屋，冲完澡换了套衣服，又出门去了。他在车上拨通了伊丽莎白的办公室电话。

“我要去一趟兰利，”他说，“还有些事情需要处理一下。”电话那端沉默了几秒，迈克尔接着道，“别担心，伊丽莎白。今天下午我无论如何都会按时赶到的。”

“谢谢你，迈克尔。”

“下午见。”

迈克尔再次穿过基桥，转入乔治·华盛顿大道。这段路他已不知走过多少遍，但此时，他驱车前往兰利，为的是去清理他的办公桌，他觉得好像是平生第一次走这段路。路旁立着高大的杨树，弗吉尼亚崎岖的岩石间流下条条小溪，陡峭的壁崖俯瞰着波托马克河。

门口的警卫把迈克尔的工作卡插入系统，皱了皱眉，放他进去了。迈克尔朝反恐中心走去，穿过明晃晃的走廊时，他觉得自己像个麻风病患者——没有一个人跟他说话，也没有一个人看他。情报中心是一个高度团结的小圈子，当一个特工染病时，其他人都躲得远远的，以免被传染上。

迈克尔进门时，“牛栏”里静悄悄的。他走到自己的办公桌旁，接下来的一小时里，他整理好自己的抽屉，把私人物品和中情局的物品归类分开。一个星期前，他还因为在希思罗机场的举动而受到嘉奖；现在，他觉得自己像个足球运动员，错失了决定胜负的得分机会。每过一会儿就有人走过来，把一只手搭在他肩上，然后迅速走开。但是，没有一个人跟他说话。

他准备离开时，阿德里安·卡特把头探进“牛栏”，对迈克尔做了个手势，示意他去自己的办公室。他递给迈克尔一个礼品盒。

“我还以为自己只是被停职接受调查而已。”迈克尔说着，接过了礼品盒。

“是的，但我还是想把它送给你。”卡特说，下垂的眼睛让他看上去比任何时候都更加郁闷，“回家后再打开它。这里的某些人可能不懂幽默。”

迈克尔握了握他的手：“谢谢你为我做的一切，阿德里安。回头见。”

“好的，”卡特说，“迈克尔，自己保重。”

迈克尔进入停车场，走到自己的车旁。他把卡特的礼物放进后备箱，然后坐进车里，离开了中情局。穿过大门时，他在想自己还能不能回来。

迈克尔前往乔治城大学的医学中心，去和伊丽莎白碰头。他把捷豹交给了泊车员，乘电梯来到医生诊疗室。走进候诊室时，却没有发现伊丽莎白。他猛地不安起来，担心已经过了预约时间，但片刻之后，伊丽莎白就拎着公文包来到了候诊室，亲吻了他的脸颊。

一位护士带他们进检查室，把一件医用长袍留在了桌上。伊丽莎白解开上衣和裙子。她抬起头来，发现迈克尔正盯着自己。

“把眼睛闭上。”

“其实，我正想锁门呢。”

“你这个禽兽。”

“谢谢。”

伊丽莎白脱下衣服，钻进长袍，坐在了检查桌上。迈克尔在一边摆弄超声仪上的旋钮。

“你别乱动了行吗？”

“对不起，我只是有点紧张。”

医生走进房间。他让迈克尔想起了卡特：精神萎靡、披头散发、脸上永远是一副百无聊赖的神情。他看了看伊丽莎白的体检表，脸拧成了一团，好像在纠结该点鲯鳅鱼还是烤鲑鱼。

“β计数看起来非常不错，”他说，“其实还稍微有点偏高。我们看看超声波图像吧。”

他掀起伊丽莎白的长袍，在她腹部抹上凝胶润滑剂。然后，他把超声识别笔抵住她的皮肤，来回滑动。

“就在那儿，”他第一次露出了微笑，“女士们，先生们，这是一个发育得非常好的卵囊。”

伊丽莎白的脸上溢满了笑容。她伸出手，紧紧地握住了迈克尔的手。

医生的超声识别笔继续游走了一会儿：“这里还有一个看起来非常不错的卵囊。”

迈克尔说：“噢，上帝啊。”

医生关掉超声仪：“穿好衣服，到办公室来见我。我要嘱咐你们几件事情。哦对了，祝贺你们。”

“至少我们用不着买套更宽敞的房子。”迈克尔说着，一边跟着伊丽莎白上楼回到卧室，“我一直觉得六间卧室的乔治城联邦式住宅对我们两个人来说太大了。”

“迈克尔，先别急着说这话。我已经四十岁了，属于高龄孕妇，很多事情都可能出岔子。”她躺在床上说，“我饿了。”

迈克尔躺在她身边：“我脑袋里还是你身上涂了润滑剂的模样。”

她吻了吻他：“快走开。你也听到医生说了，我得在床上好好静养几天。这段时间是最危险的。”

他也吻了吻她：“我知道。”

“去楼下给我做个三明治。”

迈克尔下床去了一楼的厨房。他用火鸡肉和瑞士奶酪给伊丽莎白做了个三明治，又倒了杯橙汁。他把三明治和饮料装在托盘里，端上楼拿到了伊丽莎白面前。

“我想我会慢慢习惯这样的。”她咬了口三明治，问道，“工作的事怎么样了？”

“显然，已经没人敢搭理我了。”

“有那么糟糕吗？”

“其实更糟。”

“谁给你的？”她指着礼品盒问道。

“卡特。”

“你不打开看看吗？”

“少一套高仕笔，我也活得下去。”

“给我。”她咬了一大口三明治，边嚼边撕开包装纸。里面是一个长方形的盒子，盒子里有一沓印着“高级机密”字样的文件。

伊丽莎白说：“迈克尔，我觉得你还是看看这个。”

她把文件扔给了迈克尔，他迅速翻阅着一张张纸。

“是什么？”

他抬头看着她。

“这是美国中央情报局的文件，记录了代号为‘十月’的克格勃杀手。”

38

美国和加拿大边境

德拉罗什期待着黎明的第一道曙光。他在蒙特利尔南部的树林中找了一个僻静处，离高速公路很远，距边境约三公里。埃斯特拉达紧挨着德拉罗什睡在路虎的后座，身上盖着条厚厚的毛毯。为了暖和些，她把身体蜷成了一团。她一直恳求德拉罗什把暖气打开，但他不同意，因为他想安静些。她睡着后，他摸了摸她的手，冷得像冰。

六点半他爬了起来，从保温瓶里倒出咖啡，又冲了一大碗燕麦片。十分钟后，埃斯特拉达也爬起来，身上裹着羽绒大衣，头上戴着羊毛帽。“给我也倒点咖啡，让-保罗。”她说着，喝光了剩下的燕麦片。

德拉罗什将他们的衣物装进了两个小背包，把较轻的一个扔给了埃斯特拉达，自己背上另一个。他把伯莱塔插在裤腰带前面，快速从车头绕到车尾，确保没有留下任何可能暴露自己的痕迹。他们把揽胜停在了原地，美国边境这端会有另一辆揽胜在等着他们。

二人沿着尚普兰湖上方的山坡走了一小时。他们本来可以穿过冰冻的湖面进入美国境内，但德拉罗什觉得那样太扎眼了。揽胜车里原本放了两双雪地靴，但德拉罗什认为这种情况下最好穿登山靴，因为地表上只盖着几英寸的薄冰。埃斯特拉达顺着山势艰难地爬上爬下、穿过茂密的树林。即使在路况最好的地方，她的步子也显得笨拙而不协调。她颀长的身体也适应不了冬季登山的恶劣条件。有一次，她直接滚下了山坡，摔了个四脚朝天，两腿蹬着一棵树。

德拉罗什不太确定他们是什么时候走出加拿大，进入美国境内的。周围没有边界线，没有围墙，也看不见任何电子监控设备。他的雇主真是挑了个好地方。德拉罗什想起很久以前的一个晚上，那时他还是个男孩，在两名克格勃特工的护送下，他从捷克斯洛伐克进入了西欧的奥地利。他想起了那个温暖的夜晚、弧光灯和铁丝网，以及空气中弥漫着的粪肥味。他还记得，自己举枪杀死了他的“护送者”。即使在这个寒冷的清晨，他穿过佛蒙特州时，一想到他的第一次暗杀行动，他还是闭上了眼睛。

有一段时间，他直接听命于弗拉基米尔。说弗拉基米尔是他的管控军官也不甚准确——弗拉基米尔是他的整个世界，是他的一切：老师、牧师、施虐者和父亲。弗拉基米尔教会了他读书写字，教他掌握了语言和历史，教他谍报和杀人技术。当他要去西欧时，弗拉基米尔把德拉罗什托付给了阿巴托夫，像父亲把孩子托付给一个亲人一样。弗拉基米尔最后的命令就是杀掉护送者，那次行动给德拉罗什灌输了一个重要的概念：永远不要相信任何人，尤其是自己人。他长大后才意识到，弗拉基米尔当时的用意也正在于此。

他们往山下走时，地势渐渐平坦起来。德拉罗什照着地图和指南针的指示，来到了边界以南两英里处的海格特林斯村村外。第二辆揽胜正在那里等着他们，它停在一片松林里，树林旁是白雪覆盖着的麦田。德拉罗什把他们的行李放进后备箱，上了车。这次一点火，车子就启动了。德拉罗什沿着湿滑的双车道公路小心翼翼地开着。这一路徒步让埃斯特拉达累坏了，她马上就陷入了沉沉的熟睡。四十分钟后，德拉罗什开车来到了第89号州际公路，然后朝南面驶去。

39

华盛顿哥伦比亚特区

“阿德里安为什么要向你隐瞒‘十月’这个人？”

迈克尔觉得伊丽莎白的这个问题很奇怪，就像孩子第一次问做爱是什么。他还没有习惯对她如此地开诚布公——和自己的妻子讨论中情局的事，这让他感到很尴尬。但他还是挺乐意的，身为一名律师，伊丽莎白机智聪颖，同时又守口如瓶，如果没有投身法律的话，她可以成为一名很优秀的情报工作者。

“情报工作的开展都建立在‘必要了解’的基础上。他们可能觉得我不需要知道有‘十月’这个人，所以他们从没告诉过我。”

“但是，迈克尔，他当着你的面杀死了莎拉。如果说谁有权阅读中情局的情报，那只能是你。”

“说得有道理，但是出于各种各样的原因，中情局经常对情报工作者隐瞒一些信息。”

“苏联已经土崩瓦解多年了，为什么他的档案仍然是保密的？”

“伊丽莎白，在情报局，我们很少扔掉废弃物品。情报局最喜欢的就是一大堆无用的秘密消息了。”

“也许是有人想让它成为秘密。”

“我认为有这种可能性。”

迈克尔把车停在了第15街的《华盛顿邮报》大楼前。苏珊娜·代顿的编辑汤姆·洛根要跟伊丽莎白见上一面，迈克尔原打算在车里等着，但现在他说："你不介意我跟去吧？"

"当然不介意，但我们动作得快些。已经迟到了。"

"你要在哪里见他？"

"在他的办公室。怎么了？"

"我只是不喜欢封闭的场所，仅此而已。"

"迈克尔，这里不是东柏林。少扯淡了。"

但迈克尔已经从架子里拿起了手机："他的分机号是多少？"

"五，六，八，四。"

电话铃响了，洛根的秘书接起了电话。"我是迈克尔·奥斯本。我找洛根先生。"

洛根拿起电话道："你好，迈克尔。"

"我和伊丽莎白在楼下。你介意我们改一改碰面地点吗？"

"当然不介意。"

"我们在15街上，开着一辆银色捷豹。"

"我五分钟内下去。"

迈克尔把听筒挂回原位。伊丽莎白问："为什么？"

"你知道有人盯着你的感觉吗？"

"当然。"

"我现在就有这种感觉。我揪不出他，但我知道他就在那里。"迈克尔盯了会儿后视镜，"我的直觉很准，"他淡淡地说，"我始终相信我的直觉。"

五分钟后，洛根走出了《邮报》大楼的前门。洛根个头高大，有点秃顶，花白的前额头发被风吹乱了。他没有穿外套，瘦长的脖子上绕着一条深红色的围巾，下身穿着皱巴巴的灰法兰绒长裤，一双手插在裤子口袋里。奥斯本往后伸出手，猛地推开后车门。洛根爬进了车说："上帝，我真喜欢这里的天气。昨天还有二十多度，今天就变成四度了。"

迈克尔踩下油门，捷豹快速驶离路边，混入了华盛顿市中心拥挤的车流中。洛根扣紧他的安全带，并抓住扶手。

"你是做什么的，迈克尔？"

"我向海外大客户出售电脑设备。"

"呵，是吗。"

迈克尔拐上M街，加速向西，穿过了市中心。他转向朝新罕布什尔州方向开去，绕过了杜邦环岛，沿着马萨诸塞州大道朝西疾驰而去。他熟练地在车流中钻进钻出，他看后视镜的时间比看前方路都多。

现在洛根几乎要把后车门的扶手拽下来了。他说："我没听清楚你公司的名字。"

"那是因为我没有告诉你。我喜欢别人叫我迈克尔，汤姆。"

伊丽莎白转身向后看了半天。"怎么了？"她问道。

"就算刚才有人跟着我们，现在也被甩掉了。"

他减慢速度，和其他车辆保持同速。洛根松开扶手，舒了口气。

"电脑销售员？见鬼。"他说。

那天轮到亨利·罗德里格斯跟踪伊丽莎白·奥斯本，但他在M街时放弃了跟踪。作为一名前外勤特工，迈克尔·奥斯本接受过专业训练，识别得出任何巧妙伪装。再用不了几分钟，他假扮成中餐外卖员的拙劣伪装就会被识破。他把车停到路边，打电话给卡洛拉马总部的马克·卡拉汉。

"他肯定是想甩掉'尾巴'。"罗德里格斯说，"如果我继续跟着的话，他肯定会发现我。”

“说得对。回乔治城来，等他们再出现吧。”

卡拉汉走进藏书室，把消息告诉了米切尔·艾略特。

“洛根肯定是想找人帮忙，”艾略特说，“要不然，他为什么要在这个时候见她？”

“她很可能会惹大麻烦。看来我们应该盯紧些。”

“我同意，”艾略特说，“我看是时候让亨利回《邮报》工作了。”

“他不喜欢做看门的。他觉得我们欺负他是西班牙人，所以歧视他。”

“他要是不乐意，就让他向均等就业机会委员会提出申诉。我给他的工资并不低。”

卡拉汉笑了：“好的，艾略特先生。”

迈克尔在东国会街找了个车位。他从后备箱里翻出一件风衣，把它扔给了汤姆·洛根，青灰色的天空下弥漫着寒冷，他们缓步走进了林肯公园。

洛根说：“苏珊娜的手记原稿，你看过多少？”

“反正我知道是怎么回事。”伊丽莎白说。

“那我再给你复习一遍。”洛根说，“八十年代初，贝克维兹就不想从政了。准确地说是安娜·贝克维兹不想从政了。她希望自己的丈夫重新干律师，趁他没老之前多赚点钱。他们俩都从父辈那里继承了点家产，但数量不多。安娜追求奢华，政府公职薪水远远不能满足她的要求。贝克维兹在参议院干了两届后，她问他是要仕途还是要她。”

两个慢跑者慢慢从后面追上了他们，每人都牵着一条奋力想挣脱拴绳的狗。洛根像干过外勤特工一样，等他们跑了很远，听不见自己说话时，才继续说下去。

“贝克维兹问题是不少，但他对安娜是忠心不二的，他很怕失去她。但他也很喜欢从政，不想再当律师了。一天晚上，他在旧金山召集了顾问和赞助人，把这个消息告诉了他们。不用说你也知道，艾略特很生气。这么些年来，他在贝克维兹身上投入了大量时间和金钱，他不想让一切付诸东流。第二天早上，他打了个电话给安娜，要求跟她单独见上一面。那天吃晚餐时，安娜居然改变了主意，反而鼓励贝克维兹去竞选州长。当然，他赢了，剩下的事就都人尽皆知了。”

迈克尔说：“安娜·贝克维兹和米切尔·艾略特见面到底谈了什么？”

“艾略特让安娜放心，如果她丈夫仍然从政的话，他们无需担心钱的问题。这一步做起来很简单，跟他们的全盘计划相比，这都是小意思。艾略特找他那些从商的朋友帮忙，安排安娜加入了很多董事会。即使她几乎没有任何商业经验，但她做顾问就赚了不少钱。在艾略特的帮助下，她的投资也都很成功，我们怀疑，她从金融市场上狠狠地捞了一笔。

“三年时间内，安娜就攒了几百万美元的本钱。这些钱几乎全部被她用来购买了圣迭戈南部的一块荒地，当时这块地分文不值。两年后，开发商宣布要在安娜的土地上新建社区公寓、单户住宅区，以及沿街商业区商场。一夜之间，一毛不值的土地就身价翻倍了。”

“这一切都是米切尔·艾略特在后面操控吗？”伊丽莎白问。

“我们是这么认为的，但我们没有证据，因此，我们不能让这事见报。艾略特制定这些计划肯定需要帮手。他对贝克维兹寄予厚望，不希望贝克维兹的声誉受损。他需要一个了解华盛顿的人，更重要的是，这个人得知道如何规避竞选财务法。所以，他求助了华盛顿的一位资深律师。”

“塞缪尔·布拉克斯顿。”伊丽莎白说。

“没错。”洛根说，“最后，经过多年的投资和等待后，艾略特今年终于见到回报了。国家导弹防御系统本来已经奄奄一息了，但002号航班坠毁的第二天，贝克维兹就在白宫接见了艾略特。苏珊娜看到了这一幕。也是那天晚上，她随后又看到艾略特和范登堡在一起。第二天晚上，贝克维兹在全国观众面前宣布要对加沙之剑实施打击，并提出建立国家导弹防御系统。突然之间，国会的人也都支持建造导弹防御系统了。安德鲁·斯特林陷入了进退两难的境地，因为他曾公开表示反对此项计划。贝克维兹渡过了难关，获得了选举的胜利，而艾略特的奥贝通防御系统将斩获数十亿美元。”

“那你为什么不刊登苏珊娜的报道？”迈克尔问。

“就像我刚才跟你太太说的，在此类报道发表前，我们需要跟撰稿人核实每条事实、每则引言和每个信息。在撰稿人已死的情况下，我们不得不用她的故事做路线图，一切从头开始。我们已经摸清了大部分情况，但要解开谜团，我们还缺少一块关键的拼图。苏珊娜不知从什么渠道拿到过金融和地产资料原件。我们怀疑，苏珊娜在布拉克斯顿&奥沃斯&肯特曼公司里有线人，帮她把文件搞到了手。但我们翻看了苏珊娜的所有资料，却找不到这些文件了。我们试过在那个公司里安插自己人，但是没能成功。”

洛根哆嗦了一下，把脖子上的围巾绕得更紧了：“伊丽莎白，你可以回答或不回答，但我要问，文件是你提供的吗？”

“不是，”伊丽莎白脱口而出，“苏珊娜曾跟我提过，但我告诉她我不能这么做，因为这有违职业道德。如果有人发现是我泄露了文件，我的职业生涯就完蛋了。”

洛根犹豫了一下，然后说：“你现在愿意做吗？”

“不，我不会。”

“伊丽莎白，塞缪尔·布拉克斯顿是个奸诈的律师，甚至是个罪人，但看看他得到了什么回报——他要当国务卿了。我不知道你怎么想，但我很生气。作为一名记者，我想做些什么，但少了你的帮助，我什么也做不了。现在，如果你怕自身难保，我向你保证，我们不会以任何方式做任何伤害到你的事。你可以相信我。”

“汤姆，我在华盛顿过了大半辈子了，我只学到一件事，那就是你不能相信这里的任何人。”

洛根没说话，转身看着迈克尔：“你的工作单位根本不是海外电脑销售公司。你在中央情报局反恐中心任职。你就是希思罗机场袭击现场的英雄，英吉利海峡渡轮上发生爆炸时，你也在场。迈克尔，我知道你可能觉得这很难以置信，但其实干你们这行的人也喜欢向记者爆料。我们没有公布出来，是因为我们不想让你身处险境。”

洛根转过身，看着伊丽莎白。

“我不会做任何让你受伤的事。你可以相信我，伊丽莎白。”

40

马里兰州，贝塞斯达

德拉罗什离开95号州际公路，拐上首都环城公路时，头一次紧张了起来。他曾经在欧洲最考验人的道路上驾驶过——法国和意大利七歪八扭的高速公路、阿尔卑斯山和比利牛斯山那要人命的山路——但即便如此，华盛顿傍晚交通高峰的惨状依然让他感到难以应付。

从佛蒙特州开到华盛顿的行程很顺利。天气一直不错，虽然车子开到纽约州北部和新泽西收费公路时，空中飘起了零星冷雨。他们继续往南开，气温也渐渐暖和起来，到费城时雨就停了。此刻，最让德拉罗什害怕的是路上的司机。汽车以八十五英里每小时的速度从他身旁呼啸而过，超出了限速整整三十英里，而后面那辆卡车距他的保险杠仅六英尺。

德拉罗什知道，在这样的情况下很容易发生车辆碰撞刮擦，那样后果将不堪设想。因为他是个外国人，警方肯定要检查他的护照。如果碰上一个够警觉，又熟悉护照的警官，就会发现德拉罗什没有入境签证。他可能会被拘留，接受移民局和联邦调查局的盘问。他的身份会穿帮，接着被逮捕，而这都是因为一群急着下班回家的傻帽儿。

他前面的那辆车突然刹车，接着整个交通都陷入了停滞状态。德拉罗什调到一个全时段新闻电台，收听交通实况播报：前方道路上一辆牵引式挂车翻车了。此刻的道路上排起了数英里长队。

德拉罗什想起他在布雷莱的家。他回忆着海浪击打岩石的场景，他沿着菲尼斯泰尔僻静的小径，蹬着意大利自行赛车。他刚才一定在走神，因为他后面车里的男人正一边按着车喇叭，一边疯了似的挥着手臂。那司机接着变道，开到德拉罗什的侧边朝他比划中指。“求你了，让-保罗，”埃斯特拉达说，“让我把后面的枪拿来，我要崩了他。”

三十分钟后，他们的车驶近了事故现场。马里兰州的一名交通警官站在道路中间，正指挥车辆从侧翻的卡车旁通过。看到警察，德拉罗什本能地紧张起来。渐渐地，他们离消防车和救护车越来越远，直到它们消失在了视线中，车流也疏通了。德拉罗什下了高速，驶上威斯康星大道，然后往南边开去。

他快速驶过贝塞斯达市中心，车子经过了马扎广场上各品牌的专卖店和国家大教堂高耸的尖塔，然后从威斯康星大道拐入了乔治城。天气寒冷，夜色中购物的人群匆匆走动着，酒吧和餐馆里的人渐渐多了起来。车子在M街左转，又开过了几个街区，然后驶进了四季酒店。

德拉罗什和埃斯特拉达登记入住了酒店，没有让行李员帮他们拎行李。关上房门后，他俩都瘫倒在了床上，经过两次长途驾驶和徒步越境后，他们都累得筋疲力尽。

两个小时后，德拉罗什醒了。他叫人送了杯咖啡来，接着在笔记本电脑前坐下。趁埃斯特拉达还在睡着，他打开了迈克尔·奥斯本的档案，开始策划他的死亡。

41

华盛顿哥伦比亚特区

傍晚，伊丽莎白拨通了麦克斯·刘易斯办公室的号码。

“你感觉怎么样？”他边说边翻阅着文件，发出一阵沙沙声。现在已过了五点，他正准备离开办公室，伊丽莎白特意选了这个时候打电话。

“我很好，但医生说我未来一周应尽量卧床静养。其实，这就是我打电话找你的原因。我想让你回家时，顺路带点资料给我。”

“没问题。你需要什么？”

“麦格雷戈案件的档案，就放在我的办公桌上。”

“其实，我已经把它们放回你的文件室了。我今天擅自整理了一下你的办公桌。老实说，伊丽莎白，我不知道你在那种地方怎么还能工作，我把所有的烟也扔出去了。”

“别担心，我已经戒了。我下班后泡浴时也不会喝夏敦埃酒了。”

“好样的，”他说，“我十五分钟内赶到。你还需要点什么吗？要不要我帮你去洗衣店取衣服？在萨顿帮你买点东西？吩咐我吧，我的女王。”

“只要给我麦格雷戈文件就行了。我会准备好点心和葡萄酒来感谢你的。”

“要是这样的话，我五分钟就到。”

“我得躺在床上，所以你自己用钥匙开门吧。”

“好的，我的女王。”

麦克斯挂断了电话。迈克尔坐在床脚的椅子里，一双脚搭在脚凳上，安静地听着无绳电话里的对话。他看着伊丽莎白说：“好极了。”

结果，麦克斯花了半个多小时才在车流中突出重围，从康涅狄格大道的办公室来到了乔治城。他把钥匙插进奥斯本的大门锁，开门走进大厅。

“伊丽莎白，我来了。”他叫道。

“嘿，麦克斯，上楼来吧。冰箱里有酒，带瓶酒和开瓶器上来。”

他照她说的拿了酒和开瓶器，走上了二楼。他看见伊丽莎白躺在床上，周围堆满了案件概要和笔记本。“我的上帝，”他说，“也许我应该在这里工作，用不着去市中心了。”

“这主意听起来不错。”

他把麦格雷戈的文件放在了床头柜上，并本能地开始帮她分类文件、整理物品。迈克尔走进了房间，麦克斯说：“嘿，迈克尔，你怎么样？”

迈克尔什么也没说。麦克斯问：“怎么了？”

伊丽莎白碰了碰他的胳膊说：“麦克斯，我们得谈谈。”

“你拒绝苏珊娜后，她就找上了我。”麦克斯说。他坐在卧室的椅子里，舒展的双腿搁在脚凳上。迈克尔开了瓶葡萄酒，麦克斯很快就喝掉了一半。开始时的震惊和抵触情绪已经消失了，此时他如释重负，坦诚地说道："她请我帮她一把。我考虑了一晚，就同意了。"

"麦克斯，如果你被抓出来，他们肯定会解雇你，还可能起诉你。律师事务所不能忍受盗窃和背弃律师与当事人保密特权的罪行。这样做会让客户对我们失去信任，想要抓住新客户就难了。"

"我愿意去冒这个险。伊丽莎白，如果你在我这个处境的话，你就不会想得这么长远了。"

"我不想评判谁对谁错，麦克斯，但你应该先找我商量。"伊丽莎白说，"我雇的你，你为我工作。到时候公司也会找我的麻烦。"

"如果跟你说了，你会怎么办？"

"我会告诉你不要那样做。"

"所以我才没来找你。"

"为什么，麦克斯？为什么要跟布拉克斯顿过不去？"

麦克斯看着伊丽莎白，好像这个问题让他生气："为什么要跟布拉克斯顿过不去？因为他是一个肮脏丑恶的王八蛋，而这样一个人居然还要当上国务卿了。我没想到你竟然还要问。开合伙人会议时，我听到他是怎么跟你说话的；你不在场时，我也听到他在背后是怎么说你的。"

他犹豫了一会儿，看着迈克尔说："可以给我一根烟吗？"迈克尔递给他一包烟和一个打火机。麦克斯抽了一会儿，又多灌了几口酒。

"还有个私人原因，"他最后说，"有人告诉了布拉克斯顿，说我是艾滋病病毒携带者。你可能还不知道，他离开公司前的最后一件事，就是想方设法要把我开掉。我要让他在最后这几周忙得焦头烂额，这样他就没时间对付我了，苏珊娜恰好给我提供了这样的机会。"

迈克尔说："你是怎么拿到文件的？"

“我偷了他档案室的钥匙，配了把新的。那天晚上，我谎称自己还有点工作要做。我溜进档案室，拿到文件后直接赶到了苏珊娜家。我只要求她一件事：不许复印原件。那天晚上她工作时我一直在场，第二天，我一早就把文件放回了原位。就这么简单，真的。”

“你还留着那把钥匙吗？”伊丽莎白问。

“有，我想过把它扔下纪念大桥，但我还是留下了它。”

“太好了。”

“为什么？”

“因为我们今晚就要去档案室，再把那些文件取出来。”

42

华盛顿哥伦比亚特区

白宫里也规定有休息日。在这天，新闻办公室会认为当天不再有新闻事件，总统和第一夫人当天不用出席公共活动，也没有出行计划。但是晚上八点，一辆黑色轿车溜出了白宫南门，混进了华盛顿市区的车流中。

后座上只坐着安娜·贝克维兹。没有总统的防弹专车，没有黑色的雪佛兰车队跟着，也没有警察的护卫车。车里只有一名白宫司机和一名特工陪同。这些年，安娜至少每周都有一次用这种方式溜出白宫。就像她自己说的，她喜欢到现实的世界中去。对于安娜来说，真实的世界跟白宫一样繁华。她通常会坐车前往乔治城的富豪居住区，或者到卡拉洛马还有春谷，与老朋友或重要的政治盟友聚一聚。

轿车沿着康涅狄格大道向北开去，摆脱了杜邦环岛繁忙的车流后，向西开到了马萨诸塞州大道。片刻后，车子拐到了加利福尼亚大街，在豪宅外停了下来。车库的门打开了，黑色轿车悄悄地开了进去。

等车库门关上后，特勤局特工才走下车。他绕过车尾，为第一夫人打开了门。她下车时，东道主已经在等她了。她吻了吻他的脸颊说："你好，米切尔，很高兴见到你。"

安娜·贝克维兹这天晚上既不是来闲聊，也不是来享受美味的。她来也是例行公事。她和艾略特坐在咖啡桌两端，她端起一杯酒，忽略了艾略特属下放在桌上的奶酪和馅饼。

"我想知道，一切是不是都在我们的掌控当中。"她冷冷地说道，"如果不是，那么我想知道为了控制住局面，你到底在搞些什么。"

"如果苏珊娜·代顿还活着，她的文章发表后会带来极大的危害。她的不幸遇害让我们多少匀出了一些时间，但我们现在不见得就能高枕无忧了。"

"不幸遇害，"安娜讽刺地重复了一句，"《华盛顿邮报》为什么还不发表她的文章？"

"因为他们正在想办法确认报道的真实性，但他们目前还做不到。"

"他们会做到吗？"

"如果我制止的话就不会。"

安娜点了支香烟，接着，一缕细烟从紧闭的双唇中吐出来。

“你打算怎么制止他们？”

“你还是不要知道比较好。”

“别废话，米切尔。我问什么你就说什么。”

“我们觉得苏珊娜·代顿最好的朋友现在正跟《邮报》合作，她叫伊丽莎白·奥斯本，是个律师。”

“她不就是道格拉斯·卡侬的女儿吗？”

“没错，就是她。”

“卡侬恨吉姆，他俩曾在参议院军事委员会共事过。卡侬是主席，吉姆则在共和党稳坐第一把交椅。换届时，他俩的关系可僵了，见面连招呼都不打。”

安娜喝完了杯中的酒：“难道你不准备再给我斟上一杯吗？加利福尼亚州产的，对不对？上帝啊，我们家乡的酒真是佳酿。”

艾略特往杯里又倒了点酒。安娜说：“米切尔，我们都是老朋友了。吉姆和我都欠你很大的人情。这些年多亏有你的鼎力相助。但无论如何，我也不会让吉姆的名誉受损。他已经完成了最后一次竞选，不会再有什么损失了，除非在史册上留下污名。”

“这我都明白。”

“我觉得你还没有明白。如果这件事造成了负面的公众影响，我就动用全部的权力和影响力让你背黑锅。我不会让吉姆受到任何伤害，在这一点上，我是不会把你当回事的。我说得够清楚了吧？”

艾略特一口气喝完了自己杯中的威士忌。他可不喜欢听安娜·贝克维兹对自己说教。安娜是个既贪婪又没有安全感的女人，若不是如此，艾略特也永远无法和她丈夫建立这种特殊的金融关系。安娜总爱发号施令，即使受多少贿也是她说了算。他冷冷地盯着她，然后点点头说：“是的，安娜，你说得够清楚了。”

“就算这件事被揭发了，吉姆也会安然无恙。但是，你盘算的那个导弹计划就泡汤了，到时候它压根就建不起来，或者他们会找家争议少的公司签合同。那样你就玩完了。”

“我知道其中的利害关系。”

“这就好。”她站起来，拿起了自己的外套。米切尔·艾略特却没有起身。“米切尔，我再问你一个问题。杀死女记者和击落客机的是不是同一伙人？”

艾略特看着她，脸上露出震惊的神情：“你在胡说些什么？”

“你用反问来回应我的提问，这可不是一个好兆头。晚安，亲爱的。哦，不劳您起身了。我不过是个第一夫人而已，我自己走就好。”

伊丽莎白穿着牛仔裤、舒适的米色针织衫和都市牛仔皮靴。麦克斯·刘易斯住在杜邦环岛附近，他的日常工作装束也反映了居住区里其他人的着装：黑色牛仔裤、黑色麂皮便鞋、黑色高领衬衫和深灰色外套。布拉克斯顿&奥沃斯&肯特曼公司律师事务所位于康涅狄格大道和K街的交汇处。迈克尔在车上等伊丽莎白，伊丽莎白和麦克斯一起走进了大堂，接受了保安警卫的检查，坐电梯来到十一楼。

伊丽莎白的办公室在十一楼的最北端，俯瞰着康涅狄格大道。塞缪尔·布拉克斯顿的办公室是全公司最大的，它实际上由一排房间组成，位于康涅狄格大道和K街的拐角处，从那里可以眺望白宫和华盛顿纪念碑的壮丽景色。伊丽莎白打开办公室的门，开灯进了屋。她用清晰响亮的声音跟麦克斯说着话，努力让一切看起来都很自然。麦克斯往复印机里放了叠文件，冲了一壶咖啡。伊丽莎白可以听到远处有人在用吸尘器打扫地板。

她拿出钥匙，往走廊那端布拉克斯顿的办公室走去。她轻轻敲了敲门，没人应声，便用复制的钥匙开了门。她走进办公室，并迅速把门关上。她从手提包里拿出一个小手电筒，把它打开。

伊丽莎白现在站在布拉克斯顿办公室的外间，也就是两名秘书工作的地方。档案室在办公室里间，要打开一扇厚重的大门才行。伊丽莎白换了把钥匙，打开了门。她关上身后的大门，打开了档案室的灯。

麦克斯曾告诉她，艾略特和贝克维兹的文件就在对面墙的左上角。她够不到最上面的那一层。房间里放着图书馆用的梯凳，布拉克斯顿的秘书碰到这种情况时会踩在上面。她把凳子从房间那头搬过来，爬上去，仔细地查找文件。

她从左到右把最上层翻了一遍，但一无所获。她又从最左边开始，强迫自己尽量慢慢地翻找，却仍旧没找到。她试着找了下面几层，但结果一样，什么也没有。她轻声咒骂了一句。

布拉克斯顿已经取走了文件。

伊丽莎白爬下梯凳，朝门口走去。她听到办公室外传来了响动——一把钥匙插入门锁、轻轻转动的声音，一辆金属收纳车刮擦地面的声音。接着，她听见钥匙用力插入自己面前大门的声音。门开了，然后又关上了。

伊丽莎白仔细地看了看站在她面前的男子，立刻意识到事情不太对劲。清洁工大多是皮肤黝黑的美国印第安人，他们大多不说英语。这个男人皮肤白皙，身材高大，大约有六英尺。他乌黑的头发显然经过高级发型师修剪过。他的工作装是崭新的，一点污渍也没有，指甲也很干净。但他左手上的戒指引起了伊丽莎白的注意：戒指上印有美国陆军特种部队的徽记，俗称“绿色贝雷帽”。

“有事吗？”伊丽莎白说。她觉得此时最好采用主动战略。

“我听到这儿有动静。”那人的英语有着浓重的地方口音。伊丽莎白知道他在说谎，因为她一直非常小心，几乎没发出任何声音。

“那你为什么不叫保安？”她反问道。

男子耸耸肩说：“我想还是先自己看看。要知道，抓住小偷就是大英雄了，还能有奖励之类的。”

她故意看了看他工作服上的名牌，说：“你是美国人吗，卡洛斯？”

他摇摇头：“我来自厄瓜多尔。”

“你这个戒指是哪儿来的？”

“亚当斯·摩根当铺呀。很可爱，你不觉得吗？”

“是很可爱，卡洛斯。现在，我得先走了。”

她走过他身边，来到了外间办公室。

“找到你要找的东西了吗？”他站在她身后说。

“其实，我是要把东西还回来。”

“好吧。晚安，太太。”

“也许他说的是真话，”迈克尔说，“也许，他真的是来自厄瓜多尔的卡洛斯，戒指是他在亚当斯·摩根当铺买来的。”

“放屁。”伊丽莎白说。

麦克斯载着他们到杜邦环岛，进了附近一家叫作“恰尔德·哈罗德”的餐厅。记者和年轻的国会工作人员都喜欢到这里来。他们在酒吧旁的一个角落里坐下。伊丽莎白很想吸烟，却只能靠咬指甲来缓解烟瘾。

“我以前从来没见过他，”麦克斯说，“但是，这也说明不了什么。这些清洁工总是来得快，走得也快。”

“麦克斯，你以前没见过他是因为他压根就不是什么看门的，他也不是什么从厄瓜多尔来的卡洛斯。我知道自己看到了什么。”她看着迈克尔说，“你还记得你说的那种感觉吗？有人在背后盯着你的感觉？好吧，我现在就有这样的感觉。”

“她不傻，”亨利·罗德里格斯在电话里汇报道，“她是个知名律师。我试着撒谎混过去，我演得就像喜剧《奇客和男人》里的主角弗雷迪·普林兹，但看得出她还是识破了我。”

“你他妈的为什么非要戴那戒指？”卡拉汉问。

“我忘了摘了。一枪打死我吧。”

“少废话。他们现在在哪里？”

“一家叫‘恰尔德·哈罗德’的餐厅。在杜邦环岛北面的第20街。”

“你在哪里？”

“康涅狄格大道另一头的公共电话亭。我没法再靠近了。”

“别动。过五分钟我派个人去接应你。”

卡拉汉挂断电话，看着艾略特：“我们又遇到小问题了，先生。”

43

华盛顿哥伦比亚特区

第二天早上，德拉罗什坐在杜邦环岛的长椅上，看着一伙自行车快递员喝咖啡。他觉得他们的行为略有点滑稽——他们互相打趣，互相扔东西——但他看他们并不是为了打发时间。他正仔细地观察他们的着装、背包的款式和走路的姿态。九点刚过，快递员的对讲机里传来了指令，他们极不情愿地蹬上自行车，开始了一天的工作。

德拉罗什等到最后一个快递员走了后，拦了一辆出租车，告诉司机自己的目的地。

出租车载着德拉罗什来到乔治城的M街，停在了基桥下。他进入一家商店，售货员问他要买什么，德拉罗什摇了摇头。他先从服装挑起。他挑了店里最扎眼、色彩最亮丽的球衣和骑车裤。接着，他又选了头盔、鞋袜和一个背包。他抱着这一堆物品走到店门前，放在了收银台上。

“还需要什么吗？”售货员问。

德拉罗什指了指店里最贵的山地自行车。店员把山地车从展览台上搬下来，推到了服务台前。

“你要把它拿到哪里去？”德拉罗什轻轻地问道，他知道自己的英语带有地方口音。

“我们需要检查一下自行车，先生。大概要一个小时。”

“把轮胎充足气，给我就行了。”

“随您。请问是付现金还是刷卡，先生？”

但德拉罗什已经在数百元大钞了。

接下来的一小时，德拉罗什都待在乔治城，沿着威斯康星大道购物。他在一家服装店买了条用来包头的扎印染花大手帕；在一家电子商店，他买了装电池的小型磁带播放器与耳机；在一家珠宝店，他又买了挂在脖子上的花哨金链子，并打了两个耳洞，戴上了环状耳环。

他在一个加油站的厕所里换衣服。他脱下身上的休闲装，换上了长骑车裤和冬季的御寒毛衫。他把手帕绑在头上，脖子上挂好金链子，他把磁带播放器别在裤腰带上，又把耳机套在了脖子上。他把休闲装和消音手枪一起塞进了背包，看了看镜中的自己。好像少了点什么。他戴上雷朋太阳镜——他就是用它杀死了巴黎的那个美国人。他又看了看镜子中的自己。这下就对了。

他走出厕所，发现一个穿皮夹克的男人正在偷他的自行车。

“嘿，狗娘养的，”德拉罗什模仿着杜邦环岛快递员的语气说，“你再碰一下我的车试试。”

“嘿，别生气。我就是看看而已。”那人说着就逃走了。

什么和平、爱和其他那些大道理全是狗屁。

德拉罗什跨上自行车，向迈克尔·奥斯本的家骑去。

乔治城西边的街道上绿树成荫，德拉罗什沿街骑着自行车时，最后一次回顾了刺杀计划。要杀迈克尔·奥斯本绝非易事。他是个已婚男人，没有不良癖好，埃斯特拉达的色诱在他身上派不上用场。他是个专业的情报工作者，在危机四伏的环境中工作了多年，警惕性很高，会时刻注意自己的人身安全。德拉罗什设想过，自己可以装作送快递的敲奥斯本的门，趁他应门时一枪打死他。但是奥斯本很可能早就认出德拉罗什，抢先把自己干掉——毕竟奥斯本当年也在切尔西堤。他也考虑过潜入奥斯本家中，但在像华盛顿这样犯罪猖獗的城市，有钱人的大型住宅都装了安保系统。他决定在公共场合杀他个措手不及，这就是为什么德拉罗什要扮成自行车快递员。

N大街给德拉罗什出了第一个难题：这里没有商店、没有咖啡馆也没有电话亭，德拉罗什无处藏身，没法静候猎物的出现——周围都是一排排联邦复兴风格的高大砖砌住宅，密密麻麻地矗立在人行道旁。

德拉罗什在第33街和N街的拐角处等着，身后是一大户人家华丽的门廊石柱，他心里盘算着该怎么做。他只有一个选择：骑车沿N大街来回跑，希望在奥斯本回家或出门时逮他个正着。这让德拉罗什觉得很不自在，只要有可能的话，他更喜欢在正确的地点、正确的时间杀人，但他别无选择。

他骑着车来到了第35街，又掉头骑回33街，死死地盯着奥斯本的家门。

二十分钟后，一个穿着灰白运动服的男人从屋里走了出来。德拉罗什仔细地看了看他的脸。正是卷宗里的那张脸，也是那晚在切尔西大堤上看见的那张脸。此人正是迈克尔·奥斯本。

奥斯本先弯下腰拉伸腿后的肌肉，接着又倚靠着路灯柱，拉伸小腿肌肉。德拉罗什在两个街区外盯着他，可以看见，奥斯本正观察着街上的情况和停放的汽车。

最后，奥斯本站直身子，跑进了阳光下。他转身离开第34街，拐上了M街，向弗吉尼亚那端的基桥跑去。德拉罗什不慌不忙地骑车跟上了奥斯本，一边还打了个电话给在四季酒店的埃斯特拉达。

迈克尔跑到了临弗吉尼亚的波托马河，然后朝南边的弗农山小径跑去。他的肌肉僵硬酸痛起来，十二月的寒冷天气没能让他更好受一些。但他还是加快了速度，迈开了步子。快速奔跑了几分钟后，他觉得运动服下已渗满了汗水。

出门走走的感觉真不错。卡特刚打过电话来，告诉迈克尔，莫妮卡·泰勒已正式下令人事处调查他的行为。伊丽莎白虽不情愿，但还是按照医生的嘱咐，开始在家里工作。有了秘书麦克斯·刘易斯后，他们的卧室已经变成了律师办公室。

云开雾散，冬天的温暖的阳光照耀着河的两岸。迈克尔登上罗斯福岛，一座人行木桥出现在他眼前，桥下是一片沼泽和芦苇从，绵延伸展到数百码之外。

迈克尔加快了步伐，双脚重重地落在木桥上。这天是工作日，小径上就只有他一人。他决定和自己赛跑一场。他摆开双臂，抬起腿，开始了冲刺。他转过拐角后就看见了桥尾，距离约有两百码。

迈克尔强迫自己跑得更快些。他的手臂刺痛起来，双腿像灌了铅一样。由于之前吸烟太多，再加上吸入了冷空气，他的呼吸变得急促起来。他跑到人行桥的末端，慢慢地停了下来，扭头看了看自己短跑过的距离。

直到这时，他才看见一个骑山地自行车的人向他冲过来。

44

华盛顿哥伦比亚特区

埃斯特拉达·沃格尔打电话告诉酒店接待处，让泊车员把路虎揽胜开到门口等着。她走出房间，乘电梯到了大堂。她挎着一个手提包，内袋装着一把伯莱塔消音手枪。酒店门口上方有挡雨棚，路虎揽胜就在那里候着。埃斯特拉达把领车券和五美元递给了泊车员。她爬进车，开车离开了酒店。昨天晚上，德拉罗什让她记街道地图，到了半夜她才搞定。五分钟后，她开车来到几个街区外的N大街，然后把车倒进了车位。她关闭引擎，点燃了一根烟，等着德拉罗什打电话过来。

肾上腺素激涌上身体时，迈克尔立刻直起了腰板。他的胳膊和腿瞬间不觉得疼了，呼吸也变得急促起来。迈克尔盯着骑车向自己冲过来的人：他头上戴着头盔，太阳镜遮住了眼睛。迈克尔盯着露出来的半边脸，他看见过这张脸——在科林·雅德利的卧室看见过，在开罗机场的视频里看见过，在切尔西大堤上也看见过。来者正是“十月”。

自行车车把上挂着个尼龙袋，杀手正把手往袋子里伸。迈克尔知道他是去摸枪。如果自己转身逃跑的话，“十月”不费吹灰之力就能追上他，然后把他杀死。如果他在原地不动的话，结果也一样。

他朝迎面而来的自行车直接冲了过去。

这一招让“十月”始料未及。他在迈克尔前方二十码左右，两人很快就要迎头撞上。“十月”慌张地搜着尼龙袋，他摸住了枪托，奋力把手指伸进了扳机护圈。他把枪从尼龙袋里扯了出来，并把它对准了迈克尔。

消音伯莱塔发出一记闷响时，迈克尔已经冲到了“十月”的面前。他弯下身，用肩膀击中了迈克尔的胸部。“十月”被撞下了自行车，重重地摔在木桥上。迈克尔稳住了重心，他扭头看见“十月”躺在地上，手里还抓着枪。

迈克尔现在有两个选择——朝“十月”冲过去，从他手中夺过枪，并把他制服。“十月”是个铁血杀手，接受过格斗训练。迈克尔意识到，自己凭着在“农场”学的那些格斗皮毛根本打不过“十月”。而且，他手里有枪，身上可能还藏着第二把。

迈克尔转身，沿人行桥跑出了几码，然后跃过桥栏，冲进了桥边的泥地和芦苇丛中。他翻过落满了湿滑红叶的小山坡，闯进一片树林中不见了身影。

德拉罗什坐起来，四周看了看。那一下把他撞得晕头转向，但却没受严重外伤。他把伯莱塔枪插进了骑车裤的腰带，用毛线衫盖住枪柄。德拉罗什正弯腰扶起自行车时，看见前面拐角处出现了两个穿着部队运动衫的男人。一时间，他想着开枪打死二人，但转念一想，国防部五角大楼就在附近，士兵们只是中午跑跑步，没有危险。

“你没事吧？”其中一人问。

“只是个暴徒想打劫我，”德拉罗什故意用他那带着法国口音的英语说道，“我跟他说我身上没什么值钱东西，他就把我从自行车上推了下来。”

“你最好去看看医生。”另一人说。

“不用了，只是擦破点皮，不要紧的。我会找个派出所登记报案。”

“好吧，小心点。”

“谢谢你们的好心，先生们。”

士兵从德拉罗什的视线中消失后，他才抓住自行车车柄，把它扶起来。他感到既生气又兴奋。他的刺杀行动从未失败过，他为自己刚才的反应不够敏捷而生气。奥斯本的行动说明他是个不可小觑的对手，比德拉罗什料想的还要难对付。他冲向德拉罗什说明他勇敢狡猾。之后，他决定逃跑而没有留下来缠斗，说明他够聪明，因为德拉罗什肯定会杀死他。

这就是德拉罗什兴奋的原因。被他杀死的人大多都不知自己是怎么死的。他突然冒出来，在他们没有任何戒备的情况下就杀死了他们。他的工作基本没有挑战性。显然，要对付奥斯本就另当别论了。德拉罗什想要搞突然袭击已经不可能了，奥斯本知道自己来了，他绝不会让德拉罗什再次靠近他。德拉罗什接下来不得不把奥斯本引出来。

德拉罗什想起了切尔西堤上的那晚，他想起自己对着叫莎拉·伦道夫的女人的脸连开了三枪。逃跑时，他听见迈克尔·奥斯本悲恸的哭声。当一个男人这样失去过一个女人之后，他会用尽一切手段来防止类似情况的再次发生。

他蹬上自行车，朝基桥北边骑去。他拨通了埃斯特拉达的号码。刚响第一声，埃斯特拉达就接了。德拉罗什在基桥上边骑着车，边冷静地告诉她该怎么做。

迈克尔跑到了乔治·华盛顿大道路边。中午车流量不大。他穿过大道，又跑上山坡。阿灵顿罗斯林地区的高大钢铁玻璃结构办公楼出现在了眼前。他在便利店外找了个公用电话，迅速拨通了家中的号码。

麦克斯·刘易斯接起了电话。

“快把电话给伊丽莎白，马上！”

几秒钟后，她接过了电话：“迈克尔，出什么事了？”

“他们来了，伊丽莎白，”迈克尔大口地喘着气说，“刚才在弗农山小径，他想杀死我。现在，先仔细听我说，然后按我说的去做。”

45

华盛顿哥伦比亚特区

伊丽莎白冲进迈克尔的书房，打开了壁橱。手提箱放在架子的顶层，那是个奇丑无比的棕色长方形盒子——这么丑的东西也只有情报局的技术服务部能造出来。她够不着架子，于是把椅子从迈克尔的办公桌后移过来，推到壁橱下。她站在椅子上，取下了手提箱。

麦克斯也在卧室里。伊丽莎白坐在床尾，穿上棕色牛仔靴，然后去衣柜找出一件及大腿的皮夹克穿上。不知道为什么她看着镜子里的脸，然后用手理了理乱糟糟的头发。

麦克斯看着她：“伊丽莎白，见鬼！究竟出什么事了？”

伊丽莎白强迫自己冷静下来："我现在一时解释不清，但迈克尔跑步时，遇到一个男人要杀死他。迈克尔认为那个人会找到这里，他让我们赶快离开。"

麦克斯看着手提箱说："这是什么鬼东西？"

"这是他们的'假人'。"她说，"我过一会儿再解释。但现在你得帮帮我。"

"什么都行，伊丽莎白，你知道的。"

"麦克斯，你现在听好了，"她说着抓住了他的手，"我们待会儿从前门出去，走慢点，要冷静。我们坐我的车离开。"

跟德拉罗什通完话两分钟后，埃斯特拉达·沃格尔看到奥斯本家的前门打开了，两个人走到了十二月的阳光下。第一个是伊丽莎白·奥斯本，埃斯特拉达在德拉罗什的卷宗中看过照片，第二个是一名白人男子，个头不高不矮，体型适中。那女人带着一只手提箱，男人什么也没带。他们钻进一辆高级银色梅赛德斯–奔驰，女人坐在乘客位上，男人坐在驾驶座上，然后轿车开动了。

埃斯特拉达考虑了一下对策。德拉罗什曾嘱咐她，等他过来以后，他们再进入房子，绑架女人做人质。她不能让女人这样跑掉，她决定跟上去，然后向德拉罗什报告他们去了哪里。

奔驰驶离了路边，进入了安静的街道。埃斯特拉达驾驶着路虎跟在他们后面。她打电话给德拉罗什，告诉他事情的最新进展。

"他就在这里！"迈克尔对着手机大喊着。

"谁在这里？"阿德里安·卡特说。

"'十月'来了。刚才在弗农山小径，他就想把我干掉。"

"你确定吗？"

"阿德里安，你他妈问的叫什么话？我当然确定！"

"你在哪里？"

"罗斯林。"

"告诉我地址。我派一队人来接你。"

迈克尔看了看路牌，告诉了卡特自己所在的位置。

"伊丽莎白在哪里？我也去接她。"

"她刚才在家，但我让她出门了。"

"你这是要干吗？"

"之前这一系列暗杀都是'十月'和埃斯特拉·达沃格尔合作完成的。我估计她也来了。如果我不让伊丽莎白离开，沃格尔会一定闯进去抓住她。我敢肯定。"

"你打算怎么办？"

迈克尔告诉了他自己的想法。

"我的老天！谁开车呢？"

"她的秘书。小伙子叫麦克斯·刘易斯。"

"真该死，迈克尔。等'十月'发现真相，你知道他会怎么做吗？"

"闭嘴，阿德里安。快点接我进中情局。"

伊丽莎白拉下轿车的遮阳板，两人往南威斯康星大道开去。她瞟了一眼遮阳板上的化妆镜，一辆黑色揽胜跟在他们后面，驾驶座上的女人正在用手机打电话。

麦克斯问："我们在躲谁？"

"就算我告诉你，你也不会相信的。"

"都这时候了，你说什么我都信。"

"她的名字是埃斯特拉达·沃格尔，她是红色军团的一名恐怖分子。”

“老天爷！”

“左转弯，保持正常速度。”

麦克斯左转拐上M大街。当他们离十字路口还有五十英尺时，绿灯变为了黄灯。

伊丽莎白说：“冲过去。”

麦克斯一脚踩下油门。换挡后，梅赛德斯马上提速了。他们顺利通过了路口，但周围的司机们愤怒地鸣响了车笛，发出一阵刺耳声。伊丽莎白瞥了一眼镜子，揽胜还跟在后面。

“妈的！”

“接下来要我做什么？”

“接着开。”

开到第28街时他们遇到了红灯，于是不得不停下。后面的揽胜停在他们后头。伊丽莎白从遮阳板上的化妆镜里看了眼女司机，麦克斯也从后视镜里看了看她。

“你觉得她在跟谁打电话？”

“跟她的同伙。”

“她的同伙也是红色军团的人吗？”

“不，他是克格勃的一名杀手，代号‘十月’。”

交通灯变成了绿色。麦克斯猛地踩下油门踏板，轮胎在街面上发出了刺耳的刮擦声。

“伊丽莎白，下次你再喊我上你家工作，如果你没意见的话，我就不去了。”

“闭嘴，麦克斯，只管开你的车。”

“去哪儿？”

“市中心。”

麦克斯沿着L街朝东开去，揽胜在后面紧追不放。伊丽莎白摆弄着手提箱的手柄，她想起了迈克尔说的话。

下车后，把箱锁打开，记住箱子正面一定要朝上。然后镇静地走开。无论如何都不要跑。

他们渐渐靠近了华盛顿市中心，道路越来越拥挤。

“你确定那个东西有用吗？”麦克斯问。

“我怎么知道？”

“没准它在壁橱里搁得太久了。看看那上面是否有有效期之类的。”

伊丽莎白看了看他，只见他在笑。

“没问题的，伊丽莎白。别担心。”

麦克斯往右拐，开到了康涅狄格大道上。中午的车流量很大，车辆纷纷沿着宽阔的街道高速行驶，大卡车并排停在专卖店的外面。他们和埃斯特拉达·沃格尔之间插进了六辆车。

伊丽莎白说：“我看就这里吧。右拐到K街，上停车道。”

“明白。”

他踩下油门，快速把车往右开去。

埃斯特拉达对德拉罗什说道：“他们刚往右拐，到K街上了。该死，我现在看不到他们！”

转弯后，她发现奔驰从停车道驶入了交通繁忙的K街。

“我看见他们了。他们沿着K街往西走。你在哪里？”

“23街，向南走。我们离得不远。”

埃斯特拉达尾随着奔驰向西开去，横过了20街和21街。

“我离他们越来越近了，让-保罗。你在哪里？”

“M街。你在第23街等我。”

她横过第23街，在西北角上停了下来。奔驰开走了。她往23街以北看去，德拉罗什正飞快地骑着自行车，双腿蹬得像活塞一样。他停下，把自行车靠在灯柱上，钻进了揽胜。

“走！”

伊丽莎白坐在出租车后座，前往赫兹汽车租赁公司。正如迈克尔说的那样，那小玩意儿起作用了。麦克斯停车后，伊丽莎白下车拉开了箱锁，一个逼真的人形充气物迅速膨胀开来。麦克斯开车飞快地走了，伊丽莎白走进了办公楼的大堂。她想上楼躲进自己的办公室，但她想起了那个发型时尚、戴着特种部队戒指的清洁工，她知道办公室也不安全了。她躲在玻璃窗后，等揽胜飞驰而过，她走出大堂拦下了一辆出租车。

出租车停在赫兹商店门口，她下车疾步走进了商店，直奔出租柜台。五分钟后，服务员开着一辆灰色水星黑貂来到了车库前。伊丽莎白坐进轿车，驶进了市中心的车流中。

她驱车向西，穿过乔治城来到了水库路，又从水库路拐到了运河路，沿着切萨皮克–俄亥俄运河往北开。行驶了十英里后，她来到了环城高速。她循着路标向北往巴尔的摩开去。

她的手包就放在旁边的副驾驶座上。她从里面摸出手机，拨通了麦克斯的电话。手机响了五声后，录音告诉她：“您拨打的用户现在不在服务区。”

麦克斯穿过基桥，向北朝乔治·华盛顿大道开去。在乔治城时，他已经甩掉了揽胜。他看了看坐在身边的假人——这是个高大又有魅力的男人，留着深色头发，没有蓄须。他觉得这个假人看上去有点儿像迈克尔·奥斯本。他瞟了一眼后视镜，仍然没看见揽胜。有一瞬间，他感到欣喜若狂。接着他想到了被吓坏的伊丽莎白，又紧张起来。

伊丽莎白告诉他，驾车直接到美国中央情报局的正门，那里会有人接他，然后让他进入中情局。他踩下油门，里程表针指向了七十五。奔驰沿着连绵起伏的丘陵和平缓的弯道向前开去。十二月的阳光下，波多马克河在闪闪发光。

麦克斯又看了一眼假人："听着，假人先生，因为我们要在一起度过一段时间，所以我觉得现在是个互相了解的好机会。我的名字叫麦克斯，而且没错，我是个同性恋。希望你不介意这个。"

他从后视镜里看到弗吉尼亚州警官闪烁着蓝灯的车子。他看了看里程表，发现自己的车速已近八十公里每小时。

"哦，妈的，"麦克斯说，轻轻踩下刹车，靠边停下了。公路下方俯瞰着秀丽的河流。

警官下车后戴上了警帽。麦克斯摇下车窗。警官说："先生，您刚才的车速已大大超过了七十，可能已经接近八十了。我可以看看您的驾驶证件吗？"接着，他看到了副驾驶座上的充气假人。

"先生，那是什么？"

"说来话长啊，警官。"

"请出示您的驾驶证件。"

麦克斯拍了拍外套的胸前口袋——他冲出奥斯本家时太急了，忘了拿自己的公文包和钱包。他说："对不起，警官，但我没把证件带在身上。"

"请您熄火下车吧。"警官用单调的口吻说道，但就在那一刻，他看见一辆黑色揽胜缓缓地驶进了视线。

麦克斯说："警官，你肯定觉得我疯了，但你最好先听我解释。"

德拉罗什爬出揽胜，向警官走去。埃斯特拉达也下了车，她朝奔驰前座走去。警官解开皮套去摸枪："先生，请回到车上去！"

德拉罗什把手伸进毛线衫，掏出消音伯莱塔。他举起手臂，开了两枪。第一枪击中了警官的肩膀，冲击力震得他扭转了身体；第二枪击中了他的后脑勺，他直接瘫倒在了路边。

埃斯特拉达双手持枪，站在奔驰前。她先看了一眼方向盘后的人，接着发现伊丽莎白·奥斯本的位子上是个假人。她心中怒火难遏——她竟然被这种雕虫小技给耍了。

麦克斯发动引擎，奔驰挂上了挡。埃斯特拉达冷静地朝挡风玻璃开了三枪，鲜血立刻染红了震碎的玻璃。麦克斯的身体栽倒在了方向盘上，刺耳的汽车喇叭响了一个下午。

在阿德里安·卡特的办公室里，迈克尔坐立不安，他来回踱着步，抽着烟。卡特靠打高尔夫球来缓解紧张的心情。莫妮卡·泰勒的一名手下在卡特的办公室外候命，就像个被老师课后留校的小学生。迈克尔关上了门，这样他们就可以放心说话了。

"为什么从来不让我查阅'十月'的文件？"

"因为它是加密的。"卡特专心致志地低着头，毫无情感地说道。他挥出了一杆，却没有命中，而且差了整整六英寸。"妈的，"卡特喃喃地说，"快进去！"

"为什么要保密？"

"这是一个情报机构，迈克尔，不是基督教的科学阅览室。在'十月'为克格勃效命期间，你可能还没必要知道他的存在。"

卡特又打了一杆，这一次击中了目标。

迈克尔问："为什么他的文件密级别这么高？"

“我猜是为了保护线人的安全。通常情况都是如此。”

“该死的，他当着我的面杀了莎拉·伦道夫。这个鬼地方的人为什么就不能让我看一眼文件，让我弄明白呢？”

“因为这事关乎情感，但感性和情报工作很少能共存。当然，文件你现在也已经看到了。”

“你是怎么弄来的？”

“几年前，我们找到了一些证据，证明‘十月’现在又干起了职业杀手的勾当，”卡特说，“所以我们把老文件调了出来，但只有少数人有权查阅它。”

“你也能看到？”

卡特点了点头。

“该死的，阿德里安！我只能靠零散的线索和猜测弄清楚莎拉的死因，而你却早就知道了答案。你为什么不告诉我？”

卡特做了个鬼脸——干情报工作这行，有时不得不对朋友撒谎。“这些都是我们赖以生存的准则，迈克尔。它们能保护冒着生命危险背叛自己国家的人。它们也能保护你这样的外勤卧底。”

“那么，你现在为什么要打破这些规则，把‘十月’的文件拿给我看？”

“因为在目前的情况下，这些规矩毫无意义。”

“有人不想公开‘十月’的文件？”

卡特竖起拇指，指了指门外的随从，低声道：“莫妮卡·泰勒。”

伊丽莎白终于来电了，紧急接线员帮她接通了卡特的办公室。

“发生了什么事？你没事吧？”

“我没事，”她说，“我按你说的做了。那个手提箱很管用，假人看起来还有点像你呢。我现在在车上了。我正赶往你说的地方。”

奥斯本笑了笑，心中的石头终于落地了。

"感谢上帝。"他说。

"你有麦克斯的消息吗？"

"不，还没有。他应该马上就到中情局了。"

卡特的秘书把头探进门里，说又有一个电话打进来了。卡特走出办公室，到外面的分机上接电话。奥斯本说："伊丽莎白，你让我感到骄傲。我爱你。"

"我也爱你，迈克尔。这场噩梦结束了吗？"

"还没有，但很快就结束了。继续开车。我们得想想怎么让你进中情局，什么时候让你进来。"

"我爱你，迈克尔。"说完后，她挂断了电话。

卡特阴沉着脸走进了办公室。迈克尔说："出什么事了？"

"麦克斯·刘易斯和一名弗吉尼亚州的警官刚才在乔治·华盛顿大道上遭到了枪杀。"

迈克尔狠狠地摔下了电话。

46

华盛顿哥伦比亚特区

德拉罗什开车驶过基桥，往乔治城开去。他沿M街快速驶进了四季酒店的停车道。埃斯特拉达回房间收拾行李物品时，他就站在揽胜外等着。他利用这段时间好好想了想，计划下一步的行动。

最简单的做法是中止刺杀行动，请求支援，在被抓前逃离美国。德拉罗什肯定，公路上发生的事情没有目击证人。杀人只持续了短短的几秒钟，有车经过事发现场时，他们已经逃得无影无踪了。但他已经试图杀迈克尔·奥斯本一次，而奥斯本显然知道他在这里——他的妻子用充气假人脱身就证明了这一点。现在要履行合同——杀死奥斯本，将是非常困难的事。

尽管这样，德拉罗什还是不愿放弃。原因有两个，一是钱。如果他没有杀死奥斯本，他将损失七十五万美元。德拉罗什想跟埃斯特拉达无忧无虑地度过下半生，又不用担心金钱和人身安全问题，这将需要大量的钱：要花一大笔钱买套大房子，办好房产证，并安装先进的监控系统；要给地方执法官员行贿，保证他们可以隐姓埋名地生活下去，逃离西方国家安全部门的视线。更何况，他还希望过上舒适的生活。他曾在布雷莱过着和尚一样的日子，花钱不能大手笔，怕引起别人的注意。再以前，他给克格勃办差时情况更糟，阿巴托夫让他靠卖画为生，他活得就像个穷光蛋。

第二个原因——其实这才是重点，那就是自尊心。奥斯本在河边的小径旁给了他一击，挫败了德拉罗什的小计策。他的暗杀行动从来没有失败过，他不想以失败结束他的职业生涯。杀人是他的工作，他天生就适合做这个，更何况他还接受过专业训练，所以失败是不能接受的。奥斯本是第一个成功反击的刺杀对象，德拉罗什把任务搞砸了，他的现场反应就像个初次上阵的三脚猫刺客。他懊恼万分、羞愧不已，他想再搏一次。

他想起了奥斯本的卷宗。他记得伊丽莎白·奥斯本的父亲是美国参议员，在纽约某个僻静小岛上有一栋房子。他想，如果是他自己受到了惊吓，可能会去自己觉得安全的地方，一个较远的地方，一个治安看起来会让人觉得很安全的地方。*我会尽快离开华盛顿，去一个僻静的小岛。*

埃斯特拉达从酒店出来了。她上车后，德拉罗什发动引擎离开了酒店。他把车开到河边的高架公路下，熄火，打开了笔记本电脑。

他搜索着文件夹，翻出了奥斯本的卷宗。他快速浏览着档案，找到了参议员房子的位置。是的，他想，连地名都完美了。他们肯定会去那里，因为他们坚信那里是安全的。

他关闭了卷宗，打开了他的数据库，这个数据库里几乎储存着地球上所有国家的数字地图。他输入了出发点和目的地，软件很快为他提供了行车路线：先走环城高速，然后上第95号洲际公路，穿过尼维拉萨诺桥，最后走长岛高速公路。

他再次发动引擎，揽胜挂上了挡。

阿斯特拉达说："让-保罗，我们要去哪里？"

他指了指笔记本电脑的屏幕。

她低头念了出来："牛尾洲[①]。"

他拿起手机，拨通了雇主留给他的电话，他一边对着话筒低语了几句，一边开车驶出了华盛顿。

直升机降落在大西洋城机场。伊丽莎白沿着第95号洲际公路一路向北，接着抄近道穿过了泽西海岸。她开车驶进赫兹汽车租赁公司的还车点时，机场安检人员已等候在旁。他们对她实行了保护性拘留，让她在航站楼内的一个小接待室里坐了十分钟。

直升机旋翼完全停止转动后，伊丽莎白走出接待室，被带上机场面包车，坐车来到了停机坪。此时正下着瓢泼大雨，她实在讨厌在这样的夜晚坐直升机。但她渴望回家，渴望那种安全感。她怀念熟悉的被褥散发的气味，想要看到她从孩童时代收藏的珍宝。有一刻，她甚至想假装这一切都没有发生过。

面包车的门开了，一阵疾风刮着冷雨落在她的脸上。她下车向直升机走去。直升机的门开了，迈克尔出现在她面前。她冲进了他的怀里，紧紧地抱着他。她吻了吻他，说："我再也不让你离开我的视线了。"

迈克尔只是抱着她，什么也没说。最后她问："麦克斯在哪儿呢？我希望他现在安全了。"

他把她抱得更紧了。从他的沉默里，她猜到了什么，她挣脱他的双臂，眼睛瞪得大大的："该死的，迈克尔，你回答我！他在哪里？"

但他不用说，她也已经知道了答案。

"上帝，不！"她尖叫着，挥着拳头捶着他的胸膛，"不要再死

① 牛尾洲（Shelter Island）字面意思为"庇护岛"。

人了！上帝，不要了！不要了！”

“看来，我们的人在华盛顿把事情搞大了。”局长说。

“他不但没有杀掉奥斯本，反倒把一名秘书和一名弗吉尼亚州警官打死了。”米切尔·艾略特说，“也许世界上最优秀的刺客这个名号挂在他身上有点不妥吧。”

“奥斯本是个不可小觑的对手。我们早就知道，不可能轻而易举就干掉他。”

“我们的刺客现在人在哪儿？”

“在北上的路上。他觉得，奥斯本和他太太会去牛尾洲岛，躲在参议员卡依的家里。”

“嗯，他猜对了。”

“你在兰利的人也这样说？”

“是的。”

“所以，这笔不幸的买卖很快就要结束了。‘十月’得收拾好他的残局。我已经让营救队待命了。他完成任务后就联系我，我会把他救出来。”

“‘十月’在华盛顿还有一个目标要处理。”

“是，我知道，但他现在分身乏术。如果你想除掉目标，我看我们只得重新雇人。”

“我觉得这是明智的决定。我喜欢有始有终。”

“我十分同意。”

“‘十月’怎么处置？”

“救出他之后，我们会在几分钟内杀死他。艾略特先生，你看，我比你更喜欢有始有终。”

“很好，局长。”

“晚安，艾略特先生。”

米切尔·艾略特挂断电话，微笑地看着莫妮卡·泰勒。她端着酒杯来到床边，然后在他身边躺下。“明天早上，这一切就都结束了。”他说，“奥斯本会被干掉，你获得的奖赏将大大超出你的想象。”

她吻了吻他，说：“我会变得很有钱，米切尔，但我能不能活到花钱享受的那一天呢？”

艾略特关掉了灯。

“我很高兴爸爸不在这里，不用看到眼前这一幕。”直升机降落在卡侬的草坪上时，伊丽莎白说，“每次站在这里，他总把自己当成本地的岛民。他死都不会让直升机降落在他的草坪上。”

“这会儿天寒地冻，”迈克尔说，“没有人会发现的。”

伊丽莎白用怀疑的眼神看着他：“迈克尔，每次有人上岛打鹿，很快就会上当地的报纸。相信我，这事会被他们知道的。”

阿德里安·卡特说：“报社让我来搞定。”

直升机旋翼停止了转动。门开了，他们三个人爬出了直升机。查理拿着手电筒，从看房人的木屋走了出来，猎犬们在他身后焦躁地吠叫着。海风撕扯着光秃秃的树木，一只鱼鹰尖叫着飞过了他们的头顶。雅典娜号泊在离岸五十码处，海湾上波涛汹涌，雅典娜号死死地拽着自己的泊绳。

他们沿着石子路朝主屋走去，卡特问：“参议员去哪儿了？”

“在伦敦，”迈克尔说，“他去参加伦敦经济学院举办的有关北爱尔兰的小组讨论。”

“好。这样就可以少担心一个人了。”

“我不想把这地方搞成一个军营。”伊丽莎白说。

“我也不想。我会安排两名安全人员在草坪上彻夜站岗。明天早上，纽约站会派两个人过来接班。牛尾洲警方同意警戒北部和南部渡轮。他们已经掌握了德拉罗什和埃斯特拉达的外貌特征。我们只告诉他们，这两个嫌疑人跟在弗吉尼亚州的两起谋杀案有关，其他的什么都没说。”

“这样就够了，”伊丽莎白说，“我不想让牛尾洲的人认为是我们把恐怖分子招来的。”

“他们不会知道真相的，”卡特说，“进屋吧，好好补个觉。迈克尔，明早打兰利的电话找我。别担心，‘十月’已经走了。”

卡特握了握迈克尔的手，亲吻了伊丽莎白的脸颊，又说道：“关于麦克斯，我很抱歉，真希望能阻止这一切发生。”

“我明白，阿德里安。”

伊丽莎白转身朝房子走去。卡特看着迈克尔说：“家里有武器吗？”

迈克尔摇了摇头：“卡侬讨厌枪。”

卡特递给迈克尔一把高级勃朗宁十五发自动手枪，然后转身登上了直升机。三十秒后，直升机从卡侬湾上空升起，掉转方向，消失在海湾上空。

迈克尔走进卧室，伊丽莎白说：“卡特给了你一把枪，对不对？”她打开法式衣橱，找出一套法兰绒睡袍。屋里一片漆黑，就只有床头柜上的小台灯亮着。迈克尔掏出了勃朗宁，把一发子弹上了膛，扣上保险。“上帝，我讨厌那声音。”她说着，一边把衣服脱了。

她穿上睡衣，在床上躺下。迈克尔站在窗前看着海湾，抽着烟。雨击打着玻璃。一名保安正打着手电筒检查隔风墙。

伊丽莎白把手放在小腹上，她想知道婴儿是否安好。看看你，伊丽莎白，她心想，它们现在还只是两个细胞而已，你却已经叫它们“婴儿”了。她的医生嘱咐她不用紧张，但要躺着静养。她根本没有照做。白天她一连开了好几个小时的车，试图摆脱恐怖分子；晚上下着暴雨，她还要坐着颠簸的直升机飞行。她把手紧紧地贴着小腹，心里默想：上帝啊，请保佑它们平安无事。

她看了看迈克尔，他立在窗前，像个哨兵一样。

“你看，迈克尔，我觉得你其实盼着他再来一次。”

“他把麦克斯——”

“他今天也打算杀了你的，迈克尔。”

“相信我，我不会忘记的。”

“那莎拉呢？”她说。

他沉默了。

“想报仇很正常，迈克尔。但是，盼着寻仇者找上门来又是另一回事了。这样做很危险，会让人受伤，在这种情况下简直是自寻死路。我希望他已经远走高飞了，这也是为我们自己好。”

“他不会这样做的。他受过的训练也不会允许他这样做。”

“做什么？”

“放弃，逃跑。我读过他的文件，我可能比他本人更了解他自己。”

“迈克尔，你觉得他要来了？”

“我知道他来了。我只是不知道到底在哪里。”

47

长岛，北黑文

德拉罗什爬出揽胜，盯着狭窄的海峡。对面就是牛尾洲了，此时已临近午夜，他们花了八个小时才从华盛顿赶到这里，因为德拉罗什一路上都谨慎地限制着车速。他竖起了外套的衣领，挡住疾风冷雨。一艘渡轮朝他们驶来，甲板上停着两辆车，渡轮逆着牛尾湾的海风向加德纳湾的开阔水域开去。一辆棕褐色的四轮驱动车停在码头的小办公室外，车身上印着警徽。警察可能只是稍作停留，或坐下喝杯咖啡而已。但是，德拉罗什觉得事情不会这样简单。他认为警察正监视着渡轮，因为迈克尔和伊丽莎白·奥斯本就在岛上。

他又往回走，爬进了揽胜，开车离开了渡轮码头。有两次，他突然急转弯，躲开那些白尾鹿。他转向开上一条砂砾小路，驶进了一片树林。这里很隐蔽，他戴上眼镜，翻开了在沿途加油站买的一份大比例尺长岛地图。埃斯特拉达也侧身看了看地图。北黑文就像插入牛尾湾的一小根拇指。东南部就是著名的捕鲸港萨格港。

“警察监控了渡轮码头，”德拉罗什说，“奥斯本可能在岛上。南码头凌晨一点结束载客，那时警察就回去了，他们会认为我们没有跨海过去。”

“码头关闭了，我们怎么上岛？”

德拉罗什指了指地图上的萨格港："这里的港口和码头都有船。渡口关闭后，我们可以偷一艘船。"

埃斯特拉达说："天气太恶劣了！这种晚上驾船不安全。"

"也没有那么糟，"德拉罗什取下眼镜放回了口袋里，"在布雷莱，人们会觉得这是捕鱼的好时机。"

德拉罗什进入萨格港，把车停在了码头边上。他走出揽胜，把埃斯特拉达留在了车里。小镇很安静，海滨的商店和餐厅大多打烊了。五分钟后，德拉罗什找到了他要找的东西——一艘二十六英尺长的波斯威娜钓鱼船，配有大功率的舷外马达。他快步走回揽胜，整理了一下所需的物品：手机、伯莱塔手枪和防水服。他锁上门，把钥匙装进了口袋里。

他们沿着船坞走上了雨后湿滑的木码头。德拉罗什爬进了钓鱼船，扶着埃斯特拉达上了甲板。船的头尾都有座位，中间是走道。德拉罗什把开锁器插进引擎，发动了船只。

他跃上甲板，解开缆绳，然后再跳到船里把缆绳收上来。他的脚能感到马达的震动。船只慢速驶过了海港，二十分钟后，他们进入了加德纳湾水域。

五分钟后，德拉罗什开始担心埃斯特拉达的预测是正确的，天气的确太恶劣了。海湾上，猛烈的西北风以每小时四十英里的速度袭来。气温约为四摄氏度，风雨交加令人感到更冷。钓鱼船的驾驶舱没有顶棚，几分钟内，德拉罗什和埃斯特拉达全身都湿透了。德拉罗什尽管戴着手套，但放在方向盘上的手还是冻僵了。埃斯特拉达紧紧地抓着他的胳膊，雨点袭来，她把脸贴在了他的肩上。

夜空一片漆黑，没有月亮，也没有星光为他们指明方向。为了不被岸上的人发现，德拉罗什把自己的舷灯也熄灭了。四五英尺高的海浪拍在船舷上，小船吃水浅，在海浪中左摇右晃。

德拉罗什驶到离海岸线大约有二百码左右时，驾船朝正北方向驶去。海面略微平静了一些。离开港口后，他依稀能看见树木和陆地的大致轮廓。德拉罗什看过地图，他知道这是一个叫马什马克的大型自然保护区。船只继续向北，经过了萨吉姆海峡和吉布森海滩。在尼科尔斯湾时，船几乎要搁浅了，于是他轻微地调整了航向，朝外海开去。几分钟后，他发现了瑞尔港，这个港就在科克斯海港入口处。他知道自己就快到目的地了。

他们绕过公羊头，随后调整航向，往西北的科尼利厄斯海湾开去。狂风迎面刮来，随着浪头的增高，他们的船速跟步行的速度差不多。每一波海浪涌过船底时，小船都会被向上托起，然后船头向下栽进下一波低谷。海水涌进了座位区，埃斯特拉达一时没有扶稳，一头撞上了仪表板。她找到重心站起来后，发现额头上都是血。

德拉罗什站在船舷，可以依稀看见科尼利厄斯港口：岩石嶙峋的岬角，以及一座高大的避暑山庄的轮廓。他驾船绕过了港口，略微转舵向左开去。他在右舷边上可以看见雨后格林港的迷蒙灯光。几分钟后，船只绕过了干草海滩。德拉罗什朝西南方向驶去，沿着干草海滩走了二十五英里。然后，他赶紧调转航向，降低航速，朝海岸线驶去。

再向南开四百码就是卡依海岬了。德拉罗什知道他可以毫无顾忌地靠岸而不必担心被发现，因为强风把所有的噪音都带向了相反的方向。他关掉发动机和螺旋桨。几秒钟后，船就搁浅在了离岸边不远的浅滩上。

德拉罗什跳进了及膝深的刺骨海水中，趟水上了岸。他挽起夹克衣袖，瞟了一眼夜光手表。现在是凌晨两点。从萨格港到这里才花了九十分钟，但当德拉罗什把帆绞索系在一棵倒下的树上时，他觉得好像这大半个晚上，他都在跟海水作斗争。他涉水走回了钓鱼船，背起背包，扶着埃斯特拉达越过船舷跳下了水。在海滩上，他打开背包，翻出了两把消音伯莱塔，把其中一把递给了埃斯特拉达。

德拉罗什确定方位时，大雨正劈头盖脸地砸向他们。海滩前面就是卡侬海岬。海岬崎岖狭窄，只有几处宽阔地。高水位线标旁，矗立着一面大约二十英尺高的崖壁，岩壁上沙丘草丛生。

德拉罗什给伯莱塔手枪上好第一发子弹，埃斯特拉达也照做了。然后他拉着她的手，领着她向沙滩上的房子走去。

马特·库珀和斯科特·雅各布都在中情局安全部工作了近二十年。政府的公车就停在海岸路上，别墅正门的内侧。每隔半小时，他们就会巡视一下周边。马特·库珀值凌晨两点的班。

德拉罗什和埃斯特拉达躲在密密麻麻的荆棘丛中，二人躺在崖壁上，下方就是海水。德拉罗什观察了一下院落的大致布局：主楼紧邻大海，两座客人住的小屋，一个能停三辆车的车库。主屋和旁边一座小屋都亮着灯。德拉罗什判断奥斯本夫妇住在主房，安全特工和看房人住在小屋里。他又研究了一下布局：一片养护良好的草坪上，零散地种着几棵大树，碎石子路从正门一直延伸到了主楼。德拉罗什在院子里还瞥见了一辆轿车。

几分钟后，一名特工走了出来。他右手持强力手电筒，边巡视边用电筒光扫射整个院子。这名男子靠近他们时，德拉罗什抓紧埃斯特拉达的上臂，把一根手指放在唇边，让她不要出声。她点了点头。手电筒的光掠过他们的头顶，扫过舱壁和下面的海滩。

德拉罗什猛地站了起来，脚下的草丛发出了窸窸窣窣的声音。手电筒的光束来回晃动了几下，最后落在了德拉罗什身上。此时他已拔出伯莱塔，瞄准了目标。德拉罗什把光源作为靶子，枪口往右移了一两英寸——因为特工是右手持枪。

他迅速开了三枪。

安全特工瘫倒在了湿漉漉的草坪上。

德拉罗什蹑手蹑脚地走上前去，蹲在倒下的人身旁。子弹击中了他的胸部。德拉罗什伸出手去摸他的脖子，已经没有了脉搏。他示意埃斯特拉达到身边来，二人沿着房屋的东角向前，用树木作掩护，最后走到离门口和安保车还有三十码的地方。德拉罗什看到车内还有另一个男人，他坐在方向盘后面，雨水正顺着窗户流下来。显然，男人几乎看不到外面，所以杀死他并不难，难的是怎样悄无声息地杀死他。德拉罗什越过草坪，从车尾慢慢靠近目标。

库珀已经好一会儿没有汇报情况了。通常，他们会通过对讲机向对方说明最新进展。库珀走到西侧的客房屋和主屋后都跟他通过话，但他开始检查隔风墙与海滩时，雅各布就再也没听到他的声音。

雅各布抓起对讲机，想要跟库伯对话，但对方没有应声。他正欲下车去找他，突然听见了后排车门打开的声音。他转过身来说："你去干什么了？"

他看着那张脸：短平头，苍白的皮肤，耳朵上有两个耳洞。雅各布甚至没去摸他的枪，只是轻轻地说道："哦，天哪。"

德拉罗什举起伯莱塔，朝他的脸开了三枪。然后，他俯身从死者的手中夺过了对讲机。

埃斯特拉达仍待在树林里。德拉罗什爬出汽车，轻轻地关上了车门。他们沿着院子的东侧沿原路返回，仍旧隐蔽在树后。德拉罗什抽出用掉一半的弹药夹，插入了一个新的。

主楼有两个入口：正门俯临着碎石铺成的车道；另一堵高大的玻

璃门廊则俯瞰着大海。德拉罗什打算从后门进去。

强劲的海风把树木刮得东倒西歪，呼呼的风声正好掩盖了他们靠近房屋发出的响动。他拽着埃斯特拉达的手，匆忙穿过了阴暗的树林。

他们从小屋后绕了过去。小屋的门廊灯亮着，德拉罗什本打算闯进去杀死里面的人。但此时外面无人走动，也没有任何迹象表明有人发现了他们。于是他走到小屋的后面，想要横过草坪。

一条狗狂吠起来，接着另一条也叫了起来。他转过身，看见一对大型金毛猎犬向他们奔来。他给伯莱塔上好膛，用枪瞄准了冲过来的猎犬。

狗叫声惊醒了迈克尔。他突然警觉起来，睁大双眼。他听到了第一条狗的声音，接着是第二条。然后两条都没了动静。他猛地从床上坐起，跳下了地。他的床头柜上放着勃朗宁自动手枪、对讲机和多线电话。他抓起对讲机说：“我是奥斯本。有人吗？”

伊丽莎白被吵醒了。

“我是奥斯本。有人吗？我听到了狗叫声。”

对讲机里噼啪作响，一个声音说：“狗没事，先生，一切正常。”

奥斯本放下对讲机，拿起电话，拨打了看房人小屋的号码。电话响了五声后，他把听筒放回了机座。

伊丽莎白在床上坐了起来。

奥斯本飞快地拨打了兰利的特殊紧急号码。

电话那头传来冷静的接听声。

“我是奥斯本。牛尾洲的安全特工已经失去联系。打电话给当地警局，马上请求增派支援！要快！”

他挂断了电话。

伊丽莎白问："迈克尔，出什么事了？"

"他来了，"奥斯本说，"他杀死了安全特工，拿走了对讲机。我刚才还跟那杂种说了话。找件厚衣服穿上。快点，伊丽莎白。"

查理·吉本斯在卡依海岬做看房人已经有二十年了。他是土生土长的牛尾洲本地人，他的祖先可以追溯到三个世纪前来格林港的捕鲸人。他家跟纽约市只相距九十英里，但他只去过那里一次。

查理听到了小屋里的电话铃声时，正走在草坪上。他穿着睡袍，一手拿着霰弹猎枪，一手拿着手电筒。不一会儿，他就看见了狗，慌忙奔过查看。他跪在第一条狗身旁，却发现自己身上的黄色外套被浸透了血。他把手电筒光照向另一条，结果也是一样的。

他起身扫视着隔风墙，来回晃动着手电筒，几秒钟后，他发现了一个亮蓝色的物体——安全特工穿的防水夹克就是这种颜色。他跑向倒在地上的第一个人，蹲在他身旁。这人就是马特·库珀，很显然，他已经死了。

他必须叫醒迈克尔和伊丽莎白，他必须打电话向牛尾洲警方报警，他必须马上求助。他站起来，转身要跑回木楼。

一棵树后蹿出了一名高大的金发女子，她举起的手中握着一把枪。他看到了枪口冒出的火焰，虽没有听到声音，子弹却已经击穿了他的胸膛。

他感到撕心裂肺般的疼痛，然后眼前闪过一道耀眼的白光，之后就是一片黑暗。

48

弗吉尼亚州，麦克莱恩

“保安队员失去了联系，”值班人员说，“奥斯本认为‘十月’就在院子里。”

阿德里安·卡特从床上坐了起来：“妈的！”

“我们已经通知了当地警方，派出的另一支特工小分队已在路上了。”

“叫他们给我动作快点。”

“是，长官。”

“我五分钟内赶到总部。”

“是，长官。”

“现在我要跟莫妮卡·泰勒说话。”

“请稍等，长官。”

迈克尔睡下时没脱衣服。伊丽莎白穿上一条灰色棉质运动裤和一件米色羊毛衫。迈克尔套上鞋，抓起勃朗宁、无线电、手机和家中安全系统的遥控器。他开启了警报系统，如果“十月”试图闯进屋子，警报就会响起，遥控器的数字显示屏上会出现数字，告诉他入侵者是从哪扇门或窗闯进来的。如果“十月”企图闯入主屋，迈克尔立刻就能知道他在哪里。

迈克尔关掉卧室的灯，牵着伊丽莎白走进漆黑的走廊，然后下楼到了门厅。门厅也亮着一盏灯，迈克尔立刻关了它。

通往地下室的楼梯就在宽敞的厨房旁边。黑暗中，迈克尔抓住伊丽莎白的胳膊，拽着她走到了楼梯口。他推开楼梯口的门，带她到了地下室。

德拉罗什和埃斯特拉达蹲在玻璃门廊边上，德拉罗什把小刀插进了简易的门闩。几秒钟后，门打开了。他们小心翼翼地穿过凉台，绕过铺着软垫的藤条家具和小茶几，来到了一扇法式门前。他拨弄了一下闩锁，发现上了锁。他蹲下身去，把开锁器插进了钥匙孔。锁芯猛地弹开了，德拉罗什推开门，两人溜了进去。

这座房子实际上有三个入口：屋前的正门、屋后的玻璃门，以及房子北侧通往地下室的小门。最后这扇小门很隐蔽，藏在室外梯台的后面。迈克尔和伊丽莎白穿过装修精致的地下室，走到了门口。

迈克尔手中的报警器响了起来，他立刻关闭了警铃，又把它重设好——“十月”是从起居室旁的法式门闯进屋的。

几秒钟后，警报第二次响起来，接着第三次。两个报警器被触发了，一个在餐厅，一个在客厅。两个探测器相距有几英尺，除非“十月”在房里快速地跑动，否则不可能在这么短的时间里触发两个报警器，更何况黑暗中，他并不熟悉房屋的布局。迈克尔意识到，埃斯特拉达·沃格尔也在屋里。他转身对伊丽莎白说：“躲到客房屋去，警察来了你再出来。”

“迈克尔，我不想让你一个人留在……”

“快去，伊丽莎白，”迈克尔果断地说道，“如果你还想活命，就照我说的去做。”

她点了点头。

“警察马上就到。你一看到他们，就赶快朝他们的方向跑。他要抓的人是我，不是你。明白吗？”

她点点头。迈克尔说：“这就对了。”

迈克尔解除了警报系统，然后打开了门，伊丽莎白吻了吻他的脸颊，往楼上走去。快到一楼时，她停住脚步，四下里看了看。漆黑的夜晚，临河的客房屋只有个模糊的轮廓，她几乎看不清楚。

她冲过草坪，任凭风中的雨点落在脸上。她跑到了小木屋的门口，开门进了屋，最后关门前，她又朝迈克尔的方向看了一眼。

地下室的门紧闭着，他已经走了。她关上门，锁好，把灯也熄掉。接着，她走到窗前，朝大门的方向看去。

埃斯特拉达·沃格尔站在客厅里，她看见有个人影穿过了草坪，向客房屋走去——从艰难吃力的步态就可以知道，那是个着浅色毛衣的女人。

“让-保罗，”她指了指草坪，低声说，“那个女人。”

“把她抓来，”德拉罗什低声说道，然后，他把手搭在她胳膊上，“抓活的，埃斯特拉达。她死了对我们一点用也没有。要快。我们时间不多了。”

埃斯特拉达从法式门溜了出去，越过了阳台，向草坪跑去。

迈克尔重新设定好报警系统。他发现一个插座上插着充电手电筒——因为岛上经常停电，参议院在房里的插座上都插了手电筒。迈克尔打开它，借着手亮光，他找到了墙壁上的保险丝盒。他打开了保险盒，用手电筒朝里照了照。最大的那个是总开关，他拉下主开关闸，切断了整个房子的电源。报警系统用的是电池，所以它会继续运行而不受干扰。他把报警系统调到了静音状态。

他借着手电筒的光爬上楼，回到了厨房。墙上的电话机旁装着大门的门铃对讲机。对讲机并在电话线上，在大门有单独的电源线路。他按了个按钮，快步走到客厅窗前，朝草坪望去。他看见院子的东头，铁门自动打开了。

客房屋就像座冰窖，伊丽莎白已经不记得这里上一次住人是什么时候了。为防止管道因寒冷而爆裂，恒温器调到了系统的最低档。风撕扯着木瓦屋顶，捶打着俯瞰牛尾海峡的窗户。有什么东西在“嘶嘶”地挠着房屋的墙壁，伊丽莎白低呼了一声，然后才意识到是屋外的老橡树叶摩擦着屋壁，她小时候还经常爬这棵树。

这里其实并算不是真正的客房屋。用卡依家的话说，它更应该叫作“伊丽莎白屋”。这座屋子布置舒适、装修得体。硬木地板被刷成浅色，客厅里摆放着质朴的家具，一扇巨大的落地观景窗俯瞰着海港；厨房很小，只有一台小冰箱和一个两灶的炉子；卧室陈设也很简单。小时候她一直住在这里。每当主楼被她父亲的工作人员，或被异国来的代表团占据了，伊丽莎白就跑到这里，躲进她的小天地中。她深爱这座小屋，对它倾尽了自己的爱心，在这里度过了每一个夏夜。她在这座小屋的浴室里第一次尝了大麻，也是在这里的卧室中失去了贞洁。

她想，如果我能选择自己的葬身之地，那一定是这里。

她朝手心呵了口热气，紧抱着双臂抵御寒冷。

她本能地摸了摸小腹。

她又一次心想，婴儿们还好吗？上帝，请保佑他们没事！

她走到窗前朝外看去。一名身材高大的女人正朝小屋跑来，她手里握着把枪。伊丽莎白看脸就认出来，这就是那个在华盛顿追捕她的女人。她后退几步，差点绊到了一把椅子。

他要抓的人是我，不是你。

她知道迈克尔在撒谎。他们会用她作筹码来引迈克尔现身，但他们最后也会杀死她。这跟他们杀死麦克斯、杀死苏珊娜是同一个道理。

她听到前门木板台阶上靴子的嗒嗒声，她听到埃斯特拉达·沃格尔正想办法撬开铁锁的声音。埃斯特拉达·沃格尔试着踢开门，巨大的闷响声又传到了伊丽莎白的耳朵里。她鼓足勇气，极力控制住自己不尖叫出声。她溜进卧室，关上了门，接着连续听到三四声低沉的闷响。她不太确定——那好像是门板破裂的声音。埃斯特拉达用手枪打断了门锁，击穿了木门。她又踢了一脚，门破裂了，猛地撞在一旁的墙上。

他要抓的人是我，不是你。

你就是个大骗子，迈克尔·奥斯本，她想。这些人残暴无情、杀人不眨眼，他们的行为是正常逻辑无法解释的，跟他们沟通谈判也是徒劳。

她退到一个角落里，眼睛死死地盯着紧闭的卧室门。上帝啊，她曾经有多少美好的时光是在这里度过的？夏日美丽的清晨、秋日寒冷的午后。书架上放着她的书，衣橱里挂着她的衣服，即使床脚那张破旧的地毯也是她的，那是她和母亲在奇汉普顿的拍卖会上买到的。

伊丽莎白心想，我不能让她杀死我。他们会把我和迈克尔都杀死的。

她听到女人在木屋里走动的声音，那是她的靴子在硬木地板上踩出的脚步声；她也听到风穿过树林，还有海鸥的尖啸。她走上前，把门反锁上。

她想躲进衣橱里，也许她不会检查。

别傻了，伊丽莎白。好好想想！

接着，她听到了女人大声喊道："我知道你在这里，奥斯本太太。我不想伤害你。现在就出来吧。"

她的语音低沉，措辞出奇地客气，说话带着点德国口音。

别听她的！

她打开衣橱钻了进去，把衣橱门半掩上——她觉得自己无法忍受困在这狭窄的密闭空间里。她终于隐约听到了警笛在风中鸣响的声音，她想知道他们走到哪儿了——温思罗普路？如果他们从岛中心赶来的话，没准还在曼汉塞公路上。伊丽莎白知道，无论走哪条路，他们赶到之前，自己都已经死定了。

她朝门后退去。一个尖锐的东西戳到了她的肩胛骨——一支箭挂在架子上。她顺着厨壁摸去——她知道它在什么地方，这是她十二岁生日时，卡依送她的生日礼物。它就挂在厨壁的挂钩上，旁边是一套陈旧的高尔夫球杆。

女人拧了拧卧室的房门，发现它是反锁着的。

伊丽莎白想，这下她肯定知道自己在里面了。

一阵恐慌袭来，她强迫自己继续保持呼吸。

她用手掌轻轻地拍打着墙壁，然后摸到了一个又冷又硬的物体。

伊丽莎白取下弓。这张标准的弓长五英尺半。她伸出手，摸到了箭。箭身是铝制的，上面装饰着羽毛。她用右手的拇指和食指夹住箭头，又用大拇指去摸箭羽后的绳圈。这个动作她曾做过无数遍，即使黑暗中的双手在发抖，她也完全做得到。

女人朝着房门踢了一脚，但是老锁还没有坏。

伊丽莎白把箭搭在了弓弦上，她左手紧握弓把，右手将箭柄支在左手手指上。她把箭向后拉到一半长，深吸了一口气。弓弦的年头太久了，已经变得很脆弱。如果她把它绷到能够射出的强度，弓弦可能会断裂。伊丽莎白的手指摩挲着弓弦，心想，帮帮我吧，只要一箭就够了。

但她真的能射出去吗？她从来没有杀死过任何有生命的东西，狩猎更是想都不敢想。在任何时候，她父亲都不允许她提到狩猎。有一次，她的前男友偷偷带着她的弓箭跟在一头鹿的身后，结果被卡依逮了个正着，卡依下令他那个暑假都不许踏入他家半步。

女人又朝门踢了一脚。闩锁坏了，门被踢开了。

伊丽莎白的身体僵硬起来，她觉得自己好像变成了石头。她强迫自己慢慢地呼吸。为了迈克尔，她想，也为了肚子里的孩子。

她用力把搭上了箭的弓弦往后拉，同时一脚踹开了衣橱的门。她看到埃斯特拉达·沃格尔正背对着她站在门口，双手持枪举在脸前。听到突如其来的响动，埃斯特拉达转过身来，伸出手臂瞄准了伊丽莎白。

伊丽莎白放出了箭。

箭头刺中了埃斯特拉达的喉咙根部。冲击力让她后退了几步，倚在了门上。伊丽莎白发出了尖叫声。埃斯特拉达双目圆睁着，嘴唇微张。

她竟还有力气握住枪。她举起枪开了火，消音手枪发出几声闷响。伊丽莎白缩回到衣橱里。子弹击碎了门，卧室的窗户也碎了，墙上的石灰泥纷纷坠落。最后，埃斯特拉达摔倒在地上，身子蜷缩成一团。

射击停了下来。房间里很安静，只能听见风声，还有埃斯特拉达·沃格尔叩着没了子弹的空枪声。伊丽莎白起身，抽出另一支箭，走出了衣橱。

埃斯特拉达卸下空子弹盒，伸手在大衣口袋里掏着。鲜血汩汩地从她喉咙的裂口涌出，她竟咬牙从口袋里又拿出了一管子弹。

伊丽莎白说："不，求你了。别逼我再做一次。"

埃斯特拉达看着她，然后低头看了看插在喉咙的箭头。子弹管从她手里掉了下去，然后枪也落到了地板上。她深深地吸了两口气，血从喉咙里不断地往外流。

最后，她的目光涣散了。

伊丽莎白瘫倒在地上，感到一阵阵恶心。

迈克尔又回到了地下室，他能听见头顶上传来"十月"的脚步声，那是"十月"正绕着客厅的家具小心翼翼地走着。迈克尔知道，"十月"做事总是有条不紊、细致谨慎，他会搜遍房子，逐个房间地查看，直到发现目标。为了活命，迈克尔必须想办法再次战胜"十月"，就像弗吉尼亚小径上的那次一样。"十月"此刻身处的是陌生环境，而迈克尔闭着眼睛也能找到房子里的路。他要充分利用这个优势。

"十月"已从客厅来到了厨房。他大声叫着："奥斯本先生，你妻子在我手里。如果你现在高举双手，不带武器出来的话，我不会伤她一根头发。如果你非得让我像捕猎一样到处找你的话，我就连她一起杀了。"

迈克尔没有出声，只是听着"十月"在一楼的动静。

片刻后，"十月"又说："我还记得伦敦的那天晚上，奥斯本先生。我记得你在河畔上号啕大哭。她真是个美人，你一定很爱她吧？很可惜，她非死不可。她是我杀的第一个女人，也是唯一的一个女人，可是你如果继续玩这种无聊的把戏，我会毫不犹豫地杀死你的妻子。别瞎折腾了，要不然她就得给你陪葬。"

迈克尔觉得心中的怒火在升腾。这么多年过去了，听到这个男人的声音还是让他感到恐怖。他努力压制怒火，因为他知道这正是"十月”想要看到的反应，如果他失去冷静，让一时的冲动战胜了理智，他就会被杀死。他也知道“十月”根本不会放伊丽莎白一条生路。

“你亲眼看着自己的爱人像条狗一样被我打死，肯定不好受吧？”“十月”说，“我听说他们不得不终止你的外勤任务，把你遣返总部。我还听说你为此一蹶不振呢。想想看，如果我再杀死一个你的女人，你会怎样？我可以肯定，你会痛不欲生。所以，不要再做无用的挣扎了，奥斯本先生，这样对我们双方都没有好处。”

迈克尔听到客房屋传出了尖叫声——伊丽莎白的尖叫声。

“听起来那边的进展很有意思嘛，奥斯本先生。你不妨拿起电话，打一个到客房屋去，叫你的妻子别再躲了，她不会受到任何伤害。这点我可以向你保证。”

迈克尔走过房间，按下了对讲机上的通话键。他平静地说：“你的话对我丝毫不起作用，尼古拉·米哈伊洛维奇。”

“你叫我什么？”“十月”犹豫了一下，大声吼道。

“我叫你尼古拉·米哈伊洛维奇，这才是你的真实姓名。难道克格勃那群好心人没有告诉你实情？尼古拉·米哈伊洛维奇，你父亲是克格勃的第一任行政首长米哈伊尔·沃伦佐夫。你是他的私生子，你的母亲是他包养的情妇。等你稍微大一点后，你父亲就把你送到了克格勃手中，你母亲却被送进了古拉格集中营。你还想听我继续说下去吗？尼古拉·米哈伊洛维奇。”

迈克尔松开按钮，等着“十月”的回答。他听到门被一脚踢开了，陶瓷灯砸落在地板上，消音手枪射出子弹发出了闷响声。迈克尔已经让他心烦意乱了。

“你的老师是个叫弗拉基米尔的男人，你把他当作自己的亲生父亲。实际上，他确实扮演了你父亲的角色。你十六岁时，他们让你从捷克斯洛伐克潜入西欧，并且要你杀死自己的护送者，其中一个就是女人。这证明你是个骗子，也是凶手。在西欧，你伪装得很好。十年后，已经成年的你开始执行刺杀任务。如果你想听的话，尼古拉·米哈伊洛维奇，我可以报出很多死于你手的人的名字。”

迈克尔听到了窗户玻璃破裂的声音，还有消音枪射出的子弹嵌进墙壁的声音。他听到空弹管掉在了地板上，一管新的子弹装进了枪膛。然后，他听到了远方的警笛声，小屋里又传来了一声尖叫。

他再次按下对讲机：“是谁雇的你？”

德拉罗什又乱射了很多枪。

“谁雇的你，该死的。回答我的问题！”

“我不知道谁雇的我！”

“你在说谎。你一辈子都在撒谎。”

“闭嘴！”

“你现在走投无路了。你不会活着离开这座岛。”

“你也没法活着出去，你老婆也休想。”

“埃斯特拉达已经去了很久了。你说她怎么还没回来？”

“打电话给小屋，让你老婆别再耍花招了。”

迈克尔放下手机，抓起了固定电话的听筒。他听见“十月”拿起了分机。电话铃响了起来，伊丽莎白气喘吁吁地接起了电话。

“迈克尔！我的上帝，她死了。我杀了她。我一箭射死了她。迈克尔，上帝，我不想跟她待在这里。噢，迈克尔，这太可怕了。求你了，我不想跟她待在这里。”

“到码头去。乘小艇到‘亚历山德拉号’上。在那儿等警察来救你。”

“迈克尔，那你怎么办？”

“照我说的做。去‘亚历山德拉号’！现在就去！”

伊丽莎白放下电话，走到了窗前。她跟迈克尔在一起已经六年多了，他跟她父亲驾驶那艘船出海过无数次，他知道它叫“雅典娜”，而不是“亚历山德拉”。可能他因为太紧张所以说错了，但她还是怀疑，这是他有意为之的。他想让她待在木屋别动，但他又要让“十月”以为她去了船上。

她透过窗户看着主屋，听到警笛声越来越近。她想出去，她想吸支烟，用烟味盖住埃斯特拉达·沃格尔的血腥味。她希望这场噩梦快点结束。几秒钟后，她看见凉台上的纱窗门猛地打开，那个叫“十月”的男人飞快地跑过草坪，往码头奔去。

德拉罗什冲进了黑夜中。狂风撕扯着树木，风力几乎把他掀倒在地。在黑暗中，码头出现在了眼前。船泊在离岸五十码的海水中，桅杆在白浪中像钟摆一样左右摇晃，帆绳在风中呼呼作响。

迈克尔·奥斯本那陌生而又富有磁性的声音，像火车站广播般回荡在他脑海中。

我叫你尼古拉·米哈伊洛维奇，这是你的真实姓名。

德拉罗什想，该死的！他怎么会知道？

克格勃曾向他保证过，只有克格勃内少数高层人士才知道真相，知道他在西方的事情。所以为了做到高度保密，在奥地利的那天晚上，他获准杀死护送他到西欧的两个特工。他们撒谎了吗？有人出卖了他？弗拉基米尔？还是阿巴托夫？或者是叛徒德拉兹多夫？难道是德拉兹多夫在莫斯科中心的文件里发现了秘密，并把它卖给了他在西方的新主子？德拉罗什发誓，如果他能活着逃出牛尾洲，他要亲手杀死德拉兹多夫。

中情局卷宗里的内容让德拉罗什感觉浑身不自在。他们也搞到了照片吗？一直以来，都是由德拉罗什来执行翻阅卷宗的任务，由他来一页页翻开目标不为人知的生活，直到找出摧毁对手的弱点。而现在，德拉罗什意识到，他的敌人也把自己的人生编成了卷宗，让奥斯本利用它来对付自己。

我叫你尼古拉·米哈伊洛维奇。

他杀人的一幕幕本能地从脑海中轮流闪过。他试图抹掉这些画面，但一张张面孔轮流出现在他的脑海里，开始时充满了生机活力，接着就被三枪击碎了：那个巴勒斯坦男孩哈桑·穆罕默德、科林·雅德利、埃里克·斯托尔滕贝格和萨拉·伦道夫……

他仿佛又听到迈克尔·奥斯本在切尔西堤上的号哭声。

这是你的真实姓名。

德拉罗什有时晚上会做一个梦，现在这个梦境又萦绕在他的脑海里：他杀死的男人跟他面对面站着，手里也拿着自动消音手枪，而他会伸手去掏格洛克手枪或伯莱塔，结果却只掏出了画笔。他去摸备用手枪，但只摸到一个调色板。“我们知道你是谁。”他们说，然后大笑起来。德拉罗什举起手遮着自己的脸，但子弹射穿了他的手掌，击碎了他的眼球。他会马上从梦中惊醒，然后坐在床上，告诉自己这只是一个梦，只是个愚蠢的梦。

德拉罗什飞快地穿过斜坡草坪，双脚越过富有弹力的湿草皮，直到自己踩在码头木桥上的脚步声把他从死亡的噩梦中拉回来。他能听到水中的小艇和木桥发出的碰撞声，但发动机却没有声音。几秒钟后，他走到码头的尽头，低下头，把手枪对准了下方。

小艇里空无一人。

“放下枪！”迈克尔在风中喊道，“趴在码头上，面朝下，慢慢地趴下。”

迈克尔站在码头的另一端，“十月”在码头的尽头，两人相距五十英尺。“十月”的左臂垂在身体一侧，右臂手肘弯曲，把枪举在脸前，一动不动。根据警笛的声音，警察已经到滨海路了。几秒钟内他们就能赶到现场。

“放下枪！”迈克尔大叫，“一切都结束了。照我说的做。”

“十月”直直地放下右臂。警察已经到达前门，迈克尔听见小屋的门打开了。迈克尔朝声音方向扭头望去，看见了穿着米白色毛线衫的伊丽莎白。黑暗中，她正朝这边跑来。

他喊道：“别过来，伊丽莎白！”

“十月”立刻蹲下转了个身，再次抬起了手臂。迈克尔举起勃朗宁开了几枪，子弹从刺客的头顶飞过。刺客在黑暗中开了三枪，其中一枪击中了迈克尔的右胸。

布朗宁从手中滚出去，掉在了码头上。迈克尔仰面倒下，他的右臂麻木了，接着，他的胸口感到一阵撕心裂肺、火烧火燎的疼痛。

雨水落在他的脸上。树枝在风中左摇右晃，神智不清的迈克尔觉得，它们就像一只只巨爪他身上挠抓。他渐渐失去了意识，他看到莎拉正从切尔西堤坝上向他走来，她的长裙在鹿皮靴子周围飘动。他看到了她破碎的脸庞。接着，他听到了伊丽莎白的声音仿佛从很远的地方飘忽地传来。最后，那声音穿透了他迷糊不清的意识。

“迈克尔！他过来了！迈克尔，上帝！求你了！迈克尔！”

迈克尔抬起头，看到“十月”正缓缓朝他走来。勃朗宁掉落在码头上，距他有几英尺远。迈克尔试图伸出右手，但手却不听他的使唤。他滚到右边，伸出左手去抓枪。他摸到了勃朗宁冰冷的金属外壳和湿滑的枪把。他抓起枪，把手指伸进了扳机，朝码头开火。

德拉罗什看到了奥斯本冒着火的枪口。一连串子弹嗖嗖地从他身边飞过，却没有击中他。他举起伯莱塔瞄准了躺在地上的奥斯本。他又走近了一步，他想对着他的脸开枪，他想替埃斯特拉达报仇，他想留下他的印记。

奥斯本又开了一枪。这一次，子弹击中了德拉罗什的右手，掌骨碎裂了。伯莱塔从他的手中掉下码头，落进了湍急的海水中。他低下头，看了看子弹射穿手掌后留下的丑陋弹孔。

他想用另一只手杀死奥斯本，掐断他的脖子或扭断他的气管。但奥斯本仍拿着枪，而且警察也已经到了院外。他转过身，飞快地向码头尽头跑去，跳进了小艇。

他拽了四次发动绳，小艇的舷外马达才启动起来。他解开船缆，驾船离开码头向牛尾洲海峡驶去。

卡依湾到处闪着警灯，警笛声响彻了整个夜空。但德拉罗什只听到了一个声音——伊丽莎白·奥斯本的尖叫声，她乞求着自己的丈夫不要死去。

49

伦敦

“奥斯本会不会死？”局长在圣约翰伍德家中的藏书室打电话问道。

“今晚情况稳定了。”米切尔·艾略特说，“中午时又有出血，所以医生又不得不再回抢救室。遗憾的是，他好像能捡回一条命。”

“他住在哪里？”

“按规矩，他的位置是对外保密的。我在兰利的人说他在长岛石溪医院的重症监护病房。”

“我希望你知道，现在不能打奥斯本的主意。至少眼下不行。”

“对，局长，我知道。”

“两次刺杀他都活了下来，无论如何都不能再搞第三次了。”

“确实如此，局长。”

“我们的奥斯本先生的确是个劲敌。我不得不说，我很佩服他。我希望有办法拉拢他，让他为我效力。”

“局长，他就是个童子军，过于理想主义又不切实际。您的组织接受不了这种人。”

“我想你是对的。”

“‘十月’怎么样了？”艾略特问。

“恐怕营救人员不会对他礼貌相待。”

“我们打到他瑞士银行账户里的预付定金呢？”

“恐怕都转走了。好像钱一打进账户就被转走了。”

“真可惜。”

“是的，但是对于你这样腰缠万贯的人来说，这些都是小零头。”

“是的局长，只是小钱。”

“我们还有个目标要处理。”

“我已经让人着手办这件事了。”

“太好了。切记要谨慎低调。此事利益攸关啊。”

“这次一定做得滴水不漏。”

“艾略特先生，我知道你用不着提醒，你眼下的首要任务就是不惜一切代价保护‘协会’。你不能做任何伤害‘协会’的事情。我知道在这个问题上，你会配合我的。”

“局长，这还用说吗？”

“很好。跟你做生意很愉快。我只希望这一切不是徒劳。你得使出浑身解数来保证你的导弹防御系统能够建成。”

“我有信心可以完成这一目标。”

“太棒了。晚安，艾略特先生。”

“晚安，局长。”

局长把听筒放回了电话机座。

“您撒谎可真有两下子。”达芙妮说。

她让自己的丝袍从肩膀上滑落下去，然后钻到了床上。

“干我们这行，会撒谎是必需的。”

她吻着他的嘴，用乳房贴住他的身体，手滑到了他的大腿间，托起了他的阴茎。“亲爱的，有反应吗？”她低声说。

他吻了吻她：“小宝贝儿，如果你再卖点力，没准就有了。”

50

华盛顿哥伦比亚特区

保罗·范登堡把车停在俄亥俄大道上，旁边就是华盛顿海峡。这次，艾略特让他自己开了私家车来。碰面约在晚上十点，但奇怪的是艾略特却迟到了，这可不是他一贯的作风。一辆黑色四轮驱动轿车停在了他身后，车里响着冈斯特说唱音乐，震得暗色的车窗微微发颤。范登堡发动起轿车，让引擎空转着，继续等待。十点十五分，四轮轿车开走了。五分钟后，一辆黑色轿车停在了他的旁边，后座车窗没有关上。

来人正是马克·卡拉汉，米切尔·艾略特的私人助手。

“艾略特先生表示非常抱歉，但我们必须换个见面地点，”卡拉汉说，“坐我的车走吧，完事后我再送你回来。”

范登堡走下车，爬进了黑色轿车的后座。他们的车行驶了十分钟左右，绕过主干道，穿过弗吉尼亚纪念大桥，然后沿大路朝北开去。卡拉汉一路上都没有说话，艾略特定下的规矩之一就是职员跟客户之间不能闲聊。最后，车子在罗斯福岛对岸的一个停车场里停了下来。

“范登堡先生，艾略特先生正在岛上等您呢。”卡拉汉礼貌地说，“我带您去见他。”

两个男人下了车。

司机亨利·罗德里格斯仍在驾驶座上待命。

两分钟后，罗德里格斯听到了一声枪响。

次日早晨七点十五分，一位跑步者发现了尸体，尸体倒在西奥多·罗斯福纪念碑旁的一张大理石石凳旁。媒体对此找出了合理的解释——因为保罗·范登堡一直钦佩西奥多·罗斯福。枪管伸进了他的嘴里，范登堡的大半个后脑勺都被轰掉了，子弹嵌进了六十英尺开外的树干上。

警察在他呢子大衣的胸前口袋里发现了遗书，行文简洁明了、意思清晰，十分吻合范登堡平日的笔记。遗书中说，他自己结束了自己的生命，因为他知道《华盛顿邮报》将揭发他多年来以詹姆斯·贝克维兹的名义发起的筹款活动。范登堡承认他有罪，这一切跟贝克维兹和米切尔·艾略特没有任何关系，是范登堡一人预谋和操作了一切。他用枪来结束生命，因为相比接受独立检察官的盘问，他觉得前者来得更痛快些。

下午四点，神情不安的詹姆斯·贝克维兹走进了白宫通报室，他的声明将在晚间新闻上报道。对于最亲密的助手的死亡，他表示深感震惊和遗憾。随后，他宣布，司法部将立刻全面彻查范登堡以詹姆斯·贝克维兹名义开展的所有筹款活动。他没有接受任何提问就离开了通报室，随后，与安娜在家属区安静地待了一个晚上。

第二天早上，《华盛顿邮报》就保罗·范登堡显而易见的自杀事件刊登了大篇幅的头版文章。文章详尽报道了詹姆斯·贝克维兹和米切尔·艾略特之间的金钱关系。范登堡的遗书中提到，是他自己一手编织了一个复杂的关系网络，为贝克维兹家带来了丰厚利益，但《邮报》却对此表示了质疑。报道也提及了米切尔·艾略特在华盛顿的律师、贝克维兹下任国务卿提名人——塞缪尔·布拉克斯顿。

这篇文章有两个署名：《华盛顿邮报》记者——汤姆·洛根和苏珊娜·代顿。

一月

51

纽约，牛尾洲岛

有几个晚上情况会好些，但有些晚上，伊丽莎白会在梦中再度经历那一幕。她尖叫着醒来，试图洗掉梦中溅在她手上的斑斑血迹。迈克尔有时晚上也会惊醒，梦到“十月”的那三枪没有对准自己的胸部，而是瞄准了自己的脸。客房屋已经翻新修整过了，但伊丽莎白再也没去过那里。迈克尔有时会坐在码头的尽头，凝视着涌动的海水。有时他会这样发呆出神一个多小时，然后才在恍惚中回到现实。有时，伊丽莎白在草坪上看着他，想知道他到底在想什么。

迈克尔只能靠报纸或电视了解事情的后续发展，但跟任何在情报机构混过的人一样，他觉得新闻媒体就跟那些烦人的背景音乐一样无用。每天早晨，新来的看房人会开车到牛尾洲高地的药店，再买几份报纸——《纽约时报》《华尔街日报》和《新闻日报》，然后把它们放在迈克尔的床头柜上。元旦后，迈克尔觉得体力恢复得不错，可以自己出门了。他坐在捷豹的副驾驶座上，默默地凝视着窗外的海水和冬季光秃秃的树木。一月中旬，他读报的兴趣慢慢褪去，到了总统就职日那天，他干脆什么报纸都不看了。

贝克维兹成功渡过了危机，这得归功于他的妻子安娜。保罗·

范登堡死后，安娜成了总统最重要的顾问。圣诞周的那一期《新闻周刊》甚至把她当成了封面人物，那一期的报道尽是溢美之词，盛赞了她高度的政治敏锐性，声称如果贝克维兹要想在第二任期里有所作为的话，必须有安娜垂帘听政。按照华盛顿那群政治“长舌妇”的说法，是安娜怂恿总统对竞选筹款进行全方位改革的。新当选的政客改革热情高涨，贝克维兹呼吁各方拒绝接受“软钱”，并要求媒体免费为竞选者提供发表声明的机会。就职当天，贝克维兹的支持率高达百分之六十。

贝克维兹最亲密的两个朋友就没有那么幸运了。塞缪尔·布拉克斯顿被迫放弃国务卿提名。他否认了所有的犯罪指控，但他声称，自己不愿牵扯进漫长不休的是非混战中，这样会造成人心涣散，而他不想把美国的外交政策拧成死结。媒体猜测，是安娜把布拉克斯顿推下了悬崖。

奥贝通防御公司自然从国家导弹防御项目中除名了，参议院军事委员会的主席竟是贝克维兹昔日的手下败将——安德鲁·斯特林，他承诺，国会将对米切尔·艾略特“进行彻查”。加州的另一个国防承包商接过了合同，斯特林无奈只得支持，并保证对国防系统的建设提供资金和其他方面的协助。

就职典礼的两天前，联邦调查局和美国警方公布了白宫幕僚长保罗·范登堡死因的调查结果，调查没有发现任何他杀的证据；麦克斯·刘易斯和弗吉尼亚州警察戴尔·普雷斯顿的谋杀调查也毫无进展；华盛顿市警局悄悄结束了苏珊娜·代顿谋杀一案的调查，严格来说，案件根本没有结案。

每个周末，伊丽莎白都会来岛上。她每周在布拉克斯顿&奥沃斯&肯特曼公司的纽约办公室工作三天，同时慢慢减少自己接手的案子，并物色新公司。凭她的律师声誉和政治关系，拉拢她的公司并不少。纽约大公司泰坦&韦伯斯特&里奇给出的条件最诱人，更重要的是，工作是弹性工作制。她接受了他们的邀请，当天下午，她就把辞呈传真给了塞缪尔·布拉克斯顿。

迈克尔恢复的速度比医生预计的更快。一月的第一个星期飘起了雪，天气越发寒冷刺骨。但接下来的一周，天气又转暖了些，他的医生建议他去屋外稍微走走。

刚开始的两天，他小心翼翼地沿着卡依湾散步。他的右臂还被吊着，因为“十月”的子弹粉碎了他的锁骨，击穿了他的肩胛骨。到了第三天，他已经能迎风走在滨海路上，阿德里安·卡特安排的两名特工人员悄悄地跟在他身后。这个星期里，他每天早上都步行到村里再折返；下午三四点时，他就沿着岩石丛生、一望无际的公羊头海滩散步。

道格拉斯·卡依的藏书室能够俯瞰德林港，迈克尔晚上会在这里写点东西。三天后，他把作品初稿交给了岳父大人。卡依用红色铅笔进行修改，润饰一下迈克尔那不甚熟练的官僚文体，使论据和结论显得更有逻辑。修改完成后，他连夜把稿子快递寄给了兰利的阿德里安·卡特。

“没有什么比就职日当天的华盛顿更让我讨厌了，”卡特第二天晚上打电话说，“我真想呼吸一下海岛空气，品尝一下卡依珍藏的葡萄酒。介意我到你们那里蹭两天吗？”

第二天下午，迈克尔和卡特坐在高尔夫球车里，颠簸地行驶在加德纳湾乡村俱乐部旁的第六球道上。“我还要忍受这些笨家伙多久呢？”迈克尔向卡特问道。他们的身后正跟着两名中情局的特工，他们也驾着车，穿着相同颜色的巴塔哥尼亚户外衣，对着手中的对讲机低语。

“妈的，我把球打到深草区来了。”卡特说。他猛地刹车，在球的旁边停下，然后下了车。他从球袋里抽出细杆，准备把球打到一百四十码开外的球穴区。

“你到底回不回答我的问题？”迈克尔问。

“上帝啊，迈克尔，我正忙着发球呢。”

卡特一杆打了出去，球飞进了左边的沙坑里。

“该死的，奥斯本！”

“别激动，刹住你那火暴脾气。外面现在才三度左右。”

卡特爬上球车，朝球穴区开去。

“迈克尔，你口中的那些笨蛋是来这儿保护你和你家人的，他们会一直待在这里，直到我认为你不再有危险。”

“我看我现在就身处险境，大冬天的我还坐在一辆敞篷高尔夫球车里。”

“过了九点我就送你回家，然后回来自己玩。”

“你真是疯了。”

“你应该专心打球才对。”

“我的人生已经够糟糕了，这种自讨苦吃的事能免则免。另外，以后我要是能用这只胳膊拎起一瓶啤酒就算很幸运了，更不用说挥杆打高尔夫。”

“伊丽莎白怎样？”

“阿德里安，你想想都应该知道。杀人这事给她带来了很大的困扰，即使她是自卫杀人。你没公开这件事已经让她好受多了。我真不知道要怎样谢你。”

“她是个好女人。”卡特说，“我一直说，你是这个世界上我见过的最幸运的男人。”

卡特的球从球洞旁滚了过去，他接下来必须一杆把球推出十英尺。“他妈的，”他说，“这该死的天太冷了，不适合打高尔夫。我们下午就坐在壁炉旁喝酒吧。”

卡特拔出意大利梅洛酒的软木塞，倒了两杯。迈克尔问：“你看了吗？”

“是，我看了。我有两个选择：把它扔了，或者请示上级。”

“你选了哪个？”

“懦夫路线，我什么也没说就交给上头了。”

“你真是个胆小鬼。”

“这就是所谓的官僚推诿责任，保护自己的法则。”

“保护你的屁股。”

“这是一个道理。在这方面你得跟我学着点。你就是经常把自己的屁股暴露在外面，任凭它风中飘摇。”

“我是个外勤特工，阿德里安。你自己也说，外勤特工干办公室工作总是很差劲的。”

“这倒是真的。”

“那么，你搞案头工作怎么就这么成功呢？”

“因为我想过正常的生活。如果我老是从一个火坑跳到另一个，心里还想着这一周我的掩护名是什么，我怎么可能好好生活？”

“你把我写的备忘录交给谁了？”

“当然是莫妮卡·泰勒。”

“我猜她肯定把它扔了。”

“瞅了一眼就扔了。”

“跟我想的一样。”

“那你为什么还要写？”

“因为我觉得那是真的。”

“你真觉得是米切尔·艾略特在一群流氓特工的帮助下击毁了客机，而他这样做就是为了建立导弹防御系统？”

迈克尔点了点头：“是的，我就这样觉得。”

“这项指控的争议太大，没有确凿证据的话是很容易引火烧身的。莫妮卡知道这一点，我也心知肚明。坦率地说，我想不通的是，为什么你这样有经验的特工却看不明白。”

伊丽莎白敲门进了屋。参议员说服了她，跟着自己驾驶“雅典娜号”航行了几个小时。她的脸都冻红了。她背对着炉火站着，暖暖自己的腰背。

卡特说：“我想你应该好好休息才对。”

“爸爸驾的船，”她说，“我只是喝了点药茶，免得被冻死。”

“一切都还好吗？”卡特问。

“一切都好。婴儿发育得不错。”

“上帝，这太好了。”说着，他那张平时沉寂的脸也露出了灿烂的笑容。

“你们两个大男人在聊什么呢？”

“购物。”卡特说。

“好吧，那我走了。”

“别走。”迈克尔说。

“迈克尔，有些事还是……”

“要么现在就告诉她，要么等她躺上床后我说给她听。你选吧，阿德里安。”

“那就别走了，”他说，“而且有美女看总是好的。你也动动手啊，迈克尔，再给我倒点酒。伊丽莎白你要来点吗？”

她摇摇头："我已经很长时间不沾烟酒了。"

卡特喝了口酒，说："两天前，我们接到了法国情报机构的一份报告。他们似乎找到了'十月'的掩护身份。他住在布列塔尼岸旁一个叫布雷莱的村庄，假名是让-保罗。"

"上帝啊，我们去过那里，迈克尔。"

"他低调地住在海峡旁的小木屋里，貌似还是个天才画家呢。法国方面没有张扬开来，也只有法国人才会这么做。我们在全世界发布了通缉令，但到目前为止，没人亲眼见过他。我们也听到了其他说法，说他其实已经死了。"

"死了？怎么死的？"

"很简单，他的雇主杀死了他，他不满意'十月'搞砸了合同。"

"我希望他死前被狠狠地折磨过。"伊丽莎白说。

迈克尔望着窗外，看着码头和翻滚着白浪的海湾。

伊丽莎白问："你在想什么，迈克尔？"

"我只是希望见得到尸体，那样就安心了。"

"我们也想，"卡特说，"但这种事总是不能如愿啊。"

他喝完酒，端起了空杯，于是伊丽莎白又新开了一瓶。参议员走了进来，他满脸通红，头发被海风吹得乱蓬蓬的。他说："看来你们已经洗劫过我的酒窖了。来，给我也倒一大杯。"

卡特说："趁着没醉，我还有件正事要跟你谈。"

"说吧。"迈克尔说。

"莫妮卡已经同意撤销你的违纪控告了。她认为考虑到你和伊丽莎白的遭遇，在这个时候指控你很不合适。"

"哎呀，莫妮卡可真是个好人。"

"别这么说，迈克尔，她是认真的。事情变成这样，她也无能为力。她希望你朝前看，继续生活。”

迈克尔看了看伊丽莎白，然后再看看卡特。“告诉她谢谢，但是不劳费心了。”他说。

“你想中情局继续对你进行违纪调查吗？”

“不，我是不想干了，”迈克尔说，“我已经决定离开中情局。”

“你是认真的？”

“认真得要死。”迈克尔说，“对不起，用词不当。好吧，我们现在是真醉了。”

伊丽莎白走到房间这头，俯下身亲吻了迈克尔的嘴唇：“你确定吗，迈克尔？用不着特意为我这样做。”

“我一生中从没有像现在这样肯定。我这样做不是为了你，而是为了我们。”说完，他摸了摸她的肚子，“还有他们。”

她一次又一次地吻着他，说：“谢谢你，迈克尔。我希望你知道我爱你。”

“我知道，”他说，“上帝，我知道。”

卡特看了看手表，说：“啊，糟糕！”

迈克尔和伊丽莎白齐声说：“怎么了？”

“我们错过贝克维兹的就职演说了。”

他们爆发出了一阵大笑。

后 记

希腊米克诺斯岛

这是一座废弃的别墅。它建在崖顶，俯瞰着大海，饱受风吹雨打。斯塔夫罗斯是个房地产经纪人，他已经不指望能把它卖出去了。每年八月，一群来自英国的年轻股票经纪人会到岛上来醉饮狂欢三周，这时，斯塔夫罗斯便把房子出租给他们。

这个手上带伤的法国人在房里转了短短五分钟。他参观了卧室和客厅，并站在阳台上看了看风景。他还特意看了看厨房，然后皱起了眉头。

“如果你打算翻修的话，我可以帮你找人来。”斯塔夫罗斯说。

“不必了，”法国人说，“我自己能搞定。”

“但是，你的手……”斯塔夫罗斯对着绷带扬了扬下巴。

“没有大碍，”法国人说，“厨房做饭时不小心弄伤的。很快就会好起来。”

斯塔夫罗斯皱起了眉头，似乎对这个解释不太信服。“租金很划算的，”他继续说，“如果你在旅游旺季离开海岛的话，我肯定还能帮你赚一大笔租金，房子要是修整一下就更好了。”

“别墅不要再出租了。”

“很好。那你什么时候打算……”

“明天。”法国人说，“把账号告诉我，今天下午我就把钱汇进去。”

“可是，先生，您不是希腊人。外国人在希腊买房不是件容易的事，你要填表格和法律文件。这些都需要时间。”

“那就是你的事了，斯塔夫罗斯先生。但我明天一早就会搬进来。”

他在屋里度过了接下来的整个冬季。当他的手好得差不多时，他就开始翻修房子，就像一个抄写经书的虔诚和尚。家居用品店的克里斯托提出要帮他找几个巧匠，但法国人委婉地拒绝了。他更换了厨房设备，砌了一个崭新的陶瓷灶台。他把屋内全部重新粉刷了一遍，用车运走了旧家具——那些让他倒胃口的现代家具——换上了古朴的希腊式桌椅。三月到了，天气回暖，他的修整重点转移到了屋外。他把墙上的裂缝都填上，又刷了一层闪闪发光的白色涂料，把屋顶上的碎瓦和露台上的碎石都换掉。到四月中旬时，被人遗弃的破别墅变成了村里最漂亮的房子。

这一周，他的意大利赛车也送到了。每天早晨，他推车沿着蜿蜒的海岸公路步行一段路，再沿着岛中央上下起伏的山坡骑行。慢慢地，白天的时间越来越长，他在村里停留的时间也变久了。他有时会去市场转悠，买点橄榄、大米和羊肉。每星期他总会抽几个下午去当地小酒馆吃午饭，而且总带上一本书作掩护。有时，他从海滩小贩那里买一份烤鲈鱼，独自一人跑到灰海豹住的洞穴里品尝。他后来终于壮着胆子进了酒铺。刚来时，他只喝法国和意大利葡萄酒，但一段时间后，他竟喜欢上了便宜的希腊本地酒。店员建议他品尝一下上等葡萄酒时，法国人摇摇头，又把酒放了回去。他解释说，房屋的整修已经花了他不少钱。

开始时，他只会说几句希腊语，有时挤出几个断断续续的句子，还带着些说不上是哪儿的口音。让人惊奇的是，两个月后，他竟已经能用马马虎虎的希腊语交谈，还带着本地岛民的口音。

村里的女人们都含蓄地向他表达了爱意，但他一个都没有接受。他只接待过一对访客：一名个头矮小的英国人，他的眼睛如冬日的海水；另一个是黑白混血美女，她喜欢一丝不挂地享受五月的阳光浴。英国人和美女只住了三天，每天晚上，他们都会在露台上吃饭，聊到深夜。

五月了，他开始画画。起初，因为右手的瘢痕未愈，画笔只能在手中握几分钟。接着，瘢痕慢慢舒展、褪去，他开始能连着好几个小时作画。那几周里，他都在描绘别墅周围的美景——海洋、一幢幢白色的小屋、长满繁花的山坡，还有在小酒馆里品尝着葡萄酒和橄榄酒的老人们。别墅的颜色每天都千变万化：黎明是灰粉色，黄昏时又变成了淡淡的黄赭色——要想调出这种颜色，恐怕需要在调色板上配好几个星期。

八月份，他开始画那个女人。

她是个金发碧眼的女人，有一双摄人心魄的蓝眸，以及白皙而有光泽的肌肤。他的清洁女工说，他画画时没有女模特，只有几张粗线条的铅笔素描。“很显然，”她告诉村里的其他女孩，“法国人是凭着记忆在画这幅画。”

画作很大，大约高六英尺宽四英尺。画中的女人穿着白衬衫，扣子开到肚脐，身上晕染着夕阳的黄赭色。她修长的身体趴在一张小木椅上，朝后转着。她的一只手托着下巴，另一只手里好像握着枪一样的东西。但女仆说，没人会在如此美丽的女人手里放把枪，就算这个法国隐士也不会。

十月时，他完成了这幅画。

他把画裱在一个简易画框里，挂在面朝大海的墙壁上。

《国家阴谋13：进军北爱尔兰》即将出版，精彩预告：

信号灯变绿后，她穿过了小街，从一群正前往哈罗德百货公司的日本游客中挤过，来到了骑士桥地铁站的入口处。她顺着一小段楼梯往下看了看检票口，犹豫了一阵，抬脚往下走去。她的身后拖着一只袋子，从第一级台阶滑向下一级，发出“砰”的一声响。

她用这样的方式又往下挪了两步，这时一个年轻男人向她走来，他头上生着稀疏的金发。男人谄媚地朝她笑笑，说：“来，让我帮你拿。”

他的英语带着中欧或者斯堪的纳维亚口音——德国人或者荷兰人，没准是个丹麦人。她不由得一愣。她应该接受陌生人的帮助吗？如果拒绝他，会不会显得可疑？

“谢谢你。”她最后说道，口音是平板单调的美式英语。她在纽约待过几个月，可以自如地掩盖自己的阿尔斯特口音。“这真是太好了。”

他抓起袋子，提了起来。

“我的天哪，你在里面装了什么，石头吗？”

“其实是偷来的金条。”她答道，两人都笑了起来。

他把袋子拎下了楼梯，放在地上。她抓住袋子的拉柄，再次道了谢后便转身走开。她能感到他就跟在身后，于是加快了脚步，并夸张地抬手看表，暗示自己在赶时间。她来到售票处，找到了一台空着的自动售票机。她在投币孔里塞了三镑三十便士，按下了出票按钮。刚才向她施以援手的欧洲人走到了她旁边的机器前，投入了几枚硬币，并没有扭头看她。他买了一张一镑十便士的票，这意味着他只乘几站路，可能要去伦敦市中心。他取走自己的票，消失在了下班高峰的人潮中。

她通过检票闸机，乘着长长的自动扶梯下到了站台上。不一会儿，她感到一阵风刮来，听到了列车进站的轰鸣声。她意外地发现车厢里竟然还有几个空位子，于是把袋子搁在了门边，自己则坐了下来。列车到达了伯爵宫站后，车厢里挤满了乘客，挡住了女人的视线。地铁行驶到了地面上，从伦敦的西城郊飞驰而过。每到达一站，都有疲倦的旅客们鱼贯而出：波士顿庄园站、奥斯特利站、豪恩斯洛东站。

当列车快要到达西斯罗机场的第一站——第四航站楼时，女人看了一眼坐在周围的乘客。两个浑身铜臭味的年轻英国商人、一伙闷闷的德国游客、四个美国人，正大声争论着伦敦上演的《西贡小姐》有没有百老汇的精彩。女人扭过了头去。计划很简单：她被指示在第四航站楼下车，把袋子留在车上。她的夹克衫底下藏着一个小型发射器，下车前，她会按下发射器上的按钮。发射器的外形被伪装成了日本豪华轿车的遥控锁，但它实际上却连接着一个引爆装置。当列车继续向前行驶，到达第一、二、三号航站楼的站台时，炸弹便会在几秒钟内引爆。爆炸引起的破坏将足以给旅客造成长达几个月的不便，同时，机场的重建也将带来上亿镑的损失。

地铁距离第四航站楼越来越近，车速开始放缓。女人站起身，移动到门前。此时列车正钻出漆黑的隧道，猛然来到站台的亮光下。车门打开了，她按下发射器上的按钮，触发了炸弹，随后一步跨上站台，车门在她身后合上了。她开始快速朝出口走去。这时，她听到一阵敲击车窗的声音。她转身，看到其中一个年轻的英国商人正用拳头砸着玻璃。她听不清他在说什么，但她能读懂他的唇语。“你的袋子！”他正在大喊，“你忘了拿你的袋子！”

女人一动不动地站着。英国人脸上的表情从原本简单的担忧猛然变成了深深的恐惧，显然他意识到，女人是故意把袋子留在车上的。他冲向车门，试图用手把门掰开。可就算他引起了人们的注意，成功让列车停下，一切也于事无补了。他无法在一分十五秒内阻止炸弹爆炸。

女人目送着列车向前滑行，几秒钟后，她转过了身去。就在这时，隧道在巨大的爆炸中震颤起来。地铁脱离了铁轨，一波灼热的空气向女人席卷而来。她本能地抬手挡住了脸。她头顶上的天花板开始碎裂，爆炸带来的冲击让她腾空飞了出去。有一瞬间，她清楚地看到了一切——火、破碎的水泥块、人们被裹挟在爆炸引起的红色漩涡中，就像她自己一样。

一切很快就结束了。她不知道自己是怎么落下的，她已经完全感觉不出地面的起伏，就像一个潜泳者在水下待了太久。她只知道自己已经被埋在了废墟之下，她无法呼吸，身上毫无知觉。她试着说话，但发不出声音。她的口中满是自己的鲜血。

她的神志依然清楚。她不明白，炸弹的制造者怎么会犯这样的错误。接着，在她生命的最后一刻，她在想那是否真的只是失误。

吉林省版权局著作权合同登记 图字：07-2014-4357 号

图书在版编目（CIP）数据

国家阴谋 . 12, 刺客印记 / (美) 席尔瓦著；陶玲，陈磊译 . -- 长春：吉林出版集团有限责任公司，2014.6

（读客全球顶级畅销小说文库）

书名原文：The mark of the assassin

ISBN 978-7-5534-4392-8

Ⅰ . ①国… Ⅱ . ①席… ②陶… ③陈… Ⅲ . ①长篇小说—美国—现代 Ⅳ . ① I712.45

中国版本图书馆 CIP 数据核字 (2014) 第 084778 号

国家阴谋 12：刺客印记

作　　者 [美] 丹尼尔・席尔瓦
译　　者 陶　玲　陈　磊
创　　意 读客图书
策划编辑 读客朱双南　读客叶拂云
责任编辑 王　平　齐　琳
封面设计 读客图书　021-33608311
开　　本 890mm x 1270mm 1/32
印　　张 12
版　　次 2014 年 6 月第 1 版
印　　次 2014 年 6 月第 1 次印刷

出　　版 吉林出版集团有限责任公司
电　　话 总编办：010 — 63109269
　　　　 发行部：021 — 33608311
印　　刷 北京盛兰兄弟印刷装订有限公司

ISBN 978-7-5534-4392-8　　定价　39.90 元

如有印刷、装订质量问题，请致电 010-85866447（免费更换，邮寄到付）